# The Bridal Season

by Connie Brockway

# 純白の似合う季節に

コニー・ブロックウェイ
数佐尚美［訳］

ライムブックス

# 純白の似合う季節に

## 主要登場人物

レッティ・ポッツ……………………劇場歌手。女優
エリオット・マーチ…………………治安判事
レディ・アガサ………………………公爵の娘。婚礼披露宴の演出企画者
ニック・スパークル…………………詐欺師
アッティックス・マーチ……………エリオットの父親
キャサリン・バンティング…………エリオットの昔の恋人
アンジェラ・ビグルスワース………侯爵との結婚を控えた娘
エグランタイン・ビグルスワース…アンジェラのおば
アントン・ビグルスワース…………アンジェラの父親
キップ・ヒンプルランプ……………地主の息子。アンジェラの幼なじみ
サミー・キャボット…………………ビグルスワース家の執事
グレース・プール……………………ビグルスワース家の家政婦長

# 1　誰かが手のひらに真珠を落としてくれたら、握りしめなさい。

**ロンドン　ヴィクトリア朝末期の一〇年**

「でも私、どうしても無理ですわ」レディ・アガサ・ホワイトは声をひそめてアンリ・アルノーに訴えた。待合室で列車を待っているほかの人々を強く意識していた。「ビグルスワース家の人々は私を頼りにしてらっしゃるんですもの。結婚式と、そのあとの披露宴をそれなりの立派な催しにしないかぎり、花嫁のミス・ビグルスワースはコットン侯爵のご一家に軽んじられて、同等の者として受け入れられないでしょうし、一生、お舅《しゅうと》さんとお姑《しゅうとめ》さんから地位の低い人間とみなされますわ」

「でもレディ・アガサ。それがどうして、あなたの問題になるんです？」アルノーはその洒落たフランスなまりを響かせて熱心に訊いた。

レディ・アガサは、困った人ね、とでも言いたげにアルノーを見つめた。上流社会で自分が占めている独自の立場と、それに伴う影響力の大きさについて、なんとかうまく説明できないかと頭をめぐらせる。自分が格別に有力な存在であることをわざわざ強調してみせるのはいやらしい感じがしたが、それでも自分の仕事がいかに重要か、アルノーに理解させる必要があった。

でも、もしかすると私、勘違いしているのかしら、とアガサは不安になる。自分が持っていると思いこんでいる影響力も、実はほかの人から見るとそれほどでもないのかもしれない。「ミス・アンジェラ・ビグルスワースを上流社会に送りこむには、どうしても私の協力が必要だと、ビグルスワース家の人々は固く信じておられるんです」申し訳なさそうな口調になる。「実際あの人たち、おっしゃってたわ。上流階級の紳士淑女がリトル・バイドウェルのように辺鄙《へんぴ》な田舎町まで出向いてくださる理由といえばただひとつ、私が結婚披露宴の演出を引きうけるから、なんですって。ちょうどあなたのお嬢さまのためにしてさしあげたようにね」顔に血が上ってくる。頬を赤らめるなんて、何年ぶりかしら？

「ええ、あれもすばらしい披露宴でした」アンリ・アルノーは安心させるような口ぶりで言う。「確かに、喜ばしい祝いの宴ではありましたよ。かといってあれだけで娘の将来の幸せがすべて決まったというわけでもないですからね。その点、私が今あなたに迫っている決断とは違う。この決断をしていただけるかどうかに、私の将来の幸せがかかっているのです。それにある意味、あなたの幸せもかかっている、と申し上げたらうぬぼれが過ぎるでしょうか。私があなたに抱いている気持ちのいかばかりなりとも、あなたが私に対して抱いてくださっているならばですが、いとしいレディ・アガサ」手袋に包まれた彼女の手をとり、唇近くまで持ちあげる。

レディ・アガサのためらいの気持ちが少しずつ消えていく。アルノーは礼儀正しく思いやりに満ち、表情は誠実そのものだ――それに鉄道の駅までずっと彼女を追ってきた、そのふるまいのロマンティックなことといったら、どう？　それでも、ここからアルノーとともにフランスへ駆け落ちするなど、考えられなかった。今この手に握られているのはリトル・バイドウェル行きの切符だというのに。

最初から、ビグルスワース家の頼みを引きうけなければよかった。だが花嫁のおばであるミス・エグランタイン・ビグルスワースは、レディ・アガサお気に入りのいとこの、学生時代の同級生だった人だ。それに、その大好きないとこへレンから相談を持ちかけられたときには、まるでおとぎ話のような冒険だと思えたのだ。素朴な田舎娘が、上流階級の人々の中でもきわめつきの独身男性であり、もっともお高くとまった一門の御曹司と結婚するという、夢のような話なのだから。

「私が行かなければ、ミス・ビグルスワースがどんなに心を痛めるかしら。自分でも自分が赦せなくなるような気がしますの、もし――」

「あらま、そんなたわごと、聞いたことないわ」アルノーの背後から、いかにもうんざりといった調子でつぶやく女性の声が聞こえる。「気を悪くしないでね。だけど奥さん、その娘がうまいこと侯爵さまをものにできたんなら、今さらあんたの助けなんか借りなくたって、やっていけるわよ」

当惑したレディ・アガサは、体を傾けてアルノーの後ろを探し、今の単刀直入な助言を吐いたとおぼしき人物を見つけた。話しぶりからするとロンドン下町あたりの娘だろう……と思いきや、裕福そうな身なりの上品な若い女性が、礼儀正しくベンチに座っていた。

二〇代半ばと思われるその女性ははっとするほどきれいだった。といっても、型にはまらない感じのきりりとした美しさだ。高い頬骨ととがったあごを持ち、温かみのある茶色の目は深くくぼんで、ふっくらとしたまぶたをしている。こげ茶色の眉毛は薄く、まっすぐだ。ただひとつ淑女《レディ》らしくないところといえば口元だけで、横に大きく広がって厚みのある唇はまさに……肉感的だった。

次に目に入ったのは、結いあげたとび色の髪にのせられた華やかな装飾のつば広の帽子だった。縞模様のリボンの中に、絹製のライラックの花咲く小枝が飾られ、こめかみのあたりには紫色に染めた長い羽があでやかに揺れている。思わず目を奪われる組み合わせだ。

女性がまとっているドレスは旅の装いにはふさわしくなかったが、最新流行を取りいれており、高価なものであることは明らかだった。たおやかな喉元から細く引きしまった手首までを、明るい青紫色がかった絹の生地でぴっちりとおおい、その上に繊細な象牙《ぞうげ》色のレースを重ねたドレス。細い腰のくびれから腰のふくらみに沿って柔らかな曲線を描いて広がるすそからは、子ヤギの革のハーフブーツがのぞく。これだけのドレスを手に入れるには、少なくとも二五ギニーは出さなければならないだろう。もちろん、下町育ちの娘に買えるものではない。

頼まれもしないのにずけずけと助言を述べるような人がほかにいるかしらと、レディ・アガサはすばやくあたりを見まわした。しかし、近くにいるのはその若い女性だけだ。

女性は明るい笑顔を見せた。「やだ、奥さんたら。そこの旦那みたいな金持ちの男に駆け落ちしようなんて言われたら、あたしなんかすーぐについてっちゃうだろうね」生意気そうににやりと笑うと、片目をつぶった。「あんた、さっさと行ったほうがいいよ」

「なんですって?」

「その女《ひと》の言うとおりですよ、アガサ」アルノーがうながした。「私と一緒に来てください」

「でも——」いっときだけほかに気をとられていたレディ・アガサの注意が、ふたたびアルノーに向けられる。「私、約束をしたんですよ。母親のないあのかわいそうなお嬢さまと、お父上をほったらかしにするわけにはいかないし……」必死で言葉を探すが、うまい表現が見つからない。

「板ばさみになってるっていうわけ?」とび色の髪のその女性は助け舟を出したが、すぐにうんざりしたようすで頭を振った。「ふん! そんなの、言い逃れだわよ。あんたのやり方、わかってるわ。自分がいかに重要人物か、ずっと大げさに言いたててきたんでしょ。ちょっとばかし才能があるからって、ごたいそうなものみたいに。でもなぜ? 怖いからよ。もし人に誇れる何かがなかったら、取るに足りないつまらない者になっちゃうんじゃないかと思って、怖いのね」

アガサは黙っていた。自分が今まで何度も考えてきたことを、ものの見事に言いあてられたような気がしていたからだ。

「だけどね、あんたがそんな才能、全然持っていなかったとしても、どうってことないのよ。だって、この人がいるじゃない」若い女性はアンリ・アルノーに向かって親指をぐいとつきだした。そのとおりだと、アルノーは力強くうなずいている。

「あたしの忠告、聞いといたほうが身のためよ。賢く立ちまわらなくちゃだめ。人生ですばらしいことにめぐりあえる機会なんて、めったにないんだから。もう口に入れちゃったおいしいプラムを吐きだすなんて、もったいなさすぎる。もしここにいるお偉い旦那が恵まれた暮らしをさせてくれるって言うんなら、そうさせてもらえばいいじゃない。今じゃなけりゃ、もう二度とそんなチャンスはめぐってこないわよ、奥さん」

この驚くべき女性はすっと前に身を乗りだした。茶色の瞳はきらきらと輝いて、最新流行の服を着た貴族的な容貌の娘が、妖艶な雌ギツネに変身したかのようだ。「それに、あんたが旦那に惚れてるってことぐらい、誰が見たってわかるし、旦那のほうはあんたのとりこになっちゃって、頭がおかしくなりそうって感じだものね！」

ついに、心のうちを見透かされた。アガサの顔が真っ赤になる。

頼まれもしないのにつぎつぎと助言をぶつけてくるこの女性は、さらに何か言いかけたが、近くのごみ箱に鼻をつっこんで獲物を探していた毛むくじゃらの小さな犬が急に走りだしたのに気づいた。犬の口にはサンドイッチの油じみた包み紙がくわえられている。女性は、目の前を駆けぬけようとする犬の首根っこをえいとばかりにつかんだ。包み紙を力ずくでもぎ取ろうという構えだ。「この間抜け犬ったら！　ネズミ捕り用の毒が入ってたらどうすんのよ！」

汚らしい犬は獲物を取られまいとうなり声をあげ、女性は犬の体を揺さぶる。そうこうしているうちに――。

なんと、アンリ・アルノーはレディ・アガサ・ホワイトにキスをした。駅に集まっている大勢の人の面前で！

まあ、なんてこと！　最後にキスされたのはいつのことだったろう？　数年前、いえ、一〇年以上前だったわ。レディ・アガサの膝はがくがくし始めた。震えるまぶたが閉じられる。アルノーを拒否するためのいくつもの理由や言い訳が、突如として悲しいほど意味のないものに思えてくる。若い女性の忠告が、まるで賢人ソロモンの知恵のように心に響く。

「娘の婚礼の手配を取りしきっていただいたとき、あなたが私の心の動きまでも取りしきってしまうとは、誰が想像しただろう？」アルノーは言い、一歩後ろに下がった。

「愛しています、アガサ。結婚してください。今日、今すぐ。私と一緒にフランスへ行きましょう」

ソロモンばりの助言者が嬉しそうな吐息をもらすのが、アガサの耳にかすかに聞こえた。

「その若いご婦人がおっしゃるとおりですよ、アガサ。あなたにとって、今こそ決断のときなんだ。今しかない！」アルノーは男らしく言いきる。話すたびに小さな黒い口ひげが情熱的に震える……でも、それでも……。

「でもアルノーさま、ネルはどうなるのです？」アガサは、小間使いのネルがひかえめに立っている場所を手ぶりでそれとなく示した。「トランクや何やかや、私の持ち物は？　身の回りのわずかな品をのぞいて、もうすでにリトル・バイドウェルに送って――」

アルノーはアガサの唇に優しく指をあてた。「ネルも私たちと一緒に来てもらうんですよ、もちろん。あなたのトランクについては、もし思い入れがあって手放せないものが中に入っているのなら、あとで人をやって取りよせればいい。でも当座に必要な品は、私に買わせてほしいんだ、アガサ。あなたを素敵なドレスや宝石で飾りたてさせてくれ。さんざん甘やかして――」

「もう、じれったい。そうさせておあげよ！」

若い女性は小さな犬をとらえて締めあげていた。片手に油っぽい包み紙を握り、もう片方の手で犬の口をがっちりと押さえている。犬の目と、人間の目。四つの茶色い目がまばたきもせずにアガサをじっと見つめている。

「本気でおっしゃってるの？」アガサはささやいた。あかの他人の、しかもひときわ変わった人の助言を受け入れようとしている自分に驚いていた。

「もちろん。迷いはありません」

その言葉で、アガサの心に最後まで残っていたためらいが消えてなくなった。幸福感が全身に広がる。アンリ・アルノーはアガサの顔を両手ではさんだ。

「私と結婚してくれるかい、いとしい君《マ・シェール》、私の心《モン・クール》？」

「ええ、もちろんよ。迷いはないわ」アガサは答えた。

アルノーは音を立ててアガサにキスし、そのウエストに腕を回し、せかすようにして駅を出た。あまりの幸せに酔いしれて、アガサは指から列車の切符がすべり落ちたのにも気づかない。切符はまるで婚礼のときの紙ふぶきのごとく、ひらひらと地面に舞い落ちる。

だが、ベンチに座っていた若い女性――レッティ・ポッツ――は気づいていた。

「これでわたしたち、今日一日分のよい行いはしたと言ってもいいわね、ファギン？」レッティ・ポッツは犬に話しかけた。先ほどまでのロンドン下町のなまりはすっかり消えている。駅を出ていく二人を見守っていると、丸々と太った女が急いであとを追った――これがネルという小間使いにちがいない。まもなく、女主人アガサにつきしたがってフランスへ渡るのだろう。

「愛って、大したもんだよねえ？」レッティは小生意気な下町なまりに戻って問いかける。「糖蜜プディングみたいに甘くてさ。ごちそうさまだけど、あんなの見てたら、歯が痛くなっちゃうよ、やれやれ」

皮肉な物言いとはうらはらにその目は輝いている。レッティはファギンの鼻に愛情のこもったキスをすると、腰をかがめて、地面に落ちた切符を拾いあげた。さっそく、行き先の表示に目を走らせる。

「ノーサンバーランド州、リトル・バイドウェルか。あらまあ、ずいぶん遠いところみたいね。いったいぜんたい、どこらへんにあるんだろ？　まあ、どこでもいいわ。ね、ファギン？」犬の振るしっぽが、ぱたぱたとレッティのわき腹を打つ。「リトル・バイドウェル行きの切符しかないんだから、わたしたちとしてはそこに行くしかないもんね」

レッティの顔からしだいに笑みが消えていく。背が高くてやせた赤毛の女性と、太鼓腹のフランス人の愛人が与えてくれた楽しい気晴らしもこれで終わり。レッティの思いは自分自身の問題に移っていった。

もうすぐニックがわたしを捜しはじめるだろう。でもまだ、実際に動きだしてはいない。ニックはまだ自分の「仕事場」にいて、わたしの到着を待っているはずだ。

あの下宿屋に火をつけて焼きはらったとき、ニックは、レッティが住みついていた家だけでなく、持ち物のすべてを破壊してしまった。今身につけているものをのぞいて、この世で持てる何もかも。このドレスにしたって、あの日着て出かけなかったら、焼けてしまっていたところだ。グッドウィン音楽劇場の支配人に好印象を与えようと、持っている中で一番優雅なドレスを選んだのだが、けっきょくその努力は実らなかった。

それまでの二週間、働き口を探しあぐねたことを考えれば、どうせ無駄なあがきだと気づくべきだったのだ。ニックのことだから、どうにかしてロンドンじゅうの劇場の支配人にわたりをつけて、レッティを要注意人物として排除するよう「説得」するすべを見つけたにきまっている。レッティは音楽劇場の期待の新星だというのに――というより、チャンスさえ与えられれば、そうなれたのに。

あのままいけば、評論家たちもやがて認めてくれたことだろう。すでに彼らのあいだでは、レッティの歌声の評判は上々だった。そのうち実力を発揮できる役をもらって、おかしみのある軽快さだけでなく、それまでの演技には欠けていると評されていた「情緒的な深み」をたたえた歌を聞かせてやれるはずだったのだ。しかし、そのチャンスがめぐってくるのもどうやら遅れそうだ。

レッティの顔に苦笑いが浮かんだ。ニック・スパークルはきっと、人殺しをするまでもなくうまくやってのけた、と祝杯をあげているだろう。レッティから何もかも取りあげて、追いこんでやったとほくそえんでいるにちがいない。これではレッティは、ニックのもとに舞い戻ってえげつない詐欺の片棒をかつぐしかなくなってしまう。

だがレッティは、ニックのもとに舞い戻ったりはしなかった。燃えさかる下宿屋を目にしたとき、レッティはその足でセント・パンクラス駅へ向かった。手持ちのわずかな硬貨をありったけ出して出札係の駅員に見せ、それだけでどこまで行けるか尋ねたのだが、返ってきた答に愕然とさせられた。これっぽっちじゃチェルシーまでだって行けないよ、と言われたのだ。そんな近場に逃げてもどうしようもない。

絶望に襲われる中、そのとき初めて、過去数週間にわたってずっと保ちつづけていた緊張がほぐれてきた。レッティは座ってじっくり考えた。今まで味わったことのない無力感と闘いながら、考えつづけた。

まさか。わたしはレッティ・ポッツよ！　恐れを知らぬ強い心と回転の速い頭、いつも快活な笑顔で知られる、小生意気で大胆不敵なレッティ・ポッツなのだ。

ニックのところへなんか、絶対に戻らない。あいつが企てている新手《あらて》のぺてんに加担したりするものか。今度の手口は、いかがわしい連中とつき合っていい気になっている甘やかされた貴族のボンボンをだます、いつものおとり商法とはわけが違う。中産階級の未亡人が相続したなけなしの財産をくすねようという、残酷な企てなのだ。そんなことに関わるつもりはない。

駅のベンチで物思いにふけるレッティの目の前に、アルノーとレディ・アガサという、上流階級の人たちが現れた。そしてレッティの悩みを解決する答として列車の切符を、文字どおり、彼女の足元に落としていった。その答のとおり、リトル・バイドウェルへ行って、しばらくのあいだ身を隠していてもいいだろう。ひょっとすると、婦人用帽子を作るちょっとした仕事にありつけるかもしれない――リトル・バイドウェルなる町に、婦人用帽子店が商売として成り立つほどの人々が住んでいればの話だが。でも少なくとも、ニック・スパークルの手が届かないところに逃げられる。

レッティはもともと、信じやすいたちではない。情け深い守護天使なんて、七月に降る雪と同様、期待しても無駄だと知っている。だが、多少ながら人生経験を積んだ今、運命がときおりその扉を開いてくれることぐらいはわかるようになっていた。そんな幸運への扉をくぐるのを拒むのは愚か者だけだ。レッティは、ファギンを小脇に抱えて立ちあがった。切符に印刷された駅のホームの番号を探す。

レッティ・ポッツはやはり、愚か者ではなかった。

2　第一幕で登場する端役は、最終幕まではナイフを握っていると思っていいだろう。

「いくら脅されても、わしは水の使用権を下劣なホイッグ党員なんかに渡すつもりはないぞ！」この町の大地主であるアーサー・ヒンプルランプは、駅のホームに杖をガンと打ちつけていきまいた。

サー・エリオット・マーチはヒンプルランプの肩に手をかけて自分のほうをふりむかせた。この気難しい老人を淑女《レディ》がたから遠ざけたら、ばかげたふるまいにきっぱりと終止符を打たせるつもりでいた。無頼漢ぶりを発揮するこの老人は、ビグルスワース家の婦人たちを乗せた馬車を駆って鉄道の駅に到着したエリオットを目撃するやいなや、わざわざ大通りを横断してまで近づいて話しかけてきたのだ。

それが、このリトル・バイドウェルのような小さな市場町《いちばまち》に住むことの魅力でもあり、また問題でもあった。ひとたび「町に出て」いけば、「町に出て」いるすべての人にかならず出くわすことになる――八百屋か、マローの喫茶店か、衣料雑貨の店か、銀行か、教会か、どこかで。

「もちろんそれは、ヒンプルランプさん、あなたがお決めになることですよ」地主の血色のよい顔をじっと見つめながらエリオットは言った。「しかしですね、あなたがバーケット氏の地役権《ちえきけん》を拒絶する法的権利をお持ちであっても、法律はあくまであなたの権利を守るためのものであって、特定の政党を支持している人を罰するためにあるわけじゃありませんからね」

ヒンプルランプのあごが激しい怒りでぶるぶると震えた。

「あなたがやたらに人に恨みを抱くようなお人柄でないのは承知していますよ」事実は正反対であるのをエリオットは知っていたが、人の和のためなら真実を曲げてもいいだろうと思ったのだ。少し離れたところから、ホームに入ってくる列車の汽笛が聞こえた。

「しまった」近づいてくる列車をふりかえったエリオットは、ふたたびヒンプルランプのほうを向いて言った。「少なくとも、今のところは様子見ということで、お待ちください。あとで後悔することのないように、ですよ。すみませんが、私は今から、ミス・ビグルスワースがアンジェラの披露宴の演出のために雇ったご婦人をお迎えに行かなくてはならないので、失礼します」

しかしヒンプルランプは、こんなところで話を終わりにされてたまるか、とばかりに踏んばっている。「キップは言っておったぞ、わしは一歩も譲らずに主張を通すべきだと」

キップはヒンプルランプの一人息子だ。端整な顔立ちの青年だが、あいにく鏡の存在に気づくのがとても早かったらしく、やたらにうぬぼれが強い。

穏やかだったエリオットの声が冷たく、硬くなった。「主張を通されるのなら、ご自分の良心が痛まないように、そしてバーケット氏のお財布に穴が開かないようになさるのが一番かと思いますが」

「わかっとるわい」ヒンプルランプは空いばりした。「だが憶えておいてくれよ、エリオット。君に免じて、あえて我慢してやるんだってことをな。それと、君は、ほかの誰かと違って――わしと同じように――紳士だものな、そうだろう」

エリオットは唇をぴくりと引きつらせたが、なんとか厳粛さを保って言った。「ええ、もちろん紳士でありたいと望んでいますよ」

ヒンプルランプはふんと鼻を鳴らしてきびすを返し、どすどすと足音高らかに駅のホームへ向かった。ちょうどロンドンからの列車が激しい震動とともに停車しようとしていた。

エグランタインとアンジェラの、ビグルスワース家の婦人たちは身を前に乗りだし、「奇跡を起こす人」が降りてくるのを今や遅しと待ちかまえている。そう、「奇跡を起こす人」こそ、レディ・アガサ・ホワイトに期待されている役割だった。コットン侯爵領に君臨するシェフィールド一族の、一〇〇年にわたってつちかわれてきた虚栄心で凝り固まった背中をゆるめさせ、アンジェラ・ビグルスワースを彼らの狭い世界に迎え入れさせるよう説得する。それがレディ・アガサの仕事だった。

サー・エリオット・マーチがシェフィールド家の人々と面識を持ったのはかなり以前のこ

とだ。たった一度の短い社交シーズンではあったが、エリオットが上流社会の注目を多少ながら集めたことがあったのだ。だがシェフィールド家の人々は好印象を抱いているようすはなかった。というより、エリオットにまともな爵位がないために、最低限の礼節を尽くす以上のつき合いは必要ないという印象を抱いた、というほうが正しい。

確かに、シェフィールド一族の者なら、どこの馬の骨ともつかぬ田舎貴族の娘が、華麗なる一門に嫁入りするのを快く思うはずがない。たとえシェフィールド家の人々が、その昔はバイキングの経営する農場で働くやる気のある農奴にしかすぎず、その間《かん》ずっと、ビグルスワース家がマーチ家同様、この地方の土地を管理してきたにしても、である。

エリオットはエグランタイン・ビグルスワースをちらりと見やった。不器量な細面《ほそおもて》の顔は不安に曇っている。その横に立っているのは姪のアンジェラだ。金髪で可憐な雰囲気で、まさに芽生えようとするイングランドふうの女らしさを絵に描いたような顔立ち。ただ、薔薇のつぼみを思わせる唇がふだんの彼女らしくなくすぼめられ、目の下にわずかにくまができているのが玉にきずだったが。

エグランタインはエリオットの視線に気づき、弱々しいほほえみを見せた。ビグルスワース家の馬丁が痛風《つうふう》にかかって床についているうえ、アンジェラの父アントンが家に残って客を迎える準備をしなくてはならなかったため、エグランタインはエリオットに、彼の馬車で披露宴演出役《ブライダル・プランナー》のレディ・アガサを迎えにいき、披露宴会場となる屋敷「ホリーズ」まで連れていってもらいたいと頼んだのだ。

エリオットは断れなかった。なんといっても、紳士だったからだ。それに、ビグルスワース家の人々を敬愛していた。母親が死んだとき、心を慰めてくれたのはエグランタインだった。レディ・アガサが、エグランタインの望む一〇〇分の一でも期待に応えてくれますように、とエリオットは願わずにはいられなかった。

列車の車掌が扉を開けた。ホームに飛びおりるとすぐに向きを変えて、乗降用の踏み段を中から取りだす。「リトル・バイドウェル！　リトル・バイドウェルに到着です！」

数人の乗客が現れた。教区牧師の家政婦をつとめる女性がまず降りて、そのあとに二人の従姉妹がくすくす笑いながら続く。田舎でひと夏を過ごすためにやってきたらしい。次に、格子縞の上着を着た中年の紳士が、みすぼらしい大きな旅行かばんを胸に抱えて降りてくる。かばんの中の商品を売り歩く外交販売員だろう。そして……あとはもう、誰も出てこない。

車掌は懐中時計を取りだして時刻を確かめてから、駅舎へと急ぐ。「お茶を一杯」飲もうと、ぶつぶつつぶやいている。エグランタインとアンジェラは、不安そうな視線を交わした。

「そうよ」アンジェラが唾を飲みこんで言う。「きっと何か、理由があって――」

「ほら、いらしたじゃないの！」エグランタインが叫んだ。「レディ・アガサ！　こちらですわ！　ほら！」

エリオットは一等車両のほうに注意を向けた。窓を通して、女性が一人、通路を歩いてくるのが見える。彼女の頭の上には不思議な格好の巨大なものがのっている。たぶん帽子だな、といぶかしく思いながらも推測した。車両の一番端の扉が開き、女性はそこで足を止めた。

夕暮れの明るい光に照らされてその輪郭が浮かびあがる。

エリオットの目つきが鋭くなった。アメリカの挿絵画家のギブソンとかいう男が最近流行《はや》らせた女性の理想像みたいじゃないか。第二の皮膚のように体にぴったり合ったレースつきのドレスは、なまめかしいほどに肉感的な体型をきわだたせている。

エグランタインの呼びかけが聞こえなかったのか、女性は戸口に立ったまま後ろをふりかえり、何かを探すように腰を深く曲げた。お尻の見事な曲線があらわになる。実に刺激的な眺めだ。エリオットの横で、ヒンプルランプがはっと息をのんだ。

「こっちですよ、レディ・アガサ！　レディ・アガサ！」

レディ・アガサはまだ前かがみのまま、下のほうを見まわしている。やたらに大きな帽子のつばで顔はほとんど隠れていたが、エリオットは、彼女の意志の強そうなおとがい、角ばった両あご、予想外に大きな口に気づいていた。若い。エグランタインが皆に語っていたイメージより、かなり若そうだ。

エリオットは目を細めた。レディ・アガサ・ホワイト。この女性については、アンジェラの披露宴の演出を担当させるために雇う予定だとエグランタインに聞かされたときから、周到に調査を進めていた。その結果わかったのは、「ホワイト婚礼手配サービス」を経営するレディ・アガサは、貧乏貴族とはいえラリー公爵の長子で、本物の貴婦人《レディ》であるということだった。ただエリオットはなんとなく、年齢的には三〇代の女性を想像していたのだ。

レディ・アガサは体を起こし、スカートの陰に隠れていた黒くてみっともない小型犬を抱えあげ、ふりむいた。日の光がまともに顔に当たり、彼女の一番印象的な部分を照らしだした。深みのある美しい茶色の瞳。けっして目を見はるような美人ではないが、顔立ちは人の心を引きつける魅力にあふれている。

「ごめんなさい」かすれ声で彼女は言った。「わたしを呼んでいらしたとは思わなかったものですから。申し訳ないんですけれど、あの――」

「そんな、謝ってくださらなくても」エグランタインは興奮気味にさえぎった。「まったく、機関車の音がうるさくて、何も聞こえやしませんわよね」

「本当にそうですわね。でも、違うんですの、わたし実は――」

そのとき鳴りひびいた列車の汽笛の音で、この女性が「実は」何なのか、あとの部分はかき消された。

「お越しいただいて、とても嬉しく思っていますのよ。本当のところ、少し心配しておりましたの。列車が遅れたり、なんやかやで。でも、もう大丈夫ですわね？　レディ・アガサがお着きになったからには、ひと安心。きっと、何もかもうまくいくわ！」声をはりあげてしゃべっていたエグランタインは、汽笛が急にやんで静かになったあともまだ大声を出している自分を恥じて顔を赤らめ、咳払いをした。「あなたのお荷物、二、三日前に着きましたわ」

犬を片方の腕に持ちかえようとしていたレディ・アガサの動きがぴたりと止まった。「わたしの荷物ですか？」

「ええ」それまで黙っていたアンジェラが口を開く。「さまざまな大きさのすてきな旅行かばんや、箱や、バッグが届いていますわ」

「本当に?」レディ・アガサは訊き返した。

「いえ、中をのぞいたりしたわけじゃないんですのよ!」彼女を安心させようと、エグランタインがあわてて言う。「階段の上まで引きあげられている荷物を見ただけですから」

二人は待った。エグランタインはおどおどした笑みを浮かべ、哀れなアンジェラは穴があったら入りたいといった表情をしている。

「エリオット!」

エリオットがふりむくと、ポール・バンティングとその妻キャサリンが、駅のホームを歩いて近づいてくる。

「通りの向こう側で君の姿を見かけてね」話しかけながら追いついたポールが、横に並んで歩きはじめる。「声をかけてみようと思って。キャサリンが、マローの店の糖蜜プディングが最高だから食べに行こう、って誘うから出かけてきたんだが、本当のところはレディ・アガサにひと目お会いしたかったようだよ」大声でそう言ったあと、少し前かがみになり、声を小さくして訊く。「君、レディ・アガサを『ホリーズ』までお連れするために来たんだろう?」

「ああ、そうだ」レディ・アガサとおぼしきとび色の髪の女性に視線を戻しながらエリオットはうなずいた。

あたりかまわぬポールの大声が注意を引いたらしく、女性はエリオットに直接目を向けた。

こちらが気恥ずかしい思いをしているのに気づいて、面白がっているようだ。エリオットは軽く会釈した。

すると女性はほほえんだ。

エリオットの礼儀作法はどこかへふっとんだ。ポールとキャサリン・バンティングの存在もすっかり忘れて、立ちつくしたまま女性を見つめつづけた。彼女が笑顔を見せたとたん、まわりの景色がすべて変わってしまったのだ。

静かにしていたときにはわからなかった成熟した大人の雰囲気が、意識してつり上げた眉毛や、抑えきれない下唇の動きに現れていた。皮肉屋の気性といたずら好きな心とともに、なんともいえない愛らしさがにじみでている。

まるで、本当は笑顔など見せたくなかったのに、心ならずもほほえんでしまったといった印象で、最高においしい秘密を持ってるのよ、よかったら教えてあげましょうか、とでも言いたげな表情だった。黒目がちの瞳は生き生きと輝き、なんと両頰にはえくぼが現れた。

女性は今度は、ビグルスワース家の二人に注意を向けた。「わざわざお出迎えいただけるなんて、感激ですわ！」歌うように言い、犬を自分の顔にぎゅっと押しつけた。疑わしげに見つめる犬に、優しく語りかける。「ねえ、ランビキンズ。ほら、親切な方々ばかりよ、わかる？」

犬を顔から離すと、女性は抱擁を求めるように片腕を差しのべた。いつのまにか手に握られていたハンカチをゆっくりと目のところに持っていき、軽く押さえる動作をしている。感謝の気持ちでいっぱいの、涙もろい女性の姿だ——だがそのイメージとはうらはらに、目つきが妙に抜け目ない。「ありがとうございます。本当に、ありがたいことですわ」

もともとなんでも疑ってかかるたちのエリオットの心に、ふたたび疑念がわきおこってきた。レディ・アガサ・ホワイトは、過度に人目を引くのを好まないという。自分を売りこむのは俗悪だとみなして、宣伝行為は避けているらしい。たとえば新聞に肖像を載せることすら許可しない。にもかかわらず、彼女はこんな人目につく場所に立って、エグランタインの発する称賛の言葉を心の底から喜んでいるように見える。

彼女は色っぽいえくぼをつくり、よどみなくなめらかな動きで踏み段を下りてきた。

よどみなく、なめらかな動き。それ以外に形容のしようがない。一番上の段で一瞬バランスを取ったかと思うと、次の瞬間にはさっとホームに降り立っていた。そんなふうに歩いたり動いたりする貴婦人《レディ》を、エリオットはいまだかつて見たことがなかった。

エリオットは頭に浮かんだ考えを打ち消した。ばかげている。それに——そうだ、ポールとキャサリンがいたんだった。こんな疑いを口にすれば、どうかしていると思われてしまう。

エリオットはふりむいて話しかけようとしたが、ポールもまた、レディ・アガサの魔力に屈してしまったかのようにぼうっと見とれている。

「で、あなたがレディ・アガサご本人ですわよね?」エグランタインは言い、とび色の髪の女性が目を大きく見ひらいてうなずいたのを確認して続ける。「やっぱりそうでしたのね! でも、私の呼びかけにちっとも答えてくださらなかったから……まあ、いいわ。ようこそいらっしゃいました、レディ・アガサ！　何ごともなく無事にお着きになったようで、安心いたしましたわ。長旅でお疲れになってないといいのですけれど。客室は狭くて窮屈でしたでしょう。あらいやだわ、ご挨拶が遅れて失礼いたしました。私、エグランタイン・ビグルスワースと申しまして、今回のことでお手紙をやりとりさせていただいた者です。ようやくお目にかかれて、喜んでいますの！」

「こちらこそ、マダム。お会いできて嬉しいですわ、本当に」レディ・アガサは誠意をこめて言った。ただ、ふっくらと熟れた大きな口元にはまだ、面白がっているようすが表れている。

「そしてこちらにおりますのが」エグランタインの目が誇らしげに輝く。「私の可愛い姪、花嫁になるアンジェラです」

「ミス・ビグルスワース。なんて、すてきなお嬢さまかしら。感激ですわ」アンジェラの手をとりながら熱っぽく語りかける。「こんなきれいなお方だなんて！　花婿になられる方はお幸せですわね」

　そのとき、バンティング夫妻とエリオットの姿が目に入ったエグランタインは、手を振って三人を招きよせた。「まあ、嬉しいこと！　ご近所の方々だわ。ご紹介いたしますわ、ポール・バンティング卿と奥さまのキャサリンさまです」

　キャサリンは頭を下げた。ちょっと体がこわばってぎこちないな、とエリオットは思う。どこか具合でも悪いのか？　そうでないといいのだが。キャサリンと婚約していたのはかなり前のことだが、エリオットはいまだに彼女を気づかう気持ちを忘れていなかった。

ポールは深々とお辞儀をし、喜びに顔を輝かせている。

「あらまあ、偶然だこと！　ヴァンス家の人たちよ。ねえ、ミス・エリザベス！　こちらにいらして、レディ・アガサにご挨拶なさったら！」

エグランタインは歓声をあげて、歩道をゆっくりと歩いていたヴァンス家の二人に呼びかけた。エリザベスと呼ばれた中年女性は無関心を装っているが、こうして都合よく駅前に現れたのを見ると、単なる偶然にしてはできすぎていて、わざとらしい。

年老いたヴァンス大佐は、娘のエリザベスに寄りかかるようにして怒鳴った。「なんじゃ？　あの女《ひと》は今なんと言った？」

「レディ・アガサにご挨拶しませんかって、お父さま！」辛抱強いエリザベスは大声で、しかし落ちついて答えた。「レディ・アガサは、ミス・アンジェラの婚礼をすてきなお式にするためにいらした方よ！」

「ミス・アンジェラは今のままでも十分すてきじゃよ。よけいな手伝いなんぞ要ら――」

みなまで言わないうちにエリザベスは顔を真っ赤にし、老大佐の肩に腕を回して先を急がせた。「申し訳ありません！　父は気分がすぐれないようですから、ここで失礼しますわ！」肩越しに叫ぶ。

「では、またあとで！」ほっとしたエグランタインはふりむいて、エリオットがいるのにあらためて気づいた。「まあ！　私としたことが、うっかりしてしまって。私どもが親しくさせていただいているお友だちをご紹介しますわ。サー・エリオット・マーチです」

片足を引きずっているのをうまく隠せればいいが、と願いながら、エリオットはゆっくりと近づいた。寒い季節になると脚全体がこわばってしまうことがよくある。今日は晴れてはいるが、この季節にしては肌寒い。エグランタインがレディ・アガサのほうに体を寄せてささやいているのが聞こえる。「戦争で受けた傷なんですの」

ただでさえきまりが悪いのに、エリオットはなおさらいたたまれなくなったが、とにかく帽子をとってお辞儀をした。自分勝手な思いこみで、僕の戦功をやたら美化したがるエグランタインにも困ったものだ。この癖を直してやれたらいいのに。

エリオットは顔を上げ、とび色の髪の女性と目を合わせた。彼女の目がはっと驚いたかのように見ひらかれる。瞳は茶色だが、めったにない微妙な色合いだ。まろやかな深みがあって、人を酔わせる魅力にあふれている。樽で長く熟成させたトーニーポートのワインを思わせる、つやのある黄褐色だ。

「はじめまして、お目にかかれて光栄です」挨拶しながらエリオットは、自分の声がはるかかなたから響いているような気がした。

「はじめまして、サー」息を切らしたような声。

「サー・エリオットとお父上は、『ホリーズ』から一キロも離れていないお屋敷に、独身の男性どうしでご一緒にお住まいで」エグランタインが早口で言った。「私たち、いつもお二人をお使い立てしてわずらわせているんですのよ」

「いえ、けっしてそんなことは」レディ・アガサの頬がかすかに上気しているさまに心を奪
われながら、エリオットはつぶやいた。
「いえいえ、本当ですわ」エグランタインが言う。「私どもの御者が病で伏せっているんで
すよ。それでサー・エリオットが、『ホリーズ』まで乗せていってさしあげましょうと、ご
親切に申し出てくださったんです」
「病というのは痛風です」アンジェラが宣言するように言った。「相当、ひどいようなんで
す」
レディ・アガサはエリオットに注いでいた視線をふしょうぶしょうアンジェラのほうに向
けた。「わたしの経験では、痛風にかかる人というのはお酒をよく飲む傾向があるようです
わ。わたしの小間使いも酒好きでした」物知り顔でうなずく。「とんでもない大酒飲みなん
です。まるで魚みたい」
それを聞いたアンジェラは、びっくりしながらも吹き出しそうになり、手を口にあてて笑
いをかみ殺した。よかった、とエリオットは思う。久しくアンジェラの笑い声を聞いていな
かったからだ。
レディ・アガサの瞳がきらりと輝く。「お酒のこととなると、どうしようもないんですの。
あんなにひどいとは思いませんでしたわ、昨日、駅に現れたあの小間使いのようすを見るま
では。列車に乗れないほど酔っぱらっていたんですよ」そこで目を細める。「言うまでもな
く、そのまま駅においてきましたけれど」

エグランタインによると、レディ・アガサは風変わりな言動で知られているというが、どうやらそのとおりらしい。エリオットの知り合いの貴婦人《レディ》で、そんな恥ずかしいことを満足げに話す人は一人もいない。たとえばキャサリンが、「魚みたい」などという言葉を使うのは（魚そのものを指す場合でも）どうしても想像できなかった。それにしても、今日のキャサリンはいつになく静かだ。

エグランタインは今の会話のおかしさにまったく気づいていないようだ。といってもこの中年女性はもともと、驚くほど浮世離れした人なのだが。

「うちの御者、ハムというんですけれど、やはりお酒には目がなくて」エグランタインは告白する。「でも、飲むのをやめたがりませんの。ですから、私たちとしてはどうしようもないでしょう?」

「くびになさってはいかが?」レディ・アガサがほのめかす。

「そうね」エグランタインはため息をつく。「でも、くびにしたらハムはどうなるかしら? それを思うとできないわ。きっと誰にも雇ってもらえないでしょうからね」

レディ・アガサが面食らった顔をしたので、エリオットはもう少しでほほえみそうになった。リトル・バイドウェルの住民は、人に対する「社会的責任」について、きわめて強いこだわりを持っているのだ。

「ああ、ご心配なさらないで」レディ・アガサの表情を誤解したエグランタインは言った。「大丈夫、婚礼の日にはハムはすっかり元気になっているはずですから。家族にとって大切なお祝いごとに、私たちをがっかりさせるようなことは絶対にしませんわ……」言ってしまってから、恥ずかしさに声が小さくなる。「レディ・アガサ、何もあなたをお迎えするのが大切なお祝いごとじゃないという意味じゃありませんのよ」

レディ・アガサは犬を自分の顔にぎゅっと押しつけた。「まあ、すてき！ ランビキンズ、今のを聞いた？ わたしたち、『お祝いごと』ですって」

「ええ、まさにそうですわ！」レディ・アガサの腕に自分の腕をからめながら、エグランタインが言う。「ポール、キャサリン、私たちこれで失礼させていただくわ。レディ・アガサは長旅でお疲れでしょうから」

エリオットは内心、エグランタインに喝采を送りたい気持ちだった。この調子では、町じゅうの人間がつぎつぎと現れて、大変なことになる。

「もちろんそうでしょうとも」ポールがつぶやく。あこがれに満ちたまなざしだ。「レディ・アガサ、お目にかかれて本当に光栄です」

「ご丁寧に、ありがとうございます、ポール・バンティング卿。でも、そういうお言葉をわたしが本気にして、永久にここに居ついてしまわないように、皆さま、ご用心なさったほうがいいんじゃないかしら」

「マダム？」混乱したポールが訊く。

レディ・アガサは声をあげて笑った。「なぜって、この趣のある小さな町に着いてほんのわずかなあいだにわたし、もう『お祝いごと』とか『光栄』といった、過分なまでのお言葉をいただいたんですよ。果たしてそんなすばらしい言葉以上に、皆さんのご期待にお応えできるかしら？」エリオットに向けられたその瞳は、陽気に、いたずらっぽく、そして……そう、挑発的に輝いている。

なんと、こちらの予想を見事に裏切ってくれる女性だ。まったくもって興味深い——だがエリオットの経験では、興味深いものがかならずしも好ましいとはかぎらない。

レディ・アガサはエリオットの反応を待っている。だが彼が答える前に、キャサリンが絹のごとくなめらかな声で言った。「あら私、少しも心配しておりませんわ。レディ・アガサ、あなたがきっと期待に応えてくださると、私なぜか信じられますの」

3　舞台の上で、すべてがうまくいっているときがある。すると、最前列に座った子どもが咳をしてしまうのだ。

信じられないほどの幸運がレッティのもとに舞いこんできた。まず列車の切符を拾った。それから、あの間抜けなお人よしたち。哀れにもすっかり勘違いして、彼女をレディ・アガサだと思いこんでいる。口元がゆるんで、にやにや笑いを抑えるのにひと苦労だった。そうね、こんなふうに幸運の女神が花を贈りつづけてくれるなら、集めて花束にしてもいいわね。一日やそこら、ようすを見ながら、レディ・アガサの荷物から手持ちで運べる貴重品を失敬して、名残惜しいリトル・バイドウェルにさようなら、ってところかしら。レッティは嬉しさのあまり手をこすり合わせたくなった。

一方、馬車から見える「景色」は、こんな僻地《へきち》のひなびた町にしては結構な眺めだった。その「景色」の一部、サー・エリオット・マーチは、今ふうの言い方だと、実に「おいしそうな」男性だ。思わず息をのんでしまうほど魅力的と言ってもいい。でもその魅力はひかえめで、洗練されていてさわやかな色気がある。ビグルスワース家の婦人たちの真向かいの席に座ったレッティは、二人が周辺の名所を指さして説明してくれるたびに、エリオットの広い肩に釘づけになりそうな目を無理やりそちらに向けなくてはならなかった。

レッティは外の景色に興味のあるふりをして、それなりにあいづちを打ったり、言葉を差しはさんだりしていたが、生まれてからの八年間を田舎の屋敷で過ごした経験から、木々を見たからといって特に胸が高鳴ったりはしなかった。だが、きれいにくしけずられ、輝くばかりに整えられたサー・エリオットの黒い巻き毛が、雪のように真っ白な襟元にわずかにかかっているのを見ると、胸騒ぎをおぼえるのだった。

もともと黒っぽい髪の上品な男性には弱いレッティだが、エリオットの場合は――男性として単に美しいというだけではなく、それを超える何かがある。青緑色の目、黒い髪、官能的な唇、そして皇帝のごとく高貴な鼻。

レッティは、見栄えのいい男性に出会っても、それだけでいちゃついてみたいなどと思うタイプではない。劇場の裏口付近で、お目当ての歌手とひと言でも交わしたいとうろうろしている風采の上がらない男たちとつき合って、驚かされることも少なくなかったものね――みな、楽しい思い出だわ。それにサー・エリオットのほうが、わたしといちゃつきたいと思うかどうか。そんなの、わからないでしょ？

レッティは眉をひそめた。

サー・エリオットはわたしに魅力を感じている。それはけっしてうぬぼれではない。ある吟遊詩人の言葉を借りれば、「男は男、どこまでも男」なのだから。なんだかんだいって、けっきょくサー・エリオット・マーチも、ほかの男となんら変わりはないはずだ。男であれば皆、欲しいものは同じ。ただ、女を求めるにしても、より優雅に求める男、求めている姿がよりすてきに見える男もいる。

レッティはため息をついた。そのとき、馬車の車輪が道路の深いわだちにはまって、がくんと揺れた。

エグランタインはきゃっという悲鳴をあげ、アンジェラは恐怖のあまり息をのんだ。サー・エリオットはすぐに手綱を引いて馬の歩みを止めさせた。さっとふりむいた顔は心配そうだ。「申し訳ありません。皆さん、大丈夫ですか?」

「ええ大丈夫よ、エリオット。ありがとう」

「レディ・アガサは?」

「ええ、平気ですわ」

エリオットは前に向きなおり、手綱をぴしっと鳴らし、馬たちをふたたび走り出させた。優雅なふるまいには心惹かれずにはいられない。なんて魅力的なのかしら。サー・エリオットは真に、礼儀正しい男性だった。

もちろんこんな小さな田舎町では、上品でひかえめな言動をするよりほかにないのだろうけれど――熱くなりかけた気持ちを無理やり抑えこみながらレッティは思う。丁寧な言い回しをいくつも並べたてなければならない状況に陥ったら、サー・エリオットはたぶん口ごもって、黙りこんでしまいそうな気がする。

馬車が上下に揺れたので、レッティの体も跳ねあがって座席の隅に追いやられた。この角度からだと、サー・エリオットの横顔が見える。日没前の最後の光が、柔らかに見える黒々としたまつ毛に縁どられた瞳に当たって屈折している。きりりとした唇の輪郭とすっきりしたあごの線が夕映えに浮かびあがって美しい。だが特に育ちのよさが表れているのは鼻だ。洗練された立派な鼻だった。鼻梁はまっすぐで力強く、鼻腔が広がっている。こんな鼻を持った男性なら、自信を持って人を見おろすことができるだろう。サー・エリオットの先祖はきっと、レッティの先祖をそんなふうに見おろしたにちがいない。

レッティはそう考えただけで興奮がさめるような気がした。くやしさと面白さの入りまじった感情で唇がゆがむ。もし自分がユーモアに関する抜群の判断力以外に、いくらかでもまともな判断力があるなら、サー・エリオットとはできるだけ関わり合いにならないほうがよさそうだ。今まで見たところでは、レディ・アガサ・ホワイトがビグルスワース家の結婚披露宴を体裁よく演出するという考えにさほどの熱意を示していないのはサー・エリオットだけだ。ということは、レッティが少しでも社交上の失敗をおかせば、たちまち気づかれてしまうだろう。

馬車がまたわだちにはまって大きく揺れた。ついさっき、「ランビキンズ」という新たな名前をもらったばかりの犬のファギンが、床に転げ落ちた。エグランタインは気の毒そうに舌を鳴らした。すると折りあらば人に媚びてつけこもうというお調子者のファギンは、すぐさまエグランタインの膝の上に飛び乗り、物悲しげにその目を見つめた。

たちまち魅了されたエグランタインは、目を大きく見ひらいてこの小さなオス犬の訴えに応えた。ファギンはふうっと深いため息をつくと、少女のように平らな中年女性の胸にそっと頭をもたせかけた。哀れなエグランタインに勝ち目はなかった。ファギンは、劇場関係者とのつき合いでその技を磨き、無情と言われた人たちの心をとろかしてきたつわものなのだ。エグランタインはおずおずと、柔らかな毛が密生したファギンの頭をなではじめた。

おやおや。また一人、この犬の魅力のとりこになった人が増えたわ！　レッティはそう思いながら、エグランタインの膝の上を占領しているファギンをどけてやった。そして、駅でエグランタインから「あなたのお荷物が……」という言葉を聞いた瞬間にぱっと思いついた、自分のたくらみについて考えた。

レッティのたくらみに唯一ほころびがあるとすれば、それは本物のレディ・アガサが手紙を寄こして、新婚旅行に来ていますと知らせてくることだ。もちろん、いずれはそうなるにきまっているが。

レディ・アガサが高潔な女性であるのは誰が見てもわかる――そんな人柄だからこそ、レッティのような人間にとって格好の「カモ」になるのだ。レディ・アガサがどういう行動に出るかを読むのはたやすい。それでも、フランスからの手紙が着くまでにあと三、四日はかかるはずだ。そのころにはレッティは、とっくに姿を消しているだろう。

さっさと逃げれば、あとに残されたエグランタインががっかりするようすをこの目で見なくてすむから、ありがたい。優しい顔をしたこの中年女性にとって、この犬がかりな婚礼を無事に終えることがどんなに大切かは容易に想像がつく。

とっくの昔に麻痺しているはずの良心がかすかにうずく。レッティはそれを無理やり抑えこんだ。エグランタインたちには、レディ・アガサの持ち物など必要ない。それはレッティにとって必要なものなのだ。どのみちビグルスワース家の人々は、レッティをレディ・アガサと勘違いする前と比べて貧しくなるわけではない。一方、レッティの暮らし向きは格段によくなる。

もしレディ・アガサにうまくなりすますことができれば、の話だ。慎重にやれば、なんとかやれるだろう。端整な顔立ちの「サー誰々」に近寄らないようにしていれば。広い肩と優雅な手を持ち、幸せそうな笑いの思い出が瞳の奥深く刻まれている男性に。

でも、笑いが「思い出」だけだと感じられるのは、なぜなのかしら?

そのときエグランタインに腕をそっと叩かれ、くだらない物思いにふけっていたレッティは我に返った。「もうすぐですわ、レディ・アガサ。ごらんくださいな。あれが『ホリーズ』と呼ばれている私どもの屋敷です」

ポプラ並木のあるゆるやかな坂道を上り、シャクナゲが咲きほこる土手を曲がると、草におおわれた小高い丘の上に立つ「ホリーズ」が見えてきた。広大で、自己満足に浸っていて、どことなく幸せそうな雰囲気をかもしだしている建物だ。

L字型に広がる建物、突き出た部分やポーチを見れば、長年にわたって行きあたりばったりの（ただし好ましい）増築が行われてきたことがわかる。屋敷の一部はツタにおおわれているが、残りのむき出しの壁は年代をそのまま表して、落ちつきのあるたたずまいだ。銅を張った一連の丸屋根はつややかな光を放ち、おびただしい数の窓は沈みかけた太陽の赤紫色の光を受けて輝いている。

「今お考えの披露宴の演出に十分な大きさだといいのですけれど」エグランタインが言う。「屋敷の部屋をすべて使えるようにしましたの、前世紀からずっと閉鎖されていた部屋も含めて。なんだかごちゃごちゃと寄せ集めたようで、申し訳ないんですけれど、しょせんは農家ですから。侯爵家の皆さんにこれでまずまずと思っていただければいいなと、願うばかりですわ」心配そうにつけ加える。

「侯爵ですか」レッティはくり返した。これは面白くなってきたわ。

エグランタインは、今の会話がきっかけでようやく思いついた、といったようすでレッティを見た。「そうだわ、なぜもっと早くお訊きしておかなかったのかしら。私ったら、ばかね。レディ・アガサは、シェフィールド家の方々とはご面識がおありですわよね？」はりきって訊く。

シェフィールド家ですって？　まさか、面識だなんて。ただ、名前だけはレッティも知っていた。世間では知らぬ者のない有名な一族だ。お金よりたくさん持っているものはただひとつ、堅苦しさで、壁紙用の糊《のり》よりしゃちこばっているという噂だった。身分が上すぎて、劇場歌手ふぜいには関係のない世界の人々と言っていい。

「いえ、残念ながらお目にかかる光栄に浴したことはありませんの」レッティはつぶやき、すばやく頭をめぐらせながらアンジェラのようすを盗み見た。話に反応して、顔がピンク色に染まっている。無理もない。この可愛らしい娘はコットン侯爵の心を射止めたのだ。いかにもうぶで、人好きのしない感じの小娘なのに。

まったく、こんなことになるとは、いったい誰が予測しただろう？　レッティは新たな尊敬の気持ちでアンジェラを見直した。

「広さとしては十分ですわ、大丈夫です」レッティはエグランタインに言った。

しょせんは農家、ですって？　イングランドでも特に広壮な荘園領主の屋敷で育ったレッティだが、召使の私生児という身分だったから、屋敷においてもらえたのはひとえに母親の、お針子としてのたぐいまれな腕のおかげだった。だからレッティは、ファロントルー家の人々が住む部分には足を踏み入れる機会がなかった。もちろん客人として「ホリーズ」ほど豪華な屋敷に泊まったこともない。

なんて広々としたお屋敷なの。レッティが部屋を借りていた長屋全体が入ってしまいそうな大きさだ。そう、ニックが火をつけて全焼させてしまうまで、なじんでいたあの下宿。

ニック・スパークルは今ごろ、レッティの行方を探しているだろう。セント・パンクラス駅に当たりをつけて訊いて回れば、行き先をつきとめるのも不可能ではない。レッティを思いどおりにするために、今度こそニックはおかしたことのない一線を越えて、人だって傷つけかねない。ひょっとするとレッティさえも。

レッティは、レディ・アガサと間違えられるという思いがけない幸運にちょっと浮かれすぎていた。それにあの容姿端麗なサー・エリオットと出会って、自分がここに来た理由をしばらく忘れていた——わたしは巧妙な詐欺をしかけるためにやってきたわけではない。これからの人生を切り開くチャンスをつかみたいからだし、必要に迫られたからよ。

一行を乗せた馬車が、ライムの木を一列に植えた私道を回って屋敷の前に止まるころには、高揚していたレッティの気分も沈んでいた。

「ふだんは、東側の扉を使って出入りしています」エグランタインは説明した。「そこが屋敷の一番古い部分につながっていましてね。私たち、正直申し上げて、大広間はかなり気に入っていますの。レディ・アガサがご覧になれば、封建時代の遺物みたいでたわいのないものに見えるでしょうけれど」

「いいえ」レッティは即座に否定した。エグランタインの声に不安が混じったのに思わず反応したのだ。「そんなことありませんわ。実を言いますと封建時代のものは今、ロンドンで熱狂的な人気を呼んでいるんですよ」

「熱狂的な人気？」エグランタインがおうむ返しに訊く。

「ええ、熱狂的な人気です。大流行というか、とにかくすごい過熱ぶりで」レッティは説明した。

「そんなに？」目を丸くしたアンジェラが口をはさむ。

口からのでまかせを取り消そうとして、レッティはためらった。二人は胸いっぱいの希望を持ってこちらを見つめている。ちょっとした嘘で今日一日をより楽しく過ごさせる助けになるのなら、まあ、いいかしら。それに、もしかしたら本当に、封建時代のものが上流社会で大流行《おおはや》りしているかもしれないじゃないの。世の中って、何が起こるかわかったものじゃないから。

「ええ、間違いなく、大流行ですわ」

「間違いなく、去年流行った古代ローマの剣闘士のテーマの後追い、といった感じですね」

サー・エリオットが言った。

レッティがさっと顔を上げると、サー・エリオットと目が合った。濃い色の眉毛が片方だけ、謎めいた感じに弧を描いてつり上がっている。この人はどうやら、決まりきった社交辞令でないせりふも言えるようね。

それも、たまらなくすてきな声で。もう、ずるいわ。こんなに恵まれた容貌の男性が、こんなに美しい声まで授かっているなんて。まるで愛撫のような響き。あまりに心地よくて、レッティは今にも喉を鳴らしそうになる。なめらかで低くて、しかも男らしい声。男性のりりしい魅力をすべてそなえた声。

いったいどういう意味なのか唇をゆがめると、サー・エリオットは馬車から降り、車体の横に回った。とても優美な動きをするのね。スラム街の見物に出かける貴族のように、怠惰そうにだらけた姿勢で横柄にふるまう人とは大違い。軍隊を経験した人特有の、きびきびとした動作の中に見え隠れする優雅さだった。

軍服を着た姿は、さぞかし颯爽として格好よかったにちがいないわ。

サー・エリオットは馬車の扉を開け、中から踏み段を取り出した。

「本当ですの、レディ・アガサ?」エグランタインはささやくように訊く。レッティがすぐに見てとったとおり、信じやすさにかけては並ぶ者がないほどのお人よしだ。「あの、剣闘士のテーマが流行ったというのは?」

レッティはじっくり考えてみた。剣闘士のテーマが流行だなんて、ありえるかしら。そんなはずはないだろう。だけどイングランド最北端の、何もない辺鄙《へんぴ》な片田舎に閉じこもっているサー・エリオットに、いったい何がわかるというの? それとも本当に、上流社会の流行まで知っているとか? ええい、いちかばちか。「あ、ええ」

サー・エリオットはエグランタインが馬車から降りるのにまず手を貸した。次にレッティに手を差しだしながら、まっすぐに目をのぞきこんでくる。女性でさえ嫉妬のあまり泣きたくなるほど長く美しいまつ毛だ。そのまなざしは、レッティの言葉を何ひとつ信じていないことを明らかに示していた。

憶えておかなくちゃ、とレッティはエリオットを見つめたまま、肝に銘じる。ひなびた田舎町に住んでいる紳士だからといって、だまされやすいとはかぎらないってことをね。

待ちくたびれたファギンが、レッティのスカートの下でもがきはじめた。外にいるウサギを見つけたらしく、地面にぴょんと飛びおりてあとを追いかける。

「レディ・アガサ!」エグランタインが叫んだ。「あなたのワンちゃんが!」

だがレッティは、エリオットの視線から逃れられなかった。それに、どうしても目をそらさざるをえない理由もない。ファギンはロンドン生まれだ。ウサギなど見たこともないから、恐れもしない。「ワンちゃんなら、大丈夫ですわ」レッティは口の中でつぶやいた。

大きくて温かいサー・エリオットの手がレッティの手を包む。彼女は見つめつづけた。

「レディ・アガサ？」

ドクン。胸の鼓動が高鳴る。頬に血が上ってくる……何よ、これ！　わたしったら、赤くなってるじゃないの。顔を赤らめたことなんて、何年もなかったのに！

座席から跳ねあがるように立ちあがったレッティは、エリオットにあずけていた手をふりほどき、助けを借りずに踏み段をずんずんと降りていった。

次にサー・エリオットは、アンジェラが馬車から降りるのを手伝った。

アンジェラを見るレッティの目つきが鋭くなり、サー・エリオットのことを一瞬だけ忘れた。レッティの目には、アンジェラ・ビグルスワースは、ここ一〇年でもっとも世間を騒がせた一大事といえるほどの玉の輿に乗ろうとしている女性には見えない。侯爵に求婚させるという、神にとっても、国の経済にとっても、上流社会にとっても想定外の離れ業をやってのけた女性なら、ほくそえんでいてしかるべきだ。そうでなくてはおかしい。なのにアンジエラは、糖蜜プディングの中に何か不快なものがまぎれこんでいたのを見つけた少女のような顔をしている。

ふうん。これは面白いわ。

「夕食を召し上がっていかれるでしょ、エリオット？」エグランタインが訊いた。ふたたび、サー・エリオットがレッティの最大の関心事となった。

「お誘い、ありがとうございます。ですがミス・ビグルスワース、残念ながら今夜は片づけなくてはならない仕事がありまして」

「そう、でも明日のピクニックにはいらしてくださるのよね。では、教授がお忘れにならないよう、お伝えくださいな。うちのグレースが、教授のお好きなサフランを使ったロールパンを作りましたからって」エグランタインはレッティのほうに体を寄せた。「教授というのは、サー・エリオットのお父さまのことなんですの」

「父にもお心づかいいただいて、ありがとうございます、我々はいつもご厚意に甘えてばかりで」エリオットは言った。父親に対する愛情がうかがえる口調だ。そのことでなぜ自分がわくわくしてしまうのか、レッティにはわからなかったが。

わくわくさせられるといえば——決闘でつけられた傷跡のある男、邪悪な笑みを浮かべる苦みばしったいい男、野性味たっぷりの気性の激しい男——今まではそんなたぐいの男ばかりだった。

つまり、ニックみたいな男？　心の中の声があざ笑った。

ああ、わたしは頭がどうにかなってるんだわ。火事や失業の憂き目にあったり、ニック・スパークルに脅されたりといった災難続きで、頭のたががはずれてしまったのかもしれない。ただ、サー・エリオットは——これまで知り合ったどんな男性とも違っているように思える。だめだめ、こんなことを考えちゃ。今の状態では、菜園づくりに励む男性にだって夢中になってしまいそうだった。

「お仕事って、深刻なものじゃないといいのですけど？」エグランタインが訊いた。

「いや、深刻というわけじゃありません。ちょっとした調べもので、早めにとりかかっておかなければならないというだけの話です」エリオットは言った。「では皆さま、そろそろ失礼させていただいてもよろしいでしょうか？」

「ええ、もちろん」

ふたたびサー・エリオットに見つめられて、レッティはなぜか髪の毛を手入れし、鼻におしろいをはたきたいという、わけのわからない衝動にかられた。サー・エリオットは帽子を軽く持ちあげると、馬車の御者席に上った。「ミス・ビグルスワース、レディ・アガサ、ミス・アンジェラ、それではごきげんよう」

「サー・エリオットが帰られて、残念でしたわね」走り出す馬車を見守りながら、レッティは言った。「ご一緒できなくて皆さん、物足りなくお感じでしょうに」

「ええ、本当に」エグランタインはうなずく。「でも、勤勉な男性があれだけ責任の大きい任務をまかされているのですから、いたしかたありませんわ」

「どういった任務ですの？」

「あら、お話ししませんでしたっけ？　サー・エリオットはリトル・バイドウェルの治安判事でいらして、この町の刑事事件を一手に引きうけてらっしゃって――」エグランタインは言葉を途切らせた。「まあ、レディ・アガサ！　おかげんでもお悪いの？　大丈夫かしら？」

4　万が一せりふを忘れても、おどおどせずにボソボソつぶやいていればいい。

「治安判事ですって？」レッティは小声でくり返した。治安判事といえば、この地方の裁判官と陪審員を兼ねる大きな権限を持つ、司法の要職じゃないの？

頭がくらくらした。サー・エリオットがあんなふうに横目でちらりとこちらを見たり、当惑したみたいに眉をひそめたりしていたのは、わたしの女性としての魅力とはなんの関係もなかったのだ。ばかだったわ、うぬぼれたりして——レッティは自分を厳しく責めながらも、ユーモアを解する心を忘れず、笑いだしそうになるのを抑えた。

「ええ、そうですよ。二、三年前まで法廷弁護士をしていらして、そのあと治安判事の職につかれたんです。リトル・バイドウェルは役所の所在地ですから、それでこの地域一帯を取りしきるようになったんですわ」エグランタインが説明する。

エグランタインの腕に自分の腕を回しながら、レッティはいぶかしく思った。法廷弁護士って、じゃあ依頼人はどんな人たちだったの？　地元の家畜とか？　リトル・バイドウェル程度のちっぽけな田舎町で、法廷弁護士をして生計を立てていけるとは驚きだった。でも、サー・エリオット・マーチは生活費を稼ぐ必要などないのかもしれない。そういえば着ているものの趣味が格別によかったし、いかにも高価そうだった。

婦人たちが正面階段を上りきると、玄関の扉がさっと開いた。小柄でばら色の頰をした赤毛の小間使いが扉を押さえている。小間使いはレッティをちらっと見たかと思うと、急ぎ足で中へ戻り、ばたんと大きな音を立てて扉を閉めた。

「メリーったら」エグランタインはため息をつき、扉をどんどん叩いた。

「うちのメリーは、爵位などの立派な肩書きのある方でないと敬意を払わないんです」アンジェラが言う。「サー・エリオットでさえ、勲爵士《ナイト》の称号を授かって三カ月経ってからやっと、メリーに戸を開けてもらえるようになったんですから」

ふいに扉が中に向かって開いたが、そこにはメリーの姿はない。ファギン改め「ランビキンズ」となった犬がどこからともなく現れて、一行の先に立ってさっさと玄関脇の広間へ入っていく。まるでこの屋敷で生まれ育ったかのような自然さだ。レッティは犬のあとを追い、あたりを見まわしては心の中で歓声をあげた。

封建時代風ですって？　この内装はいい意味で神秘的だわ。オーク材を使った格天井《ごうてんじょう》、二階建てに相当する高さまで吹き抜けになっている。足元に敷かれた巨大な東洋風の絨毯《じゅうたん》は、西側に面した一列の窓から差しこんでくる夕暮れの光に照らされて輝いている。頭上の召使用通路の手すりからつづれ織り《タペストリー》が吊るされて、夕方のそよ風に吹かれて揺れている。びっしり並べられた鉢植えのヤシの木の後ろから、甲冑《かっちゅう》一式の兜《かぶと》の部分だけが遠慮がちにのぞいている。

「扉の向こうから頭を出したり引っこめたりするのはおやめなさい、アントン」エグランタインが呼びかけたので、あたりをきょろきょろ見まわしていたレッティはそちらに注意を向けた。

「ふん、エグランタインめ。私はそんなことしておらんぞ」きゃしゃな感じのする、薄くなりかけた白髪の紳士が、広間の脇の戸口に現れた。上に向かって鋭く逆立った白い眉毛のせいか、その顔はつねに驚いているように見える。眉毛の下には、濃い紫がかった茶色の小さな目が光っている。顔のまわりでは、上が細く下に向かって広くなる、白くてふわっとした頬ひげが揺れ、泡立てた卵の白身を思わせる。

「えへん」紳士は咳払いした。

「レディ・アガサ、私の兄をご紹介いたしましょう」エグランタインは言った。「アントン・ビグルスワースですわ。アントン、こちらはレディ・アガサ・ホワイトよ」

アントンはそそくさとした早歩きで部屋を突っ切ってきて、レッティがとまどっているうちに彼女の手を握り、力強く上下に振った。「お目にかかれて嬉しく思います、レディ・アガサ。わざわざご親切に……ええ、大変ありがたいことに……その……」

アントンの顔が真っ赤に染まった。

かわいそうな老人。わたし以上に、どうふるまっていいかわからないんだわ。社会的な身分ではレッティの（というよりレディ・アガサの）下になるが、それでもアントン・ビグルスワースはレッティを（というよりレディ・アガサを）使う立場にある、雇用主なのに。こういった場合の社交上の常識となると、この老紳士には相当な難題なのだろう。

「つまりその、まことにもって光栄だと……あなたのその、ご厚意に、感謝――」

しどろもどろになっている哀れな老紳士にこれ以上続けさせて、恥をかかせるのはしのびなかった。「いえ、とんでもありませんわ、ビグルスワースさん。わたし、ご奉仕できる喜びでいっぱいですのよ」

アントンの顔に、ほっとしたような笑みがこぼれる。「ありがとうございます。それではあの、私の書斎においでいただいて、報酬をお支払いしましょうかな？」

「お父さま！」憤慨したアンジェラが割って入る。「そんなこと、今なさらなくても！　レディ・アガサはロンドンからはるばるいらしたのよ。お疲れにちがいないわ。まずお部屋にお連れして、夕食の前にお休みになれるようにしてさしあげないと」

「そのとおりよ、アントン」エグランタインもあきれて言う。「明日になってからでも遅くないでしょう、そのう……お仕事のことをお話しするのは」

少しずつ赤みが消えて落ちつきつつあったアントンの気まぐれそうな顔が、ふたたび活気を帯びて輝いた。「もちろんですとも！　まったくもって、けしからぬことを申し上げてしまった。メリー！」大声をあげてそう呼んだあとで、小間使いの爵位へのこだわりを思い出す。「ええい、いまいましい！　グレース！」

　ほどなく、背が高く陽気そうな中年女性が戸口に現れた。怪しいほどに黒々とした髪をして、細い腰に巻いたエプロンで大きく角ばった手を拭きながら立っている。「はい、なんでしょう?」

「ここにおりますのがうちの家政婦長で、料理人でもあるグレース・プールと申します」グレースは膝を曲げてさっとお辞儀をした。「お目にかかれて光栄ですわ、レディ・アガサ」

「キャボットはどこだね?」アントンが訊く。

　グレースの表情が不機嫌そうになった。「ワイン貯蔵室で瓶にラベルを貼ってますわ」今度はレッティのほうを向いて言う。「マダム、婚礼の準備がどの程度ととのっているか、お知らせしておいたほうがよろしいですよね。ロンドンからマダムがお寄こしになった男性が先週、こちらにいらしたので、マダムのご指示にもとづいて、私たちで協力して仕事を進めておきましたから」

　レッティの表情が凍りついた。レディ・アガサが自分のところの使用人をここで働かせていたってこと? まずいわ。きょろきょろとあたりを見まわしたい気持ちをかろうじて抑える。だとすれば、その使用人が現れないうちにとっとと逃げださなくては。

「おいおい、グレース」アントンが苦々しげに言った。「レディ・アガサは長旅でお疲れなんだよ。それより、お部屋までご案内してさしあげておくれ」

「かしこまりました。それではレディ・アガサ、こちらへどうぞ」

「ええ、ありがとう」レッティはつぶやいた。「確かにわたし、疲れたわ」

「もちろん、そうでしょうとも」エグランタインがほほえみながら言った。「今晩はもう、皆と一緒の席にお越しにならなくて結構ですわ。夕食はお部屋まで運ばせますから、明日の朝お会いしましょう」

朝お会いしましょう」

さあ、どうかしら。そのころまでにわたしがさっさと海岸地方へ逃げてしまっていたら、お会いできないわね。「ええ、明日の朝一番に」レッティは快活な口調で約束し、グレース・プールのほうをふりむいた。「では、ご案内お願いできるかしら？」

先に立って歩いていくグレースのすぐあとについて、レッティも広間を出た。あちこちに油断なく目を配りながら進む。ロンドンから来たレディ・アガサの使用人がいつなんどき現れるかわからないし、お前は誰だ、と糾弾されたらたまらない。

そうなったら万事休すだ。当局に突き出されて、逮捕されるかもしれない。

サー・エリオットが治安判事だとわかったときに芽生えたレッティの不安が、さらにつのる。運がよければ、一階の部屋を与えられるかもしれない。それなら暗くなりしだいすぐに窓から逃げだせるだろう。だが、まだその不安も消えやらぬうちから、レッティの心にまた悪魔がささやいた。レディ・アガサの使用人を避けるしかないとしても、どれぐらいのあいだ避けていられそうかしら？　そうね、きっとある程度は……。

レッティは、心の中でぶつぶつひとり言を言う。ほら、それがあんたの破滅の原因なのよ。「人生とは、自分より身分が上の者と戦う大いなるゲームだ」という、その考え方が。

レッティがニックのぺてんの片棒をかつぐようになった理由は、ひとつには分け前で自分の質素な住みかを飾りたてられるからだが、それと同時に、上流社会をばかにできるいい機会だと思ったからだ。ニックが見つけてくる貴族のカモを気の毒だとは思わなかった。彼らの浪費ぶりをレッティはよく知っていた。あまったお金の使いみちはいくらでもあった。競馬、闘鶏、闘犬、アヘン、女……あげだすときりがない。だまされて「レッティ・ポッツ基金」に寄付するはめになっても、ああいう貴族たちにとっては痛くもかゆくもないのだ。

だがある時点から、ニックは欲深になり、情け容赦ないやり方でお金を巻きあげるようになった。それから、レッティの心の中で「カモ」が「被害者」という言葉に変わった。

レッティ・ポッツを評して、冷酷だという人もいれば、日和見主義だという人もいるだろう。どちらの見方も当たっている。しかしレッティには、これだけは譲れないという信条があった。腕のいい詐欺師であり、まずまずの才能に恵まれた劇場歌手でもあり、そこらの犯罪者とは違う。

レッティにしてみれば、余裕のない人たちからお金をだましとってもしょうがない。たとえば、ビグルスワース家の人々のような人たち。もちろん金銭的な余裕はあるから、レッティ・ポッツにかすめとられたところでどうということはないはずだ。それでもきっと、心が傷つく。あの人たちには状況がまったくわかっていない。偶然のいたずらでレッティが彼らの人生に巻きこまれてしまったのと同じように、彼らも期せずしてレッティの人生に巻きこまれてしまった。それは彼らのせいではない。そこがカモにしていい相手といけない相手の決定的な違いなのだ。

といってもあくまでそう見える、という程度ね。見かけだけでものを判断しちゃいけないわ。レッティは自分をいましめた。それを言うならレディ・ファロントルーだって、思いやりがあって、純真な女性に思えたはずだ――ただしそれは、ファロントルー家の屋敷に住みこんでいない人から見れば、の話だ。レッティの母親は雇い主のレディ・ファロントルーに無理やり頼みこんで、令嬢たちと一緒にレッティにも女性家庭教師の指導を受けさせた。そんな経験がなかったら、レディ・ファロントルーがどういう人物かは見抜けなかっただろう。

昔の不快な思い出をきっかけに、レッティは自分のしている行為の道徳的な意味合いを考えるのはやめにして、もっと実際的な問題に目を向けることにした。

レッティにとって不運なことに、家政婦長のグレースはカーブを描いた階段を上り、長い廊下を歩いていく。二階か。だとすると寝室の窓から脱出という計画はおじゃんだわ……窓のそばに木でもないかぎり。レッティは昔、一シーズンだけだったが綱渡りの曲芸に取り組んだことがあった。それなりにうまくなったのだが、そのうち綱渡りそのものよりレッティの上半身のほうが人目を引くようになって、義父のアルフが練習をやめさせた。

グレースは廊下の中ほどの部屋の扉を開けた。ファギンはさりげなく二人を押しのけて、先に中に入りこんだ。まぶしいほどに真っ白な亜麻布《リンネル》のシーツが敷かれた四柱式《しちゅうしき》のベッドをひと目見るや、ぽんとその真ん中に飛びのる。座ったかと思うと、たちまちいびきをかいて眠りだした。舞台で吟遊詩人の声を聞いて育ち、演技のなんたるかを知るファギンは、格別に甘やかされた愛玩用子犬「ランビキンズ」の役になりきるつもりにちがいない。

レッティは部屋の中を見まわした。広々として風通しのいい寝室で、壁は白く塗られ、布張りの家具はバターイエローで統一されている。一方の壁には大きな衣装だんすがおかれ、反対側の壁には淡い黄色と青の縞模様の布を張った椅子が一対《いっつい》、大理石製の暖炉の両脇に並べてある。裏庭を見おろす背の高いふたつの窓のあいだには、優雅な化粧台がある。これだけの家具を入れても、まだ長いす式のベッドや、小型の円形テーブル、そして旅行かばんなどの荷物をおくゆとりがあった。

壁にそってきっちりと並べられているのは、少なくとも大型の旅行かばんが三つ、かなり大きな革かばんが六つ。レッティは用心して、荷物から目をそらそうと努めた。見ているとよだれが出そうだったからだ。

「浴室はそちらの扉の向こうです。タオルは中にかけてありますから」グレースが壁についた小さなボタンを押すと、頭上のシャンデリアの明かりがぱっとついた。急に浴びた光のまぶしさに、レッティは目をぱちぱちさせた。

「ビグルスワースさまはとても進歩的な方でしてね。このお屋敷には発電機があって、そこから電気を引いています。電気を使いはじめてからもう一〇年にもなるんですよ」グレースは誇らしげに言った。「それに、水道からはもちろん、熱いお湯も冷たい水も出ます。なぜか『もちろん』などと言ってしまいましたけど、リトル・バイドウェルの立派なお宅の全部が全部、そんな設備をそなえているわけではないんですよ」

この家政婦長、話し好きのようね。しめた。これを利用して、情報を仕入れてやろう。

レッティはほほえみをたたえて、ふりむいた。早く荷物の中身をほじくり返してみたくてたまらなかったが、同時に、話を聞きだすまたとない機会を逃したくなかった。情報はつねに貴重なものだ。レッティが今おかれている状況では、特に。「リトル・バイドウェルには立派なお屋敷がいくつもあるんですの？」

グレースはうなずいた。「ええまあ、数軒ですが。マーチ教授のお宅も、近代的な設備がととのってますわね。それとポール・バンティング卿のお屋敷も。グランジ家は、外観はとってもすてきなんですけど、わりに中が粗末なように私は思いますね。それからお隣の地主のヒンプルランプさんのお宅もなかなか豪華なお屋敷ですわ。ただし電気は通っていませんけど。電気についていえば、侯爵さまのところだって、この『ホリーズ』ほど明るくはないって、断言できます」

「きっと、そうでしょうね」ラベンダー色に染めた子ヤギ革の手袋のボタンをはずしながらレッティは言った。「あなたも、婚礼を楽しみにしてらっしゃるんでしょ」

「ええ、もちろんですわ」グレースは息をついた。「なんというか、おとぎ話のようじゃありません？」

「そう？　どうしてかしら？」レッティは相手の気をそそるように言う。

「それはですね」グレースは胸の下で腕をゆったりと組み合わせた。「去年、ミス・アンジェラは学校時代の――有名な教養学校なんですよ――同窓生のお友だちに誘われて、お友だちのご家族と一緒にカンブリア州へ休暇に出かけられたんです。湖畔のホテルに到着して二日目の朝、ミス・アンジェラは埠頭まで釣りに出かけられて、そのときとてもすてきな感じの青年とご一緒したんですって。でも、この青年が釣り針のどっちに餌をつけるんだか、どうやって釣ったらいいんだか、まるっきりわからないのがすぐにばれてしまって。ミス・アンジェラは芯からお優しい方ですから、青年の釣り針に餌をつけてさしあげましょうと申し出たわけなんですね。青年はその厚意を受け入れ、ヒュー・シェフィールドとだけ、名乗られました――ご自分が侯爵だなんて、ひと言も言わずにですよ。それからは、とんとん拍子にことが進みました。若い二人はお互いをよく知るようになり、好き合うようになりました」グレースは黒い目をさっと上げた。「純粋に、清らかな関係という意味ですけどね」

健康な男女間の関係であるかぎり、「清らか」な場合はめったにない。ましてや、「純粋に清らか」なんてありえないわ。レッティはそう思ったが、「なんてロマンティックなんでしょう！」と言うだけにとどめておいた。

「ロマンティックなんてもんじゃなく、これからがもっとすてきなんです」グレースは答える。「その月末に、侯爵は――ミス・アンジェラはその時点でもまだ侯爵とはご存知なかったんですが――カンブリアを発たれ、ミス・アンジェラはお家に帰られて、しばらくふさぎこんでおられました。そのうち、もう一人の同窓生のお友だちが、上流社会でもかなり身分が上の一家の出でいらして、社交シーズンをロンドンで過ごしませんかとミス・アンジェラを誘ってくださいました。ミス・エグランタインは、社交界の華やかな催しに出れば、可愛い姪の鬱々とした気持ちも晴れるのではないかと判断されて、送りだしたわけです。さてそこで、何が起こったと思います？」

「ミス・アンジェラが例のりりしい貴公子に再会したってことですの？　貴公子というより、魅力あふれる侯爵ね」

グレースは勢いよくうなずいた。「ええ。侯爵は、町じゅう捜したのにミス・アンジェラが見つからなくて、もしかしたら彼女はシンデレラみたいな境遇だったのかもしれない、意地悪な継母に食器洗い場に閉じこめられて、カボチャでも洗わされてるのじゃないかと思いはじめていたらしいんです。侯爵は、家々を一軒一軒訪ねまわって彼女を捜したいのに、ガラスの靴みたいな手がかりも何もなくて、途方にくれていたところだとおっしゃったんですって。胸がきゅんとなるようなお話じゃありません？」グレースはため息をついた。

「侯爵はホテルに連絡をとって、ミス・アンジェラの住所を訊けばよかったんじゃありませんか？」レッティは口をはさんだ。「ホテルというのは、忘れ物などがあったときにそなえて、つねに宿泊客の住所をひかえておくものでしょう。侯爵だって、きっとそのぐらいご存知だったと思うわ」

グレースは顔をしかめ、口を開いては閉じ、ますます苦い顔になっていく。「侯爵は物事を冷静に考えられなくなっておられたんじゃないでしょうか。何しろ、熱烈な恋に落ちていたんですし」反論は受け入れないといった感じの硬い声で言う。

やばい。まずいことを言っちゃったわ。レッティは後悔した。ロマンティックな思いに浸りたがる人たちは、眉間をぴしゃりと打たれるみたいに理屈をつきつけられるのが大嫌いなのだ。

「ええ、きっとあなたのおっしゃるとおりよ」レッティはご機嫌をとるように言った。グレースの眉間の深いしわがゆるむ。「確かに、すてきなお話ね。侯爵はたぶん、ロンドンでの再会のあと数週間のうちに、巨額の財産の相続人であるご自分の身分を明かされて、ミス・アンジェラに求婚なさったんでしょうね」

「そのとおりですわ!」グレースは嬉しそうに声をあげる。

「そして、ミス・アンジェラは最初、お断りになったんじゃないかしら、ご自分が彼よりはるかに身分が下だからといって?」

「ええ、そうなんです!」グレースは歌を詠唱するように言った。明らかに感心している。

「でも、侯爵はミス・アンジェラの不安を強く打ち消したのね。これからの一生、君なしではとうてい生きていけない、と訴えて!」レッティは劇的な口調で結んだ。

「大当たりですわ! でも、なぜおわかりになったんです?」グレースはいぶかしげに訊く。

なぜって、ロンドンのゲイエティ劇場で上演される喜歌劇《オペレッタ》の四分の三は、今言ったのとまったく同じ筋書きにもとづいているからよ。レッティはその手の恋愛ものはすべて観ていたし、そのうち二、三の作品では合唱に加わって舞台に立っていた。

レッティは、グレースを喜ばせるために抜け目なくほほえんだ。しかし自分も内心、ちょっとした満足感をおぼえていた。実生活でも、たまには歌劇と同じようにうまくいく場合もあるのね。それを思うと希望が持てるような気がした。

もちろん、地位もお金もある男性が求婚してくれるなら、レッティの意志を二度も確かめなくていい。そんないい話を断るほどレッティは愚か者ではない。

「わたし、今まで仕事を続けるうちに、いろいろな例を見てきましたからね」レッティは謎めいた言い方をしてその話題を片づけ、髪の毛に帽子をとめていたピンを抜きはじめた。

「小間使いをお連れになれなかったいきさつを聞きましたわ」グレースは言う。「ですから、お手伝いのために女の子を一人、うかがわせて――」

「いえ、結構よ」レッティは帽子をさっと脱ぐと、ベッドの上、ファギンの寝ている場所の隣にぽいとほうり投げた。レディ・アガサの服が入ったかばんはどれだろう？「荷物のどこに何が入っているか、よくわからないの。それもあって、小間使いはくびに――その、やめてもらったんですよ。何かにつけ、だらしないものだから」

「ああ、そうでしたか」

「今度はわたし、自分一人でなんとかやれそうですわ。そういえば、ロンドンからこちらにうかがわせた男性のことなんだけど？」レッティは急いで話題を安全なほうへと導く。

「ああ、仕出し業者のボーフォールさんですか？　外国人にしてはいい人ですよね。仕事のことはよくわかっているみたいだったたし。マダムあてのメモをたくさん残していかれましたよ」

「残していった？　もうここにはいないの？」

「ボーフォールさんは三日前にロンドンへお帰りになりましたよ」グレースはけげんそうに言う。「マダム、ご存知なかったんですか？　だったら今お知らせできてよかったわ」

ああ、よかった。レッティは感謝のあまり、ひざまずきたくなった。ボーフォールは仕出し屋だったのだ！　しかしその安堵の気持ちもすぐにうすれ、訊いてみる。「またすぐに戻ってくるんでしょう？」

「婚礼の三日前には、準備と使用人への指示のために戻ってくるそうです。いつもと同じ手順だ、と言ってました」

「ええ。それがいつもの手順なんですよ」レッティは楽しそうに言い、グレースの腕を軽く叩いた。この身も当面は安泰だわ。そんなに急がなくていい。盆に盛られた食事をとり、羽のマットレスで寝て、明日になったらレディ・アガサの旅行かばんの中身をくまなく探そう。

うまく逃げおおせてあとくされのないようにするには、ビグルスワース家の人たちにどう思われるかが大切だ。レディ・アガサが彼らを見放して、自分の荷物の一部を持って立ち去った、という印象を与え、逃げたあともレディ・アガサだと思われるよう、慎重にふるまわなくてはならない。サー・エリオットに追跡されるのは絶対にいやだった。ニック・スパークルに追いかけられるほうがまだましだ。

「グレース、あなたが『ホリーズ』で一番年長と見こんでおうかがいするけれど――」

「私じゃありませんわ、マダム。一番年かさといえばキャボットです」

「キャボット？」

「執事です。去年、ミス・アンジェラが婚約なさるとすぐに、ミス・エグランタインがロンドンから呼びよせて雇った人ですわ。一家に箔《はく》がつくからって」

「いい考えね」

「そうおっしゃる方もいます」グレースはとりすまして言った。「でも私は、本当の紳士なら、そんな余計な箔なんて必要ないと思いますね。たとえばサー・エリオットみたいな方。あの方だったら、やたら気取った執事に何をどんなふうに着ろだの、どのワインを飲めだの、いちいち指示させるようなことはしないでしょう」

部屋の中を歩きまわって高価そうな骨董品を品定めし、合計でいくらぐらいになるかしらと計算していたレッティは、獲物を見つけた猟犬のようにぴたりと足を止めた。「サー・エリオットですか？」

グレースはうなずいた。「本物の紳士ですわ」

「ええ、本当に」レッティは関心のないふりをして、ベッドの脇まで歩いていくと帽子を取りあげた。ライラックの小枝をあしらった飾りをいじってみる。この地方の治安判事のことなら、できるだけ探ってみたほうがいいだろう。「サー・エリオットって、とても感じのよさそうな方ですわね」

「ええ、まさにそうなんです」グレースは熱をこめて答えた。「ただし、法廷の裁判官として人と相対するときは別ですよ。聞くところによるとサー・エリオットは、証言台に立つ人に言葉と機転だけで巧みに働きかけて、本当のことを白状させてしまうらしいですから」

そんな機転をどこで身につけたのかしら？　レッティは心の中で冷笑した。地元の密猟者との辛辣な言葉のやりとりで学んだとか？「それに、外見もとてもすてきな方ですね」

「ええ、そうなんです！　今じゃ、お若かったころよりもっとすてきになられて」グレースは身を乗りだしてささやく。「大人になられて、中身に合うようになってきたんですよ」

「中身に合う？」

「あのお鼻ですわ」

「ああ！　なるほどね。あんな立派なお鼻をしてらしたら、未熟な青二才といった感じのお顔では釣り合いがとれませんものね。サー・エリオットに未熟と言われるような時代があったなんて思えませんけれど」レッティは問いかけるかのように語尾を浮かせる。

「ええ、全然。お仕事の必要があるときには、つねに率先して取り組んでこられた方ですから。治安判事としての義務を怠ったことなんて、一度だってありませんわ。どんな問題でもけっして避けたりなさらずに、きちんと対処されます」

「しまった」

「えっ？」

「い、いい、「しめってる」レッティは言い直し、だらりとしたファギンの前足を片方持ちあげた。「ランビキンズの足の裏が湿ってるんです。ベッドカバーに足跡がついてしまったみたい。ええと、なんのお話をしてましたっけ？　ああ、サー・エリオット・マーチのことでしたね」レッティは無邪気に目を丸くする。「でも、あんな紳士の鏡のような方だったら、いくらでもご縁談があったでしょうに、今までどなたにもつかまらずにお独りでいらっしゃるなんて、不思議だわ」

「それが現実なんですよ。ご婦人方は皆、サー・エリオットの気を引こうとなさってますね。でも、あの方を、その、『つかまえる』見込みはないようですけど」

「見込みがない？」

グレースは悲しげな表情で首を横に振った。

「それはなぜ？」

「サー・エリオットのお心のせいですわ、マダム」グレースはため息をつく。「何年も前に失恋されてお心が傷ついてしまって、どなたもその傷を癒せないんです」

「どなたに失恋されたの？」

「キャサリン・バンティングさまです」

「あの魅力的な金髪の男性の奥さん？　妙に青白くてくすんだ肌の？」

あまりのおかしさにうっと息を詰まらせたグレースの背中を、レッティはぽんぽんと叩いてやった。ようやく息ができるようになったグレースは続ける。「ええ、あの方ですわ。昔のお名前はキャサリン・メドウズとおっしゃいました。サー・エリオットが女王さまのためにお国を守って戦おうと外国へ行かれる前は、お二人のあいだに合意のようなものがあったんです」

「婚約してらしたの？」

グレースは不安げに足の位置をずらした。「ええまあ、ほとんど婚約していたも同然でした。少なくとも、周囲の人たちは皆、お二人が結婚されるものとばかり思っていたんです。しばらく経ってサー・エリオットは、アシの茎のようにやせて、青白い顔で戦地から戻っていらっしゃいました。今でも足を引きずっておられるのは、戦争で負傷したのがもとなんですよ」

足を引きずっているですって？　気づかなかった。

「ところが、いつのまにか、キャサリン・メドウズさまはサー・エリオットの親友のポール・バンティング卿と婚約されて。サー・エリオットはお二人の結婚式で花婿の介添人をつとめられたんですよ。確かにサー・エリオットは変わってしまわれました。昔は快活ないたずらっ子みたいな性格だったのが、戦地から戻ってからは、人を寄せつけなくなったというか」グレースは鼻をすすり、レッティを横目でちらりと見ながら言う。「キャサリン・バンティングさまに対しても、非難の言葉はひと言だって吐かれませんでした」

レッティは何か言おうと思えばいくらでも言えたが、かろうじて口をつぐんでいた。かわいそうなサー・エリオット。戦功を立てて故郷に戻ったのに、最愛の女《ひと》が自分を捨て、自分の親友のもとに走ったのを見せつけられるなんて、どんなに傷ついたことだろう？　それにしてもサー・エリオット・マーチよりポール・バンティングのほうを選ぶ女性が、果たしてどれだけいるかは疑問だった。

「キャサリンさまはいつも慈善活動にご熱心で」グレースの声でレッティの物思いは中断さ

れた。「貧しい人々のお世話や病人のお見舞い、毎年恒例の教会のバザー開催のお手伝いをなさったり、祭壇にはお花を捧げたり、お優しい方ですわ。でも、せめて婦人の参政権の問題について、お考えがまともだったらよかったのにねえ」グレースは肩をすくめる。

「なるほどね」レッティはあいまいに言う。

数分経ってグレースは立ち去ったが、レッティはなぜか漠然とした物足りなさを感じていた。何が原因かははっきりわからないまま、屋敷の外をざっと見て回ることにする。今いる場所から逃げ出す一番の近道を見つけておけば、かならず役に立つ。それに、ビグルスワース家の人々はたぶん食事中だから、これほどの好機は今をおいてほかにない。

寝室の扉を開け、外をのぞき見る。あたりに誰もいないのを確かめると、廊下に出て、さっき来た道を逆方向にたどった。レッティは考えていた。誰かがサー・エリオットに、心をつかさどる基本原則を教えてあげなければいけないわね。つまり、覆水盆《ふくすい》に返らずで、起きてしまったことを嘆いてもしょうがない。特に、一度こぼれた水は汚くなってしまうんだから。

レッティは足を止めた。わたしったら、なぜサー・エリオットのことなんか考えてるの？レディ・アガサになりすましている自分の演技に拍手喝采を送っていてしかるべきじゃないの。でなければ、リトル・バイドウェルを出たあとどうすれば一番いいかを考えるべきなのに、何やってるの。自分にとってもっとも危険な存在のサー・エリオット。そんな男の情熱をふたたびかきたてる方法を想像してみるなんて、もってのほかよ。わたしのたくらみについて疑いを抱いたが最後、牢にぶちこんでしまえる権限を持つ治安判事なのに。

レッティはふたたび歩きだした。

だがいくら抑えようとしても、彼女の想像力はとどまるところを知らなかった。

## 5　謎めいた微笑ひとつで、脚本一〇ページにおよぶ対話の価値がある。

「今まで私、どこへ行ってたと思う？」召使用の食堂の入口を入るなりグレースは胸の前で手を組み、扉にもたれかかった。

「どこよ？」紅茶を口に運ぶ手をとめてメリーが訊く。テーブルのまわりに座っていたほかの召使たちも答を待っている。

「ほかならぬレディ・アガサ・ホワイトとおしゃべりしてたのよ、お部屋でね」

「嘘でしょ！」

「本当よ」グレースは湯気の上がる紅茶ポットを指さした。メリーが急いでカップに紅茶を注ぎ、家政婦長がいつも座るテーブルの上座側におく。反対側の端に座った執事のキャボットは、無関心なふりを装おうと努めている。グレースはそんな演技にはだまされなかった。

　席についたグレースはスカートの乱れを直した。八人の顔が期待をこめて見つめる。

「で、どうだった？」メリーはしびれを切らしてうながした。「レディ・アガサって、どんな感じ？」

「少しも気取ったりいばったりしてないのよ」上品なしぐさで紅茶を飲みながらグレースは言う。礼儀作法を心得ているのはキャボット一人ではないのだ。「だから仕事でも成功してるのね、わかるような気がするわ。ざっくばらんで、庶民的なところもあって」

まさか、ありえない、とでも言いたげに執事のキャボットが鼻を鳴らした。

それを無視してグレースは続ける。「庶民的って、いい意味でよ。でね、レディ・アガサったら、いろいろ質問してくるの」

「どんな質問だい？」靴磨きの少年が訊いた。

「ミス・アンジェラと侯爵さまのことはもちろんだけど、特に興味を示してらしたのは――」グレースは紅茶のカップをおき、両方の手のひらをぺたりとテーブルにつけて支えにし、身を乗りだした。「サー・エリオットのことよ」

「先を話して」使い走りの少女がささやくように言う。

グレースは椅子にふんぞり返った。「ええ。私、考えてたんだけど、サー・エリオットは男爵に推薦されてるご身分だし、レディ・アガサは公爵のご令嬢でしょう、だからきっとすてきな花嫁さんになられるわ」

「おいおい、冗談だろう」キャボットが言った。「まさか、本気でサー・エリオットとレディ・アガサの仲を取りもとうと思ってるんじゃないだろうな？」

グレースは鼻をすすった。「そう思ったらどうなのよ？　何が悪いの？　二人のあいだがうまくいかなかったとしても、どのみちレディ・アガサはあと二、三週間でここからいなくなるわけでしょ。もしうまくいけば、そうね、サー・エリオットなら公爵令嬢の花婿にふさわしいと思わない?」鋭い目つきでキャボットを見すえる。ほかの召使たちも、地元の英雄を見下げるようなキャボットの物言いにむっとしたのか、同様ににらみつけた。

「サー・エリオットが花婿にふさわしいか、ふさわしくないかという問題じゃないんだよ」キャボットは言う。「他人の人生に干渉していいのか、という問題だろう」

「ふん!」グレースは手をひらひらさせてキャボットの思いあがりを一蹴した。「もし私たちの人生にうまいこと干渉してくれる人がいなかったら、今ごろ私たち、この働き口を見つけられてないはずよ、そうじゃない?」

一分のすきもない見事な理屈で、事実上、キャボットの抗議は封じこめられ、会話は「干渉」の詳細へと進展していった。

「エリオットか?」正面玄関の扉が閉まる音を聞いて、アッティックス・マーチ教授は呼びかけた。両開きのフランス扉をおおうカーテンを揺らすかすかな風に吹かれて、身震いする。夜気は肌寒く、年老いた身にはこたえる。

あいつが入ってくるのを待って閉めてもらえばいいか。息子を頼る気持ちと闘ったあげく、老教授はよっこらしょと立ちあがり、自ら扉を閉めた。エリオットがこの家に帰ってきたのは、アッティックスが心臓麻痺の発作を起こしたときだ。あれからもう一年半になる。ずいぶん長いあいだ、世話をかけた。

アッティックスは椅子に戻り、深く腰を下ろそうとした。そのとき、片腕が誰かの手で支えられるのを感じた。エリオットだ。いつもながらのひかえめなしぐさで、椅子にもたれかからせてくれた。

「ウイスキーのソーダ割りでも飲もうかと思っていたところです。お父さん、一緒に飲みませんか？」エリオットが言う。

「うん、もらおうか」父親は答えた。

エリオットは小ぶりの食器棚のところへ行き、デカンタとソーダの瓶を出して支度をしている。そんな息子の姿を見ながらアッティックスは思う――問題はエリオットが、「問題を抱えた状態」を実に過ごしやすくさせてくれることだ。

エリオットは、どんな困難をも進んで引き受ける。それが自分の問題であっても、そうでなくても。その結果、エリオットが気にかけて世話をしている相手は、自分の問題を潔く彼に丸投げする以外に、ほとんど何もする必要がなくなるのだ。

子どもたちの中でただ一人生き残った息子を見つめながら、アッティックスは思う。エリオットは今までいつも、こんなに仕事ひと筋だっただろうか？　そんなはずはない。もちろん勤勉実直で、何にせよ誠実に取り組んできたことは確かだ。だが、紳士らしい上品さを身につけたのは兄のテリーが死んでからだ。あまりに洗練された物腰ゆえ、表向きの顔の下に隠れた人間性は誰にもうかがい知れない。エリオットの紳士然とした態度にはどこか狡猾というか、油断のならないところがある。

テリーが死んだあと、見当違いの罪の意識にさいなまれたエリオットは、新進気鋭の法律家としての経歴をあきらめて陸軍に入隊し、外地へ赴いた。戦争で負傷して退役した彼は、帰国とともに栄誉に包まれた——勲爵士《ナイト》の称号を授かったのだから、相当なものと言っていい。

以来、状況と運命に導かれて進路を変えざるを得なかったエリオットは、ふたたびそれまでとは違う道に進むことになった。今度は司法制度の改革に持てる精力のすべてを注ぎこんだ。そして二、三週間前ついに、首相がエリオットを男爵に推薦したとの知らせが届いた。それはすなわち、貴族院の議席を獲得できるという意味であり、最終的には上訴裁判所の判事への道も開けることになる。

息子の肩にのしかかる新たな重圧を考えると不安でたまらず、アッティックスは眠れぬ夜を過ごしていた。エリオットがその重圧をいやがっているというわけではない。男爵位を授かるのは名誉なことであり、その名誉を受ける義務があると考えている。アッティックスは息子を心から誇りに思っていた。しかし将来を考えたとき、なぜか不満が沸きおこってくるのは、どう考えても変だった。

特に不満に思う理由はなかった。エリオットは皆に好かれ、尊敬されている。秘密主義で、冷めすぎているという人もいるが、本人は自分のおかれた状況に満足している。満ち足りているのが悪いというのではない。アッティックスにとって満足感は、長生きしたからこそのご褒美だ。だがたぶん、そこが問題なのかもしれない。アッティックス・マーチは七〇歳。エリオットはまだ三三歳だ。人生において満足感を得ただけで情熱をあきらめるには、まだあまりに若すぎる。

エリオットがそばにやってきたので、アッティックスの物思いは先送りになった。ウイスキーのソーダ割りを入れたグラスを渡すと、エリオットは反対側の椅子に座り、長い脚を前に投げ出した。顔をわずかにしかめ、何かに気をとられた表情だ。きっと、今日一日の大変な仕事のことで頭がいっぱいなのだろう。

そういえばエリオットは今日、エグランタイン・ビグルスワースが雇った披露宴演出役《ブライダル・プランナー》を鉄道の駅まで迎えに行ったんだったな。アッティックスは思い出した。アンジェラが侯爵と結婚すれば、口やかましい姑《しゅうとめ》に苦しむだろう。そんな困難な状況について、あの娘が理解できているといいんだが。アンジェラは一八歳になるかならないかで、まだ大人になりきっていない。この前の日曜日、教会で見かけたときは、青ざめた顔色で、疲れきっているように見えた。

「彼女についてだが、どう思う?」アッティックスが沈黙を破った。

エリオットは顔を上げた。面食らった表情をしている。「そんなこと、わかるわけありませんよ」ゆっくりとした口調で答える。

「本人に訊けばいい話じゃないのかね」アッティックスは驚いて言う。

「彼女のことほとんど何も知りませんから」エリオットは口ごもった。その視線は、心の中に棲《す》む、自分にしか見えない誰かの姿に釘づけになっている。彼を悩ませると同時に楽しませてくれる誰か。口元がやわらぎ、ふしょうぶしょうながらも笑みを浮かべているのでそれがわかる。

不思議そうに息子を眺めていたアッティックスは、そのうち気づいた。「彼女」とはアンジェラではなく、例の披露宴演出役《ブライダル・プランナー》のことだったのだ。

「予想とはまったく違う女《ひと》なんですよ」エリオットは言う。

「そうなのか？」アッティックスは探りを入れる。

「予想していたよりずっと若いし、あまりにも——」エリオットは手を上げていらだちを表しながら適当な表現を探しているが、けっきょく見つからず、今さっき言ったばかりの言葉をくり返した。「予想とはまったく違うんです」

「そんなに若いのか？」アッティックスは訊いた。その「予想とはまったく違う」若い女性が息子の心に引きおこしている感情に、好奇心をそそられていた。「で……美しい？」

エリオットは父親にいらだたしそうな一瞥をくれた。「いいえ、美しくはないです。いや、美しいか。そうでもないかな……わかりません。とにかく、キャサリンのような美しさではないですが」

「でも、魅力的なんだろう」

「ええ、そのとおりです」

アッティックスは眉をつり上げた。

「彼女の顔立ちには、いっぷう変わった、人を引きつけてやまない魅力があるんです。なんというか、悔やみながらも人生を謳歌しているとでも言えばいいかな。そして、体の動きは……まるで踊り子のようで。バレリーナではなく、流浪の民の、ロマ族の踊り子みたいな雰囲気です」

「わしの知り合いにはそんな女性はおらんな」アッティックスは残念そうに認めた。最近のご婦人方は、服の下にコルセットだのなんだの、珍妙な仕掛けの下着をつけるようになっていて、そのために姿勢がこわばってしまっている。あれは実にくだらない。

「そうですねえ。いませんね」エリオットはのろのろと同意した。「ただ、洗練された話し方をする女《ひと》なんです。めりはりがきいていて、貴族的な口調です」

「が……?」アッティックスは先をうながした。

「ですが、巷《ちまた》で流行っている今ふうの言葉を使っていて」

「下世話な物言いをするのかね?」

「いえ、下世話というのでもないんです。でも、ほかにもちょっと、不思議なことがあります」エリオットはゆっくりとした話しぶりで続ける。「小間使いを連れてきていませんでした。連れといえば、小さな犬一匹だけで」

「ふむ、その驚くべき婦人の名前はなんという?」

「アガサです。でも、あんなにアガサという名前に似つかわしくない雰囲気の女性を見たのは初めてだ」エリオットは腑《ふ》に落ちないといった感じでつぶやいた。

「ほかに何か……面白い特徴はあったかね？」

「そうですね、まれに見る元気のよさが印象的でしたが……」エリオットの声はだんだん小さくなり、目はしばらくのあいだ閉じられた。

息子は目鼻立ちのととのったいい男だな、とアッティックスは思う。だが、自分ではそのことをまったく意識していないようだ。確かに身だしなみには気を使っているが、それは他人に対する敬意を表すためであり、人を感心させようと着飾っているわけではない。

急に、エリオットが勢いよく立ちあがった。

「どうしたんだね、エリオット？」

「レディ・アガサの荷物のことを、すっかり忘れていました」

「二、三日前に一〇個以上の旅行かばんが届いたそうじゃないか」アッティックスは驚いて言う。

エリオットはほほえんだ。「先に着いた荷物には、たぶん仕事で使うものが入っていたんでしょう。身の回りの品は本人が手ずから持ってきていましたから」

「なるほど」

「もう列車から下ろされて、駅においてあるはずです。エグランタインに約束したんですよ、『ホリーズ』でご婦人方を降ろしてから、できるだけ早く荷物をお持ちしますからって。今すぐ取ってきて、『ホリーズ』にお届けしなくては」

「ああ、早いほうがいいな」アッティックスは同意した。

エリオットはうなずくと大股で立ち去ろうとしたが、部屋を出る前に壁にかけられた小さな金縁の鏡の前で足を止めた。手のひらで髪をなでつけ、ネクタイの形が気に入らないのか顔をしかめる。手早く結びなおすと、そで口の長さをととのえ、父親のほうをふりむいた。にこにこしている——そう、間違いなく満面の笑みを投げかけた。「すぐに戻ってきますから」

「急がなくていいよ。とても気持ちのいい夜だ」アッティックスは言った。ほどなく正面玄関の扉が閉まる音が聞こえると、老人はウイスキーのグラスを見つめながらほほえんだ。アンジェラの結婚をめぐる大騒ぎには特に関心がなかったアッティックスだが、ここ数分のうちに、いたく好奇心をそそられるようになっていた。

# 6　うっとりと魅了された観客にまさる演出家はいない。

レッティは明かりのもれる二階の窓を見あげた。あれが自分の寝室なのは間違いない。目印にと、窓枠のところに帽子をおいてきたからだ。手を伸ばして、正面の石造りの壁をつたって上る植物の、太くて頑丈そうなつるを握り、ぐいと強く引っぱってみる。体重をかけても大丈夫そうだ。もちろん、それを確かめる方法はひとつしかない。

レッティはブーツのつま先部分を生い茂る葉のあいだに差し入れ、つるを握る手に力をこめて、がっしりした枝まで体を引きあげるようにしてよじ登った。ためしに、つるを上下に揺らしてみる。

「レディ・アガサ?」サー・エリオットの声だ――深みのある、疑わしげな、警戒心が表れた声。もう、よりによって、なんでこんなときに現れるの!

レッティは片手でつるをつかみ、足を軸にして動きながら、くるりとふりむいた。そのときにはもう、顔にはにこやかな笑みを浮かべていた。サー・エリオットは少し離れたところに立っているが、黒い服と漆黒の髪は夜の闇に溶けこんでよく見えない。道理で気づかなかったわけだわ。

サー・エリオットは夜の装いに着替えていた。闇に浮きあがって見えるのは、月光を浴びて青白く光るシャツだけだ。一方レッティは、到着したときのラベンダー色のドレスのままだった。

「あらまあ、サー・エリオット!」レッティはさわやかに呼びかけた。「すてきな夜ですわね?」

「ええ、本当に」その口調からは何も感じとれない。顔立ちもぼんやりとしかわからない。「もしよろしければ、その……今やっておられることのお手伝いをしましょうか?」

遠まわしな言い方の質問だった。つまりは「いったいぜんたい、何をやってるんです?」という意味だ。紳士であれば、少しでも非難めいて聞こえるような物言いは避けなくてはならない。だからサー・エリオットは、何をやっているのかと直接的に問いかけられなかったのだ。

「実は、お願いしたいの」レッティは明るく答えた。「この奇妙な植物の名前は、なんていうんですの?」

「ツタでしょうか?」疑っているようすは声にはほとんど出ていない。もちろん、「そんなばかな」だの「でたらめ」だのとどんなに言いたくても、紳士たるサー・エリオットがそんな言葉を口にできるはずもない。

「あら、面白いわ」レッティは感心したように言う。「どうです、この植物、レンガの壁にぴったりくっついて生えているからか、わたしの体重をちゃんと支えてるみたいですわね？　すごく弱々しく見えて、あまり信用できませんけれど」

「ふーむ。見かけだおしってこともありますね」

「ツタ、っておっしゃってたわね？　このつるがどれほど強いものか、登って確かめてみずにはいられなかったんですの。博物学の知識を豊かにしておこうと思ったものですから」

「でたらめだ」サー・エリオットはぼそっと言った。

間違いない、聞こえたわ。「なんですって？」

サー・エリオットは答えずに、レッティのいる場所の下まで来て上を見あげた。建物からもれる明かりが男らしい顔の線や角度を照らしだす。濃いまつ毛は頰に三日月形の影を落としている。黒々とした髪が輝いている。一瞬、頭を下げたその姿に、もしや笑いたいのをこらえているのではないかという妙な疑問がわいてきた。

「もう、つるの強さは試されたんですから、そろそろ下りてこられたらいかがですか？」

レッティはうなずいた。建物の側壁にコウモリのように張りついていては、貴婦人のごとく気品あるふるまいをするのは難しい。そこで、片足を下ろして地面を探ると――。

ウエストにサー・エリオットの腕が回された。体を持ちあげられ、ゆっくりと地面に下ろされる。そのあと手は放したものの、サー・エリオットは後ろに下がらずにその場にいる。

レッティは不安を感じて後ずさりした。彼の目をのぞきこんだとき、小さな警戒心が芽生えたのだ。憂いをたたえ、謎めいていて、人を引きつけずにはおかない瞳。

さらに一歩後ろに下がったレッティは、ツタのからまる壁にどん、とぶつかった。神経を張りつめたような笑いが吐息とともに口からこぼれる。サー・エリオットは黙ったまま、いぶかしそうに眉を上げる。レッティはなんとか主導権を取りもどす方法を見つけようと、自分の頭に蓄えた処世訓の宝庫を必死で探り、ついにうまい格言に思いあたった。「混乱している者は御しやすい」

「さて。ところで」冷やかな口調で言う。「サー・エリオット、日も暮れたというのに、なぜ『ホリーズ』のまわりをうろつきまわってらっしゃるんですの?」

サー・エリオットは美しい目を細めた。「ご推察のとおり、私は『うろつきまわって』いましたが、それはレディ・アガサ、あなたにお会いできればと思ったからですよ」

いまいましい。たった数語の攻撃では、この人の頭は御しやすくなりそうにない。

「本当ですか?」

「まあ、ここへ来たときには屋敷のまわりを歩きまわろうなどとは思っていませんでした。実は、なんの邪心もなく、正面玄関に馬車で乗りつけたんですが」サー・エリオットのほほえみは狡猾さがありながら、同時に紳士らしくもあった。「今さっき、あなたの手回り品を駅から運んできて、馬車から下ろして、お部屋に運ばせるよう召使に命じたところです。だがちょうどあなたが建物の角を曲がっていかれるのが見えたので。つまりは、お荷物が届きましたとお知らせしたくて来たのであって、あなたの行動をこっそりのぞき見していたわけではありません」

真っ向からの攻撃に、レッティは息をのんだ。ずるい。フェアプレーじゃないわ！　紳士たるもの、たとえ「淑女《レディ》の行動をこっそりのぞき見していた」と文句を言われたとしても、そのことでレディを責めたりはしないはずよ！　なんてこと！

レッティは声をあげて軽やかに笑った（思ったほどうまくいかなかったが）。「あら！　なんて想像力に富んだお考えかしら。もちろん、からかってらっしゃるのよね。わたしが面白みのない清廉潔白な生活を送っていることぐらい、おわかりでしょう。わたしの行動をこっそりのぞき見しようなんて考えたら、死ぬほど退屈するにきまってますわ」

「いや」サー・エリオットは言った。口元はまだほほえんでいたが、目つきは険しい。「そんなはずはないでしょう」

「お優しいんですのね」まずい。このまま続けたら危険だわ。

レッティはサー・エリオットの前を通りすぎ、彼を屋敷のほうへ導こうとした。中には家族も使用人もいるから、二人のあいだの緊張感を少しはやわらげてくれるだろう。するとサー・エリオットはレッティの横に並び、歩調を合わせて歩きはじめた。

「で、レディ・アガサ、あなたのほうは、どうして外に？」サー・エリオットはくだけた口調で訊く。それがかえって怪しかった。「夜気を吸いながら散歩していたら、ふいに園芸への興味を抑えきれなくなったということですか？」

「まさにそうですわ」これ以上早足で歩いたら、小走りに走らなくてはならなくなる。レッティはそれに気づいてギョッとした。

格言その二。走って逃げている者にはかならず、それなりの理由があるように見える——

そのとき、ドレスのすそに足が引っかかってレッティはつまずいた。すぐにサー・エリオットの手が伸びて腕を下から支え、体を起こして立たせてくれる。が、レッティは意地でも前を向いて歩きつづけた。

サー・エリオットは腕をつかんだまま放さない。レッティとしては、軽く握られているのがいやではなかった。だが、いやではないと思ってしまう自分がいやだった。

「長旅で疲れてしまって、食事する気になれなくて。それに、せっかくこんなに気持ちのいい夜なのに、部屋にこもっているのももったいないないと思ったものですから」レッティはそう言って、我ながらうまく釈明できたわ、と喜んだ。

「そうですね、本当に気持ちのいい夜ですからね」サー・エリオットは同意した。そして、しばらくためらっていたが、ついに言った。「このまま……私と一緒に散歩しますか?」

「ええ」考えるまもなく口をついて出た言葉だった。

サー・エリオットはほほえみ、目をそらした。どぎまぎしているようにも、嬉しく思っているようにも見える。まったく、驚きね。こんな紳士が独身のまま歩きまわっているなんて、リトル・バイドウェルの女性は皆、どうかしてるんじゃないのかしら?

ああ、そうだわ。リトル・バイドウェルの女性たちがどうかしているのではなく、サー・エリオットの問題なのだ。キャサリン・バンティングとの恋に破れたから。レッティの気分は沈んだ。

「『ホリーズ』では、すべて行きとどいているとは思いますが、いかがですか？」

「ええ、最高に快適ですわ」

「アントン・ビグルスワース氏にも、もうお会いになりましたか？」

「とても感じのいい方ですわね」

二人はさらに歩きつづけた。レッティは、下手な話題を持ちだすと自分の正体がばれるのではないかと思うと怖くて言葉が出ず、一方サー・エリオットは、どういった理由からかはわからないが、同じように黙っていた。レッティが外に出たときと比べると空気が冷えてきて、芝生に露がたまっていた。水分がブーツの薄い底を通して染みこんでくる。

「かなり長いあいだ、ロンドンを留守にされるとなると、そのために不都合なことはありませんでしたか？」ついにサー・エリオットが沈黙を破った。

「いいえ。実はわたし、ロンドンを出たくてたまらなかったのです」

「ああ、田舎で過ごすのがお好きなんですね」

この質問なら、嘘をつかなくてはならない理由は何もない。「子どものころは、田舎に住んでいましたけれど。でもけっきょくのところ、都会のほうが好みですね。わたしは世慣れた女なものですから」

「そうでしょうね」

レッティはきっとなってサー・エリオットを見た。声に笑いが混じったように聞こえたからだ。しかし彼は、いたって真面目そうに見える。

「そう言っていただけると嬉しいですわ。世慣れた女として、自分がもっとも心を引かれるものは、だいたい都会のきらびやかな光の中にあると感じますの」

「そうですか？」

「ええ、確かに田舎暮らしは心が安らぐし、趣《おもむき》がありますわ。病後の回復期にある方や、神経の病に苦しんでいる方にとっては、田舎で暮らすのがいいでしょうけれど……でもわたしの場合、体は丈夫ですし、神経がまいってしまうこともありませんから」

「でも、いくら世慣れた方でも、女性であれば普通、かよわくて魅力的だと思われたがるものですよね」

そういえばレディ・ファロントルーは、夫におねだりしたいときには、いつも何かしら病気だと訴えていたっけ。そんな彼女をレッティは軽蔑していた。公平な立場にあるときに男性を操るのと、男性の親切心につけこんでだますのとはまったく別物だ。

レッティは足を止めて訊いた。「かよわさのどこが魅力的なんですか？」

サー・エリオットは答える前に、レッティをじっと眺めた。「レディ・アガサ、あなたは実に率直な方ですね。聞いていて新鮮ですよ」

「たぶん、自分で事業をやっているからですわ。披露宴の手配とか演出とか、いろいろ」

レッティは一瞬ためらったあと、サー・エリオットにもっと話させたいという妙な気持ちにかられて言った。「わたしは今までの経験で、自分の考えを正直に述べているほうが、厳密には社交辞令にならないこともありますけれど、けっきょくは一番報われるんだということを信じるようになりましたの」言ったとたんに、偽善的な言葉を吐いてしまったのに気づき、真っ赤になった。よかった、夜で頬が赤らんでいるのが見えなくて。

「役立ちそうなそのご助言、しっかり憶えておくようにしますよ」サー・エリオットは言った。その手は、二人が立ちどまったときにレッティの腕から離れていた。レッティは、なんとなく物足りないような気がしていた。

「自分で言うのもなんなのですが、わたしは賢明な助言者と思われているんですの」謙虚な口ぶりで言う。

「あなたが？　どなたにそう思われているんですか？」レッティは横目で鋭い一瞥をくれたが、サー・エリオットの柔和な表情を見て、もしやからかわれているのではないかという疑いはおさまった。

「まあ、ありとあらゆる人たちにですわ」レッティは軽やかに言った。「商人、召使、女優、男優、歌手、芸術家……皆さんわたしのところへ来て、悩みを打ちあけられて、助言を求められるんですのよ」

レッティの空想の中で、ある考えが形をなしつつあった。そんな考えを抱く権利はないし、ましてやその考えにもとづいて行動を起こす筋合いではなかったが、思い立ったが最後、実行せずにはいられないたちだから、今回も突っ走った。こんなにすてきなサー・エリオットなのに、「聖なるキャサリン」を失った心の痛手に苦しみ、嘆きながら一生を過ごすなんてあまりにもったいない。

「ええ、このあいだもドッジソン夫人が――エルモア・ドッジソンさんをご存知かしら？ご存知ない？　そうですか。ぜひ紹介していただくといいわ。とても好ましい女性なんですのよ。とにかく、先日ドッジソン夫人が、ご子息のチャールズさまの悲運を嘆いておられたんです」レッティは身を乗りだし、サー・エリオットに近寄る。いい匂いがするわ。清潔な石鹸の香りと、男らしい匂い。「このお話は、もちろんご内密に願いたいんですけれど」

「もちろんです」

「チャールズさまは、ある若い娘さんをいとおしいと思う気持ちを抱いたんですが、きっと相手も自分と同じように思ってくれているにちがいない、と信じるようになったんですね。そして、ゆくゆくは……」レッティはチャールズなる架空の人物を思いえがきながら、彼のめざす結末をほのめかす。

「結婚とか、ですか？」サー・エリオットは助け舟を出す。

「まさにそうですわ！　そうして、二人の関係は順調に進んでいきましたけれど、一方で、彼女娘さんのお父さまの命令で、彼女はしばらく外国へ行っていました。帰国してみると、彼女の気持ちが変わっているのにチャールズさまは気づきました」レッティは意味ありげな目つきでサー・エリオットを見つめる。「それ以来ずっと、チャールズさまはふさぎこんでいらっしゃるんですって」

「かわいそうに」

レッティがふたたび足を止めたので、サー・エリオットもそれにならった。レッティは彼の目を直視した。

「かわいそうでなんかありません。自己憐憫に浸った、愚かで、身勝手な男ですわ。身持ちの悪いくだらない女を相手にけっして実ることのない思いに身を焦がして、自分の考えの浅はかさと未熟さを露呈したにすぎませんもの」

サー・エリオットは喉がつかえたような音を出した。ははあ。わたしが暗に誰のことをほのめかしてるのか、ちゃあんと理解したわけね。

「哀れな状態に陥ったチャールズが、長いあいだ失恋の痛手から立ち直れないでいることが、その……彼の思いの深さを示しているとは思われないのですか?」サー・エリオットは訊いた。

「絶対に手に入れられないとわかっているものを何カ月、何年という長きにわたって思い焦がれたからといって、その男性の愛情の深さの証明にはなりませんね。その方の性質にメロドラマ的な傾向があることの証明にしかならないわ。演劇の世界ではすでに安っぽい、受けを狙った大げさな感情表現が蔓延しているんですから、今さら素人が現実の社会でそのまねをしなくてもいいじゃありませんか。本当ですよ。わたし、今言ったとおりのことをドッジソン夫人に申し上げたんですの」

もしかしたら、ちょっと見えすいた作り話に聞こえたかもしれない。慈愛に満ちた助言をそれとなく与えたつもりのレッティは、無言の反応しか返ってこないのを見越して身構えた。

するとサー・エリオットは黙りこくるどころか、大声で笑いだした。腹の底から響くような、温かみと張りのある笑い声だった。

「まったく、レディ・アガサ。あなたのことを、甘ったるい感傷に溺れているなどといって責める人は誰もいないでしょうね。いったい、どこでそんな酷薄な人生観を身につけられたんです？」

酷薄ですって？　サー・エリオットはわたしを酷薄だと思っているの？　胸がぎゅっとしめつけられた。自分は実際的で、情に流されず、ほんの少し日和見主義だけれど、物事を楽観的にとらえる人間だ。自分が「酷薄」な人間だと思ったことはない。酷薄といえば、ニック・スパークルこそそうだ。

自分の印象としてそんな言葉が使われるのはいやだった。いやでたまらなかった。だからこそ、考える前に言葉が出てしまった。

「酷薄にならなければ、やってこられなかったんですわ」レッティは答えたが、その瞬間にしまったと思った。レディ・アガサのような身分の女性が、自分の人生で「何かをしなければやってこられなかった」など、ありえない。「つまりですね、わたし、披露宴の企画の仕事をしているうちに、たくさんの恋人たちが一緒になるのを見とどけてきましたの。その中でおとぎ話のような結婚なんて、ほとんどありませんでした。おとぎ話のようであってほしいと望んだとしても、現実はそうはいかないんです。何度も幻滅を味わうと、そのうち慣れてしまうんですわ、たぶん」

サー・エリオットは眉根を寄せながら、レッティのほうに近づいてきた。しばらく暗がりを見つめてから言う。「でもレディ・アガサ、ミス・アンジェラのおとぎ話については、最善を尽くしてくださいますよね？」

「もちろんですわ」レッティは前へ歩きはじめたが、腕をつかまれてふりむいた。サー・エリオットはすぐに手を離して、腕を脇に垂らした。「失礼しました」

だが、サー・エリオットの目に宿る問いかけにレッティは気づいていた。「お約束しますわ、ミス・アンジェラの婚礼が、とどこおりなく無事に行われるよう、わたしの力の及ぶかぎり、最善を尽くさせていただくつもりです」

最善を尽くす――レッティの場合、それはできるだけ早く「ホリーズ」から逃げだすことを意味する。しかし、今こうして約束したのだから、自分が立ち去るときには、ビグルスワース家の人々に手紙を書き残して、別の披露宴演出役《ブライダル・プランナー》を探すよう助言しておくつもりだった。それなら、サー・エリオットも納得するだろう。

ビグルスワース家の婚礼が「とどこおりなく無事に」行われるよう取りはからうという意味では、レッティは間違いなく、本物のレディ・アガサより多く「尽くして」いた。だって、レディ・アガサは手紙一通、書いて寄こしやしないじゃないの。今のところは、まだ。

サー・エリオットが腕を差しだしたので、レッティはその腕に手をそえた。なぜか、自分では譲歩するつもりのなかったことを彼に譲歩させられたような気がしていた。「婚礼についてそれだけご心配されているところを見ると、サー・エリオット、あなたはビグルスワース家と縁続きでいらっしゃるんでしょうね」

「血のつながりはありませんが、特別に親しい関係と言っていいでしょう。私が育った家は、この『ホリーズ』と、ヒンプルランプ氏のお屋敷のあいだにありました。母は私が幼いころに他界したものですから、父がその後のつらい時期を乗り切るあいだ、兄と私は、ビグルスワース家の人たちに育てられたも同然なんです。アントンはおじ代わりとして、親身になって面倒をみてくれましたし、エグランタインは母のような優しさで接してくれました。死んだ母の代わりになってやろうなどと押しつけがましくせずにですよ。本当によくしてくれて、二人には心から感謝しています」サー・エリオットは穏やかな口調で締めくくった。

「お兄さまも、同じように感謝していらっしゃる?」好奇心にかられてレッティは訊いた。

「生きていたころは、感謝していましたね。兄のテリーはアフリカで死んだんです。軍事作戦で行動中に」

「まあ、お気の毒に」

「ありがとうございます」サー・エリオットはそう答えて、うっかり個人的な話に触れてしまった気まずさからレッティを救った。「そういえばレディ・アガサ、あなたのご家族はかなりの大人数でいらっしゃいますよね」

待ち伏せ攻撃のような言葉。レディ・アガサの家族が大人数だという事実を知って言っているの、それともただの推測?

「そうですね、祖父母を含む大家族です」レッティは用心深く言った。

「ええ、確かそうでしたね」

やばいわ！　なぜサー・エリオットがレディ・アガサの家族について知ってるの？　そうか。上流社会では、重要人物どうしは皆、知り合いだからなのね。ああいう人たちはきっと、暇な夜には貴族の系図を記した『バーク貴族名鑑』をじっくり調べて時間をつぶしているんだわ。そんなこと、とっくに気がついているべきだった。

レッティは何も答えずにほほえんだ。

「それにあなたは、ご自分の個人的な体験によって、身分違いの者どうしの結婚に対して同情心を抱くようになったのですよね」サー・エリオットは真剣なおももちで話しかける。

どんな「個人的な体験」かしら？　彼は特定のできごとを指して言っているにちがいない。レディ・アガサがもう少しで悲惨な結婚をするところだったとか？　だからまだ独身なの？　過去にかんばしくない事件が起こって、レディ・アガサはそれを乗り越えなくてはならなかったとか？

「たとえば、あなたのおばあさまのお話などがいい例ですよ」

おばあさまの話だったのね！　ほっとしたのもつかのまだった。レディ・アガサ・ホワイトの過去どころか、彼女の祖母のおかしたちょっとした過ちなど、レッティは知るよしもなかった。サー・エリオットは答を待っている。どうしよう。とにかく、何か言わなければ。

「まだあのことについて話題にする方たちがいらっしゃるなんて、思いもよりませんでしたわ」レッティは声に冷やかさをこめて言う。「ずいぶん昔のことですもの」

サー・エリオットはすぐに「お赦しください。ご不快な思いをさせるつもりはなかったのです。自分を紳士気取りの俗物と思いたくありませんし、あなたにもそう思われたくない」

俗物？　だとするとホワイト家のおばあちゃんは、何か外聞の悪いことをしでかしたんだわ。社会的地位を失わせるような結果を引きおこした醜聞だろう。どんな事件かしら？　私生児を産んだ？　カード遊びで不正を働いた？　愛人と一緒にいる現場を押さえられた？

「いえ、不快にはなりませんでした。ただ、ちょっと驚いただけですわ、あなたが」サー・エリオットが使った言葉を手がかりに想像力を思いきり働かせる。「そんなに忌まわしいことにご興味を持たれるなんて」

サー・エリオットはレッティにすばやい一瞥をくれた。「出過ぎたことを申し上げて、ご気分を害してしまいましたね。申し訳ありませんでした」

「お気になさらないで」レッティは内心、安堵のため息をついた。でも、これからまた同じような事態に出くわしたときに質問をうまくかわせるよう、ホワイト家のおばあちゃんがどんな過ちをおかしたのか、ビグルスワース家の人たちから聞きだしておくことにしよう。

わたしったら、いったい何を考えてるの？　そんな事態がまた起こるときまでここにいるわけがないのに。あと一日。せいぜい、二日ぐらいで逃げなくては。

しかし、ひとたび困難な状況を切り抜けたことでレッティは、なんでもできるような気になっていた。油断してはいけない、十分注意しなければ、とついさっき自分をいましめたばかりだったというのに、すぐに思い直す――ちょっと神経質になりすぎていたわ。

すばらしく気持ちのいい夜。ニック・スパークルの魔の手もここには届かない。サー・エリオットはすっかりだまされている。機知に富み、洗練されて、皆の尊敬を集めているレディ・アガサになりすますのもあと一日だけ――いや、二日ぐらいかしら。レッティはサー・エリオットのととのった横顔を盗み見ながらそう思った。

サー・エリオットは無言のまま、レッティが最初に出てきた玄関のところまで送っていった。レッティは扉のところでサー・エリオットのほうに向きなおり、にっこりとほほえんだ。

「お散歩につき合ってくださって、ありがとうございました。楽しかったですわ」

「こちらこそ、楽しいひとときでした」

「では、また明日、お会いしますわね？」

「もちろんです」低くてよく響く太い声が、レッティの背筋をぞくぞくさせる。

サー・エリオットはレッティの手を持ちあげ、上体をかがめて、手の甲に軽くキスした。その唇は暖かく、柔らかい。あまりの暖かさと柔らかさにぼうっとなったレッティは、彼がいとまごいをしたときのほほえみに宿る冷淡さに気づく余裕もなくなっていた。

# 7　情に流されるやわな心より、粘り腰がいい。

誰だ？　あの女《ひと》がもしレディ・アガサ・ホワイトでないなら、いったい誰だというんだ？　レディ・アガサに化けたがる人がどこにいる？　まさか。俺の勘違いじゃないのか……。

エリオットは指で髪をかきあげた。一人の女性をこんなに強く意識したのは本当に久しぶりのことだった。エリオットは手を曲げたり伸ばしたりして、自分の日に焼けた指がレースを使った彼女のドレスに押しつけられるさまを想像した。壁から彼女の体を下ろしたときの、手のひらに当たるウエストの感触をありありと思い出すことができた。笑い声が聞こえるような気がした。快活そうに唇を曲げるようすを思いえがき、肌から立ちのぼるぬくもりのある香りを自分の中に呼びさますことができた……。

エリオットは手を振った。まるでそうすることで、彼女に対する意識を振りはらえるかのように。まさかあの女《ひと》が、レディ・アガサの名をかたった偽者、汚らわしい詐欺師であるはずがない。

だったら、あの奇矯な言動の説明はつくのか——そう、ひょっとすると彼女は、誰かと賭けをしてリトル・バイドウェルへ来たのかもしれない。上流階級の人々と交流した日々をよく憶えているエリオットにはだいたい想像がつく。貴族の友人が、退屈しのぎに、あるいはいたずら心から、レディ・アガサになりすませるかどうか賭けをしよう、と彼女に持ちかけた可能性は否定できない。もしかしたらレディ・アガサ本人がけしかけたとも考えられる。

それとも、彼女はレディ・アガサ本人であって、単に奇矯な行動に走る癖があるというだけなのかもしれない。聞きおよぶかぎりでは、風変わりな人物という噂だった。だとすれば、ときおり庶民しか使わないような思いがけない俗語が飛び出すのもうなずける。だが、彼女があんな服装で歩きまわっていたことの説明がつかない。いくら変わり者の貴婦人《レディ》でも、彼女が道中身につけていたようなドレスを、必要以上長い時間着るぐらいなら死んだほうがましだと思うだろう。

それに、あの若さはどうだ？　世の中に出回っているどんなクリームや軟膏を塗っても、彼女の足どりの軽やかさや、磁器を思わせる白目のすずやかさ、髪のつややかさは出せないだろう。

そして何よりも、祖母にまつわる話が納得いかない。レディ・アガサ・ホワイトの祖母は、アイルランドの小地主の八番目の娘ながら、思慮深さと非の打ちどころのない評判によってヴィクトリア女王の女官の列に加わった。その事実を、孫であるレディ・アガサが知らないなどということがありえるだろうか？　「レディ・アガサ」と名乗るあの女性は明らかに、祖母のおかした過ちについての話だと思いこんでいた。

そんな醜聞は存在しないのに。

レディ・アガサの祖母は、最初は（アンジェラと同じように）低い身分だったが、のちに出世して、上流社会に受け入れられたばかりでなく、敬われるまでになった。その事実をエリオットは指摘したつもりだったのだ。彼女はヴィクトリア女王に仕える女官として、醜聞の気配すらないどころか、徳の高い女性としてとみに有名だった。「忌まわしい」などと言われるようなできごとは一度もなかったはずだ。

そうすると、あの不思議な女性は偽者ということになる。

おそらく偽者だろうな。彼女が、エリオットがまったく知らない別の祖母の話をしているのではないかぎり。

エリオットは馬屋から離れ、こわばった表情で家のほうに向かった。明日、ロンドンに電報を打って、それとなく探りを入れてみよう。疑問に対する答がそのうち得られるだろう。その間《かん》、この女性のようすを近くでしっかり見守っていることにしよう。

彼女が誰であるにせよ。

レッティは両手を大きく広げて、ベッドにあおむけに倒れ、羽根ぶとんに深く体を沈ませた。その勢いで寝ているところを起こされたファギンは、不平そうにうなると、またもとどおり丸くなった。

暖炉の飾り棚《マントルピース》の上の時計に目をやると、午前二時。ちょうどレディ・アガサの旅行かばんの荷ほどきを終えたところだ。サー・エリオットとともに夜の散歩に出かけたせいですっかり目がさえてしまい、眠ろうとさえ思わなかったのだ。レッティは満足げにあたりを見まわした。

部屋の床やテーブルの上、そこらじゅうに、ドレスや布地が散らばっている。反物のままの布や、薄紙に包まれたものもあった。はかないほどに薄手の平織り綿《バチスト》、厚手でつやのある錦織り《ブロケード》、かすかに光るうね織り《ファイユ》、なめらかな輝きを放つ絹、光沢の質感が豊かな繻子《しゅす》、細かなちぢれが美しいちりめん織り、薄手の綿モスリン、薄織物や綾織り、波紋織り《モアレ》やチュールなど。驚くほどたくさんの種類の布地だ。いったい何色の色があるのか、数えきれそうにない。

白にもこんなにさまざまな白があるなんて、考えてみたこともなかった。真珠母貝のような白、ハトの羽を思わせる白、輝くばかりの雪の白、まろやかで古風な象牙の白。深みのある白亜色、淡い乳白色。銀白色、ひんやりとした雪花石膏の白。

布地を全部広げてしまうと、レッティは旅行かばんにとりかかった。中には、女性であれば誰でも欲しがりそうな、さまざまな装身具や装飾品が入っていた。六色とりそろえた、四つボタンと六つボタンの子ヤギの革の手袋。ほとんど透明と言えるほど透き通った絹の靴下。

帽子につける絹の縁飾りや鳥の羽、首に巻くスカーフ、ウエストに巻く帯やリボン。レディ・アガサはドレスの下に着るものにもお金を惜しんでいなかった。いくつもの箱が開けられ、フリルのついた下着が顔をのぞかせている。腰の形をととのえる腰当て《バッスル》、胸を美しく見せるためのシュミーズやコルセット。それから、ペチコートもふんだんにあった。フリルのついたすそをちらりとでも目にした者の想像力をかきたてずにはおかない、きれいにひだの寄った柔らかいペチコートだ。

レッティの母親のヴェダがこの光景を見たら、恍惚感に酔いしれて、あっというまに気を失っていただろう。母親は、自分がレディ・ファアロントルーに仕えている理由について、よく語っていたっけ。あのお方は私の才能を高くかって、お前にお嬢さまたちと一緒に教育を受けさせてくださる。だから私はここを離れないのよ、と。だがそれは、母親がレディ・ファアロントルーの辛辣な物言いと、すずめの涙ほどの給金に耐えていた主な理由ではないのではないかとレッティは思う。それより、自由気ままに服を作らせてくれる女主人だったたから我慢していられたんだわ。母親は豊かな想像力にまかせて、すばらしいドレスを何着も縫っていたもの。

レディ・ファアロントルーは、実に欠点の多い人ではあったが、ふたつの点ですぐれていた。天賦の才に恵まれた人をすぐにそれと見抜けることと、その人が才能を発揮するときに干渉しない賢さを持ちあわせていたことだ。レッティの母親ヴェダのような名もない者に自由に服を作らせてくれるような雇い主が、ほかにいるだろうか？　安価なビロードや、さらに安いインド更紗《チンツ》しか使いたがらない劇場経営者だったら、もちろんそんな自由を与えてくれるわけがない。

だが、けっきょくヴェダが落ちついた職場はそういう劇場で、二流の出演者向けの舞台衣装を担当することになった。いえ、二流の出演者ばかりじゃなかったわ、とレッティは真摯に思う。レディ・ファアロントルーが、自宅で開いた社交の集まりの余興のために雇った奇術師は「アメイジング・アルジャーノン」という芸名で、ちょうど全盛期を迎えていた。ととのった顔立ちで、曲芸的な技に長けていて、魅力的な男性だった。

そう感じたのはレディ・ファアロントルーだけではなかった。ヴェダはこの「アメイジング・アルジャーノン」――本名をアルフィー・ポッツ――をひと目見たとき、生まれて二度めの恋に落ちたのだった。今度の恋には、幸せな結末が待っていた。

ヴェダ・ポッツはレッティによく言ったものだ。お前が私にとって希望の星でないというわけじゃない、と。だが、ヴェダお得意の率直さをもって言うなら、一人娘のレッティは、ヴェダとネイピア子爵との結びつきによって生まれた、たったひとつの嬉しい贈り物だった。アルフィー・ポッツが見事に「仕事」をこなした二四時間後（どんな「仕事」だったか、聞いてみるほどの度胸はレッティにはなかったが）、ヴェダはレディ・ファアロントルーに二人の交際を報告した。その後のことは、物語の語り手がよく言うように、「ご存知のとおり」だ。アルフィーとヴェダは結婚し、アルフィーは喜んでレッティの義父の役割をつとめた。三人はロンドンへ移り住み、それ以降レッティはそこで過ごした。数々の劇場の舞台の袖、赤い緞帳《どんちょう》の陰で育ち、きわどい歌を子守唄に聞いて寝かしつけられた。そして、数えきれないほどの公演――本格的なもの、いいかげんなものの両方を見て、いろいろと習いおぼえた。

そして六年前、ヴェダは風邪をこじらせて肺炎を起こし、あっけなく死んでしまった。失意のアルフィーは舞台を下り、奇術師の仕事をやめた。ヴェダが生きていたら許さなかっただろう。ヴェダは、ものごとを簡単にあきらめる人間や、情にもろい人間が大嫌いだった。「どんなときでも、情に流されるやわな心より、粘り腰がいい」と主張していたヴェダは、死の床でも、しゃがれた声をしぼり出すようにして言った。「泣いちゃだめよ、レッティ。涙は弱い人が流すもの。弱い人間は、生きのびられないんだから」

レッティは、ロンドンを離れるアルフィーと一緒に行くのを断った。歌い手としての才能はかなりのものだったし、知ったかぶりの評論家がなんと言おうと、演技力もあったからだ。それに、歌手としての彼女を後押ししてくれそうな人々の注目を集めつつあった。

そう、ニック・スパークルのような……。

レッティはベッドの上でひっくり返ってうつぶせになり、ニックのこと、ニックに関して自分がおかした間違いについて考えるのはもうやめにした。目の前に広げられた布地やドレスの山をじっくり眺める。予期せぬ形で手に入った、すばらしい授かりもの！　死んだ母さんだったら、どんなふうに使うだろう。

レッティは思わずほほえんだ。

ヴェダはけっして一点の曇りもない聖人ではなかったし、レッティだって正直者とは言いがたい。でも母娘はおおむね、仲良くやっていた。特に、ヴェダがアルフィーと再婚してからはかえって絆が強くなった。アルフィーが二人を結びつけ、家族にしたのだ。

レッティがアルフィーのもとを最後に訪れてから何カ月にもなる。ニック・スパークルの脅威が去って、ことが落ちついたら、田舎の小さな家に住む義父を訪ねてみるのもいいかもしれない。いつでも大歓迎だよ、と言ってくれていたのだから。かといってレッティは、自分の問題に義父を巻きこみたくはなかった。そうなるとほかのところへ行くしかないだろう。たとえば、フランスとか。

だがそのためには、資金が必要だった。ここにある何枚かのドレスと、高価そうな装身具を売れば、かなりのお金になる。うまく買い手が見つかればの話だけれど。レッティは起きあがった。

まず、第一にやらなければならないのは、わたしがレディ・アガサであると、リトル・バイドウェルの人々にしばらく信じこませておくことだ。特にサー・エリオットにはそう思ってもらわなくては。ということは、大々的に自己宣伝する必要がありそうだ。レッティは、以前はあんなにきれいだったラベンダー色のドレスを見おろした。レース飾りの形がくずれ、ドレスの下に着る衣類にはしみがついている。これではもう、着られない。思わずため息がもれる。今からどうにかしなくちゃ。悪い奴は眠らない、だわ。

レッティは何も知らずに眠りほうけているファギンを見おろした。この間抜けな雑種犬は、部屋に入ってから、一度もベッドを離れていない。あまり贅沢な環境に慣れないほうがいいんじゃないかしら。ただ、ファギンほどこういう恵まれた暮らしを与えられるにふさわしい存在もいないでしょうけど。

レッティがどうして老犬ファギンと行動をともにするようになったかは定かではない。たぶん、そうなる運命だったのだろう。ある夜、三流劇場での出演を終えたレッティが裏通りから出てみると、少年たちがよってたかって小さな犬をいじめていた。犬は完全に逃げ場を絶たれ、追いつめられていた。そんなふうにひどい目にあっている生き物を見るのが、レッティは何よりもいやだった。

だからレッティは助けにいった。少年たちのあいだをかきわけて突きすすんだ。こぶしをふりまわし、脚を蹴りあげながら。一番効果的だったのは、肺いっぱいの空気を思いきり吐きだし、並みの人間ではありえないほどの豊かな声量で叫んだことだ。警官が現れるのを恐れた不良少年は、ちりぢりに逃げ去った。

窮地を救われたみすぼらしい犬は、劇場に戻ろうとするレッティのもとに駆けよってきた。それ以来、ファギンとはずっと一緒だ。レッティが飼っている愛玩犬というのではないし、面倒をみる責任があるわけでもない。ただ、一緒にいるだけ。そんな関係だった。

「はいはい、わかったわ」レッティはつぶやくように話しかける。「ロンドンに戻るまでは、表向きは休暇中ってことにしといてあげる。だけど、贅沢なものに慣れちゃだめよ。いっときだけのことなんだから」

ベッドから立ちあがると、レッティは旅行かばんの中から裁縫箱を取ってきた。中をひっかきまわして、ハサミと針と糸を見つける。そして美しいものに目の肥えた人らしく、荷ほどきした衣類の中から、小柄で女っぽいレッティの体に合わせるのに、直しが一番少なくてすむドレスを探す。

目にとまったのは、薄物の白い綿モスリンを使ったドレスで、スカートには細かい黒の水玉がちりばめてあり、胴着には黒いビロードの縁取り飾りがついているものだ。全身が映る鏡の前でドレスを持ちあげ、ウエストの部分を引っぱって合わせてみる。すてきだわ。流行の先端をいくデザイン。胴と腰のところをうまく直しさえすれば、だけれど。このドレスを着たわたしを見たら、サー・エリオットだって、元婚約者のキャサリン・バンティングになんか目もくれないはずよ。

一瞬のちには、いや、そんなことはない、と思い直す。もちろんサー・エリオットは、キャサリンの姿に目をとめるだろうし、言葉もかけるだろう。なぜならサー・エリオットは紳士だからだ。紳士というのは、知り合いの女性全員に対し、つねに等しく公平に注意を向けるものときまっている。それに、紳士たるもの、特定の一人の女性を独り占めにするようなことはけっしてしない。

でも——レッティはにんまり笑った。体をくるりと回すにつれて、体にあてたドレスのすそが大きく広がる。でも、どうかしら。サー・エリオットがもし、一人の女性を独り占めするようになったら、面白いじゃない？

8　人のやりたいことを把握して、実行するよう本人に伝えなさい。その人はきっと、あなたを天才と思うだろう。

「おはようございます、ミス・ビグルスワース」

その声にエグランタインは椅子から立ちあがった。この家の特別な客人（というより実際は一家に雇われているわけだが）のために、朝食をとる部屋で九時からずっと待っていたのだ。「あら、おはようございます、レディ・アガサ……」エグランタインの声が尻すぼみに小さくなる。

戸口のところで芝居がかった姿勢をとりながら、レディ・アガサはほほえんだ。「何かおかしなことでも？」

「いいえ、何もありませんわ」エグランタインはあわてて言う。「ただあの、あなたのドレスが……とても……とても……目を見張るほどすてきなので」

胴着に使われた黒い縁どり飾りが、レディ・アガサの豊満な胸をきわだたせていた。人目を引くという点では、腰から下にかけて手袋のようにぴったりと吸いついて体の線を強調しているスカート部分にまさるとも劣らない。白地に黒の水玉模様のスカートは、床すれすれまで流れるように落ちている。

エグランタインの言葉に、レディ・アガサの表情豊かな顔が喜びに輝いた。くるりと回ってみせると、軽やかなスカートが足首のあたりでひだをつくって波打つように揺れる。「今、ロンドンで大流行のドレスなんですよ」

弱々しい笑みを見せながら、エグランタインは椅子に腰を下ろした。ああ神さま、アンジェラのウェディングドレスに、レディ・アガサがあんな装いをすすめたりしませんように。

レディ・アガサはテーブルのそばで立ちどまり、何時間も前に並べられた朝食のわずかな残骸を眺めた。乾ききったトーストを一枚つまみあげる。「そういえば、今日の予定について、あのすてきなサー・エリオットにおっしゃってましたわね、ピクニックのこと?」

「ええ」エグランタインは答え、レディ・アガサが屋外での活動を楽しんでくれますようにと思った。もちろん、若くてはつらつとした女性なのは間違いないけれど。「ほかのお客さまがみえるのは、だいたい四時ごろからになります」

「楽しそうですわね!」レディ・アガサは嬉しそうにほほえんで、朝食のテーブルに戻った。腰を優雅に揺らしながら歩いていくさまは、見事というほかない。わざわざ動かなくても、十分に見事な体なのに。何もあのドレスで、あんなふうに歩かなくても……エグランタインは頬が熱くなってくるのを感じながらそう思った。

レディ・アガサは鼻歌を歌いはじめた。妙に心に残る歌で、なんとなく……放埒な感じがする。ドレスにも歌にも困惑ぎみのエグランタインは、朝食用のベルを取りあげると、むきになって振り、大きな音で鳴らした。

執事のキャボットが早く来てくれますように、とエグランタインは願った。キャボットなら、何をすべきか、物事にどう対処すべきか、ちゃんと知っているはずだ。キャボットは完璧な執事だった。エグランタインには、上流階級の貴婦人《レディ》をどんなふうに扱い、何を言っていいものやらわからない。戸惑うことばかりだった。まず、レディ・アガサという貴族階級の人間を雇った。おそれおおくも侯爵一家がまもなく「ホリーズ」を訪れる。アンジェラの婚礼が迫っている。それがすめばアンジェラは去ってしまい、二度と戻ってくることはない――。

エグランタインの目が涙で曇った。なぜか、何もかもが悪いほうに向かっているようないやな予感がしていた。レディ・アガサはといえば上機嫌で、エグランタインの隣の椅子にさっさと座っている。だが中年女性の涙に気づいたのか、その前腕にそっと手をそえた。「どうかしちゃ――どうかなさったの？」

「なんでもありませんわ」エグランタインはきっぱりと言いきったが、レディ・アガサの声にこめられた意外な思いやりにぐっときて、もう少しで落ちつきをなくしそうになった。だめよ。あかの他人に、しかもこんな高名な人に、悩みを打ち明けるわけにはいかないわ。

「本当に、大丈夫ですか？」レディ・アガサは優しく尋ねる。温かみのある茶色の目は頼りがいがありそうで、少しばかり面白がっているように見える。といっても人をばかにした感じはなく、妙に安心させてくれるものがある。世の中には、笑って片づけられない問題などひとつもないのよ、とでも言いたげだ。

「レディ・アガサ。おいでいただいて、ありがたいと思っていますのよ」エグランタインは思いをぶちまけた。「私、自分がどうしていいかわからないのが情けなくて。この不愉快な大仕事――あっ！」口をついて出たあからさまな言葉に、中年女性はすぐに後悔した。頰にかっと血が上る。「私のこと、さぞかし失礼な人間だと思われたでしょう」

「どうしてですか？　何が？」

エグランタインは気にしないふりをしてくれたレディ・アガサを感謝の目で見た。自分がたった今、可愛い姪の婚礼について「不愉快な大仕事」と口走ってしまったのは明らかなのに。まるで婚礼が、床掃除や靴磨きのたぐいの、厄介でいやな作業であるかのような言い方をしてしまった。そう、まるで婚礼が……お祝いごとじゃないみたいに……。

エグランタインはわっと泣きだした。

レッティはじっと見つめた。不思議だわ。なぜ急にこんなふうになってしまったのか、見当もつかない。別に心配はしていないけれど。だいたい、なぜ心配する必要があるの？　エグランタイン・ビグルスワースは、誰もが欲しいと思うものをすべて持っているじゃないの。わたしはただ、金持ちの婦人がこれほど哀れにすすり泣いている理由に好奇心をそそられているだけよ。レッティはエグランタインの背中に腕を回し、肩においた手にそっと力をこめた。

エグランタインは顔を上げた。その目は赤く腫れぼったくなり、鼻水が垂れている。人の服の袖にすがって泣くような女性ではないわね。そう判断したレッティは、自分の皿の横にきちんとたたんでおいてあるナプキンを取りあげてぱっと開き、エグランタインの鼻の下に持っていった。「ほら、これで鼻をかまれるといいですよ。そうそう……で、涙のわけを聞かせてくださる？」

「あなたにご迷惑をおかけするのはあまりに……」

「ばかばかしい。困ったことがあれば、解決のお手伝いをするのがわたしの仕事なんですから。ほら、婚礼の準備のことやなんかで。問題があるのにそれを見落としていたら、わたしとしてもいい仕事ができませんでしょう？」

「そうですわね。でも、特に問題があるわけじゃないんですの。ただちょっと……なんて言ったらいいのかしら。愚かでわがままな女なんですわ、私。アンジェラの幸せを何よりも願っているのに、ああ！　あの娘《こ》がいなくなると思うと――寂しくて――寂しくてたまらなくて」

エグランタインはまたわっと泣きだした。

「そう思われるのも当たり前ですわ」レッティは甘い声でささやき、エグランタインの肩に腕を回して体を優しく揺らしてやる。

そうこうしているうちにエグランタインの震えがおさまった。レッティはくしゃくしゃになったナプキンを、ふたたび婦人の手に押しつけた。「寂しいと感じるのがわがままだなんて、そんなことありませんわ。要するに、アンジェラさまを愛してらっしゃるからよ」

「ええ、そうよ！　あの娘《こ》を愛しているんです！」エグランタインはナプキンで鼻をかんだ。

「アンジェラさまの母親代わりをつとめて何年ぐらいになられます？」

「母親はあの娘《こ》を生んだときに亡くなったんです。それ以来ですから、もう一八年以上になります」エグランタインは唇を震わせてほほえんだ。「アンジェラは輝くように愛らしくて、ちっちゃな赤ちゃんだったわ。私、他人にあの子の世話をまかせるなんてこと、考えられませんでした。お金を払って人に頼むなんて――」そう言ったとたん、顔を赤くする。「いやだわ！　報酬を受けとって仕事をするのが立派でないとか、そんな意味で言ったわけじゃないんですのよ！」

「いいんですよ、ご心配なく」レッティは気楽に言った。「わたし、気にしてませんから。お気持ちはよくわかります。お金で人の能力を借りることはできても、人の愛情は買えませんものね。それにミス・ビグルスワース、ちびすけに夢中になってしまったんでしょ」

「ちびすけ？」

「赤ちゃんのことですわ」

「ああ、わかってくださるのね。私、アンジェラに幸せになってほしいの。望みはそれだけなんです。でも、あの娘《こ》が侯爵家にお嫁入りすると思うと、不安でたまらなくて。その気持ちが、あの娘《こ》を手放したくないという自分のわがままから出ているんじゃないかと、悩んでいるんです」

レッティはエグランタインの肩をぽんと叩いた。「くよくよなさっちゃだめ。アンジェラさまは華やかなお城で暮らすんですよ。きっと幸せになられますわ」わたしだったら、当然そうなるもの。「侯爵夫人ですからね、大勢いる召使にあれこれ命令したり、家族の肖像画を数えたりする以外に、何もしなくていいんです。キャビアとシャンパンの夕食をとって、毎日、一時間ごとに二枚のドレスが差しだされて、着替えを選べるぐらいの衣装持ちになれますわ」

エグランタインは鼻をすするように小さく笑った。「まあ、レディ・アガサ、お優しいんですのね。私を慰めようと、冗談なんかおっしゃって」

冗談ですって? わたし、本気で言ったのに。

エグランタインの表情が真面目になった。「アンジェラが婚礼を心待ちにしている、と自信を持って言えるのなら、私だってこんなに心配しませんわ。でも最近のあの娘《こ》、どこかおかしいんです。私の可愛い、いつものアンジェラじゃない。物思いに沈んでいるように見えますし、ときどきひどく不機嫌になるんですの」

「結婚式を間近にひかえた娘さんって、ふさぎこんだりいらだったりしがちなものでしょう」

エグランタインは首を横に振った。「アンジェラは昔から、神経質な子じゃありませんでした。ヒュー・シェフィールドさまに求婚されたと私たちに打ち明けたときも大喜びで、幸せそうでした。でなければアントンだって結婚に賛成しなかったはずですわ」

「もしかしたら、本当に結婚していいのかしらと、ためらいの気持ちが出てきたとか？　よくあることですわ」

「私も最初はそう思ったので訊いてみたんです。侯爵と結婚するのが不安で、やめたくなったんじゃないの、って。そうしたらわっと泣きだして、あの人のお嫁さんになりたい、それが何よりの望みなの、と訴えるんです」

おや。レッティは心の中でつぶやいた。あの小娘、少なくとも頭がボケたわけじゃなさそうね。

「私が思うには」エグランタインはレッティのほうに身を寄せて言う。「どうも、シェフィールド家のことが原因じゃないかと」

「どうしてわかりますの？」

「シェフィールド家の方々は、跡取り息子のヒューさまとアンジェラとの縁組について、すでに立場をはっきりさせておられますわ。アンジェラの身分がはるかに下だからお気に召さないのね。あまり人の悪口は言いたくないのですけれど、ヒューさまの母上は、ありとあらゆる口実を見つけて、なんとかして息子さんをこの屋敷に近づけまい、アンジェラのもとに行かせまいとしているみたい。そう思えてなりませんの。レディ・アガサ、誤解なさらないでね。私は、上流社会の方々の行動について知ったかぶりをするつもりはないんです。でも、花婿になろうという人が未来の花嫁の実家を一度も訪れないというのは、いくらなんでも少し変じゃないでしょうか？」

そうなのかしら？「ええまあ……かならずしも変というわけでもないのかもしれませんが」レッティは慎重に答えた。

その言葉にすがるようにエグランタインは訊いた。「本当ですか？　それなら希望が持てますわ。まあ、それに」独り言のように続ける。「ヒューさまは、今月の末にはこの『ホリーズ』へ来られるそうだし、ご家族の方々も私が最近出した招待状への返事で、そのあとすぐにご訪問しますと約束してくださったけど」

レッティは明るくほほえんだ。「順調そのものじゃありませんか」

エグランタインは期待をこめてレッティを見た。「ヒューさまはいつも、アンジェラを思いやってくださっていますわ、毎日毎日、手紙を書いてよこされて。でもこのごろ、アンジェラは以前ほど、お手紙を楽しみにしているようには見えないんです」表情が曇る。「アンジェラは心配しているのかもしれません。シェフィールド家の方々が私たちビグルスワース家の者を田舎臭いと感じるんじゃないか、それで私たちが恥ずかしい思いをするんじゃないかと。でなければ、婚礼がみすぼらしいとか、私たち自身がみすぼらしいと思われるんじゃないかと不安なんですわ、きっと。ですからなんとしても、みっともない婚礼にはしたくないんです！　レディ・アガサ、私たちを助けてください。どうか、お願いです」

エグランタインは懇願するように両手を差しのべた。あふれんばかりの愛情と、優しさと、いらだちとが微妙に入り混じった表情。そのあまりのひたむきさにレッティは胸を打たれた。レッティは心の中でぶるっと身震いした。しっかりしなくちゃ。わたしったら、感傷的になってるじゃないの。きっと、月のものが近いからだわ。

「もちろん、お手伝いいたしますわ」レッティは言った。思いがけず心に沸きあがってくる甘ったるい感情が、我ながら不愉快だった。「でも、お宅の大切なアンジェラさまがシェフィールド家の嫁にふさわしいかどうか思い悩むより、シェフィールド家の人たちが彼女の嫁ぎ先にふさわしいかどうかをご心配になったほうがいいんじゃないかしら」

レッティのさりげない助言に、エグランタインは目を大きく見ひらき、骨太の手で胸をかき抱いた。「私、そんなふうに考えてみたことありませんでしたわ、レディ・アガサ！　あなたがご成功していらっしゃるのも道理ですわ。皆さんのお手本となる立派な方だし、安心して悩みをご相談できるし、よき助言者でもあるのね。ただ、もしできれば……」声がせつなそうに、しだいに小さくなる。

「できれば……何ですの？」レッティはうながした。なかなか心のうちを明かそうとしないこの中年女性を哀れに感じていた。

「でも、無理なお願いはできませんわ」

「ミス・ビグルスワース、わたしをやたらにお高くとまった女だと思われたら困ります。お宅に雇われてお手伝いに来た者ですよ。それをお忘れにならないで」

その言葉はエグランタインを励ますどころか、むしろ逆効果だった。エグランタインのおしろいをはたいた健康そうな顔が、悲しみでくしゃくしゃになった。「おっしゃるとおりですわ。私、雇用主だからといって、その立場を利用してあなたに無理強いすべきじゃありませんものね」

レッティはため息をついた。やれやれ。金持ち連中ときたら！　ものごとを必要以上に難しくしちゃうんだから。

「でしたらわたし、新しくお友だちになった者として、喜んでお力になりますわ」

「まあ、ありがとうございます！」感きわまったエグランタインは、レッティの手をしっかりと握りしめた。「実は……レディ・アガサはアンジェラと年が近くて、世間のことをよくご存知でしょう。ですから、アンジェラの相談に乗ってやっていただけるとありがたいのです。あなたのような経験と知識をお持ちの方から貴重なご助言をいただけたら、あの娘《こ》にとってどんなに心強いか。田舎者でオールドミスの私などにはとうてい思いつかないような、役に立つ知恵を授けてくださるにちがいありませんわ」

アンジェラに？　わたしからアンジェラにどんな助言ができるというの？　結婚もしていないのに。実際、まだ男と女のことなど――そう、世慣れた女だからといって、尻軽だとはかぎらない。

レッティはエグランタインに目をやった。彼女は心配そうにこちらを見つめている。ええい、どうにでもなれ。相談役を引きうけたところで、何の害があるものか。どうせわたしはすぐ逃げるつもりなんだから、あの娘《こ》に害を及ぼすほど深く関わり合いになるわけじゃない。世間のことをひとつやふたつ、ありのままに教えてやったら、かえってあの娘《こ》にとってためになるかもしれない。レッティは心の中で深いため息をつくと、覚悟を決めた。

「ミス・ビグルスワース、もちろん、喜んで。わたしなどがお役に立てるかどうかわかりませんが、アンジェラさまのためにいい助言をしてさしあげられるよう、できるだけやってみましょう」

「なんとお礼を申し上げていいか。レディ・アガサ、励ましのお言葉、心にしみますわ！」エグランタインの視線がレッティの全身に注がれる。「もちろん、あなたが自立した女性であって、ふるまいや生き方について人からあれこれ言われてもびくともしない方であることは、そのお姿を見れば一目瞭然ですものね」

「そのとおりですわ」おだてられていい気分になったレッティは素直に認めた。

「レディ・アガサは、古いしきたりや心の狭さなどに縛られない生き方をお選びなのね」エグランタインの口調はしだいに熱を帯びてくる。

「ま、そうですね」

「服装や言動について人からなんと言われようと、気にもかけずに堂々としていらっしゃるんですものね！」

「もちろん、わたし――」レッティは言いよどんだ。なんと言われようと気にしない？　いや、そんなことはない。レディ・アガサだったら、他人の意見を尊重するだろう。「どういう意味でおっしゃってるのかしら？」

「そうですね、たいていの女性は、そのドレスのように人目を引く装いをすることなど思いもよらないし、あなたのように楽天的な考え方もしないでしょうね。楽天的だなんて、失礼な言い方をしてしまってごめんなさい。でも、あなたが町中にその格好で現れたら、かなりの大騒ぎになると思いますわ」

「そうですか？　ご婦人方の噂になるかしら？」

「ええ、うらやましがるでしょうね」

「殿方はいかが、魅力的と思ってくださるかしら？」

「きっと皆さん、そう思われますわ！」

「……サー・エリオットも？」

エグランタインは考えこむ。「そうですね、サー・エリオットは一般の男性とはちょっと違いますからね」

「違うんですか？」

「ええ。心のうちを人にのぞかせないたちなんです。愛想が悪いとかじゃありませんのよ。サー・エリオットは、紳士としての要素をすべてそなえていると言っていいわ。外見に影響されて女性を判断するような人じゃありませんから」

まさか、冗談でしょう。レッティはエグランタインをじろじろ眺めた。が、冗談を言っているようには見えない。この中年の婦人は、心底そう信じているのだ。

「でも、サー・エリオットは男性ですわよね？」

「ええ、もちろん」エグランタインはあこがれのまなざしで言う。あと二〇歳若ければ、私だって……。

「だったら、彼の女性に対する興味は、ほぼ間違いなく、外見に左右されるはずですわ。男なら、紳士だろうとそうでなかろうと――」

「ミス・ビグルスワース？」二人の会話に割りこんできたのは執事の声だった。

「ああ、キャボット」エグランタインは少しほっとしたような吐息をついて、扉のほうを向いた。レディ・アガサが暴露せんとしていた男の本質の話を聞きたいかどうか、自分でもよくわからなかったからだ。「レディ・アガサのためにおいしいコーヒーを淹れてくれるよう、グレースに伝えておいてちょうだい」

エグランタインは、レディ・アガサの好みを訊こうとふりかえった。そのとき小さな犬が廊下から部屋に入ってきた。レディ・アガサの犬のランビキンズだ。こんなに歩いたから今朝の運動はもう十分とでも言わんばかりに、キャボットの足元にすとんと座りこむ。

「足で押しのけてくださいな」レディ・アガサは言い、ランビキンズを見おろした。「この犬は――」キャボットに視線を向けたレディ・アガサは突然言葉を失い、目を丸くした。

つねに冷静沈着そのもので表情をくずさないキャボットが、ごくりとつばを飲みこむ音が聞こえた。

「キャボット？」エグランタインは訊いた。いったいどうしたのかしら？　キャボットときたら、まるで幽霊でも見たような顔をしている。「キャボット、大丈夫なの？」

「大丈夫です、マダム」キャボットは答えた。「ほかに何か、ご入り用のものは？」

エグランタインは横目でレディ・アガサを見た。一瞬、困惑したように見えた彼女だったが、もとの態度に戻っている。「もしあれば、イチゴをいただけますか？」遠慮がちに訊く。

「かしこまりました、マダム」キャボットは言った。「ほかに何かご用はございますか、ミス・ビグルスワース？」

「そうだわ」エグランタインはふいにあることを思いついた。レディ・アガサとアンジェラを引きあわせて、うまくことが運ぶようもっていくには今が一番いい機会だわ。「キャボット、ミス・アンジェラを連れてきてちょうだ――」

「あのう」

エグランタインはレディ・アガサのほうをふりむいた。「なんでしょう？」

「ミス・ビグルスワース、アンジェラさまはご自身で連れてこられたらいかがでしょう？ ここへ来るまでのあいだに、根回しとでもいいましょうか、あらかじめ話を通しておいていただければ、わたしも助言しやすくなりますわ」平然と待っているキャボットをちらりと見る。

「いい考えですわ、レディ・アガサ」エグランタインは賛成して、立ちあがった。「私が自分で行って、あの娘《こ》を連れてきます」

エグランタインがキャボットのそばを通りすぎたとき、キャボットはふりむき、女主人のあとについて部屋を出ていこうとした。そのときエグランタインの耳に、レディ・アガサの声が聞こえた。

「だめよキャボット、まだ逃げちゃ」

# 9　化粧直しをくり返しながら、過去は何度でも顔をのぞかせる。

「サミー、本当にあなたなの？」レッティは信じられない思いで、恰幅《かっぷく》のいい執事のいかめしい顔をのぞきこんだ。

「そうだ、俺だよ、レッティ」驚きのあまり声をひそめてサミーが答える。

レッティは駆けより、サミーの体に腕を回してきつく抱きしめた。サミーはぎこちなく抱擁を返す。あけっぴろげな愛情表現は苦手なのだ。レッティはくすりと笑った。サミーったら、昔と変わらないわ。

最後に会ったのは六年ほど前だろうか。レッティの両親、ヴェダとアルフィーがロンドンのパレス劇場で土曜恒例の演芸ショーに参加していたころのことだ。両親はほかの出演者たちと長年の知り合いだったが、その中にサミーもいた。珍妙な人間を集めたショーに「スパニエル犬顔のサム・サム」という芸名で出演し、「犬と人間の特徴をあわせ持つ、摩訶不思議な男」として鳴らしていたのだ。

レッティはサミーの肩に顔をのせたまま、ほほえんだ。今の姿からは想像がつきにくいかもしれないけれど、かつてこの人の顔は毛でびっしりおおわれていた。ところが今は……レッティは目を上げ、気の毒なほど真っ赤に染まった執事の顔を面白そうに眺めた。おやおや！ スパニエル犬顔と言われた男も、毛が薄くなって生え際が後退してるわ！

サミーは息を吐きだし、一歩後ろに下がってレッティの肩をつかんだ。しばらくは穏やかな中に再会の喜びを表していたサミーの顔から、しだいにほほえみが消えていく。

「君はいったいぜんたい、ここで何をやってるんだ？ レディ・アガサになりすましてるのはなぜだ？ 本物のレディ・アガサはどこにいる？」

「しっ、静かに！」レッティはサミーの後ろに回り、急いで扉を閉めた。「奥のほうに来て、説明するから」

サミーはゆっくりとレッティのあとについてきた。「レッティ、最後に聞いた噂では、君はあのろくでなしのニック・スパークルとつるんでいたようだったが」さっきまでの喜びが心配そうな表情に取って代わっている。「警告しておくぞ、レッティ。もしこれにニックが関わっていて、また人をだまそうっていうんなら――」

「誰もだましたりなんかしないわ！」レッティは言い、手を振ってサミーの口を封じた。

だがサミーは信じているようには見えない。レッティは悲しかった。かつては友だちどうしだったのに。

実際のところレッティは、サミーにすすめられて貴婦人《レディ》のふりをするすべを磨いたのだ。

そういえばサミーは、演技に見とれている客席最前列の女性たちに向かってうなり声をあげたり、犬のまねをしてみせたりしているとき以外は、つねに一流の紳士としてふるまっていた。そして今や、一流の執事というわけね。

一分のすきもない立ち居ふるまいをサミーがどうやって身につけたのか、レッティは一度も訊いたことがなかった——舞台で生計を立てる者は、他人の過去についてとやかく尋ねたりしないものなのだ。

「あなたこそどうしたの、サミー、じゃない、キャボット？　昔はあんなにあったあの……その……」

「毛かい？」

「ええ。最初見たとき、あなただとはわからなかったわ。それに、執事のまねなんかして、どういうこと？」

「まねじゃないんだよ。俺の父親は執事としてプレスコット伯爵にお仕えしていてね。よちよち歩きのころから、俺は父のような執事になるべく育てられたのさ」

レッティの不思議そうな表情を見てキャボットは含み笑いをした。「俺だって生まれたときから毛むくじゃらだったわけじゃないんだよ。だけど成長するにつれて、どんどん毛深くなっていった。そのうち、この外見では父親の跡を継いで執事になるのは難しいと見きわめがついた。それでロンドンに出ていって、音楽劇場での仕事を見つけた。そこで君のお母さんと、お義父さんに会ったというわけさ。そう悪くない生活だった」なつかしそうに瞳が輝く。「だが、時が経つにつれて俺の毛も抜けはじめて、ある時点からは、宣伝ポスターの絵に近づけるために偽物の毛を顔にくっつけなくてはならないほどになった。そしてついに四年ほど前、舞台を下りるしかなくなったんだ」

「残念だったわね」レッティは優しく言った。

キャボットは驚いてレッティを見た。「別に残念じゃないよ。毛が抜けたおかげで、やっと執事としての仕事を探せるようになったわけだからね。職業紹介所をいくつか回って職を探したけど、五〇歳で実務経験のない執事を雇おうという奇特な人はなかなかいなくてね。でもある日、あるご婦人の面接を受けた。親切で、世間ずれしていない女《ひと》で、イングランド北部にいるお兄さんのために『ロンドン仕込みの本物の執事』を探しているというんだ。俺が、推薦者としてプレスコット伯爵の名をあげたところ……こうして、採用されたのさ」

「執事の仕事、楽しんでる？」レッティは好奇心にかられて訊いた。「寂しくないの？　都会から、街の灯から遠ざかって、昔の仲間と離れて？」

「それほど寂しくもないよ。ベニーとはいまだに手紙のやりとりをしてるけどね」ベニーというのはベン・ブラックのことで、「人間ダイナモ」という芸名で舞台に出ていた仲間だ。

「俺は、自分の欲しいものはすべて手に入れた。同僚たちはほとんどみんな、尊敬の念を持って接してくれるし、立派な家の世話になっている。それに何より重要なのは、自分が小さいころからそうなるべく育てられてきた、執事という仕事ができることだよ」

レッティは考え深げにうなずいた。「うらやましいわ、キャボット」

キャボットはいぶかしげに頭をかしげた。「どうしてそう思う?」

「あなたって、自分のあるべき姿がわかってるでしょ。昔からずっとそうだったわ」

「そうかな、レッティ。君だって自分のあるべき姿はわかってるだろう」キャボットは優しげに応じる。

レッティは首を横に振った。「自分がどういう人間かは知ってるわ。でも、どうあるべきなのかはわからない」

キャボットはレッティの声にならない問いに対する答を探そうとした。「君は……君は……英国の舞台が生んだ最高の歌姫だよ。君みたいに聴衆をのせて、足でリズムをとらせたり、ほほえませたりできる歌手はほかにいなかった」

「あのころは楽しかったわ」レッティはつぶやいた。「それが、わたしの真の姿?」と言ってキャボットの目をまっすぐに見る。「残念ながらもう、歌姫じゃなくなった。少なくとも、ロンドンの人たちの一部はそうは思っていないでしょうね」

「ニック・スパークルのせいか?」キャボットはずばりと訊いた。

レッティは、自分の意思でやったこと、関わったことに対してニックを責めるつもりはなかった。もしやりなおせるとしても、きっと同じようにするだろう。いや、本当にそうかしら? 良心のうずきから出た疑問に反抗するように、レッティのあごはつんと上がった。自分が何をやったにせよ、もう終わったことだ。それについてわびるつもりはない。

「ニックのことは話したくないわ。あいつは今ここにいないし、やってくる予定もない。それだけ知っておけばいいでしょ。この話は、もうおしまい」レッティは無理やり笑みをつくった。「それにしても、こんな辺鄙《へんぴ》な片田舎の生活にあなたが満足してるなんて、いまだに信じられない」

キャボットはレッティを一瞬じっと見つめてから、くつろいだようすになった。「だけど実際、ここが好きなんだよ。ただ、完全に満足とは言いきれない。その理由はたったひとつ。それは、いつか誰かが、礼儀正しい執事のキャボットが、かつて『スパニエル犬顔のサム・サム』と呼ばれていた芸人だという事実をつきとめるかもしれない、という恐怖感かな」

「あの人たち、お高くとまってるんでしょ？」レッティはわけ知り顔で言った。

「まったく、ひどいもんだよ」キャボットは認めた。

そりゃそうよね、お高くとまってるのも当然だわ。爵位こそないものの、ビグルスワース一族はいちおう貴族であって、この地方の名家だ。いくらエグランタインが気取らない女性に見えても、隣家の貴族に負けじと見栄をはることもあるだろう。

レッティはそういう見栄っぱりの気取り屋がどんな人種かわかっていた。女優や歌手目当てで楽屋口にたむろしている貴族の青年のうち、一人については特によく知っていた。青年はつねに礼儀正しく、女性に敬意を表していたが、ある日レッティを昼食に連れていったレストランで態度が豹変した。たまたま、自分の知り合いの貴婦人《レディ》がそこに現れたのだ。すると青年は、レッティの名前を度忘れしたばかりか、いったいどうして二人で食事をするはめになったのかさえ思い出せなくなった。それ以来レッティは、どんなに丁重に食事に誘われても断って、自分と同種の人間とだけつきあうようになった。

ビグルスワース家の人々があの手の気取り屋だったとは、少しがっかりだわ。あの人たちだけは違うのかもしれないと思っていたのに。でもまあ、世の中そんなものよ。

「あんな連中、くそくらえだわ。いなければせいせいするのにね」レッティが言うと、キャボットはため息をついて答えた。

「悪口を言うだけなら簡単だよ。君はあいつらと一緒に働いてないからな」

「一緒に働いてる？　あら、ずいぶん民主的な、しゃれた言い方だこと」

「俺はお手本となるようにふるまってるんだがね。俺が対等の立場の者として彼らに接していれば、そのうち彼らも学んで、相手の地位に関わりなく同等の扱いをするようになるんじゃないかと期待しているんだ。特にあの意地悪ばばあの料理人、グレース・プールときたら、まったく――」

「グレース・プール？　誰のこと？」面食らったレッティは訊き返した。

「この屋敷の使用人だよ。ほかに誰がいる？」

「気取り屋って、使用人のことなの？　ビグルスワース家の人たちでなく？」レッティはびっくり仰天した。

「ビグルスワース家の人たちは俺が今まで会った中で一番公平で寛大な人たちだよ。だけど使用人は違う。あの連中の俗物根性といったら、超一流さ」キャボットはほほえんだ。「だけどレッティ、君の貴婦人ぶりはちょうどいい具合らしくて、受けがいい。どうやらこの屋敷のみんなを魅了してしまったようだよ」

「本当?」レッティは嬉しくなった。

「ああ、本当だ。君は昔から物まねのこつを心得てたからね。せっかくのその才能を、ニック・スパークルの詐欺に関わって無駄遣いしてしまうなんて、もったいなかった」

レッティのほほえみが消えた。「その話はしないことになってたはずじゃ——」

「俺に君の行動の善悪についてどうこう言う権利はないよな」キャボットはさえぎった。

「だけどレッティ、君はいい子だよ。情け容赦ないところもあるけど、心根は優しい」

「そうね、まだ心根まで腐ってるわけじゃないわ」

「じゃあ、俺の前の仕事について、使用人のみんなに言わないでおいてくれよ。ばれたら最後、二度と名誉挽回はできなくなる」

「もちろん、言うわけないでしょ」レッティは約束したが、すぐにつけ加えた。「わたしのちょっとした秘密をばらさないでくれれば、ね」

キャボットはのろのろと答えた。「それについては、ちょっと約束できかねるなあ。俺はビグルスワース家の人たちに対する忠誠心もあるし、感謝もしている。あの人たちは、人はみな善良なものだと思いこんでいるんだ。だから、俺としては気を配って、彼らにとって最善の道を探ってあげなくちゃならない。何しろ、自分が損しようが何しようがおかまいなしという人たちだから」

「あら、わたしのせいであの人たちが被害をこうむることはないわ」

キャボットは安心しきれないようすだ。「レッティ、君の言うことは信じるよ。でも、ニック・スパークルのほうはどうなんだ？」

「誓ってもいいわ、ニックは今回のことには関わってない。いっさい、関係なしよ」レッティは誓いの言葉を口にしたあと、少しためらった。ニック・スパークルと別れたいきさつを詳しく語ってもいいのだが、時間がなかった。エグランタインとアンジェラがもうすぐ戻ってくるだろう。だが、キャボットを安心させるひと言を言ってやりたかった。

「サミー、じゃなくキャボット。わたし、ロンドンでちょっと困ったことになってね。それで、お金はほとんど持っていなかったんだけど、どこにも行き場がなくて、セント・パンクラス駅へ行ったの。何か少しでもいいことがあれば、と思って。そしたら、なんと！　わたしが駅のベンチに座っていたら、本物のレディ・アガサが列車の切符を捨てたのが見えたの。で、その切符を拾ったわけ」

「それで、ここへ来た、と」キャボットは言った。

レッティはうなずいた。「わたし、レディ・アガサのふりをしようなんて気はなかったの。降ってわいたような幸運をうまく利用しようとしただけ。あと一、二日でここを出るわ。ついでにレディ・アガサの持ち物を少しいただいていくつもりだけど、それについては嘘をついてもしょうがないわね。でも約束するわ、ビグルスワース家のものは何ひとつ持ち出さないって」

キャボットはしばらくのあいだ、レッティをじっと見つめた。「じゃあ、レディ・アガサはどこにいるんだ？」

「新婚旅行中よ」レッティは椅子に深くもたれかかり、悲しげな笑みを浮かべてキャボットの驚いた顔を見た。「だから切符を捨てたのよ。恋人がセント・パンクラス駅まで追いかけてきてレディ・アガサに求婚して、なかなかロマンティックだったわ。『何もかも捨てて、今すぐ、私と一緒に来てくれ、アガサ！』って感じだったもの」

キャボットは頭を振った。「なんてこった。ビグルスワース家の人たちがかわいそうだ」

レッティは顔をしかめていらだちをあらわにした。「あら、言ったでしょう、わたしは絶対に――」

「君じゃないよ、レッティ。レディ・アガサのことを言ってるんだ。よりにもよって、こんなときに駆け落ちするなんて、最悪じゃないか。ビグルスワース家ではミス・アンジェラの婚礼を恥ずかしくないものにするために、レディ・アガサの力が頼りなんだよ」

「あら、でもそれはわたしのせいじゃないでしょ？」レッティは身構えるように言った。「けっきょくのところ、わたしがここにいようといまいと、ビグルスワース家にとってはほとんど違いはないはずよ」

「もしレディ・アガサが期待を裏切ってここへ来ないと知れば、披露宴演出役《ブライダル・プランナー》としてほかの誰かを探す余裕ができるだろうよ」

「たった二日だもの、大した違いはないでしょ。ね、そう言ってよ」レッティは泣きだしそうな顔でキャボットをにらみつける。

「よしレッティ、わかったよ」ついにキャボットは重々しい声で言った。「君がビグルスワース家の所有物を失敬しないなら、俺は誰にも何も言わないよ。ミス・アンジェラの人生がかかっている婚礼の準備をすっぽかすとは、レディ・アガサにきっとばちが当たるだろうな。でも、もし君があと三日もここにいるようなら、俺はサー・エリオットに知らせに行く」

「つまり、しなければならないことをするわけね」

キャボットは答えない。

「キャボットが何をするんですって?」エグランタインが訊いた。

レッティがふりむくと、エグランタインとアンジェラが戸口に立っていた。レッティは物柔らかな表情をつくった。「新鮮なイチゴを持ってきてくれるよう頼んでいたんです。お宅の料理人がたくさん買いだめしているという話なので」

「ああ、そうでしたの」エグランタインはアンジェラを部屋の中に押しやった。「キャボット、レディ・アガサにイチゴをお持ちしてさしあげて」

「はいマダム、ただいま」キャボットはお辞儀をして出ていった。

エグランタインは胴着につけた懐中時計をひっくり返して見た。「あらいやだ、もうこんな時間。お客さまがまもなくおみえになるわ。それに、まだやることがたくさんあるし。アンジェラ、レディ・アガサのお相手をつとめていてちょうだいな。そのあいだにクロッケーのコートの準備がちゃんとととのっているか見てくるから」

レッティはほほえみを押し殺した。アンジェラと二人きりにするにしても、もっとさりげないやり方があるだろうに。エグランタインがそそくさと部屋を出ていくと、あとに残された哀れなアンジェラは顔を赤らめた。

「あつかましいお願いをしてしまったようで、ご負担でないといいのですけれど」

「いいえ、そんなことありませんわ、ミス・アンジェラ」レッティは言った。「どうぞ、お座りになったら？」

アンジェラは椅子に腰かけた。まるで宗教裁判の審問に答えろと言われたばかりのように不安そうだ。しかもその口元には細かなしわが出ており、寝不足のせいか目の下にはくまができている。エグランタインの観察は正しかった。まもなく花嫁になるというのに、アンジェラのようすはどこかおかしい。

「お部屋は気に入っていただけたでしょうか」ついにアンジェラが沈黙を破った。

「調度も何もかも、とてもすてきですわ。ありがとうございます」二人はお互い自信なさそうにほほえみを交わした。

「お持ちしました、レディ・アガサ」グレース・プールがあわただしくワゴンを押して現れた。上にはイチゴを盛ったボウル、クロテッド・クリーム、スコーン、コーヒーポットがのっている。

レッティはもう少しでよだれが出そうになった。昨日の早朝、屋台商人から魚のフライを買って少し食べただけで、それ以来何も食べていない。

「わたし、レディ・アガサがお手紙に書かれていた布地を見たくてたまらないんです」アンジェラは言った。

ちょうどグレースがイチゴを指さして、いかが、と尋ねるように眉を上げたのに答えて、レッティは力強くうなずいた。

「白いウェディングドレスを着なくてすめばいいのにと思うんです。わたし、白はどうも顔映りが悪いような気がして」

コーヒーに入れる砂糖はいくつかとグレースに身ぶりで訊かれて、レッティは指を三本、ぐいと出してみせてから、アンジェラの言葉に注意を向けた。劇場に出演する者なら誰でも、舞台における色の大切さはわかっている。結婚式だって、舞台を演出するのと基本的には同じじゃないかしら。ただ、聴衆が客席の代わりに教会の信者席に座っているという違いはあるけれど。

「ミス・アンジェラ。白にもいろいろな種類があって、きっとあなたの顔色に似合う白が見つかりますよ」

「本当ですか?」アンジェラは期待をこめて訊いた。

「本当ですわ」レッティはアンジェラの姿をじっくりと見た。確かに自分で言うとおり、すきとおるような青白い色を着せたら、この娘の顔色は悪く見えるし、淡い金髪がぼやけた感じに映るだろう。「あなたには、ピンクがかった白がお似合いね」レッティは考えこみながら言った。昨夜開けた荷物の中に見つけたチベットカモシカのような色の絹織物のイメージが頭に浮かんでいた。あの布地の光沢のある表面の下には、アワビの貝殻を思わせる繊細なピンクが透けて見える。硬さのない美しい体がそれをまとう。乙女らしさの中に、粋な感じが出せるだろう。

頭の中で警鐘が鳴りだしたが、レッティは気にせずに次の段階に進んだ。「まさにぴったりの布地が部屋においてありますよ」

「お持ちなんですか？」アンジェラの顔は希望に輝いた。

「ふん」レッティはスコーンに手を伸ばしてひと口かじった。おいしい！　目が回りそう。レッティはグレースのほうに向かって「うーん」と堪能している声を発した。グレースは落ちつきはらった態度でその称賛を受けとめると、部屋を出ていった。レッティは皿の上の食べ物に集中し、つぎつぎと平らげていく。アンジェラはそのようすを驚きながら見つめている。彼女の視線にレッティはしばらく気づかなかった。

「旺盛な食欲は、寛大な性格の表れですからね」レッティは頭の中からお得意の格言を見つけだしてきて言った。

「じゃあ、レディ・アガサは、かなりの健啖家《けんたんか》でいらっしゃるのね」そう言ってからアンジェラは、不適切なことを口走ってしまったとでも思ったのか眉を寄せ、顔を赤らめたが、そのまま続けた。「つまり、上流社会でも大切なご予定がおありだったでしょうに、すべて断念してリトル・バイドウェルへ来てくださったのは、レディ・アガサが寛大なお心をお持ちだからだわ」

「あら、ミス・アンジェラ。侯爵家との縁組ですよ。上流社会にそれ以上の大切な用事はそうそうないでしょう？」

それを聞いたアンジェラの顔がくしゃくしゃになった。

「まあ、いったいどうなさったの？　お幸せじゃないの？」

「いいえ、幸せですわ」間髪を入れずアンジェラは言った。「ヒューイと結婚することこそ、わたしの一番の望みなんです！　ヒューイを心から愛しているの！　ただ、あの、もし彼が侯爵でなかったら物事は簡単にいくのに、と思うだけで。レディ・アガサには、この状況はとうていおわかりいただけないわ。わたしはヒューイの家族と一緒にいるといつも、びくびくしているんです。自分が許しがたい失敗をおかして、無作法な田舎者だということがばれるんじゃないかって」

「ええ、そのお気持ち、よおくわかりますわ」レッティはつぶやいた。

「わたし、自分とは違う人間のふりをすることにすごく違和感があるんです」アンジェラは言った。

やっと、わたしが多少なりとも知っている話題が出てきたわ。レッティは物知り顔で、手に持ったフォークを振った。「まず何よりも重要なのは、自分を信じて、演じようと思う役になりきることよ。いざとなれば、単純な自信だけで、小さな失敗は隠せるものですわ」

「レディ・アガサがそんな失敗をなさったことがあるなんて、信じられないわ」

「いいえ」レッティは謙虚に目を伏せた。「わたしだって、知らないうちに間違いをしているかもしれませんよ」

「わたし、侯爵家の高貴な奥さまにはとうていなれそうにないわ。いろいろなしきたりや、礼儀作法や、決まり文句があって……」

「自分の良識にしたがって行動すればいいんですよ。もちろん、お手本となる方たちのふるまいをさりげなく観察して、見習うの。そうすればうまくいきますわ」

「最近は、これを読んで勉強しているんです」アンジェラはそう言いながら、スカートのポケットに手を入れて、読みこまれて手垢のついた紙表紙の本を取りだすと、レッティに手渡した。『私たちのしきたり――育ちのよい淑女《レディ》としての礼儀と作法』という題名だ。「でも、レディ・アガサの助言のほうがずっと役に立つということがわかりました。これからは、あなたのなさることを観察して、立ち居ふるまいを学ぶようにしますわ」

レッティはあやうく、むせそうになった。そうならずにすんだのは、並々ならぬ自制心のおかげだった。

「ミス・アンジェラ。そういう意味で申しあげたんじゃありませんわ」かろうじてしゃがれ声を出す。なんてこと！　わたしのふるまいをまねしたせいでこの娘の婚約が破棄されるようなはめになったら大変。自分が許せない。「礼儀作法のお手本とすべき人たちはほかにいると思いますよ。何しろわたしの立ち居ふるまいは……」どう言えばいいかしら。「自分で生計を立てる必要があるために、それに影響されて正式な作法からはずれているところがありますから」

「絶対に、そんなことありません」アンジェラは頑固に言いはる。

レッティは弱々しい笑みを見せた。「それにあなたはもう、そのままでもご立派で上品な女性でいらっしゃるわ。殿方なら誰だって、こんな女《ひと》を結婚相手に選びたいと思われるでしょうね。あなたを奥さまにできるなんて、シェフィールドさまはお幸せね」

アンジェラは何かにおびえたように黙りこみ、レッティをまじまじと見つめている。まるで突然、友人に裏切られたかのようだ。

「ミス・アンジェラ？ どうなさったの？」レッティは不安になって尋ねた。アンジェラの顔は青白くなり、唇は震えている。

「なんでもありませんわ」アンジェラはあわてて言い、顔をそむけた。「ただ、わたし、レディ・アガサがおっしゃるほど……ヒューイが思っているほど……立派じゃないので」婚約者の名前を口にしたとたん息がつまり、激しくまばたきをしはじめる。

どうも、これには深いわけがありそうだ。最初に想像していたのとは違う。が、アンジェラは打ち明けてくれそうにない。まだ、今のところは――レッティは自分をいましめた。何を考えてるの、「まだ、今のところは」だなんて？ どうせわたしはすぐにいなくなるんだから、うまくすれば打ち明け話を聞かなくてすむのに。

だけどこの可愛い娘を、ちょっと喜ばせてやったところで損にはならないんじゃない？ レッティは、二階の部屋にある絹織物をアンジェラに見せてやろうと心に決めた。別に、情にほだされて慰めてやりたいとか、親切ぶっておせっかいを焼きたいとか、そんな見当違いの気持ちからではない。純粋に、美しいものに対する興味からだ。かつて母親が認めてくれた審美眼がまだ衰えていないかどうか、試してみたかった。

「そうだわ。ピクニックに招かれたお客さまがいらっしゃる前に、ちょっとわたしの部屋に上がって、さっきお話ししたドレスの生地を一緒に見てみません？」

この誘いの言葉は魔法のような力を発揮した。さまざまな生地の中から好きなものを選んだり、どの模様が自分によく似合うか考えたりする喜び。そんな誘惑に勝てる女性がいるだろうか？ 一〇分後には、二人はレッティの部屋にいた。レッティがつぎつぎと取りだして見せてくれるすばらしい布地や小物の数々。アンジェラの涙に濡れた目はとっくに乾き、きらめく星のごとく輝いていた。

# 10　親切にしておいて損はない。

午後はよく晴れたいい天気になった。磁器の表面を思わせる静けさをたたえた青空には、雲がわずかに浮かんでいるだけだ。先ほどまで女性たちのつば広の帽子とたわむれるように吹いていたさわやかな風も、しだいにおさまってきた。

「ホリーズ」の裏庭の芝生の上にはクロッケーのコートがしつらえられていた。コートの一辺にそって、側面が開いたテントがいくつか、使用人たちの手ですでに張られてあった。縞模様のひさしの下にはテーブルと椅子が並べられ、いつでも客を迎えられるようになっている。テントの外には敷物が何枚も広げられ、それぞれにおかれた枝編み細工のかごには、コールドミートパイ、果物、ゼリー菓子、さくさくのスコーン、生チーズなどがあふれんばかりに入っている。特に食欲をそそるのは、洋酒入りスポンジケーキとカスタードクリームを使ったイチゴのトライフルだ。そんな食べ物の山のすぐそばには水滴のついたスズの水さしがおいてあり、お酒を飲まない人向けにはレモネード、飲む人向けにはホップをきかせたビールが用意されている。

客人を出迎える列の中、レディ・アガサ・ホワイトは、ビグルスワース家の当主とその妹、アントンとエグランタインのそばに立っていたが、この貴婦人《レディ》は「飲む人」だった。陶器製のジョッキからビールをぐいぐい流しこむ飲みっぷりのよさや、上唇についたビールの泡をぺろりとなめているようすから見ると、気軽にお酒をたしなむ人であるのは明らかだった。

父親とともに現れたサー・エリオット・マーチはビグルスワース家の人々にあいさつしながら、レディ・アガサから目が離せないでいる。つい視線がそちらに向いてしまうのを抑えようとするのだが、どうもうまくいかない。彼女の瞳は秘密めいた楽しみに輝き、濃いとび色の髪は午後の明るい日ざしに照り映えてあかあかと燃えている。体の線を強調するようにぴったりとまといつくドレスは、すそがふわりと広がっていて、動くたびに、ふっくらとした——。

いや、こんなことではいけない。サー・エリオットは心を引きしめて、エグランタインの手をとってお辞儀をした。するとエグランタインはレディ・アガサのほうを向き、サー・エリオットは昨日ご紹介しましたわよね、などと言った。

レディ・アガサの前に立ったサー・エリオットは、彼女の手を唇のそばまでもっていき、甲にキスをしながら上目遣いに見た。彼女の目は暗い影を帯び、唇は軽く開いている。穏やかに息を吸いこむ音が聞こえる。

サー・エリオットは姿勢をもとに戻した。落ちついた笑みを浮かべているが、胸の鼓動は速くなっていた。レディ・アガサも負けずに落ちつきはらってほほえみ返したが、内心を隠そうとしているのは明らかだった。彼女の胸を包む薄手の生地が揺れ動き、サー・エリオットの体は無意識のうちに反応した。女性を見ただけでこんなふうに肉体的な反応を示してしまったのは何年ぶりだろうか。

エリオットは父親のアッティックスとともにあいさつを終えて芝生のほうに移り、ポール・バンティングとその妻キャサリンが立っている場所まで歩いていった。父親は黙ったままで、それがエリオットにはありがたかった――あの女性はレディ・アガサその人なのか、それともレディ・アガサのふりをしているだけなのか？　わからない。自分の判断が信用できなくなっていた。

「レディ・アガサは、魅力的な女《ひと》だな。実に生き生きしておる。赤毛のせいだろうな」父親は物知り顔で言う。「ああいう赤毛の女性は、かならずと言っていいほど情熱的な性格をしているものだ」

「そうでしょうね」

「だからまだ独身なんだろうな。移り気で」

「うーん、そうかな」

アッティックスは驚いて息子を見た。「お前は違う意見なのかい？」

「情熱的すぎるからというよりも、結婚する心構えができていないからだと思いますね」

「情熱的すぎる？」父親は眉をしかめた。

「快活すぎるから、と言ったほうがいいですか。でもこれは皮肉で言っているんですよ、お父さん。普通、快活すぎるから縁遠い女性なんて、ありえないでしょう?」

父親はほほえんだ。「女性について一部の男がいかにけしからん考えを抱いているか、それを知ったらお前だって驚くだろうさ。レディ・アガサを、いわゆる享楽的な、道徳的にだらしない女性だとみなす輩《やから》がかならずいるよ」

「そんなことを考える奴らは、ばか者だ」エリオットはぶっきらぼうに言った。

エリオットはキャサリンにお辞儀をし、彼女の手の甲にキスしてからポールと握手した。思いやりがあり、愛情豊かなキャサリンは、エリオットの腕に自分の腕をからめて訊いた。

「誰がばか者ですって?」

代わりに父親が答えた。「レディ・アガサの魅力がわからない男性が、ですよ」

キャサリンは驚いたようだった。「あらエリオット、あなた彼女が魅力的だと思うの?」

エリオットは感情をそうそう表に出さないたちだった。それに、自分がレディ・アガサに対してどんな感情を抱いているかもわからなかった。「ビグルスワース家の人たちはどうやら、彼女のことを一緒にいて楽しい人だと思っているようだね」

「ああ!」キャサリンは優しくほほえんだ。「ビグルスワース家の人たちって本当に温厚で、人に対して偏見を抱いたりしませんものね」

エリオットが答えようとするより先に、キャサリンはいたずらっぽく、彼の頰を軽く叩いた。「それにあなたときたら、女性のこととなると本当にうといんだから。さあ、パンチを取りに行きましょうよ、エリオット。そのあいだに、普通の女性がどんな戦略を使うか、わたしがとっくり教えてあげるわ」

キャサリンが腕をしっかりつかんで離してくれないので、エリオットはしかたなく彼女に付き添って、召使たちが客にパンチを配っている場所へと向かった。

ポール・バンティングは、妻とエリオットが一緒に立ち去るのを大して興味もなさそうに見守った。ちょうどそのときレディ・アガサが、医者のビーコン夫妻と連れ立って近づいてきたからだ。レディ・アガサはポールとアッティックスにあいさつし、心底、興味深そうにあたりを見まわした。

「ああ、残念」ビーコン医師が言った。「エリオットとはすれ違いだ」

「すぐに戻ってくると思いますよ」ポールは言った。「キャサリンにちょっと用事を言いつかっただけですから」

アッティックスはレディ・アガサをちらりと見た。こんなふうに見ていいものか、それとも見てはいけないか？　いや、当然見るべきだろうな。

「息子はよくキャサリンに何やかや、してあげてるようだね？」アッティックスは穏やかに言った。

「しょっちゅうですよ。たぶん、まだ昔の気持ちが忘れられないんだと思います」ポールは答え、誇らしげにつけ加える。「キャサリンはいつも、エリオットに特別に気を使って思いやりを見せるんです。とても優しい心の持ち主ですからね」そこでアッティックスに目をやる。「別に、エリオットの気持ちにやましいところがあるなどと言っているわけじゃありませんが」

「もちろん、そんなことはない」アッティックスは即座に同意し、レディ・アガサの冷やかな表情に気づいて満足感をおぼえた。「キャサリンは、愛情に満ちたご主人だけでなく、昔の恋人にも注目されながら、それを気まずく思わずに自然にふるまってくださる。ありがたいことですよ」

「キャサリンはいつも、エリオットには温かく接してあげたいと言っていますから」ポールが言う。

「もしかしたらキャサリンさまは、注目されるのがお好きなのかも?」レディ・アガサがほのめかした。

ポールは肩をすくめた。「まあ、そうかもしれませんね」

ポールの答え方と妻に対する無関心な態度に、一瞬、不快感か、非難らしきものがレディ・アガサの目に宿る。彼女は冷やかにほほえんだ。「ビーコン先生、あちらにいらっしゃるおきれいな方は妹さんかしら? ぜひともお近づきになりたいですわ」

レディ・アガサとジム・ビーコンが立ち去るまで、アッティックスはなんとか笑いをこらえていられた。といっても、口元がゆるみそうになるのを抑えるのは相当な努力だったが。

エリオットはキャサリンにパンチを渡して、彼女を夫のもとに返すと、レディ・アガサたちの一行に加わろうとした。そのときエリザベス・ヴァンスと父親のヴァンス大佐が、テントのひさしの下におかれたテーブルに二人だけで座っているのを見つけ、すぐに近づいていった。

「ミス・ヴァンス、失礼します。昼食をご一緒させていただいてもかまいませんか？　昨今のボーア戦争の情勢について、ヴァンス大佐のご意見をうかがいたいので」

「もちろん、もちろんですとも！」ヴァンス大佐は自分の隣の空いた椅子を、杖でばしっと叩いて示した。「エリザベス、お前は女の友だちのところへでも行っておいで。サー・エリオットはわしの助言が欲しいとおっしゃっている。どう考えてもお前には興味のない話だろうからな」

「そうですね、残念ながら」エリオットは申し訳なさそうに大佐に同意した。エリザベスはぱっと立ちあがり、息をひそめたような声で、すぐに戻りますから、と約束すると、たちまちいなくなった。

エリオットは腰を下ろしてヴァンス大佐の話に耳を傾けた。いつもなら大佐の話は楽しみなのだが、今日はどうしても外の芝生に目がいってしまう。日光が生い茂る若葉のあいだからゆらゆらと差しこみ、木々の下では、男女が笑ったり、おしゃべりを楽しんだり、いちゃついたりしながら歩いている。

エリオットは三三歳になっていた。かつては、周囲の人々と同じようにのんきで屈託のない感じでいられたときもあった。しかし、職務に伴う責任にふさわしい権威と目的意識のよろいを、自然とまとうようになった。

人生で不運に見舞われ、正義を求めた軍事裁判が失敗に終わり、イスラム修行者の刃を受けて負傷したことで、エリオットの性格は変わらざるをえなかった。剣で切りつけられて脚にけがを負ったのは、ナイル川の河畔から一〇キロあまりの地点にある野営地の防御柵の中だった。だがその傷の痛みは、前の晩に遭遇した不名誉かつ不公平なできごとに対する激しい怒りのためにほとんど気にならず、なんとか耐えぬくことができた。

軍隊はエリオットを除隊させて本国に送還し、勲爵士《ナイト》の称号を与えてその功績に報いた。エリオットは、すべての人間に正義が行われると思いこむことはもう二度とするまいと、そして社会正義を実現させるために力の限りを尽くそうと、心に誓ったのだった。

それ以来、エリオットは司法制度を公平で有意義なものにしようと、持てるすべてを賭けて取り組んだ。法律家としての責務を慎重に、良心的に果たしてきたかいあって、大きな褒賞を得ることになった。エリオットは英国首相の推薦を受けて、新年の叙勲を機に、貴族の称号を与えられるのだ。

得意満面になって当然だった。この機を活かして、何をおいても司法制度改革の山積する課題の解決にいそしむべきだった。だがエリオットは、仕事に集中できなかった。

レディ・アガサは、幅広の敷物の上に座っていた。ピクニックを楽しむほかの人々と一緒に昼食を終えたところらしい。周囲には、ジョン・ジェプソンとローズ・ジェプソン夫妻、ジム・ビーコンとその妹フローレンス、地主のヒンプルランプの御曹司、キップ・ヒンプルランプがいた。

「そう思われませんかな、サー・エリオット?」ヴァンス大佐はしだいに大声になる。

「ええ大佐、もちろんです」エリオットはきっぱりと答えたが、実を言うとなんの話に対して自分が賛同しているのか、見当もつかなかった。

レディ・アガサがそばに腰を下ろして以来、ジョン・ジェプソンはひと言も発していなかった。にこにこ顔を妻のローズに向けるばかりだ。著名な客と同席できた喜びに、夫も妻も頬を紅潮させている。

レディ・アガサの隣に陣取ったジム・ビーコン医師は、騎士道精神を発揮してせっせとヒナギクを摘んでいる。レディ・アガサが犬に編んでやっている首輪用の花だ。キップ・ヒンプルランプはだらしなくうつぶせに寝ころんでいる。その顔に浮かんだ生意気な笑みで、せっかくの美男子も台無しだ。

エリオットが見守っていると、レディ・アガサはアンジェラに声をかけて、ご一緒しませんかと誘っている。アンジェラは皆のいるところに向かって歩きはじめたが、突然気が変わったのか、詫びを言いながら引き返した。それを見たキップはとっさに立ちあがり、急いでアンジェラのあとを追う。

キップがうまくやってくれるといいが、とエリオットは願った。キップなら、アンジェラが何を思い悩んでいるのか聞き出せるかもしれない。二人は幼いころからの友だちだった。実のところアンジェラは、キップが根はいい人間であると主張していた。そんなふうに言うのは、キップを溺愛する両親以外にはほとんどいない。

エリオットは磁石に引きよせられるように、レディ・アガサに視線を戻した。そのとき急に、人々のあいだに沈黙が訪れた。その短い静寂のなか、アーチボルド・ヴァンス大佐の声が霧笛《むてき》のごとく響きわたった。

「わしだって、昔の半分でもこの目が見えたら、いつまでもじろじろ眺めているだろうよ！いやあ、まったくもって、目の保養になる。口からよだれが出そうじゃわい」

ああ、なんということを……エリオットは目をつぶった。今この瞬間、何千キロのかなたに消えてしまえたらどんなにいいか。誰かが神経にさわる忍び笑いをした。

エリオットが目を開けると、ヴァンス大佐はテーブルの上に身を乗りだし、しつこいほどの探究心をみなぎらせてこちらを見つめている。その目は邪悪なカラスのように黒光りして、自分の発言が引きおこした騒ぎにまったく気づいていないらしい。

「どうだね、エリオット？」大佐は強い口調で訊いた。「水もしたたるなんとやらで、実にうまそうじゃないか？　それとも、あれだけの傑作に対して、食指が動かないとでも言うのかね？」

もう、勘弁してくれ。これ以上は耐えられない……。

「お父さま！」戻ってきたエリザベスは、父親の発言をちょうど耳にして、思わず口に手をあてた。顔は真っ青だ。「ああ、サー・エリオット！」手の下から押し殺した声がもれる。

「お願いです、父をお赦しください。私たち、いいえ、私が悪いんです。こんな父を一人にしておくべきじゃ――」

エリザベスはおろおろして、もう泣きそうだった。ところがヴァンス大佐ときたら、むっとして娘をにらんでいる。どうしたというんだ。なんでお前があやまらなくちゃならんのか、わからん、といった感じだ。

今すぐにでもエリオットが助け舟を出してやらなければ、エリザベスの社交生活は一巻の終わりだ。いい家柄の生まれながら、貧乏暮らしと親孝行のためにただでさえ社交をひかえざるをえないエリザベス。こんな恥をかいたあとでは、今後、二度とこういう集まりへの招待を受ける気にはなれないだろう。といっても、招待されることがもしあれば、の話だが。

エリオットはヴァンス大佐をまっすぐに見た。大佐の爆弾発言から生じたこの事態を収拾しなくては。しかしうまくことを収めようとするなら、大佐と自分が皆の注目の的になっていたのに気づいていない、と皆に思わせなければならなかった。

エリオットはほほえんだ――といっても唇を無理やり横に広げたにすぎず、感じのよい微笑に見えるかどうかは疑わしかった――そして、大きくはっきりとした声で言い放った。

「大佐、私の言葉を聞きのがさなかったのですね、耳ざとくていらっしゃる。さっきも言いましたように、彼女は実に、おいしそうですからね」女性がはっと息をのむ音が聞こえた。エリオットは覚悟を決めて続ける。「田舎のピクニックではちょっとお目にかかれない掘り出し物ですよ。大佐は昔と変わらず、お目が高くていらっしゃる」

やれやれ。謎の貴婦人、レディ・アガサとお近づきになれる機会をこれで失った。いやらしい奴と思われて、忌み嫌われてしまうだろうからな。演技とはいえ彼女のことを、使い捨てにできる品物であるかのような言い方をしてしまった——。

「あら、ヴァンス大佐」魅力的にかすれた声がエリオットの思いを妨げた。「ヴァンス大佐でいらっしゃいますわよね？　それに、サー・エリオットもいらしたのね」

その声を聞いてエリオットは凍りついた。しかし長年の訓練が功を奏して、落ちついて立ちあがり、ふりむくことができた。あれだけ侮辱的なことを口にした僕だ。彼女には、思うさま非難を浴びせる権利がある。

「レディ・アガサ」エリオットは頭を下げた。心にうずまく自己嫌悪。だが声には、そのかけらも表さない。

明敏そうな、めりはりのきいた線でふちどられた顔。レディ・アガサは小首をかしげて、片方の眉だけをつり上げている。厚めの熟れた唇はいかにも楽しげで、きらきらと輝く目は、すべてお見通しよ、とでも言わんばかりだ。手には、ケーキとイチゴを山盛りにしたガラスのボウルを抱えている。

「お二人のやりとりをついつい、立ち聞きしてしまいましたの」ヴァンス大佐にちらりと目を走らせながらレディ・アガサが言う。年老いた放蕩者もさすがに、目を合わせないようにする程度の慎みは持ちあわせていた。レディ・アガサの視線は次に、エリオットに向けられた。

「ひと言ももらさず、全部ね」よく通る、歯切れのいい声。聞き耳を立てている者（つまり、大声の聞こえる範囲内にいる者ほぼ全員）に、エリオットだけに語りかけているという親密な印象を与える。巧妙なやり口だな。どこでこんな技を覚えたのだろう、と不思議に思うまもなく、レディ・アガサは近づいてきた。

「盗み聞きするなんて品のないふるまい、お赦しくださいね。でもお話を聞いていたから気づいたんですわ、お二人ともイチゴのトライフルがおいしそうだと思っていらしたのを。ところが、ここのテーブルにはおいてなかったでしょう。ですから、食事をご一緒している方々にそうお伝えしたんです」

レディ・アガサは疑わしげに見守る人々を優雅な身ぶりで示した。「本当に気前のいい方々ですから、イチゴのトライフルを自分たちだけで独り占めするのは心苦しいと、譲ってくださいましたの、ヴァンス大佐に。ああ、それから」いかにも無邪気そうにまつ毛をぱちぱちさせる。「もちろん、サー・エリオットにもですわ」

エリオットはあっけにとられて見つめた。

二人がケーキの話などしていなかったことぐらい、レディ・アガサは百も承知のはずだ。その目つきや、唇の端をくいっと上げたからかうような笑みを見ればわかる。また、二人の会話を立ち聞きした、とわざわざ宣言したのも抜け目ない。もし誰かが「ケーキのことなんて話していなかったじゃないか」と反論すれば、レディ・アガサを嘘つき呼ばわりすることになる。レディ・アガサは、それも十分にわかっているのだった。

なんと寛大な女性なんだろう、と感謝の気持ちをこめてエリオットはほほえんだ。しかしレディ・アガサの、愉快そうに上がった眉を見たとたんに気づいた——この女《ひと》に借りをつくってしまった。もちろん、レディ・アガサもすでに気づいているようだが。

# 11　魅力とは、うながさずして人に「はい」と言わせる力のことだ。

「はい、どうぞ」イチゴのトライフルが入ったボウルを差しだしながらレディ・アガサは言った。

「ご親切に、ありがとうございます」エリオットはもごもごと口の中でつぶやいた。

「わたしって、親切でしょう？」レディ・アガサはさりげなく応じた。

「エリオット、あなたイチゴは嫌いだったでしょ？」脇からキャサリンが訊いた。いつのまにか近づいてきていたのに、エリオットは気づきもしなかった。

「昔はまあ、そうだったけど、今はもう嫌いじゃない」キャサリンを通りこしてレディ・アガサの顔を見ながら、エリオットは言う。「つい最近のことですよ、イチゴのおいしさが本当にわかって、味わえるようになったのは。今では夢中と言っていいほど大好物ですね。意外な発見だなあと、我ながら驚いているんです。人の好みも、変われば変わるものですね、しかも、思いがけないきっかけで」

レディ・アガサは笑いをこらえている。

「ふん、ばかばかしい」キャサリンははねつけ、トライフルのボウルをひったくるように取ると、ヴァンス大佐の前においた。大佐は珍しく思慮深さを見せて、神妙にしている。キャサリンはエリオットの腕に自分の腕をからませて、握りしめるように組んだ。

「小さいころのこと、憶えてるわよね？　料理人がよく、わたしたちのおやつにと、イチゴを山盛りにしたボウルをくれてたでしょ？　あなたはいつも、自分の分を全部わたしにくれたわねえ。考えてみれば、本当は、昔からイチゴが好きだったのに譲ってくれてたんじゃないかしら。そうだとしても驚かないわ。あなたって、わたしに対していつも騎士みたいに思いやりがありましたもの」

「騎士みたいだって？　まさか。そんな柄じゃないよ」エリオットは答えたが、実はレディ・アガサを意識して話していた。「ただし、騎士道精神がまだまだすたれていないことを、最近あらためて認識するようになりましたがね」

レディ・アガサはほんの少し、顔を赤らめた。

「でもエリオット、あなた、いつだってわたしには特別に優しかったでしょ？」キャサリンは頑として言いはる。その期待に満ちた美しい顔をエリオットは見おろした。

「君は、つい甘やかしたくなるような子だったからね」

キャサリンは声をあげて笑った。エリオットの腕をますますがっちりとつかみ、レディ・アガサのほうに身を寄せて言う。「困ったことに、いまだにそうなのよね、わたし。ポールにも甘やかされてるし、エリオットにも……そう、お恥ずかしい話だけれど、ちやほやされすぎてるんですわ」

「ご心配なさらないで」レディ・アガサは言った。「人ってそんなふうに甘やかされていると、おうおうにして性格の欠点が生じがちですけど、あなたの場合はまったくそれが感じられませんもの。お上手に隠してらっしゃるのね」少し間をおく。「それに、ご自分のこと、大げさに言ってらっしゃるだけだと思いますわ」

悪気のなさそうな口ぶりだが、どうも信用ならない。エリオットはレディ・アガサに鋭い一瞥をくれた。言葉の上ではキャサリンを安心させようと気づかっているものの、レディ・アガサの口調には皮肉めいた響きがあった。しかしエリオットは、自分も薄情な男だなと感じながらも、キャサリンにはそのぐらい言ってやったほうがいい、自業自得なんだから、と思わずにはいられなかった。

いったいどうしたわけか、レディ・アガサに出会ったその瞬間から、キャサリンは彼女をよそ者扱いにしようとやっきになっている……ように見える。今日だってすでに、レディ・アガサの「面白いファッションの感覚」や、「魅力的だけれど、いっぷう変わった会話の内容」について、何気なく見解を述べているのをエリオットは耳にしていた。

もしかしたら、僕の思い過ごしかもしれないな。キャサリンがレディ・アガサに敵意を抱く理由はないはずだし、レディ・アガサだって、キャサリンに反感を持ついわれがない。なのに、キャサリンは凍るように冷たい声で答えている。「そんなふうにおっしゃってくださるなんて、お優しいんですのね」

レディ・アガサは一瞬たりともためらうことなく、陽気な笑顔で言い放った。「ええ、いつもそう言われますの」

エリオットは吹き出す一歩手前でなんとかこらえていた。うーむ、お見事。レディ・アガサを敵に回したら大変だ。これは手ごわいぞ。たちまちキャサリンの攻撃をかわして、いっきに優勢に立ってしまった。本来ならエリオットはかつての婚約者キャサリンを応援すべきなのだろうが、にやにや笑いを抑えるのにせいいっぱいで、それどころではない。

ぴりぴりに張りつめた空気の中、エグランタインが料理人のグレース・プールを脇にしたがえて現れた。あとから手押し車を押しながらやってきたのは馬小屋で働くホッブズという若者で、荷台にはクロッケーの道具が積まれている。

「グレース、ほらね？　食べ物は十分すぎるぐらいだったでしょう」そう言ってエグランタインは、誰も手をつけないままおいてあるイチゴのトライフルに目を落とした。「あら、これはどうしたことかしら？　まだデザートを召し上がっていないなんて、ヴァンス大佐！　ミス・ヴァンス？　エリオットも？　申し訳ないけれど、デザートはもう少しあとのお楽しみにとっておいていただきたいの。もう、クロッケーを始めますからね。それでエリオット、お手伝いしてくださるかしら？　ご婦人方と殿方、ちょうど同じ数の方々をそろえなければならないの」

「はい、わかりました」

「ありがとう。じゃあ、そろそろ――」エグランタインは手を叩いて、ピクニックに集まった紳士淑女の注意を引いた。「皆さま、よろしいでしょうか？　それでは、これからクロッケーの勝ち抜き試合を開催いたします。優勝者には賞品が用意してございます」声高らかに告げる。「試合に参加される方は、チームに分かれていただきます。女性お一人、男性お一人が一チーム。お相手については、一つだけ条件があります」エグランタインはキャサリンに向かって人さし指をいたずらっぽく振ってみせる。「ご自分の旦那さまや奥さまと組んではいけません」

「ねえ、エリオット！」キャサリンが大声をあげた。「憶えてる、タムリーでのテニス大会で、わたしたち二人が組んで優勝したときのこと？」

「憶えていますよ」エリオットは答えた。キャサリンがどういうつもりかはわかっているが、自分から「組んでいただけますか」と申し出る気にはなれない。そのそばでグレース・プールが、急いでエグランタインに耳打ちした。

エリオットがレディ・アガサをちらりと見ると、彼女は別の方に目を向けていた。少し退屈しているような横顔だ。

一方、自信満々のキャサリンは、期待をこめてこちらを見つめている。エリオットは咳払いをした。「キャサリン、もしよろしければ――」

「私が決めてもよろしいかしら」突然、エグランタインが割って入った。グレース・プールはウエストのところで手を組み、にんまりと悦に入っている。「キャサリン、アントンと組んでいただけるとありがたいんだけれど。あの人、運動神経が鈍いほうだから、気おくれしがちなんですよ、ご存知でしょ。でも抜群の能力をお持ちのあなたと一緒なら、二回戦に進めるんじゃないかしら。キャサリン、ぜひともお願いしたいの、いい？」

キャサリンの笑顔が急にしぼんだ。「あ、ええ、喜んで。アントンおじさまが本当に試合に出たいっておっしゃるのなら……」

「あら、もちろん、出たいって言うにきまってますわ」エグランタインは声をはりあげた。「ちょっと、アントン！」

それまでアッティックスと教区牧師との会話に興じていたアントンは呼ばれたのに気づいて、あたりをきょろきょろと見まわした。

「よかったわね」エグランタインはひどく上機嫌な口調で呼びかけた。「キャサリンが、あなたと組んで試合に出たいって熱心に言ってくださってるの」

「本当かい？」アントンが訊いた。

「ええ、本当よ！　早くいらっしゃいな。キャサリンをお待たせしては悪いわ」

血色のよい顔に戸惑いの表情を浮かべ、アントンはそそくさとやってきた。エグランタインはエリオットのほうを向いて言う。「ああそうだ！　いいことを思いついたわ！　エリオット、あなたレディ・アガサと組んではいかが？」

「喜んで」エリオットは即座に答えた。

「あら、困ります！」レディ・アガサは叫んだ。「いえ、あの、サー・エリオットはきっとお上手でいらっしゃるでしょ。だからかえって困りますわ。わたし、下手なんです。というより実は、その……クロッケーって、今まで一度もしたことがないものですから」

「一度も？」エグランタインはおうむ返しに言う。信じられないといったようすだ。

「いつも……忙しさにかまけていて、時間がなくて。子どものころも、家族でゲームをした経験があまりないんですの、というより、クロッケーのような競技は」

「では、そろそろ覚えられてもいいころよ。きっと楽しんでいただけますわ。本当に面白い競技ですよ。大丈夫、エリオットに教えてもらえば、あっというまにボールを自由に打てるようになりますわ」

エグランタインは手押し車の荷台からマレットを二本、ボールを二個取って、さりげなくぽんと、エリオットの手に渡した。

レディ・アガサはまつ毛を伏せ、まばたきをした。なぜか急に頼りなげで、恥ずかしがっているように見える。自称「世慣れた女」のイメージとはうらはらに、いかにもういういしい。実際のところエリオットは、先ほどからレディ・アガサの率直で無邪気な言動に何度も触れて、彼女が札つきの詐欺師であるとはどうしても思えなくなっていた。

「ご迷惑になるといけませんもの」

「迷惑だなんてとんでもない。喜んでご一緒しますよ」エリオットはうけあった。

「エグランタイン、エリオット」キャサリンが気の毒そうに言った。「レディ・アガサが出たくないっておっしゃるのなら、しつこくお誘いするのはよくないんじゃないかしら」

「あら、もちろんですわ」エグランタインはたちまち顔を赤らめて、申し訳なさそうなおももちになった。「ごめんなさいね。無理強いするつもりはなかったんですけれど」

ふたたび、場の雰囲気を救ったのはレディ・アガサだった。いきなりころころと笑い出すと、両手でエグランタインの手を包み、軽く揺さぶった。

「いやですわ、ミス・ビグルスワース。わたし、わざと遠慮してああ言っただけですのに」なんとも魅力的な、素直な態度。その頰には、可愛らしいえくぼができている。「本当は、クロッケーを習いたくてうずうずしていたんです。なぜって」そこで姿勢を正し、キャサリンに目をやる。「ゲームの勝ち負けに参加しているほうが、脇で見ているよりずっと面白いんですもの。ねえ、ミス——あらまあ、失礼！　わたしったら、なんて間抜けなの。ミスじゃありませんでしたわね。ね、バンティング夫人、そう思われませんか？」

「ええ」キャサリンはごく短く答えた。体はこわばり、表情は凍りついている。「では行きましょうか、アントンおじさま。わたしたちも用具の準備をしなくちゃ。エリオットがレディ・アガサにゲーム運びを教えるそうですから。といっても、彼のほうが逆に教わることもあるんじゃないかしら——レディ・アガサって、運動がお得意のように見えますものね？」

そしてキャサリンはくるりとふりむいた。「それではレディ・アガサ、のちほど。コートでお会いするのが楽しみですわ」

「こちらこそ、心から楽しみにしていますわ、バンティング夫人」

「何かあったのかしら？」アントンがキャサリンに引っぱられるようにして連れられていく

のを見ながら、エグランタインが訊いた。

「いいえ、何も」レディ・アガサは答えた。

「そう。じゃあ、エリオット、あとはおまかせしますよ。一五分ほどありますから、そのあいだにレディ・アガサを一流選手に仕立てあげてちょうだい。ああ！」エグランタインは野ウサギを見つけた猟犬のごとく頭をさっと上げた。「ビーコン先生！　もうお一人、男性の参加者が必要なんですが、お願いできるかしら」医師のあとを追いながら、大声で呼びかける。「ビーコン先生ったら！」

エリオットが目を向けると、レディ・アガサはにこにこしながらエグランタインを見送っている。今にも「さあ、行った、行った！」と叫んでけしかけそうな雰囲気だ。

「さっきは気をつかっていただいてありがとうございます、トライフルのことで」

「別に、大したことをしたわけじゃありませんわ」差しだされたマレットを受けとりながらレディ・アガサは言った。「それよりこれ、どうやって持てばいいのかしら？　ゴルフクラブと同じような感じ？」

謙虚さを装っているわけではない。この女《ひと》は、あれほど心の広さを見せながら、大したことはしていないと本当に思っているのだ。

「いや、そんなことはない。失礼ながら同意しかねますね」

レディ・アガサは顔を上げた。ためしにマレットを振ってみようと、雑草の生えているところで練習していたのだ。トライフルの件はもう終わったことと考えていたらしく、エリオットがまたその話を持ちだしてきたのに驚いているようすだ。レディ・アガサの目にいたずらっぽい光が宿った。生き生きと動くその唇を、考えこんでいるかのように結んでいる。

「サー・エリオット、わたしは世慣れた女ですから」

エリオットはふたたび、どうにか笑みを抑えることができた。しかしその楽しい気分が、今度は別の刺激に取って代わった。レディ・アガサが片手を腰にあて、もう片方の手に握ったマレットを振っている。まるで伊達男がステッキを扱うようにしながら、軽快な歩き方で近づいてくる。ちゃめっ気たっぷりでいかにも楽しそうな雰囲気に、ついこちらもつりこまれそうになる。

「だって、サー・エリオット。あのときはしかたなかったじゃありませんか」そう言うレディ・アガサの目はきらきら輝いている。その腰は……おお、なんという動きをするんだ、あの腰は！「ああする以外に何ができたかしら？わたし、見たとたんに状況がわかりましたから——誇り高くて真面目一方の男性が、あの発言でご自分の首を絞めそうになっていて、わたしよりずっとつらい思いをされるだろうってことが」

そこで立ちどまったレディ・アガサは、地面についたマレットに体をもたせかけた。ロンドンでよく見かける伊達男のしぐさのまねをしてふざけているのだ。「そんな状況から救ってさしあげるのに、ちょっと力をお貸ししただけですわ。それに、問題発言といったって、重い罰を与えなければならないほどの罪じゃありませんから」

「レディ・アガサ、あなたのようにお優しい方はいませんね。ヴァンス大佐のお人柄について、よくおわかりでいらっしゃる。あのまま放置していたら、大佐はきっと、どんなにかひどい目に――」

「あら」レディ・アガサがさえぎった。「わたし、ヴァンス大佐のことを言っていたわけじゃありませんわ」

エリオットがその意味を悟るまでに一〇秒はゆうにかかった。ああ、僕のことだったのか。それがわかったとき、エリオットはレディ・アガサの顔を見た――いかにもいたずら好きそうな可愛らしい顔が、からかうようにほほえんでいる。

エリオットは、あっはっはと大声で笑いだした。

友人や隣人たちが仰天してふりむいた。こんなに大笑いしているエリオットを見たのは何年ぶりだろうか。楽しそうなその笑顔に、まわりの人たちも思わず笑顔になる。エリオットは地域の住民みんなに愛されているのだ。

二〇メートルばかり離れたところでは、エグランタインとグレース・プールが成功の喜びにほくそ笑み、いわくありげに目配せしあっていた。教区牧師と話しこんでいたアッティクスは、エリオットの明るい笑い声を聞くと話をぴたりとやめ、ほほえんだ。いつになく不機嫌なキャサリン・バンティングにアイスティーのお代わりをついでいた執事のキャボットでさえ、ふと動きを止め、そのいかめしい顔に一瞬だけ、にこりと笑みを浮かべた。

めったに見られない光景だった。レディ・アガサはといえば、自分の成しとげたことの意味に気づきもせず、エリオットの笑い声に応えて大胆不敵なにやにや笑いを返している。まるで、二人が生まれたときからずっと冗談を言いあってきた仲であるかのようだ。そのとき、そよ風に吹かれて乱れた髪がひとすじ、レディ・アガサの顔にかかった。

笑みをたたえたまま、エリオットは我を忘れて思わず手を伸ばし、その髪の毛をそっと払いのけた。暖かな日差しを浴びたレディ・アガサの頬。そこに指が触れたとき、エリオットは自分が愚かなことをしたと気づいた。何気なく触れたつもりが、いつのまにか、癒しを求める愛撫に近いしぐさに変わっている。

エリオットはレディ・アガサの目をじっと見つめた。急に大きく見ひらかれたその目は若々しさにあふれ、何かを問いかけているようで……おびえている。エリオットは手を下ろした。一歩後ろに下がって、身ぶりでレディ・アガサをうながし、先へ行かせる。「そろそろ、競技の準備のためにコートへ移ったほうがよさそうですね」そう言いながらエリオットは、自分の堅苦しい口調がいやでたまらなかった。

しかし、レディ・アガサは何ごともなかったかのようなそぶりだ。いつのまにか表情は晴れやかになり、目は輝いている。「あら、競技はもうとっくに始まっているとばかり思ってましたのに」とつぶやいて、またエリオットを笑わせた。彼の中でどう表現していいかわからない感情が渦巻きはじめた。

困ったことになった。エリオットはレディ・アガサが好きになっていた。大好きといってもいいぐらいだ――それは彼女に単なる欲望を抱くより、はるかにやっかいな事態だった。

# 12

もし舞台でつまずいて転んでも、かならず主演男優が受けとめてくれるようにしておきなさい。


「ビグルスワース家の芝生はとても広いので、クロッケーのフープを六本立てて試合を行うことができるんですよ。ただ、コートの端のほうへ行くときは気をつけなくてはなりませんが」エリオットは二人の前に広がる丘を手ぶりで示して言った。「そちらの土手が急斜面になっていますからね。向こう側は昔、湿地だったんですが、今ではスゲが茂っています」

レディ・アガサはコートの位置を確認して、「今おっしゃったフープというのは、あそこにある針金を弓形にした門のこと?」と訊いた。

「ええ、そうです。クロッケーでは、この黒と青のボールを打って、規定の順序にしたがってフープを通過させていきます。そして、コートの向こうの端にある杭《ペグ》にボールを当てます」エリオットが指さした先では、ホッブズが地面にペグを打ちこんでいる。「次に、逆の順序でボールを打っていき、コートの反対側に戻ります。最後にこのペグに当てて終わりです」

「それほど難しくなさそうですわね」レディ・アガサは疑わしげに言った。

エリオットは、そんな甘いものじゃありませんよ、とでもさとすようにほほえみかけた。

「ほかのチームと競うので、難しくなるんです。できるだけ少ない打数で規定のコースを終えるのを目指して、両チーム、一回に一打ずつ交互に打ち進めていくわけです。打ったボールがフープを通過すると一点が与えられて、一回、追加打を打つことができます」

レディ・アガサは眉を寄せて理解しようとしている。エリオットは、よけいな規則を教えて混乱させてもしょうがないだろうと、「ロッケー」と「クロッケー・ショット」については説明が必要な状況にならないかぎり、何も言わないでおこうと決めた。だが、おそらく必要な状況にはならないだろう。リトル・バイドウェルの人々は競技中もあくまで礼儀正しく、あきれるほどに紳士・淑女的なゲーム運びをする人たちだからだ。

「わかりました。ほかには?」レディ・アガサが訊いた。

「ボールはこのマレットの平たい端の部分で打ちます。感じをつかむために、打つ練習をしてみましょうか? 柄の部分に手をかぶせて、振ってみてください」

レディ・アガサはちょうどステッキを持つときのようにマレットの一番上の部分を片手で握った。「こんな感じですか?」

「ちょっと違いますね。両手を使うんです」エリオットは自分のマレットを握ってみせた。

レディ・アガサは、マレットの真ん中をぎゅっと握りしめた。哀れなニワトリの首でも絞めるかのようだ。「じゃあ打ちますから、ちょっと下がっていてくださいな」

言われたとおりエリオットが一歩下がって見ていると、レディ・アガサは腕を大きく後ろに振りあげた。そのとたん、マレットが手から離れてすっ飛んだ。地面に落ちたマレットは、芝生の上をころころと転がっていく。レディ・アガサは鼻にしわを寄せた。「今みたいなのではよくないんですよね？」

「ええまあ、あまり」

レディ・アガサは深いため息をついた。「残念ながら、わたし全然できそうにないわ」

エリオットはレディ・アガサをじっと見た。昨夜、ツタのつるにつかまって壁をよじ登っていたくせに、今になって運動は苦手だというのか？　疑いが頭をもたげてきたが、すぐに打ち消す。今朝ロンドンに向けて打った電報の返事がまだ来ていない。返事の内容を見るまでは、彼女の言うことをそのまま信じるとしよう。

しかし、自分に都合のいいようにうまく理屈をつけているだけなんじゃないのか？　良心の声がささやく。その声は、目の前の女らしい体から視線をそらそうと奮闘するエリオットをあざ笑っている。

レディ・アガサの眉が小生意気そうにぐっとつり上がった。自分の魅力がエリオットにどんな影響をおよぼしているか、いや彼だけでなく、リトル・バイドウェルに住む男性全員にどれだけの衝撃を与えているかを十分承知しているのだ。男にじろじろ見られるのに慣れているのだろう。

「手をとってお教えしてもよろしいですか？」エリオットが手を差しだすと、レディ・アガサは黙って自分の手をゆだねた。邪気のない目をしている。「ほら、この手はこうして握って」マレットの柄の一番上の部分に指を持っていって握らせる。「そして、こちらの手はこんなふうに」

エリオットの片手だけで、レディ・アガサの両手を包みこめそうだった。その指の骨はきゃしゃで、皮膚は温かくなめらかだ。「そう、そんなふうに」エリオットは手を離し、後ろに下がった。

「ありがとうございます！　ずいぶんよくなったみたい」芝の先端めがけて下手くそな素振りをしてみせる。

エリオットはしかめっ面をした。握り方はまあいいのだが、マレットを振るときの動作がどこかおかしい。

「顔をしかめてらっしゃるでしょ！」レディ・アガサがとがめるような口調で言う。「サー・エリオット、遠慮なさらずにはっきりおっしゃってくださいな。わたし、うまくできないのが何よりもくやしいんです。どこが悪いんでしょう？」

「振り方です」

「振り方ですか」

「そうです。振幅の大きさが左右均一じゃないんです。もっと前かがみになって、肩を腕の支点にするような感じで――いや、違う」指示されたとおりにしようと、レディ・アガサはぎこちなく背中を曲げ、ボールの上にかがみこんだ。止まり木にとまろうとする雌鶏《めんどり》のようだ。「ボールからもう少し離れたところに立つようにして……いや、ちょっと待って、やっぱりそれはだめだ。やめてください」

レディ・アガサは大きく一歩後退してボールから離れ、腰を中心に体を直角に折りまげていた。お尻をぐっと突きだす格好になり、手袋のごとくぴったりと肌に張りついたドレスがさらにぴんと伸びる。エリオットの口の中はからからに乾いていた。

　体を起こしたレディ・アガサは気落ちしているようだった。眉にも失望が表れている。だが、そのほかにも見え隠れする感情があった——面白がっているのだ。この女《ひと》は間違いなく、この状況を楽しんでいるな。父の書斎にあるもの全部を賭けてもいいぐらいだ。

「うーん」レディ・アガサはふくれっ面で言う。「どうすればいいか、実際にやってみながら教えてくださる？」

　それなら、喜んで。こんな憶測は失礼かもしれないが、彼女はどうやら自分が何をもちかけているのか、わかっているらしい。そうか、この僕に挑戦しているわけか。もっと若かったころ、エリオットは男と女のあいだで行われるゲームを楽しんだものだった。しかも、かなりの腕前だったと言っていい。

「お願いできるかしら？」

「そうすると、体の位置を直してさしあげる必要がありますよ」エリオットは警告した。

「なるほどね」

「それに、もっと近くに立って指導しなくてはなりませんが」

レディ・アガサは自信に満ちあふれた笑みを浮かべた。「サー・エリオット。わたしは世慣れた女ですわ。近づいてこられたからといって、礼儀に反するような考えを抱いてらっしゃるのでは、などと深読みしたりしませんから」

「もちろんそうでしょう。野暮なことを申し上げて失礼しました。しょせん私は田舎の紳士なものですから、どうぞお許しください」エリオットが謙虚につけ加えると、レディ・アガサは彼を見定めるような鋭い一瞥をくれた。

「それでは、向きを変えていただけますか？」

レディ・アガサは言われたとおりにした。近寄ってその後ろに立ったエリオットは、腕を彼女の背中側からかぶせるように前に回した……が、たちまち自分のおかした過ちに気づいた。腕を回した瞬間に股間が緊張するのを感じたのだ。そしてレディ・アガサが立ち位置をわずかにずらしたひょうしに、そのお尻がエリオットの腰に触れたとき、緊張はうずきに変わった。彼は歯をくいしばって平静を装おうとした。顔をゆがめて彼女の手の握り方を直す。だがそうするためには、さらに体を押しつける必要があった。肩幅の広いエリオットが、彼女を包みこむようにおおいかぶさる。

彼女に、おおいかぶさっている……。

ごく単純な言葉の組み合わせなのだが、農地に囲まれた素朴な田舎町で生まれ育ったエリオットには刺激が強すぎた。想像力が広がりだすともうとめどがなくなり、頭の中には男と女がからみあうイメージが充満した。本能的な欲望がつぎつぎと呼びさまされる。そのみだらな思いに冷水を浴びせようと、エリオットは必死で自制心を働かせた。

だが、レディ・アガサは……ただでさえあでやかな容姿なのに、抜け目なく輝く瞳と生き生きとした厚めの唇は、情の深さをうかがわせて心をそそる。そのせいでこちらの体がどんな反応をしているか、気づかれないだろうか。二人のあいだを隔てるスカートの布地がうまく隠してくれますように……エリオットはただただそう願っていた。

それでもけしからぬことに、この状況に喜びを見いださずにはいられない。エリオットは一瞬、無駄な抵抗をしただけであきらめて、与えられた刺激を心ゆくまで味わった。レディ・アガサの肌から立ちのぼるかぐわしい花のような香り。きゃしゃな肩甲骨の突き出た部分が自分の胸に当たる感じ。とび色の柔らかい髪が唇に触れるときのくすぐったい感触……。

「危ない！」突然、誰かの叫び声が聞こえた。

エリオットは反射的にレディ・アガサを腕に抱きかかえ、半身になって後ろによけた。何かがひゅっと音を立てて彼女の足元をかすめた。クロッケーのボールだ。エリオットの頭を最初によぎったのは、彼女を放したくないという思いだった。こわばった体を、そのまま胸に抱きしめていたかった。

ほんのいっとき、じっとしていたレディ・アガサは、急に激しく暴れはじめた。怒りに眉をつり上げ、もがいて逃れようとする。すぐに我に返ったエリオットは彼女を放して地面に立たせ、心の中で自分をののしった。僕はなんという下劣な男なんだ。

「申し訳なか――」

「あの女《ひと》ったら、ぶつけようとしたのよ！」レディ・アガサは憤然とした口調で言い、くるりと向きを変えた。その勢いでスカートがひるがえる。さっと腕を伸ばし、ボールが飛んできた方向を指さした。

「サー・エリオット、ご覧になったでしょ。あの女《ひと》、そのボールをわたしに当てようとしたんですから！」

二人から二〇メートル足らずの距離にいる「あの女《ひと》」とはキャサリンだった。顔には後悔の色が浮かんでいる。その隣にはアントンが、驚愕のあまり目を大きく見ひらいて立ちすくんでいる。

「レディ・アガサ！　本当に申し訳ありませんでした」急いで駆けつけてきたキャサリンが言った。「マレットを振る練習をしていたら、ボールが……わたし、きっと腕が鈍ってしまったんですわ。おわかりいただけるわよね」

レディ・アガサはエリオットのほうをふりむいた。

「まさか、あんな言い訳を信じろだなんて――」そう言いかけて急に黙りこむ。エリオットをまじまじと見るその顔に、不信の表情が広がっている。なぜだろう。エリオットには理由がわからなかった。単なる事故だ。キャサリンはちゃんと、あやまったじゃないか。

「レディ・アガサ？」キャサリンがおそるおそる呼びかけた。「わたしを赦してくださるわよね？」

レディ・アガサはエリオットをぐっとひとにらみしてから、キャサリンのほうを向いた。

「もちろんですわ、もう気にしていませんから」

驚いたことに、レディ・アガサの声にはなんの曇りもなく、さわやかだった。つい三〇秒前までは間違いなく怒り心頭に発して、キャサリンに向かって悪態をつこうとしていたのに。エリオットが勘違いしたか、でなければ、レディ・アガサ・ホワイトは彼の予想をはるかに超える大女優なのか。

「誰だって、年をとると鈍くなるものですわ」レディ・アガサはそう言いさして、はっと息をのんだ。「あら、いやだ！　間違えたわ。今のはもちろん、『腕が鈍る』と言いたかったんですの。こんな失礼な言い間違い、わたしこそ、お赦し願わなくてはなりませんわね、ごめんなさい」

キャサリンの唇の端が引きつるように上がった。ほほえみのように見えなくもない。

「いいんですのよ」

すっかり面食らったエリオットは、二人のやりとりをなすすべもなく見守っていた。たかがクロッケーのボールじゃないか。大砲の砲弾が飛んできたわけでもないのに。

「あらためてお詫び申し上げますわ、レディ・アガサ」キャサリンが言った。「試合では、がんばってくださいね。幸運をお祈りしますわ」

「もう、お気になさらないで。そちらこそ、がんばってくださいね、バンティング夫人」

キャサリンがアントンの腕をとり、自分の黄色いボールを拾いにいくのを確かめると、レディ・アガサはくるりとふりむいた。

「絶対に、わざとやったのではないと思いますよ」エリオットは言った。

穏やかだったレディ・アガサの顔つきが、みるみるうちに憤激の表情に変わった。

「キャサリンは、同じ教区内の孤児たちのためにおむつを縫ってあげているんです」エリオットは弁明した。「貧しい人たちにしょっちゅう、牛肉のスープや毛布を届けたりもしている。それに彼女は、戦争から帰還した兵士向けの読書室を開こうと、誰の力も借りずにがんばってやりとげたんです。そんな女性が、意図的に誰かを狙ってクロッケーのボールを打ったりすると思いますか？」なだめるように話しかける。

その言葉で、少なくとも怒りだけはひいたらしい。むしろ驚嘆の表情になっている。レディ・アガサはしばらくのあいだじっとエリオットの顔を見つめていたが、やれやれといったふうに首を振ると、かがんで自分のマレットを拾いあげた。

「まったくもう、これだから男は！」そうつぶやく声が聞こえた。


その日行われたビグルスワース家でのクロッケー勝ち抜き戦は長時間におよび、リトル・バイドウェルの歴史に残る試合となった。

最初のうちは、サー・エリオット・マーチとレディ・アガサ・ホワイトの組が向かうところ敵なしの勢いだった。スポーツマンとして定評のあるサー・エリオットは期待どおりの実力を発揮したし、試合前には弱気なことを言っていたレディ・アガサも、ふたを開けてみるとめざましい戦いぶりを見せた。運動神経抜群で、射手顔負けの鋭い目と、曲芸師さながらの平衡感覚のよさを持ち、生まれながらにしてクロッケー選手としての資質をそなえているかのようだ。

決然として黒と青のボールを打つレディ・アガサは、フープをつぎつぎと通過させていく。試合開始後いくらも経たないうちにホワイト・マーチ組の優勢は動かしがたいものとなり、二人を脅かす者はもう現れないかに見えた。

ところが、途中から形勢が変わった。レディ・アガサが二本のフープをあざやかに通過させたあと、キャサリン・バンティング夫人の打ったボールがレディ・アガサのボールにガツンと当たり、三メートルほど脇に飛ばしたのだ。

レディ・アガサは、打順を待ちながら数人の紳士と談笑し、自分がパリへ行ったときのきわどい冒険話に打ち興じていたが、ボールのぶつかる音に気づいてふりかえった。すばやく状況を見てとったレディ・アガサは、キャサリンを呼びとめて、気にしなくていいんですのよ、となぐさめた。

少しも良心に恥じるところがないらしいキャサリンは、鼻先でせせら笑った——エリオットが知るかぎり、初めてのことだ——そして、気になどしていませんわと言い返すなり、自分のボールをレディ・アガサのボールにぴったりつけて置きなおし、思いきり打った。リトル・バイドウェルの歴史上、もっとも距離の長いクロッケー・ショットだ。その勢いでレディ・アガサのボールはコートの一番奥の隅まですっ飛んでいった。

キャサリンの一連の行動を見ていたレディ・アガサの混乱はますます深まった。衝撃を隠せない表情で、ボールの行方を見つめている。ボールが節くれだった樫の木の根元まで転がってようやく止まったとき、初めてエリオットのほうをふりむく。

「あんなこと、していいんですか?」レディ・アガサは険しい表情で訊いた。

「ええ、できるんです」エリオットは少しばかりやましさを感じながら答えた。「今のは『ロッケー』といって、自分のボールを相手のボールに当てる技です。当てたあとにキャサリンが自分のボールをあなたのボールに接触させて打って、両方を動かしたでしょう。あの追加打を『クロッケー・ショット』と呼びます」

レディ・アガサはうなずいた。「わかりました。それが『クロッケー』というゲームの名前の由来なんですね」

「ええ、そうです」

「それで」レディ・アガサはほほえもうとした。が、唇がこわばっただけだった。「わたし、こんな重要なルールを、なぜ教えてもらえなかったのかしら?」

エリオットとしては、その理由をあからさまに言うのは気がひけた。リトル・バイドウェルでクロッケーをたしなむ人々は、「ロッケー」を行儀の悪い行為とみなしていたからだ。自分のボールがたまたまほかのボールに当たってしまったならしかたないとしても、わざと相手のボールを狙って打つなどは……ほかの町ならいざ知らず、リトル・バイドウェルでは、そんなまねをする者など一人もいない。

少なくとも、今までは一人もいなかった。

「最初に教えてさしあげるべきでした」エリオットは認めた。「私の不注意です。申し訳ありませんでした」

レディ・アガサは、冷静さと決意が妙に入りまじったまなざしでエリオットを見た。彼女の表情はどこかで見たことがある――そう、戦闘にのぞむ前の男の顔だ。

「かまいませんわ。わたしが打つ番になったら、教えてくだされば」

その後のゲームは、後世に語りつがれる壮絶な戦いになった。試合が終わるころには、リトル・バイドウェルにおけるクロッケーの定義が書きかえられ、それまでとはまったく違う競技に変容を遂げていた。

レディ・アガサもキャサリン・バンティングも、最初はあわよくば相手のボールに当ててやろうと思いつつも、一応表向きはフープを通過させる努力のそぶりを見せていた。しかし、そのうち二人ともなりふりかまわなくなった。最下位の組が最後のペグにボールを当てて終了し引きあげてからも、二人の勝負はえんえんと続き、コートを端から端まで使って、ひたすら自分のボールを叩き、相手のボールにぶつけるという攻撃をくり返した。

二人の淑女は、くちばしを開けた鳥を思わせる笑みをかわし、甘ったるさと毒を含んだ声をかけあいながら、表面上はどこまでも礼節を守って戦った。

近くにいた一人の紳士は、レディ・アガサがこう言うのを耳にした。

「あら、バンティング夫人。不思議ですわ。いったいぜんたい、どうしてわたしのボールがあなたの不運なボールにばかり何度も当たってしまうのかしら、別にたくらんでいるわけでもないのに？」

かん高い笑い声でそれに応えるキャサリン。「ええ、不思議ですわね。でもわたしったらすごく下手なものですから、打っても打っても、あなたのボールをよけきれなくて。ぶつからずに前に進むことができないんですの。それできっと、あなたのボールを操っているつむじ曲がりの小鬼を怒らせたにちがいありませんわ！」

そして、そのとおりの展開が続いた。

アントン・ビグルスワースとサー・エリオット・マーチは初めのうち、なんとかしてゲームを終わらせようと果敢に挑んだが、最後にはいさぎよくあきらめて二人のパートナーにまかせることにし、コートから撤退した。

午後六時には、ピクニックの参加者全員が「ホリーズ」の屋敷裏玄関あたりにたむろしていた。レディ・アガサの悪名高き飼い犬、ランビキンズを腕に抱きかかえたエグランタインはせわしなく動きまわり、心配そうな目で調理場のほうをうかがっている。中ではグレース・プールが、火を通しすぎると料理がまずくなると、ますます大きな声で言いたてている。

このころには、勝負の結果いかんに関心を抱いているのはサー・エリオットただ一人になったようだった。折りたたみ椅子を取ってきてコートの端に据えたエリオットは、ブーツをはいた脚をもう片方の膝の上にのせて座った。そのようすはどことなく冷やかしのようでもあり、断固として男っぽくもあった。

地主のヒンプルランプさえいなければ、世紀の大勝負は暗くなるまで続いたかもしれない。

リトル・バイドウェルに住む礼儀正しい人々は、徳の高いことで知られるポール・バンティング卿令夫人と、名門出身の陽気な令嬢レディ・アガサの、どちらの機嫌もそこねたくなくて、ゲームを続行させていたのだ。

旺盛な食欲を示すヒンプルランプのこともとがめる者はおらず、彼は人気《ひとけ》のなくなったテントの下で食べ残しをあさっていた。そのとき、レディ・アガサが置いていったイチゴのトライフルが目にとまった。あいにくそれは、架台式テーブルの向こうの端にある。面倒くさがりのヒンプルランプはテーブルの上に身を乗りだし、手を伸ばしてトライフルを取ろうとした。が、そのひょうしにバランスを失い、前のめりに倒れこんだ。

テーブルは、一一〇キロを超える巨体を支えるには弱すぎた。天板がバキッと音を立てて壊れ、地面にすべり落ちたヒンプルランプはわめき始めた。

客たちはいっせいにその声のするほうをふりむき、助けに駆けつけた――レディ・アガサ、いや、レッティ・ポッツをのぞく全員が。

レッティは土手の上に立っていた。キャサリン・バンティングの黄色いボールを追いかけて、そこまでやってきたのだ。ボールをコート側に打ち返してやろうと考えていたレッティだが、テーブルの天板が割れる音を聞くやいなや、一瞬のうちに判断を下した。これは勝ちをきめて、ゲームを終わらせる絶好の好機だわ。けっきょく、このボールが行方不明になれば、キャサリンの負けになるのだから。

ひと呼吸するよりも短い時間で頭をめぐらせたレッティは、コートとは反対のほうを向き、体を大きくひねってマレットを肩の後ろまで持ちあげると、渾身の力をこめて振りぬいた。強烈な空振り。その勢いでレッティは体ごと空中に投げだされ、土手を越えて飛んでいった――地面に黄色いボールを残したまま。

レッティは円盤型のチーズのようにころころと、宙返りをしながら斜面を転がり落ちていった。でんぐり返るたび、ドレスのフリルや髪の毛が目の前にかぶさる。手足をばたつかせながら転がりつづけたが、突然、斜面の底に着いて止まった。

レッティは青々と生い茂ったスゲの上にあおむけに倒れていた。浅く不規則な呼吸をしながら空を見あげると、雲がすごい勢いでぐるぐる回っている。手をおそるおそる伸ばして背中や腰を触ってみる。骨は折れていないようだが、なんともはしたない格好だ。めくれあがったスカートがお尻の下でくしゃくしゃになっている。

体を起こして服の乱れを直そうとしたが、痛みのあまりまぶたの裏に星が出て、ふたたびどさりと倒れた。

遠くから女性の声が聞こえてくる。「レディ・アガサはどこへ行かれたのかしら?」

レッティの顔から血の気がひいた。キャサリン・バンティングだ。あの甘やかされた、青白い顔の女にこんなみっともない姿を見られるぐらいなら、死んだほうがましだ。スゲの匂いがぷんぷんして、脚はむきだし、髪には木の枝や草がこびりついたままなのだから。痛みに顔をしかめながら、レッティはそろそろと頭の向きを変え、横目で斜面を見あげた。

一人、男性とおぼしき人の姿が土手の上に見える。レッティが空振りした場所の近くに、こちらに背を向けて立っている。その輪郭には見おぼえがあった。肩幅の広さ、真っ白な襟にわずかにかかるほどの長さの黒々とした髪……もちろん、サー・エリオット・マーチその人だった。

レッティは息をつめた。お願いだから早く向こうへ行って、と祈る。サー・エリオットにこんな姿をさらすぐらいなら、キャサリン・バンティングに見られたほうがまだましだ。

サー・エリオットはコートじゅうに視線を走らせている。

「ここにはいらっしゃらないようだね。ふむ。キャサリン、どうやらレディ・アガサはゲーム半ばでコートを去ったらしい」かがみこんで、地面からクロッケーの黄色いボールを拾いあげる。「ほら、ここに君のボールがある」

サー・エリオットは手のひらの上で軽くボールを弾ませながら笑った。

「レディ・アガサはきっと、君には勝てない、と悟ってあきらめたんだろうな」

レッティはあやうく憤怒のうなり声をあげるところだったが、必死の努力で自分を抑えた。そのあとのキャサリンの言葉は聞きとれなかったが、すっかりご満悦なのは声の調子からも明らかだった。

またサー・エリオットが何か言っている。男性の問いかけに答えているらしい。「ええ、お先にどうぞ。私は父を待ってから行きます。父は馬小屋に寄って、タフィが生んだばかりの子馬を見てくると言って出かけたんです。それほど長くはかからないと思いますので」

ほかの人たちのぼそぼそいう声がしばらく聞こえていたが、それも少しずつ遠ざかり、あたりは静かになった。レッティは心の中で一〇〇まで数え、さらに五〇〇まで数えて待った。腕のあたりがむずむずするので見ると、コオロギが一匹、肌の上を走っていた。思わずひっと息をのみそうになるが、かろうじてこらえる。今度は脚がかゆくなってきた。

しばらくしてようやく、サー・エリオットはズボンのポケットに両手を突っこみ、屋敷に向かって土手の上を歩きだした。レッティは心の中で安堵のため息をもらした。

ところが、サー・エリオットは急に立ちどまった。

「ああ、そうだ」ふりかえって顔を下に向け、レッティの目をまっすぐにのぞきこむ。「そこからよじ登るのに、助けが要りますか?」

13　もし敵が知恵を持っているか、大砲をそなえていたら、味方にとってはまずい展開になるだろう。

レッティは以前、舞台で、危うい状況に陥るたびに気を失う女性の役を演じたことがある。そうだ。今ほどあのやり方がふさわしいときはない。そう判断したレッティは、額に手の甲を当て、目を閉じた。

「ああ」小さなうめき声をあげる。「ああ……助けてくださる？　どうしましょう。わたし……少し……めまいが……」

最初は怪しんでいたサー・エリオットも、心底、心配そうな表情に変わった。急いで斜面を下りると、レッティのそばに膝をついて座る。起きあがろうとする彼女を押しとどめるサー・エリオットの目には動揺が表れていた。

「そのまま、じっとしていてください」気づかわしげに言う彼の声は本当に真摯で、レッティはなんとも奇妙でいやな感覚に襲われた……何よ、これ？　その不快さがどこからきているのかがわかるまでに一秒ほどかかった。しかも、わかって驚いた。

いやだ、わたしったら。自分の行為を恥じているんだわ。男のうぬぼれや狭量さにつけこんで、手練手管で思うままにあやつることなら、レッティはなんの良心のとがめも感じなかった。でも、こんなふうに……立派にふるまっている男性をひどい目にあわせるなんて、いけないわ。

それに、言い訳がましくなるけれど、あの完璧な仕立てのズボンに草のしみがつくようなことをさせるにはしのびない。

「ビーコン先生を呼んで手当てをお願いしましょうか?」エリオットが訊いた。

「いいえ、結構ですわ」

「だって、たった今気絶したのに」

レッティはしぶしぶ、自分の愚かな良心の声に従うことにした。やっとのことでひじをついて起きあがると、顔にかかった髪をふっと吹きとばす。「いいえ、気絶なんかしませんでしたわ、全然」

「でもさっき、めまいがするとおっしゃったじゃないですか」もう、物わかりが悪いったらない。だけど、それも無理ないわね。サー・エリオットは治安判事とはいえ、しょせん素朴な田舎紳士にすぎないのだから、わたしのように世慣れた、機知に富む女性の策略にはとうてい太刀打ちできないだろう。

「めまいがすればいいなと思って。ただの願望ですわ」レッティはスカートの膝のあたりをぽんぽんと叩いてしわを伸ばした。「わたしの神経がもう少しやわだったら、自分のペチコートが見えているのに気づいた時点で、恥ずかしさのあまりあっというまに失神して、夢の世界をさまよっていたでしょうね。あいにく、そんなやわな神経は持ちあわせていませんし、気を失うようなこともありませんでしたけど」

レッティは口の片端だけを上げて笑いかけた。ところがサー・エリオットは、非難の言葉を浴びせるどころか大声で笑いだした。

レッティはサー・エリオットの笑い方が好きだった。笑うとできる目尻のしわがすてきだし、濃いまつ毛が青みのかかった緑の瞳を隠すさまも、引きしまった頬にできる深いえくぼも魅力的だ。だが何よりも好きなのは、彼の笑い声。思いがけない状況を楽しんでいるのが感じられる笑い声だった。

サー・エリオットはレッティを助けおこそうと、手を差しだした。大きい手だった。指は長く、レッティの手をすっぽりと包んでいる。

「わたしのこと、とんでもないおてんばだと思ってらっしゃるでしょ」

「いいえ。魅力的だと思っていますよ」

レッティは手を引かれてまっすぐに立ったが、すぐに地面のくぼみに足をとられてしまい、サー・エリオットのほうへ倒れこんだ。手のひらを彼の硬い胸についたまま、腕の中に抱えこまれた。

レッティが見あげると、サー・エリオットの顔からほほえみが消えた。ゆっくりと力強い心臓の鼓動が手のひらに感じられる。そこから彼の体温が伝わり、腕までじわじわと温かくなってくる。レッティは息をつめた。あ、キスされる。

エリオットは上体をかがめた。レッティの目が自然に閉じた。そうよ！　この人とキスしたい。でも……ただ……期待に満ちた心を突然、恐怖心が襲った。

でも、貴婦人《レディ》っていったい、どんなふうにキスするものなの？

もしわたしが、自分の体と、唇と、心がそうしろと命じるままに、情熱にまかせてキスしたら？　唇を重ねたとたん、レディ・アガサの名をかたったことがばれてしまう。育ちのよい淑女が、レッティが望むような激しいキスをするはずがない。反応のしかたでお里が知れるにきまっている。でも、本物の紳士淑女って、いったいどんな――。

エリオットの唇が、絶妙な優しさで触れてきた。温かく、引きしまって、なめらかな唇。その甘やかな興奮で、レッティの恐れはどこか心の片隅に押しやられてしまった。

ああ、有閑階級の人たちって、こんなふうにキスするのね。唇を重ねあわせながら、レッティはぼんやりと考えた。エリオットの唇がさらに強く押しつけられる。レッティはため息をついた。口を開けてみたい。ほんの少しでいいから。自分の唇の内側の敏感な部分で彼のキスを感じてみたい。そう望むのはごく自然なことじゃないかしら……。

でも、貴婦人《レディ》だったらキスのときに口を開けたりはしないでしょ。そう自分をいましめて、唇をぎゅっと固く閉じた。

そのとき、エリオットが唇を重ねたまま笑った。笑ってるじゃないの！　彼のキスと同じように穏やかで、心をそそる笑い方。

エリオットはレッティの体を軽く横に動かすと、腕で支えながら後ろに倒し、上からおおいかぶさってきた。優しさでじらす一方、その同じ優しさで手ひどくからかって、みだらな期待を抱かせる。彼は自由になるほうの手でレッティのあごを包んだ。下唇を親指で軽くなでながら、あごの線を唇でゆっくりとなぞり、期待に震える口元へと、容赦ない動きでたどっていく。そして……彼の舌先が、レッティの口の角の部分に触れた。

衝撃で、全身の官能が呼びさまされた。

淑女らしくふるまおうという決意は頼りなく揺らぎ、かすみのようにたちどころに消えてなくなった。エリオットはふたたびレッティの唇をふさいだ。今度は口を開けたままの濃厚な、渇えたようなキスで、性急に迫ってくる。それはレッティの思考を燃え殻になるまで焼きつくし、彼の腕の力強さと、体にみなぎる欲望をいやがうえにも意識させた。レッティは自然に口を開き、そして……ああ、なんてこと！

彼の舌はレッティの唇のあいだに入りこみ、男の所有欲をあらわにして彼女の舌を愛撫しはじめた。巧みに動くその舌は、口の中を自由自在に探索している。都会での生活でそれなりに男女の戯れも経験してきたレッティを、ここまでみだらな気持ちにさせたキスはなかった。閉じたまぶたの裏でめくるめく光が乱舞している。レッティは抗うこともできず、快楽に身をゆだねた。

重ねあわされた唇と唇、燃えるような熱気、高鳴る胸の鼓動、鋼《はがね》のごとく硬い腕の感触。それに、屈服の甘いため息のような声！　言葉にならない、陶酔しきった悦びの声が、自分の喉の奥深くからもれている。レッティは、エリオットの引きしまった上腕をぎゅっとつかんだ。支えになるものが欲しかった。そうしないと、快感の波に押し流されて、彼の中に飲みこまれてしまいそうだったから。

エリオットは顔を上げた。レッティのほてった顔にかかる息がせわしい。レッティは手を伸ばし、エリオットのつややかな黒髪を指ですきながら、頭を下げさせて自分の顔に近づけようとした。ところが彼は抵抗した。

レッティは目を開けた。頭がぼんやりとしている。官能に翻弄されて、まともにものが考えられない。だが何よりも、またあのキスを味わいたかった。無邪気でありながらみだらで、驚くべき悦びの世界に浸りたかった。

「赦してください、レディ・アガサ」エリオットの声はかすれていた。その胸は荒い呼吸とともに大きく上下している。「私は、しょせん素朴な田舎紳士なものですから、あなたのような世慣れた女性の魅力にはどうも慣れていなくて」

まだ情熱で浮かされているレッティは、いぶかしげにまばたきをした。素朴な田舎紳士ですって……？　レッティは眉をしかめる。エリオットはほほえんでいる。

急に、現実がはっきりと見えてきた。何が素朴よ。この人、わたしをばかにしていたのね！

レッティはありったけの力をこめてエリオットの胸を押しのけた。それでも彼は満面に笑みをたたえている。最悪だ――その笑顔は皮肉っぽくも、非情そうでもなかったからだ。おおらかで、そして……かぎりなく優しそうだった!

ああ!

「放して! 今すぐ、放してちょうだい!」

サー・エリオットの笑みが消えた。「アガサ、誤解しないでほしいんだ。私は何も――」

「いや!」レッティはかん高い声で命令した。「あなたが、リトル・バイドウェルの人たちが思っているとおりの紳士なら、今すぐその手を放してちょうだい!」

サー・エリオットはぎょっとしたようだった。

そうよ、いい気味。レッティは心の中で苦々しげにつぶやいた。わたしをばかにして、いいようにからかっていたのね。でも、大切な紳士の名誉にかかわることを言われたとたん、顔色が変わったじゃないの!

サー・エリオットはすぐにレッティを放し、まっすぐ立たせると、両手を脇に垂らして後ろに下がった。

「アガサ――」

もう、たくさん。さっきのキスも本気じゃなかったのね!

「アガサなんて、呼ばないで!」

サー・エリオットは頭を下げた。その感情はすべて、生真面目な、読みとりにくい表情の下に隠されてしまっている。「レディ・アガサ、お赦しください。虫のいいことを言うようだが、信じてほしいんです。私は絶対に」ごくりとつばを飲みこむ。反省の色が表われているのはそこだけだ。「相手の女性が望んでもいないのに、自分の……気持ちを行動に表して無理強いするような人間ではないつもりです」

「あら、そう？」レッティは高飛車に言った。「望んでいる女性に対してはいつも、ご自分のお気持ちを行動に表してらっしゃるのね？ なんて高潔な方かしら」

サー・エリオットは顔を赤らめたが、それでもくいさがった。「そう言われてもしかたないかもしれませんが」

いいえ、そうじゃない。わたしはサー・エリオットの「気持ち」がいやで抵抗したわけではないもの。ただ、キスされてうっとりしていたわたしを、彼がばかにしたのに腹を立てているだけ。もちろん、本当のところは教えるものですか。

「お願いです、わかってほしい。私は――」レッティがきっとにらんだので、サー・エリオットは口輪をはめられたかのように黙りこんだ。

「もしまた、『素朴な田舎紳士』なんていうたわごとをおっしゃるのなら、わたし……わたし……何をするかわからなくてよ。大声で叫んでしまうかもしれませんからね！」

サー・エリオットは眉根を寄せ、顔をしかめた。口をいったん開いてから閉じ、レッティの真意を推しはかるように横目でちらりと見ると、ふたたび口を開いた。「どうも、物分りが悪くて申し訳ないんですが。私があやまるべきなのは、あなたにキスしたことに対してなのか、それともからかったことに対してなのか、どっちでしょう？」

「からかったですって？」レッティは信じられないといった口調でくり返した。「からかった？　わたしに言わせれば、『あざけった』としか思えませんけど」

「私は、どうしようもなく下劣な男ですから。確かに、あなたをからかうべきじゃありませんでした。ただ――」

サー・エリオットは「どうしようもなく下劣な男」には見えない。りりしくてすてきだわ。黒々とした髪は波打ち、口元はゆったりとくつろいで――くやしそうなようすは少しもない。むしろ、獲物を手に入れて満足した狩人のようだ。

きっと、これからつけ加えようとしていることが本音なのね、とレッティは思った。一カ月分のお給金を賭けてもいい、もし自分に仕事があったら、の話だけど。

「からかうべきじゃありませんでした、ただ――何ですの？」レッティは先をうながした。

サー・エリオットはレッティにぐっと近づき、二本の指で彼女のあごを持ちあげた。レッティは身震いした。もういや。体のほうが気持ちを裏切ってしまう。サー・エリオットのほほえみはどこか物憂げだったが、その視線は突き刺すように鋭い。

「ただ、私が、我慢できなかったものですから」

「我慢できなかったって、何を？」レッティは訊き、期待に息を弾ませてかん高くなった自分の声に向かって内心悪態をついた。

「あなたの言うところの『世慣れた女』としての経験が、事実というより作り話に近いことを証明したいという思いを、我慢しきれなかったんです」サー・エリオットはささやいた。

「あなたお得意の俗語で言えば、レディ・アガサは『そんなに手ごわいタマじゃない』ってことですよ」

「おや、まあ！」二階の窓から身を乗りだし、ビグルスワース氏の双眼鏡を目に押しつけて外をのぞいていた料理人のグレース・プールは、大きく息をついた。

「ねえ、見せてよ！」小間使いのメリーがグレースの袖を引っぱってせがむ。「今度はわたしの番でしょ！」

「困ったこと」両手をもみ合わせながらエグランタインがつぶやいた。足元では彼女のお気に入りのランビキンズがあくびをしている。「不謹慎どころか、不道徳と言われてもしかたがありませんよ、二人の行動をこっそり見張るなんて」

「見張っているわけじゃありませんわ、マダム」メリーが弁明した。「今の時点で、わたしたちの作戦がどの程度効果をあげたか、確認して評価してるんです。ことの進みぐあいを確かめなければ、次にどんな作戦を立てたらいいかわからないじゃありませんか？」

次の瞬間、メリーは先制攻撃をしかけた。グレース・プールを腰でぐいと突いて窓際から撃退すると同時に、双眼鏡をひったくったのだ。グレースは抗議もせず、目のまわりに丸いレンズ枠のあとをくっきりつけたまま、よろめくように窓から離れた。胸に片手を当ててささやくように言う。「ああ、どきどきしちゃう！」

「二人はどう？　争ってはいないでしょうね？」エグランタインが訊いた。

メリーの耳には何も入らないらしい。窓際に張りついて、目は双眼鏡の向こうに見えるものに釘づけだ。「あら、まあ。どうしましょう。あら、まあ」と口の中で何度もつぶやいている。

いったいどうしていいものやら。エグランタインの心は揺れ動いていた。

客人たちはすでに屋敷の中に戻り、立食形式の料理を楽しんでいた。レディ・アガサの姿が見えないのに気づいたエグランタインは二階の寝室まで探しにやってきたのだが、中にはこの不届きな使用人たちがいて、のぞき見……いや、仲人作戦の成功の度合いを評価しようとしていた。自分がいつのまに使用人たちの策略の片棒をかつぐはめになったのか、いまだにわからないエグランタインだった。

何もかも、婚礼騒ぎのせいなのは間違いない。屋敷内の最近の話題といえば、花嫁となるアンジェラのこと、結婚後の幸せな暮らしのことばかり。花嫁が去ったあとに残される者には幸せな暮らしなどもう訪れないのに、誰もそれに気づいてくれない。幼いころからわが子同然にいつくしみ育てた娘、髪を編んでやったり、引っかき傷に絆創膏を貼ってやったりしたあの子。生まれてこのかた、わが家以外どこも知らないというのに、そこを出てしまえば、もう二度と戻ってくることはないんだわ……。

エグランタインは鼻をすすった。そのとき、スカートのすそのほうで小さく足踏みするような音が聞こえた。見おろすと、ランビキンズが口を開けてこちらを見あげている。ちろりと出した舌の先がピンクのリボンのようにくるりとそり返って、間抜けな感じだけれど可愛い。犬はふたたび、スカートのすそをとんとんと踏んだ。あら、この子ったら、抱っこしてってせがんでいるのね！

かがみこんで抱きあげると、頬をぺろっとなめられた。腕に感じるランビキンズの温かい体の重みが、妙に心を慰めてくれる。エグランタインはほほえんだ。

肩をぐっと後ろに動かして胸をそらし、憂鬱な気分を無理やり吹きとばす。エグランタインはもちろん、サー・エリオットとレディ・アガサの仲をとりもつのに熱心なグレースとメリーの手伝いをすることに同意していた。エリオットのことが好きだったし、昔からずっと気にかけてきたからだ。

子ども時代のエリオットは愛すべきわんぱく小僧だったが、大人になるにつれ、誰からも尊敬される、誠実で勤勉実直な人物に育った。生真面目すぎるのではないか、とエグランタインはときどき思う。謹厳な態度を保っているエリオットは、どこかもろく、孤独に見えることがあった。

そんな生真面目さを追いはらってくれる相手として、快活そのもののレディ・アガサほどふさわしい女性はいないだろう。彼女の自由奔放なふるまいが、エリオットを元気づけるいい薬になったのは間違いない。あんなにひとつのことに楽しそうに打ちこんだり、あけっぴろげに笑ったりしているエリオットを最後に見たのはいつのことだったか、エグランタインは思い出せなかった。

エリオットとレディ・アガサがお似合いなのは誰の目にもわかるし、二人がお互いに関心を持っているのは明らかだ。でも、どの程度の関心かしら？　思いきって探ってみようとエグランタインは心を決めた。ランビキンズを床に下ろし、断固として手を差しだした。

「メリー、双眼鏡を貸してちょうだい」

メリーはただちに窓から離れて後ろに下がり、女主人に双眼鏡を渡した。エグランタインはそれを目に当ててしばし土手の方向をゆっくりとなぞるように調べた。そして、そこで見つけたものは……あら、まあ、なんと！

エリオットにまさかあんなふるまいができるとは、夢にも思わなかった！　上品で礼儀正しく、女性に対してつねに紳士的な態度を崩さないエリオットが、レディ・アガサに言い寄っているなんて！

二人はキスしていた。エグランタインのいる位置から見ると、レディ・アガサの顔はエリオットの黒髪に隠れて見えない。エリオットは片腕をレディ・アガサの腰に回してその体を弓なりにし、自由になるほうの手で彼女の頭の後ろを支えている。とび色の髪は流れるように落ち、その毛先は草まで届いている。レディ・アガサの両手はかたく握りしめられ、エリオットの胸に押しつけられている――ただしおかしなことに、もがいて逃れたがっているようには見えない。

そのとき急に、エリオットがレディ・アガサの体を起こしてまっすぐに立たせた。それと同時に、レディ・アガサは我に返ったらしく、エリオットの胸に拳骨を一発お見舞いした。

公平に見れば、エリオットがすぐに手を放したのは立派だった。レディ・アガサは憤慨しているように見える。ほんのしばらく、危なっかしくよろめきながら立っていたが、あごをつんと上げると、威厳のある態度でエリオットをしりぞけ、土手の頂上に向かって大またで登りはじめた。というより、つまずき、よろけつつ、ときどき大またで登った、というほうが正しい。屋敷がどちらの方向にあるのか、よくわからないらしい。それもおかしな話だが、ひどく動揺していることを考えれば、無理もないかもしれない。

エグランタインはメリーとグレースのほうをちらりと見た。グレースはまだ壁にもたれかかって、熱をさまそうと手で顔のあたりをパタパタあおいでいる。メリーはどこかから持ってきた紙を丸めて筒にし、それを望遠鏡がわりに目に当てて窓の外を眺めている。二人とも、当然ながら途方にくれている。せっかくの縁結びもこれで終わりになりそうだ。

「ああ、エリオットったら」エグランタインはつぶやいた。「どうしてあんなことを？」

「あんなことって？」メリーが訊いた。

「あの二人、仲がいいとは言えないみたい」

「えっ？」信じられないといったおももちでグレースが訊きかえした。この家政婦長は、サー・エリオットがレディ・アガサに言い寄ってキスした場面を見ていないからだろう。かといってエグランタインは、その事実を教えるつもりはなかった。責任ある雇用主として、使用人たちにそういうことを知らせないのも仕事のうちだからだ。

「今さっき二人は別れて、それぞれ家のほうへ向かったわ」

「そうなんですか？」とメリー。エグランタインは今一度、双眼鏡をのぞいてみた。レディ・アガサは相変わらずよろめきながら土手を登っていたが、ようやく正しい方角に向かって歩きはじめた。エリオットはまだ、腕組みをして斜面の底に立っている。

きっと、深い後悔の念にさいなまれているんだわ。エグランタインはレディ・アガサに負けず劣らず、彼の行動に驚愕しながらも、ほんの少しだけ同情の念を抱いた。

エリオットは今ごろ、自分自身の罪深いふるまいを赦されざる行為だと反省しているだろう――まさにそのとおりなのだから。きっと、絶望しているにちがいないわ。心を痛めて、ひどく悔やんで――。

エリオットがこちらをふりむき、離れていくレディ・アガサを見守っている。ようやく、エリオットの顔に焦点を合わせたエグランタインは、目を丸くした。

なんと、エリオットは少しも恥じることなく、にやにや笑っていたのだ。

## 14

人間、踏みつぶされるゴキブリになることもあれば、踏みつぶすブーツのかかとになることもある。

今すぐ、ここを出なければ。今日中に。遅くとも今晩には。そう、どんなに遅くとも、明日中には絶対に出ていこう。物事が複雑になりすぎた。

「ホリーズ」のテラスにたどりついたレッティは扉を開け、クロッケー観戦から戻ってきた人々がひしめく部屋に入った。客たちの顔がやたらに近く見えたり、遠くに見えたりする。まわりから聞こえてくる声が、現実のものでないような気がする。人を避けたかった。あちこちから声をかけられ、質問されるが、いっこうに集中できない。正体がばれる前に、ここを逃げださなくてはならない。

なんてばかばかしい状況なんだろう、という思いが渦巻いていた。レッティは、舞台でせりふをとちったことは一度もないし、出番の合図に気づかずに間違えたこともない……少なくとも今までは。もうこんなお芝居、続けていられない。誰かわたしの代役を務めてくれればいいのに。

とにかく、一人きりになりたかった。そうだ、自室へ行けばいい。溺れかけたネズミが水面に浮いている板を見つけたかのように、レッティは部屋の奥の扉へと急ぎ、廊下に出た。

いやだわ！　ここにも人が集まっている。二階の寝室へとつながる階段の下、誰もがレッティのほうをふりむき、親しみをこめてほほえみかける。レッティは必死で陽気な笑みを返すと、人の群れを避けて廊下のつきあたりへと急ぎ、扉の閉まった部屋をめざした。

よろめきながら中に転がりこみ、後ろ手に扉を閉める。錠前の鍵を回すと、かちりという軽い音がしてかんぬきがかかった。レッティはへなへなと倒れこむように扉に背をもたせかけ、大きく息をしながらあたりを見まわした。小さな居間だった。正面には小さな長いすが背を向けて置かれ、その横には一対の椅子がある。

よし、ここならしばらくは一人でいられそうだわ。じっくり考えて、計画を立てなくちゃ。いつここを出ていく？　何を持っていけばいい？

必死に頭の中を整理していると、どこからかすすり泣きが聞こえてきた。悲しみに打ちひしがれた人の声だ。中に誰かいる。レッティは落胆のあまり、思わず自分も泣き声を返してやろうかと思った。

いいえ、それは失礼だわ。わたしにそんな権利はない。きびすを返して外へ出ようとしたが、あの人なつこい、興味しんしんの人たちとまた顔を合わせなければならないことを思うと――出ていけなかった。長いすのほうに向き直ると、その後ろから人の頭がのぞいた。淡い金髪の巻き毛だ。

「申し訳ありません、レディ・アガサ」鼻をすすりながら現れたのはアンジェラだった。手の甲で赤くなった目のまわりを拭っている。「ここなら、誰も入ってこないだろうと思ったものですから。部屋の外にいる方々の中に……今ちょっと、顔を合わせたくない人がいるんです」

「それ以上、何もおっしゃらないで」レッティはアンジェラを押しとどめた。この娘《こ》と親しくならないようにしたほうがいい。わたしはあくまでビグルスワース家に雇われている立場であり、アンジェラが秘密を打ちあけられる相手ではない。もう、何言ってるの、それどころか、わたしはレディ・アガサの名をかたる偽者。詐欺師じゃないの！

「――もし、さしつかえなければ」

「えっ、今なんて？」レッティはふたたびアンジェラに焦点を合わせた。

「外にいる人たちが行ってしまうまで、ここで待っていたいのですけれど」アンジェラは申し訳なさそうに言った。

かわいそう。ほうっておけないわ。

レッティは長いすのほうに向かって数歩、足を進めた。少なくともこの娘《こ》とのやりとりに専念していれば、サー・エリオットのことを忘れていられるし、自分がどんなふうに思われたかしらとくよくよせずにすむ……。

「ミス・アンジェラ。ご自分のお宅なんですから、ご自由になさったらいいわ。それに、困った事情はお互いさまですわ。わたしも、人に会いたくなくてここへ逃げこんだんです」

「あなたが？」アンジェラはにわかに興味をおぼえたようすで訊く。「逃げこむだなんて、いったいどうして？」

「わけを知ったらあなた、きっと驚かれるわ」レッティはつぶやいた。

「そうでしょうね」アンジェラは礼儀正しく答えたが、突如として、その青い目から涙があふれだした。下唇を震わせたと思うと、がくりと頭を垂れ、長いすの陰に突っ伏した。

押し殺したすすり泣きが長いすの向こうから聞こえる。

わたしはこっちの椅子に座って、彼女が泣いていても見て見ぬふりをすべきなんでしょうね。育ちのいい女性は、感情をあらわにしたところを人に見られるのをいやがるものだから。何が起きてもあごをつんと上げて平静を装う。それが、イングランドの上流婦人の信条だもの。だから、何があったんですか、などと訊いてはアンジェラを困らせることになる。

だがなぜか、レッティは前に進みでていた。長いすの後ろに立って、アンジェラの震える背中に優しく手をおく。泣き声はますます激しくなるばかりだ。

レッティは哀れな娘を慰めようと、肩の下のあたりに小さな円を描くようになでた。

「アンジェラ。いったい何があったの？」

アンジェラは涙に濡れた小さな顔を上げた。鼻は真っ赤で、せっかくの美貌が台無しだ。

「だめ、言えませんわ。言ったら、わたしのこと……きっと最低だと思われるわ！」

「そんなふうに思ったりしませんよ、絶対に」レッティは約束した。

どんな困りごとがあって悩んでいるんだろう？　リトル・バイドウェルのような田舎町で、

この娘《こ》が巻きこまれそうな問題って？

「いいえ、そう思うにきまってますわ。だいいち、そう思われても……しかたがないんですもの！」アンジェラはふたたびうなだれて、腕で頭を抱えこんだ。

「あなたが何をしたにせよ、いいえ、何をしたと思ったにせよ」レッティは言い直した。「大丈夫、わたしがあなたに対して抱いている印象が変わるほどひどいことではないはずですよ」

「ああ！」押し殺したようなため息がもれる。「レディ・アガサにはおわかりにならないのよ。わたし……自分が……恥ずかしくてたまらないんです！」

レッティは自分の体験談で、アンジェラを慰められるいい例はないかしら、と思い出そうとした。そうね、恥ずかしくてたまらなかったことなら、もちろんあるわ。しかも情けないことに、今さっき経験したばかりだ。

レッティはやや不安げに話しはじめた。「誰だって、ときには十分考えずにいろいろな行動をしてしまうものですよ」

「たとえば、どんな行動？」アンジェラは悲しげに訊いた。「当然、わたしがしたことほどひどくはないでしょうけれど！」

「どうかしら」レッティは慎重に言葉を選んだ。地雷原を歩いているような感じだった。衝撃的な真実にうっかり触れて、爆発でもしたら大変だ。「人間って、そういった行動をつい早まって、深く考えずにしてしまうときもありますよね。その行為がどんなにみっともなく見えるか、あるいは実際どんなにみっともないか、気づかないままに」

レッティはしどろもどろになりながら続けた。眉の上にうっすらと冷や汗が浮かんでいる。

「そしていつの日か、余裕をもって客観的にふりかえってみると、その行為が……恥ずかしく思えてくる。そして、しなければよかった、と心から悔やむのね。でも、いったんしてしまったからには、今さらどうしようもないんですよ。だって、もうすんだことですもの！」

わたしったら、ついうっかり告白して……いえ、言ってしまった。レッティは大きく息を吐きだした。だが、話したことですっきりしていた。

「どう、この考え方、理解できるかしら？」

アンジェラは疑わしそうにレッティを見た。「ええ、少しは」

「あら、そういうふうに割り切らなくちゃやっていけませんよ。実際のところ、過ぎてしまったことをいつまでもくよくよ思い悩んでも意味がありませんもの。何年も前のちょっとした失敗に鬱々《うつうつ》としている花嫁のあなたを見て、侯爵の気持ちが暗くなったりしたら、いやでしょう？」

レッティはアンジェラの頭を軽く叩き、元気づけるようなほほえみを浮かべた。それを見たアンジェラは真っ青になり、ふたたび長いすに倒れ伏した。そして両腕に顔をうずめて、悲嘆にくれた声でわめきだした。

もう、慰めて励ますのはおしまい。強硬手段に出るときだわ。レッティはアンジェラの両肩をぐいとつかみ、体をまっすぐに起こした。

仰天したアンジェラの泣き声がぴたりと止まった。

「アンジェラ、いいかげんにして！　いいから全部、話してしまいなさい！」レッティはできるだけ厳しい声で叱りつけた。『生意気なミス・サリー』に登場する厳格な家庭教師、マーベル・マグホワイトの役で使った口調だ。端役ではあるが、うまみのある役どころだった。「本気で言ってるんですよ。そんなに泣かなければならないわけはなんなのか、今すぐ教えなさい。でなければ」アンジェラにとって一番耐えがたいと思われる批判の言葉を探す。「でなければわたしとしては、こう思わざるをえないわね。あなたがわざと悲しいふりをしていて、それを楽しんでいるだけだって！」

その言葉にアンジェラは衝撃を受けたようだった。が、数秒の沈黙のあと、いきなり両手でレッティの手を包み、ぎゅっと握りしめた。「お願い。何を聞いても、わたしのこと、悪く思わないようにするって約束していただきたいんです」

「もちろん大丈夫よ、約束しますわ」

アンジェラはきゃしゃな肩をそらして姿勢を正した。「じゃあ、なぜ泣いていたのか、言います。わたし、昔……キップ・ヒンプルランプと、単なる友だち以上の関係だったんです」

キップ・ヒンプルランプ。キップ。誰だっけ……。「ああ、地主のところの、あの無愛想な息子さんのこと？」

アンジェラはうなずいた。

やっと本題に入るってわけね。面白くなってきたわ。

「キップは、わたしに特別な気持ちを抱いていて。というか、わたしがそう思っていただけかもしれませんけれど」

「なるほどね」それならレッティにもおぼえがある。自分がサー・エリオットに対して示した熱い反応の記憶がたちまちよみがえり、怒濤のごとく押しよせてきた。

「ほら、やっぱり。わたしを見そこなったでしょ？」

「いいえ、全然」レッティは言った。ただ、アンジェラに深い同情を抱いただけだった。相手に心惹かれ、逆らいがたい力に翻弄されて、つい分別を失って突っ走ってしまったのだろう。土手の下にいたときのレッティとサー・エリオットだって、もし自分たちの姿が屋敷から丸見えでなければ、いったいどんなことになっていたやら、わかったものじゃない。その意味では、神に感謝しなければ。

少なくとも、神に感謝の気持ちを抱くべきなのだろうけど。

「アンジェラ。もう終わったことなんでしょう。だからもう忘れてしまいなさい」

「できれば忘れたいですわ。でも、今になって――」

レッティは両手でつかんでいたアンジェラの体を優しく押しやり、少し離れた位置で向きあうと、その顔を厳粛なおももちで見つめた。「なあに、アンジェラ？」

「キップは、わたしがずっと前に書いた手紙をまだ持っているんです。心のうちをさらけ出した手紙で、絶対人に見られたくない内容なの！　ああ！　愛しいヒューイに読まれたら、わたし死んでしまう！」

「どうして、侯爵がそれを読むようなはめになるの？」レッティは訊いたが、すでに答はわかっていた。キップ・ヒンプルランプは、手紙を侯爵に見せると言って、哀れなアンジェラを脅し、ゆすっているのだろう。ちょうどニック・スパークルが、自分の術中に落ちた「金持ちで役立たずの、どこの誰でもない大酒飲み」たちをゆすったのと同じように。だが今回の犠牲者は、「どこの誰でもない」人でも、「役立たずの」人でもない。この娘《こ》の顔をして、この娘《こ》の値打ちをそなえた人だ。

たとえニックのゆすり行為に直接関わっていなかったにせよ、レッティは、ニックが彼女のために使った金の出どころを十分承知していた。知っていて何も言わなかったことで、ニックと同罪だ。レッティは心の中でたじろいだ。ひどい自己嫌悪を感じていた。

「キップは、いくら欲しいと言っているの？」

「いくらって？」アンジェラはぼんやりとくり返した。

「お金のことですよ」

アンジェラは心から驚いたようだった。「キップは、お金なんか要求していませんわ」

「じゃあ、何が望みなの？」

「『魔女の木』って呼ばれている木のところで会ってくれって言うんです。そこでさよならを言いたいって」

あら、金目当てじゃないの？　だったら問題はない。「行きたくないなら、そんなところへ行っちゃだめよ」

「キップは、わたしが来なかったら例の手紙をシェフィールド家に送りつけてやるって言うんです。そんなことになったら、ヒューイに何もかも知られてしまうわ」ふたたびアンジェラの顔をつたって涙が流れおちはじめた。

「もし、できたら……」アンジェラは膝に目を落とした。「できたら、わたしと一緒に行ってくださる？　レディ・アガサと一緒なら、わたし勇気が出ると思うんです。キップが呼び出しをかけてきたのが、ただきよならを言うためだけじゃないような気がして――」

アンジェラはそこで言葉を切った。顔は真っ赤に染まっている。

じゃあ、けっきょく、ゆすりということね。

「アンジェラ、そういう人に対処する方法はたったひとつしかないの。告げ口よ」アンジェラは面食らった表情だ。レッティは説明した。「あなたのご家族に事情を話すんです」

「そんなこと、できません！」アンジェラは叫んだ。「父にはとても言えないわ。ヒューイと同じように傷つくにきまってますもの。それに、エグランタインおばさまが聞いたら、その場でばったり倒れて死んでしまうわ」

キップとアンジェラの関係はどの程度までいっていたんだろう？

「いい？　今から重要なことを訊くから、ちゃんと答えてほしいの。遠まわしな言い方でなく、事実をありのままにね。キップとあなたは何をしたの？　二人の関係はどこまでいっていたのか、教えてくださる？」

「わたし……キップに……キスを許したんです！」アンジェラは両目を手でおおった。恥ずかしくて、レッティの顔を見られないとでもいうように。「そして、そのときのことについて彼への手紙に書いたの！　キスされて、自分が……女であることを実感できたって」

レッティは、ぽかんとしてアンジェラを見つめた。「彼とキスしたの？」

「ええ！」

「一回だけ？」

「数回よ！　もうこれ以上言わないでください！　愛しいヒューイ以外の男の人とキスすべきじゃなかったのよ！」アンジェラはうなだれる。「わたし、汚された女としてヒューイのもとにお嫁入りすることになるんだわ」

レッティはほっとして、もう少しで笑いだすところだった。アンジェラが嘆き悲しんでいるのを見て、よっぽど差し迫った事情があるにちがいないと想像していたからだ。でも考えてみれば、特権階級の人たちの心配ごとは、レッティの階層の人たちのそれとは違うのだ。そんなことは昔から知っていたつもりだったが。アンジェラの痛ましいほどの悲しみぶりから察するに、キス程度でも彼女にとっては十分恐ろしいことなのだろう。

「なんだ、そんなことだったの」レッティはアンジェラを胸に抱きしめながら言った。「ちょっと大げさに考えすぎてるんじゃないかしら？　シェフィールドさまがあなたの手紙をお読みになったところで、そんなに――」

「ヒューイには絶対に読ませてはいけないの！　きっと、すごく……傷つくわ！」

「いいえ、アンジェラ」レッティは首を横に振った。「大丈夫、傷ついたりしませんよ。わたしを信じなさい。世慣れた女として言わせてもらえば――」

「でも、そこが問題なんです。ヒューイは全然、世慣れていないんですもの。とっても優しくて、正直で、人を疑うことを知らない人。レディ・アガサとは全然違うんです！」

悪気はなかったのだろうが、痛烈な一撃だった。レッティはいきなり冷水を浴びせられたような気がした。アンジェラは、自分が侯爵を幻滅させるのではないかとおびえて取り乱し、口をついて出た言葉がレディ・アガサたるレッティの悪口になっているのに気づいていない。だが、それは手厳しい非難の言葉として、レッティの頭の中に響きわたった。しかも根拠のない非難ではない。わたしは、不正直と呼ばれるにふさわしい。たとえアンジェラが無意識のうちに言ったことでも。

ああ。それでも、心が痛む。

レッティはアンジェラの手を握ったまま立ちあがった。「あなたの言うとおりかもしれませんね」と穏やかに言う。「でもね、俗世間の垢にまみれていない心清らかな男の人だって、女性が人間らしくふるまうことを責めたりしないはずですよ」

「レディ・アガサ、あなたにはおわかりにならないんだわ！」

レッティはアンジェラの手を放し、後ろに下がった。あらためて考えてみると、この娘が指摘したことは正しい。わたしは彼らとは全然違う。だからこそ問題なんじゃないの。

アンジェラにとっても、リトル・バイドウェルに住むほかの人たちにとっても、侯爵家との婚礼は現実問題だ。結婚をめぐる感情、誠実さ、信頼、そして裏切りさえも、すべて現実なのだ。

だがレッティにとっては、芝居にすぎない。ほかの人間になりすましているかぎり、嘘をつき続けなくてはならない。

「あら、わかりますわ」レッティは穏やかに答えた。「わたし、こういう女だからこそ、わかるんです。キップ・ヒンプルランプのような男の人なら今までに何人も見てきましたから。こうしろ、ああしろと命令されたからといって、あわてて言うとおりにしてしまったら、彼をつけあがらせることになるわ。だめよ。いったん言うことをきいたら、いつまでたってもそこから抜けだせなくなりますよ」レッティは扉の取っ手に手をかけた。一刻も早く出ていきたかった。

「助けてはくださらないの？」アンジェラが悲痛な声で訊いた。

レッティは立ちどまった。「もう、助けてあげたはずよ」

それ以上、何が言えるだろう？　そもそも、なぜわたしが助言なんかしているの？　愚かな選択をしたために、故郷からも、人生からも逃げださなければならなくなったのは誰？　アンジェラじゃない、このわたしよ。

それでもレッティは、この娘の役に立てなかったという事実がいやだった。そのまま去るにしのびず、頭をめぐらせる。

「あなたがこれからどう出るべきか、わたしのほうでも考えてみますわ。でもあなたも、さっきのわたしの言葉を心にとめて、じっくり考えてみてね」

アンジェラの反応を待たずに、レッティは扉の鍵を開けると、急いで部屋を出た。やりきれない気持ちで息がつまりそうになりながら、廊下を小走りに駆ける。

芝居が長引きすぎた。筋書きが自分の手におえない方向に進もうとしている。準主役の少女は、レッティが最初に考えていたよりはるかに重要な役回りを演じている。それにアガサ・ホワイトの役も、レッティの予想とは異なる展開を見せている。

ビグルスワース家の人々との関わりが深くなればなるほど、危険も大きくなる。レッティの目の前に、多くのわなが待ちうけている。レディ・アガサになりすました偽者であることが露呈する確率は高かった。

次の幕はどうなるのか、どんなせりふを言えばいいのか、レッティにはわからない。だが、ひとつだけわかることがある——それは、できるだけ早くこの舞台に幕を下ろさなくてはならないということだ。でなければ、最終幕は監獄の中で演じなくてはならなくなるだろう。

## 15

自分の演技に自信がないときは、最終幕が下りる前に舞台を下りなさい。


「メリー、ちょっと」緑のフェルト地を貼った扉の向こうの調理場から小間使いのメリーが出てくるのを見たエグランタインは呼びとめた。「今朝、レディ・アガサを見なかった?」

昨日のクロッケーの試合以来、エグランタインは大切な客人であり、自分が雇った披露宴演出役《ブライダル・プランナー》でもあるレディ・アガサを見かけていない。

「はい」メリーは、羽ぼうきを指揮棒のように打ち振りながら答えた。「一時間ぐらい前に、私が上のお部屋のベッドを整えに行きましたら、ちょうど小型のかばんに荷物を詰めてらっしゃるところでした」

「荷物を詰めて? あら、それは変ね。理由をおっしゃってた?」

メリーは、エグランタインが下手くそな冗談でも言ったかのようにまじまじと見返した。

「いえ、私のほうで話しかけませんでしたから」教会で誓いの言葉を述べるときとまったく同じ口調で答える。「私が入っていったら、レディ・アガサがまだ寝室にいらっしゃったので、すぐに出てきたんです」

「そうだったの」

階段の上のほうで誰かが動くのが視野に入って、エグランタインが見あげると、長いダスターコートをまとった人がしゃがんでいるのが見えた。「レディ・アガサ！」エグランタインは呼びかけた。

身をかがめていた人物はゆっくりと体を起こした。それが確かにレディ・アガサであることを見てとったメリーは、あわててまた調理場に引っこんだ。

「はい、ミス・ビグルスワース？」レディ・アガサは階段の上から呼んだ。「何かご用でも？」

エグランタインは顔を赤らめた。「あの、実は……その、アントンが今、ちょうど書斎におりますので、できれば……あの、ご一緒にですね、婚礼の準備についてのお話を始めさせていただければと思いまして」

「婚礼ですか？」

「ええ、そうです」エグランタインは気分を盛りあげるように言った。が、レディ・アガサは少しも理解していないようすだ。

「準備って、アンジェラの婚礼のですか？」

かわいそうなレディ・アガサ。あまりに忙しくて、頭の中はどれがどれやらわからなくなるほど多くの婚礼の記憶であふれているにちがいない。それに、今からどこかへ出かけようとしているらしい。

「でも、町で大切なご用事がおありになるようですから、ご迷惑でしょうか？」

「町で、ですか？」レディ・アガサは一番上の段を下りようとして、ふと立ちどまった。

「ええ。メリーが言ってましたわ、かばんに荷物をお詰めになってらしたって。それに、コートをお召しだし」

「あら！」レディ・アガサは自分のコートを見おろし、いつのまにこんなものを着たんだろう、とでもいうように目を丸くした。「ああ、これ！　あ、いえ、大した用事でもないんですのよ。わたし……あの、リトル・バイドウェルまで出て、もしかして……」笑顔になって、咳払いをする。「この……かばんに詰めた生地に合う……レースがないか、探してみようと思ったものですから！」最後は得意げにしめくくった。

「でも、そちらは急がなくても大丈夫ですわ」レディ・アガサはコートのボタンをはずし、手すりに引っかけた。「コートはあとで取りにきますわ、皆さまとのお話がすんでからでも」

レディ・アガサはいつもの活力あふれる身のこなしで、すばやく階段を下りてきた。

「お話はどちらで？」

エグランタインは廊下の奥を手ぶりで示した。「書斎のほうでお願いします。では、まいりましょうか？」

二人が書斎に入ると、アントンが机の前の椅子にちょこんと座っていた。ビグルスワース家の当主として家計を握っているぞと言わんばかりの気負った姿だ。

そして、父親のそばにひかえているのは花嫁となるアンジェラだ。ああ、なんて可愛いの。エグランタインはあらためて思う。これで、婚礼をできるだけ立派なものにしたいと望む面々がそろったわけね。ランビキンズまでもが、窓際に丸くなっているじゃないの。エグランタインは嬉しくなった。

「レディ・アガサ」アントンが立ちあがりながら言った。「おいでいただいて、ありがとうございます。どうぞ、お座りください」

レディ・アガサは黙って椅子に腰を下ろし、ビスケット色、薔薇色、茜《あかね》色の格子模様をあしらった朝食用の服のスカート部分をきれいに整えた。とび色の髪でこの色の組み合わせを着る勇気のある人はまずいないだろうが、レディ・アガサが着ると、なぜか粋な感じがする。

エグランタインは窓側の席に座り、ランビキンズを抱えあげて膝の上にのせると、柔らかい毛が密生した耳を考えこんだようすでいじり始めた。ランビキンズ。趣味がいいことでは定評のあるレディ・アガサが、いったいなぜ、自分の愛玩犬——かつ、知性をそなえたたぐいまれな生き物——にこんな面白くない名前をつけたのかしら？

レディ・アガサが目を上げた。どうしていいかわからないアントンは、エグランタインを見た。エグランタインはアンジェラを見た。アンジェラはうなだれて自分の手を見つめた。

「さて」アントンがほほえんだ。「それでは、あの」咳払いをする。「そろそろ、我々みんなで、何もかも白状してしまったほうが、いいでしょうな」

それを聞いたレディ・アガサはさっと頭を上げた。「今、なんておっしゃいました？」

「はい、実はですね」アントンはさかんにうなずき、前に進みでた。「こういうことなんですよ。私どもはあかぬけない田舎者でして、アンジェラが嫁入りすることになる上流社会について、何も知らんのです。ただ」アンジェラの下唇が震えだすのを見るや、アントンは急いでつけ加えた。「ただ私どもは、嫁ぎ先の新しい家族の方々がこの大切な娘を誇りに思ってくださるだろうと信じていますがね」

その言葉を聞くや、今度はエグランタインの下唇が震えだした。まったく。男性というのは、ひどく無神経なときがある。目に入れても痛くないほど可愛がってきたこの娘がもうすぐいなくなるということを、またわざわざ思い出させてくれなくてもいいのに！

アントンの不安げな視線は、二人の女性のあいだを行き来している。「もちろん生まれ育ったこの家でも、アンジェラを心から誇りに思っておりますよ」

「これから先もずっと、誇りに思われることでしょうね」レディ・アガサが言った。「侯爵家にお嫁入りするのですもの、修道院に入ったりするのでなくて」

アントンは感謝のおももちでレディ・アガサのほうをふりむいた。

「そのとおりです！　だが、結婚相手は侯爵です。そこでレディ・アガサのお力におすがりしたいのです。人にも訊いてみましたが、披露宴の演出や手配については、レディ・アガサにおまかせするのが一番賢明だと、みな口をそろえて言うのです。というわけで、私どもはあなたにすべておまかせしたいと思います。何もかも、すべてです」

なんの反応も得られないので、アントンは執拗にくり返した。「費用のほうはいくらかかってもかまいません。ご助言いただければ、私どもはそれにしたがいます。何とぞよろしくお願いいたします」

アントンがエグランタインに目をやると、中年女性は満足げにうなずいている。アントンにしてはとてもうまく言えたわ、何度も稽古したとおりに。さて、あとはレディ・アガサの答を待つばかりだ。

「それで結構ですわ」レディ・アガサは言った。

アントンはもみ手をしはじめた。まるでこれから丸一日かけて、骨の折れる耕作作業にとりかかろうとしている農夫のようだ。「アンジェラに聞きましたら、婚礼衣裳用の生地と型はすでに選んだということで、私どもではレディ・アガサご推薦の仕立屋に連絡をとりました。来週後半にはこちらへ来て、仕立てを始めてくれるそうです。さてその次ですが、どうすればよろしいでしょうか？　何から始めたら？」

レディ・アガサは一瞬、考えてから言った。「披露宴の食事は？」

アントンとエグランタインは戸惑ったような視線を交わした。「ですが……仕出し業者がおりますでしょう。食事についてはすべて彼がとりしきるものと思っていましたが」

レディ・アガサの高い頬骨のあたりがさっとピンク色に染まった。不快感からか、それともほかの感情からか、見ている者には判断がつきかねた。

「ええ、そうですわ。食事は仕出し業者の担当ですし、標準的な、まずまずのごちそうを用意してくれるだろうとは思います。でも、その……来賓をうならせる……最高の主菜となると、どうでしょうか。わたしはいつも、それだけは顧客の方々と話し合ったうえで決めさせていただけるよう、お願いしていますのよ」

「なるほど」アントンは思慮深げにうなずきながら言った。「では、どんなものがおすすめですかな？」

「でも、わたしの婚礼ではありませんもの」レディ・アガサはつつましやかに言った。「花嫁さんはどうなさりたいのかしら？」

三人の目がいっせいにアンジェラに注がれた。「わたし、どうでもいいわ」

「では」レディ・アガサが言う。「花婿はいかが？　侯爵は何がお好き？」

ふたたび、三人はアンジェラに注目し、答を待った。

「簡素な食事でいいんです」アンジェラはついに言った。「素朴で……誠実で……立派な食べ物ですわ！」すばやく顔をそむけてまばたきをし、窓の外を見やる。

「結構よ」レディ・アガサは事もなげに言った。「それなら、カブとキャベツにしましょう」

これを聞いたアンジェラはさっとふりむいた。口をあんぐり開けてレディ・アガサと目を合わせ、顔を真っ赤にした。

「どうなんです？」レディ・アガサは挑戦的な口調で言った。

「ヒラメなんか、いいかもしれませんわ」アンジェラはひかえめにつぶやいた。

レディ・アガサは励ますような笑みを浮かべて、先をうながす。「それから？」

「今の季節だと、蟹が格別おいしいようですね」

「そう、なるほどね」レディ・アガサは息をついた。書斎に入ってきてから初めて、その濃い茶色の目に輝きが宿っている。

「魚をテーマにするのもいいわね」とつぶやく。「面白いかもしれないわ。でなければ、海辺というテーマも悪くない。舞台——というか、芝生に縞模様の小さなテントをいくつも設営するというやり方も考えられる」

そこでレディ・アガサは一瞬沈黙し、考えこんだ。「いいえ、そんなのじゃだめだわ。もっと異国情緒に富んだ演出で、観客——じゃなく、感覚が鋭くて目が肥えた来賓の方々を感動させなければ」

試行錯誤しながら披露宴のイメージを作りあげていくレディ・アガサは生き生きとして、見ていて気持ちがよかった。いっしんに集中しているその眉はしかめられ、深みのある茶色の瞳は熟考するうちにきらきらと光りはじめた。

「海の雰囲気を保ちながら、異国情緒が感じられるものといえば?」またひとり言。「ブライトンの海辺を思いおこさせる披露宴?」その質問は明らかに自分に向けられたもので、それに答えるようにしかめっ面になる。「わたしったら、いったい何を考えてるの? 摂政時代はもう流行遅れだわ、そうじゃありません?」

まわりで見ていた三人は自信なさそうにうなずいた。レディ・アガサの指は座った椅子のひじ掛けを叩いている。突如として、内なるイメージからひらめきを得たのか、彼女の背筋がまっすぐに伸び、目が大きく見ひらかれた。

「そうだ！　『ミカド』のイメージがいいわ！」

「すてき」アンジェラが賛成した。

「魅力的ね！」エグランタインが熱にうかされたように言う。

「ミッ、カー、ドーってのは、なんだね？」アントンが訊いた。

よかった、兄が意味を訊いてくれて。エグランタインはほっとした。「ミカド」という言葉はどこかで聞いたような気がしないでもないが、それがなんなのかはもちろんのこと、どこで聞いたのかも定かではなかった。

レディ・アガサはころころと笑った。「ロンドンで大流行の喜歌劇《オペレッタ》ですわ。ウィリアム・ギルバート氏の台本、サー・アーサー・サリヴァンの作曲による作品。皆さん、挿入歌の『ティットウィロー』はご存知ですよね？」

「おお、知っていますよ！」アントンが嬉しそうに言った。「憶えやすい節ですからな。だが、それとアンジェラの披露宴と、どういう関係があるんです？」

「『ミカド』のイメージは言ってみれば、演出の出発点になるんです。特定のテーマを決めて、全体のまとまりをよくするわけです。一貫したテーマって、とても大切ですわ。物語のわき筋があちこちに出てくるような作り方はしちゃいけませんものね？」

「わき筋？」アントンが訊いた。どうやら混乱してしまったようだ。かといってエグランタイン自身、完全に腑に落ちているというわけでもない。

「つまり、全体と調和しない要素のことです」レディ・アガサが説明してくれた。「わき筋が多すぎると来賓の方々の気が散って、肝心のお祝いごとを楽しめなくなるでしょう」レディ・アガサは椅子に座ったまま体をじりじりと前に進めている。熱意にあふれた表情と真剣な声の調子から、意欲のほどがうかがえる。

レディ・アガサはこうやって構想を練るのが楽しくてたまらないんだわ――エグランタインは思った。楽しんでいるからこそ、実力を発揮できるのね。熱をこめて語るようすは見ていて惹きつけられるし、何を説明するにしても驚くほど上手だわ！

エグランタインはわくわくしてきた。アントンもそれなりに感激している。それに、月のものせいかずっと浮かない顔をしていたアンジェラも、最初はふしょうぶしょうといった感じだったのに、今では積極的な態度を見せている。

「いいですか」レディ・アガサは意気込んで話しつづけた。「披露宴全体がひとつのまとまりを持って進行し、雰囲気を盛りあげていかなくてはなりません。そして最後に主人公たち、つまり花嫁と花婿ですけど、この二人の幸せを願う来賓の方々が乾杯するという、輝かしい瞬間が訪れるわけです。会場の設営から、衣装、時間、照明にいたるまで、すべてがうまくかみあわなくてはなりません。でなければ二流の演出になってしまいます」そう言うとレディ・アガサは片手で払いのけるようにして、お話にならない、といったフランス風のしぐさをした。

「私には、どうもよくわからないんですが」エグランタインは息をついた。

レディ・アガサは満足そうにほほえみ、椅子に深くもたれかかった。「披露宴をとどこおりなく進行させるためには、周到な準備と調和のとれた運営が必要ですけれども、出席者でそういう舞台裏の作業に気づく人はまれですわ。でも、そこでうまくいっているかどうかがわかるんです。いかにも簡単そうにやっている、と来賓の目に映れば、大成功です」

「なるほど！」アントンがにこにこ笑って手のひらをこすり合わせながら言う。「いやいやまったく、レディ・アガサ。あなたのような方をお迎えすることができて私どもは幸運ですよ。どうぞ、すべてお好きなようになさって結構――」と言いかけて急に言葉を切り、視線をまず娘に、次に妹に向けた。「もちろん、アンジェラとエグランタインが賛成してくれるなら、ですが――」

「ぜひとも、お願いしますわ！」エグランタインが賛成した。

「ええ、ぜひ！」アンジェラが言った。

「あらまあ、どうしましょう……」レディ・アガサはつぶやいた。

# 16

## 良心というのは愛玩動物のようなものだ。ちやほやして甘やかしすぎると、もっとも間の悪いときにキャンキャン吠えだしてしまう。

エリオットがレディ・アガサに関する問い合わせの返事を受けとったのは、ビグルスワース家でのクロッケーの試合の翌日、午後の早い時間だった。電報局の建物から出るときにエリオットは、「ホワイト婚礼手配サービス」からの電報を外套のポケットに突っこんだ。

ちょうどそのとき、レディ・アガサが鉄道の駅舎から現れた。あとにいつもの小さな犬をしたがえている。手に持った重そうなかばんがゴツゴツと脚に当たって、まっすぐ歩くのに難儀しているようだ。よく似合うがとんでもなく人目を引く例の帽子は、朝より強まってきた風に吹かれてひしゃげている。

ぱんぱんにふくらんだかばんを運ぶのにせいいっぱいのレディ・アガサは、エリオットがそばにやってきたのにもまったく気づかない。

「お持ちしましょう」

エリオットが取っ手に手をかけようと前かがみになったとき、かばんがドサッと音を立てて地面に落ち、レディ・アガサがあわてて顔を上げた。そのひょうしに帽子のつばがエリオットのあごの下に当たった。

「サー・エリオット！」レディ・アガサの顔は色を失った。

「こんにちは、レディ・アガサ」彼女はまだ、あのキスのことを考えているのだろうか？考えているのは僕も同様だ。

エリオットは午前中いっぱい、訴訟事件の準備書面や嘆願書の山を目の前にしながら、そのどれにも集中できなかった。レディ・アガサを腕に抱いたときのしなやかな体の感触や、開いたまま重ねあわされた唇の柔らかさの余韻が、まだ残っているような気がしたからだ。つい衝動に負けてレディ・アガサにキスしてしまったエリオットだったが、今までにない経験だった。女性の前でののしりの言葉を口にしてしまうのと同じぐらい、エリオットらしくなかった。その経験が、嵐のごとく激しい渇望を彼の中に呼びさましていた。

「まあ、なんてこと。帽子のつばでお顔を引っかいてしまったわ」

レディ・アガサはエリオットのあごの近くまで手を伸ばしたが、けっきょく触れることなく下に垂らした。エリオットは期待を裏切られてみて初めて、自分がどれだけ彼女に触れられたかったかに気づいた。

「ごめんなさいね」

「いえ、大丈夫ですよ、ご心配なく」エリオットはそう答えると、無意識のうちに手を伸ばしてとび色の髪にのせられた帽子に触れ、粋に見える角度に直した。

またただ。今度も、しきたりや体面などおかまいなしに衝動的に行動してしまったじゃないか。レディ・アガサのせいだ。彼女はじっとこちらを見あげている。そんなふうに見つめられつづけたら、僕は――。

「ほら」エリオットは帽子のつばに気をつけながらかばんに手を伸ばし、ふたたび言った。「お持ちしましょう」

レディ・アガサはあわててかばんの取っ手を両手でつかみ、腰のあたりまでぐっと持ちあげた。「いいえ、結構、です。自分で、持てますわ」あえぎ声で言う。

「どちらへ行かれるんです？」エリオットは訊いた。ここを出ていくつもりだろうか。僕のもとから去ってしまうのか。そう思うと、にわかに不安が頭をもたげてきた。

「行く、ですって？」レディ・アガサは無邪気にまばたきした。「なぜそんなふうに思われたの？」

「たった今、駅から出てこられたでしょう。荷物を持って」

「ああ、これ？」レディ・アガサはかばんに目を落とした。「ここから数キロ北に行ったところにある海岸沿いの小さな町まで、列車に乗って出かけようと思っていたんです。なんていう町でしたっけ？　ウィットロックだったら、ここから三〇数キロはありますよ」

「ウィットロックでしたかしら？」

「そうですか？」何食わぬ顔で訊くレディ・アガサの額には、うっすらと汗が浮かんでいる。

彼女はうんうんうなりながら、かばんの取っ手を握りなおした。「どうでもいいわ。今日は、ウィットロック行きの列車はないそうですから」

「郵便車は毎日出ていますが、旅客列車は一日おきなんです」エリオットは説明した。「リトル・バイドウェルはごくごく小さな、辺鄙《へんぴ》な町ですからね」

「そうみたいですわね」

「でも、なぜウィットロックへ行きたいと思われたんですか？」実際、あつかましい質問だった。人がどこへ何しに行こうと、エリオットの知ったことではない。これでまた、礼儀作法の基本に真っ向からそむく言動をしたことになる。だが治安判事という職業柄、つい詰問口調になってしまう癖があって、なかなか直らない。それに、レディ・アガサのすることとなると逐一知りたいと思うのだった。

「ビグルスワース家の人たちと話し合って、披露宴のテーマを決めたんですの。それで、ウィットロックへ行って……そのう、貝殻を探そうと思って。装飾用ですわ」レディ・アガサはひどく誇らしげだ。「ですから、一日やそこらわたしの姿が見えない場合は、ウィットロックで、大きくてきれいな貝殻を拾い集めていると思ってくださいな。まあ、わたしなどがどこへ行こうが、どこから帰ってこようが、あなたにとってはどうでもいいことでしょうけどね」

エリオットは疑ぐり深そうにレディ・アガサを見た。僕は彼女をこの胸に抱き、キスをした。彼女のほうもそれなりに反応を示していた。なのに、そういうつれない言い方はないんじゃないか。

「レディ・アガサ、ご自分を卑下なさっているような言い方ですね。ふだんのあなたらしくないんじゃありませんか」

「そうですか？」レディ・アガサは目を瞬かせた。「サー・エリオット、いったいどういう意味でおっしゃっているやら、わたしには見当もつきませんわ。でも、もし昨日のことを――」

「立ち入った質問をしたこと、どうかお赦しください。法律家のいやな癖で、ついお訊きしてしまった」エリオットはあえて口をはさんだ。昨日のことに触れられるのに耐えられそうになかった。まだ、心の準備ができていない。

「ただ、お手伝いをしようと思っただけです。ウィットロックへお出かけになりたければ、私が喜んで馬車でお連れします」

「いいえ、結構ですわ！」言下に拒絶されて、エリオットはあっけにとられた。が、すぐにその理由に思いあたった。そうか、二人きりで馬車に乗るのを警戒しているのか。それなら無理もない。

レディ・アガサは昨日、エリオットの自尊心をちくちくと傷つけた。遠まわしにではあったが、エリオットの田舎臭さや、挑発に乗ったことの愚かさをほのめかしていた。

あんなふうに僕に挑戦できる女性がいようとは――エリオットにとって、思いもよらないことだった。最初は、経験豊富で世慣れているのは彼女だけではないぞ、と思い知らせてやるつもりだった。ところが、彼女の中には、未熟でありながら危険な魅力を持つ女がひそんでいて、驚くほどの情熱でしがみついてきた。エリオットは、それに応えて自分の中に沸きあがった渇望の激しさにも驚かされた。

二人のあいだに起きたあの熱いできごとで、レディ・アガサと自分のどちらの動揺が大きかったかはわからない。だが、エリオットは自分の反応をうまく隠しおおせたという自信があった。一方レディ・アガサは、どんな過去があるにせよ、彼女自身が言うほど世慣れていないらしい。見かけよりずっとうぶで繊細な女性であることがわかった今となっては、慎重にいかなければ、とエリオットは思った。

「信じられないとおっしゃるかもしれないが、お約束しますよ。私と二人きりでも安心なさっていて大丈夫です」

レディ・アガサは疑わしげにエリオットを見やり、かばんを反対側の手に持ちかえた。その勢いでかばんが脚にどすんと当たって痛かったのか、顔をしかめる。

「どうぞ、私に運ばせてください。かなり重そうだ」エリオットは申し出た。

レディ・アガサは立ちどまった。迷ったあげく、かばんを足元に下ろした。「ありがたいですわ。確かにかなり重いんです。駅へ行く途中で地元の商店に立ちよって、披露宴の食卓を飾るすてきな品を見つけて買いこんだので、かばんがいっぱいになって持ち運びしにくくなってしまいましたの」

「どうぞ、喜んでお手伝いしますから」エリオットは手を伸ばしてかばんを持ちあげた。おや、なんという重さだろう！　ビグルスワース家の結婚披露宴の食卓を、石切り場の大石で飾ろうとしているのかと思うぐらいだ。「どこへお持ちしましょうか？」

「そうですわね。ちょっと困ったわ。御者のハムはもう『ホリーズ』へ戻ってしまったし、わたしとしてはウィットロックへ行くつもりだったので」

「私の馬車がありますから、それで『ホリーズ』までお連れしましょう」

「あなたが連れていってくださるの、サー・エリオット？」レディ・アガサはゆっくり、じっくりとエリオットを眺めまわしている。市場で売られている魚を品定めするときの注意深さだ。うたい文句は「とれたて」だが、本当は何日も経っているのではないかと疑っている人の目だった。彼女の足元にだらしなく寝そべっていた犬でさえも頭を上げて、悪意のある目つきでこちらを見ている。「ううん、どうしようかしら」

わざとやっているな。こちらを不安に陥れようとする作戦か。エリオットとしては気分を害してもおかしくなかった。にもかかわらず彼は、面白い、と感じてしまった。人生で成功する秘訣は他人を不利な立場におくことだ、というのがレディ・アガサの処世訓らしい。

「そうですね、お願いしますわ」レディ・アガサはようやく結論を出し、エリオットの曲げた腕のあいだにすばやく自分の手を差しいれた。

「急いだほうがよさそうですよ」わき腹に軽く押しつけられる柔らかい体の感触を無視しようとつとめながらエリオットは言った。「たぶん私のカンが当たっていると思うのですが、沿岸地方のほうからだんだん天気が悪くなってきそうです」西の空を指さして言う。

レディ・アガサも地平線に目をやった。「でしたら、急いでくださいな。天気の変化を読むのは、あなたのような素朴な田舎紳士には、とりわけお得意の分野でしょうからね」

「ううむ、なかなかやるな。だが僕をからかうのなら、注意したほうがいいぞ。エリオットはすでに、レディ・アガサの魅力にとりつかれていた。「お褒めいただいて、恐縮です」とやり返す。「私の馬車は、電報局の脇に停めてありますので」

レディ・アガサは足元の犬を見おろした。「ほら、あなたも行くのよ。また膝の上で、なでてあげるからね」

ランビキンズはすっくと立ちあがり、通りを勢いよく走りだした。まるでエリオットがどこに馬車を停めたかお見通しとでもいうようだ。果たして二人が行ってみると、犬は馬車のそばで待っていた。

エリオットがかばんをやっとこさ持ちあげて床に乗せると、ランビキンズはその上にぴょんと飛びのった。エリオットはレディ・アガサのほうをふりかえった。「あいにく、箱型の馬車を持っていないのです。申し訳ないですが、御者席の隣にお座りいただいてもかまいませんか?」

「ええ、かまいませんわ」レディ・アガサは向きを変え、席に登るのを助けるためにエリオットが手を差しのべてくれるのを待った。ほっそりした背中は上にいくにつれて広がり、上品とは言いがたい怒り肩につながっている。だが、くびれたウエストと、そこからお尻に向かって急激に丸みを帯びる曲線は見事としか言いようがない。

レディ・アガサは肩越しに尋ねた。「どうかなさいました、サー・エリオット?」

エリオットは、彼女の自信たっぷりなところ、自分の女らしさを誇りに思っているところが好きだった。その魅力を素直に利用して、ことを有利に運ぼうとする遠慮のなささえも気に入っていた。自分自身の価値を知りつくしている賢い女性なのだ。エリオットは昔から、実際的な考えに裏打ちされた知性を持った女《ひと》に心惹かれるたちだ。はっきり言って、レディ・アガサのすべてが好きだった。なのに残念なことに、彼女はやがてこの町からいなくなってしまう。

「なんでもありませんよ」エリオットはレディ・アガサの細いウエストを抱えて持ちあげた。その体は羽のように軽くはないが、重すぎるというほどでもない。まあ、中身が充実しているものな。しなやかなふくらみや、なめらかな曲線や……。

エリオットはレディ・アガサの体から手を離すと、反対側に回って馬をつないであった杭からはずした。御者席によじ登って手綱をとると、舌を鳴らして馬に合図を送る。悪天候が迫っているのを感じとったのか、馬は頭を不安げに振りつつ歩みはじめた。

馬車はそのまま三キロ近く進んだ。空気には海岸から漂ってくる潮の香りがかすかに混じっている。頭上には海からの強風を受けたユリカモメが、重く垂れこめる雲を横切って飛びかっていた。

道幅が狭くなるにつれて馬はそわそわしながら、リンゴ園のあいだを通りぬけていく。そのとき風の勢いがさらに強くなり、咲き乱れたリンゴの花で重たげな枝から、色鮮やかな花びらがいっせいに舞い散った。レディ・アガサはきゃっきゃっとはしゃぎ、顔を上向けて目を閉じ、降りそそぐ花びらを浴びている。まるでキスされるのを待つ子どものようだ。見守るエリオットはすっかり魅了されていた。と同時に、レディ・アガサの魅惑のあまりの強さに恐れを感じていた。そのとき、風にあおられたリンゴの木に彼女の帽子のつばが引っかかって脱げた。こぼれたまとめ髪が目に見えない風の手にとらえられて、頭の後ろに長くなびいた。

「わたし、嵐が大好き！」レディ・アガサは帽子をつかみ、大声で叫んだ。

「まったく、同感です」とエリオットがつい応じると、その言葉のばかばかしさにレディ・アガサは眉をつり上げた。が、ふたたび笑いだした。そして自分の胸に帽子をさっと当てて即興のお辞儀をしたとき、握る手の力がゆるんでいたのか、帽子は風にもっていかれ、野原のほうまで吹きとばされた。

レディ・アガサは危険をかえりみず立ちあがり、思わず失望のため息をもらした。エリオットは手を伸ばし、彼女の手首をつかんで引っぱって自分の隣に座らせた。

「席に座っていてください！」エリオットはそう叫ぶと、反抗的な馬をねじふせるようにして言うことをきかせ、道路をそれて野原に乗りいれた。むちをひと振りくれて、転がっていく帽子のあとを追いかけさせる。

追跡劇は、乙女の夢のようにロマンティックとはいかなかった。帽子は一〇〇メートルもいかないうちにハリエニシダの茂みに引っかかったので、馬車から身を乗りだして拾いあげるだけという単純な結末となった。

エリオットは獲物を手にして体を起こし、馬の歩みを止めさせた。帽子についていた小枝や草を払いおとし、物足りなさそうな笑みを浮かべてレディ・アガサに差しだした。

「ありがとうございます」レディ・アガサは目を輝かせてささやいた。彼女をじっと見つめるエリオットの顔が赤らんだ。この女《ひと》は僕をどぎまぎさせ、混乱させ、戸惑わせる。あるときは生意気で口やかましい女かと思えば、次の瞬間には、今まで誰からもこんな思いやりを示されたことはないわ、とでも言うかのように、にっこりとほほえむのだ。

「いえ、どういたしまして」エリオットは答えながらひどく自意識過剰になり、髪に手をやった。「そんなによく似合っていてすてきな帽子をなくしてしまうなんて、罪ですよ」

それからの一秒間、レディ・アガサはエリオットをじっと見つめていた。そしていきなり腕を彼の首に投げかけて、頬にキスをした。「すてき、英雄ね！」

エリオットは抱擁を返そうと腕を曲げかけたが、あえてやめにした。怖がらせてはいけないと思ったのだ。二人が出会ってから初めて、レディ・アガサはすっかりくつろいで、屈託がなく、心底楽しそうに見える。満面に笑みをたたえながら、エリオットの体を軽く押しのけるようにして、くしゃくしゃになった帽子をいじっている。リボンをもとの位置に戻そうと引っぱったり、つぶれた絹製の花飾りにふうっと息を吹きかけてふくらまそうとしたりしている。

もうそろそろ、いいだろう。

「レディ・アガサ。二人で、ちょっと話し合う必要があると思うのですが」

「いいえ、ありませんわ」レッティはさっと目を上げて言った。

サー・エリオットは知っているんだわ。わたしがレディ・アガサでないと見破ったんだ。恐怖と狼狽のあまりレッティは喉がつまって、息苦しくなった。

先ほどレッティが彼の中にかいま見た、警戒心をやわらげるような、妙に魅力的なもろさは消えてしまっていた。隣に座っているのは、厳格で意志の固そうな――それでも、最高にすてきな――男性で、その視線は一点に集中している。まるでこちらの心を見透かしているようだ。

「なぜって、ここではちゃんと話ができませんもの」平静な口調に聞こえますようにと願いながらレッティは言った。「今でなくても――」

「しつこく言いはるようで申し訳ないんですが、もうこれ以上は待てませんので」

レッティは、なぜか突然おとなしくなった馬の臀部をにらんだ。このいまいましい馬ったら、なぜ急に早足で駆けだしたり、いなないて後ろ足で立ったりしないの？　ファギンの奴、なぜ目をさまして馬車から飛びだしてくれないのかしら？　レッティは眠りほうけている犬を足でつついてみた。犬は眠そうなうなり声をあげ、ごろりと転がって腹を見せると、いびきをかき始めた。

「あなたに、深くお詫び申し上げなくてはなりません」

レッティの動きがぴたりと止まった。「なんですって？」

「あやまりたいんです」

なあんだ、そういうこと。サー・エリオットは紳士ですものね。忘れていたわ。レッティは目を閉じ、安堵の気持ちをかみしめた。

「ああ」と息をつく。「昨日のキスのこと！　別に、もうお気になさらなくていいんですのよ。お気持ちはわかりまし――」

「いいえ、そうではないんです」風がサー・エリオットの黒髪をかき乱し、つねに細心の注意を払ってととのえているらしい豊かなウェーブを崩そうとする。髪の乱れた彼は若く見える。少年っぽいと言ってもいいぐらいだ。特に、そんなふうにほほえんでいるときは。

「不愉快な思いをさせてしまったとしたら申し訳なかった。でも私は、キスしたことを後悔してはいないし、あやまるつもりはありません」

それを聞いたレッティの全身にかすかな喜びが走った。

「違うんです。私があやまっているのは、あなたを疑ったことについてです」

レッティはふたたび凍りついた。風がまた強くなってきて、スカートをはためかせる。馬は落ちつきがなくなったが、サー・エリオットは日に焼けた力強い手をわずかに動かしただけでそれを抑えた。

「あら？」

「駅に到着したときのあなたは……その、私が想像していたレディ・アガサの雰囲気とずいぶん違うと思ったんです。そこでロンドンの『ホワイト婚礼手配サービス』の事務所に電報を打って、レディ・アガサの身体的な特徴を簡単にまとめて知らせてほしい、それと所在を確かめてほしいと頼みました」

「それで？」

サー・エリオットは皮肉っぽい目つきをした。「どんな電文が返ってきたか、ご自身がよくご存知でしょう。『レディ・アガサは現在ノーサンバーランド州に出張中、マル。身体的特徴、マル。赤毛、二〇代後半、以上』というものでした」

えっ、二〇代後半？　レッティは耳を疑った。レディ・アガサが二〇代ですって？　まさか。少なくとも三五歳にはなっているはず。そうか、サバを読んだのね。見栄をはったレディ・アガサに、神の祝福がありますように。もし本当の年齢を公表されていたら、レッティがレディ・アガサとして通るわけがない。

しかしその喜びも、またたくまに怒りに変わった。レディ・アガサ本人なら、二九歳ぐらいで通れば御の字だろうが、レッティ・ポッツはまだ二五歳なのだ。

もう、ひどいわ。わたしのこの若さがわからないなんて、サー・エリオットったら、どこかおかしいんじゃないの？　さすがの彼も、何もかも完璧というわけにはいかないのかしら。とにかく、眼鏡が必要なのは確かね。

「どうかしましたか？」引きしまった頬が日に焼けてりりしい。「いや、ご立腹なのは当然です。私はあなたのことを調べるにあたって、どこかの流れ者と同じように調べたんですからね。まるで、ふらりと町にやってきて、うさんくさい口上を述べる一文無しの輩《やから》を扱うみたいに」

レッティはごくりとつばを飲みこんだ。足元に立てかけられたかばんをいやがうえにも意識してしまう。中にはレディ・アガサの私物がいっぱいに詰まっているのだ。罪悪感が頭をもたげてきた。幸か不幸か、今まで感じたことのない醜悪な感覚だ。

「お気になさらないで。それなりの理由があって疑われたんでしょうから」自分がどんな理由で怪しいと思われたか、レッティには想像もつかない。レディ・アガサになりすました演技は非の打ちどころがなかったはずなのに。「でも、どんな理由でしたの？」

「いや、言っても意味がありませんから」サー・エリオットはもじもじしながら答えた。

「もしかすると、公爵の娘にしてはずいぶん派手だと思われたのかしら」

「ええ」サー・エリオットはレッティがほのめかした説に飛びついた。「そのとおりです」

レッティは座席にゆったりと背をもたせかけた。「ああ、やっぱり。そういうことでしたら、警戒なさるのも道理ですわ。何しろ、この地方の治安判事でいらっしゃるんですから」

「あなたは心が広いだけでなく、優しい方ですね。しかしそれでも、私の行為はけっして許されるべきではありません」

「あら、そんなことないわ。わたしが許します」レッティは手を振って、サー・エリオットのきまじめすぎるこだわりを軽く受け流した。「大丈夫ですわ。本人がかまわないと言っているんですから」

「いや、だめです」サー・エリオットは言いはった。「私にとって、猜疑心や警戒心はある種の守り神のようなもので、今までその命ずるところに従って生きてきました。というのは、何かを無分別に信じて他人を危険にさらすより、あえて疑ってかかる側に立って間違いをおかすほうがましだ、ということを経験によって学んだからです」

一陣の強い風が吹きつけて、サー・エリオットの上着の襟を喉のところまでふわりと持ちあげた。が、彼は気づきもしない。今の話はきっと、実際に起きた事件を指しているにちがいない、とレッティは思った。

頭の中で警鐘が鳴りひびき、全身の神経に伝わった。サー・エリオットについてこれ以上知りたくない――いいえ、それは嘘。レッティは彼のすべてを知りたかった。そして、そんな自分の気持ちが怖くなった。サー・エリオットのような男性は初めてだ。こんな人とはもう二度と出会えないだろう。

「どこでそんな経験をなさったの？」

一瞬、はぐらかされるのではないかと思った。サー・エリオットは紳士であるがゆえに、「あなたの知ったことじゃない」と言って答を拒否するなど、できないだろうからだ。

「陸軍で、スーダンに派遣されていたときです。私は、戦術の天才とうたわれた司令官の指揮下にいて、彼の部下であることを心から誇りに思っていました」そう言うサー・エリオットの姿勢はこわばっていた。

「司令官だったその方が、あなたを裏切ったんですね」

「私は理想が高すぎた。若すぎたんです」サー・エリオットはレッティをちらりと見て、弁解がましい笑みをうかべた。「南アフリカで起きたズールー戦争で、兄のテレンスが死にました。戦死の知らせを聞いてすぐ、私は入隊しました。兄の遺志を引きついで戦いたくて矢も楯《たて》もたまらなかったんです。そしてアフリカ中東部へ派遣されました」

「うちの父にはもうお会いになったでしょう」サー・エリオットのまなざしに愛情がこもり、表情がやわらいだ。「私たちのような者がどんな育てられ方をしてきたか、想像できるでしょう。幼いころから父に教えられてきたのは、英国が世界でもっとも偉大な国であって、その偉大さの根拠はひとえに、国民すべてに等しく正義が行われるところであるということでした」

「ええ、正義ですね」

「例の司令官は無類の酒好きでしたが、戦場ではけっして酒を飲みませんでした。ただ一度の例外をのぞいて」

レッティは話の続きを待った。

「ある夜のことでした。私の所属部隊は偵察の先遣隊として沿岸から内陸方向へ一五、六キロ入った地点にいました。平穏な日が何日も続いていて、我々は当初、戦闘が起こるとは予想していませんでした。しかしその夜、私が送った偵察兵の一人が、我々の主要な野営地の東側に敵が兵を集結させつつあるという情報を持ち帰ってきたのです。そこで私は、ただちに伝令を送ってその旨、報告させました」

「司令官の将校にですね」

「そうです。ところが、司令官からはなんの返事もなかった。翌日、予想どおり、敵は司令官の率いる部隊を攻撃しました。我々が到着したころには戦闘はとっくに終わっていて、手遅れでした……まさに大惨事です。多くの戦死者と負傷者が出ました」サー・エリオットの目には恐怖の記憶が宿っていた。「私は司令官を探しだして、いったい何がどう間違ってこんなことになったのかと尋ねました。ところが司令官は、私の送った伝令からの報告はいっさい受けていない、と主張したのです」

レッティにふたたび目を向けたサー・エリオットの表情には、激しい憎しみがこめられていた。「それから私は伝令兵を見つけだしました。口には出さずとも私が信頼をおいていた男で、野戦病院に入院していました。戦闘で瀕死の重傷を負い、激痛と闘っていたにちがいありませんが、最後に汚名をすすいでから死にたいというやむにやまれぬ思いがあったのでしょう。伝令兵は断言しました。私からの伝言を記した書簡は確かに司令官に渡した、と。ただ、司令官が泥酔していたので、わざわざ伝言を読みあげた、ということでした。また伝令兵は、これで司令官の酔いもさめて行動を起こすだろう、もしそれが無理なら、代わりに指揮をとれる人間に命令してやらせるだろうと思った、と言うのです。けっきょく、伝令兵の予想ははずれました。しかもやっかいなことに、私からの書簡を読みあげ、渡したことを証明してくれる者がいませんでした。その場にいたのは司令官一人だけだったのです」

「なんてひどい」レッティはため息をついた。

「ええ。ひどい裏切りでした。彼の配下にあった兵士たちだけでなく、私たちが戦う根拠となった大義に対する裏切りでもありました。なのに、司令官はなんのとがめも受けなかった。それどころか司令官は、あの哀れな伝令兵が息をひきとったとき、彼を軍法会議にかけようと画策していたのです」

サー・エリオットの口調には、どうしようもないやるせなさと、自分の力不足に対するくやしさがあふれていた。

「それで、あなたはどうなさったの？」

「私は司令官と対決しました。司令官は……私が、上官である彼の言葉よりも伝令兵の言葉を信じたことにひどく動揺して、最初は自分の説を曲げようとしませんでした。でも私は、追及をやめなかった。司令官が、実は嘘をついていたのだと公に認めるはずがないのは重々承知していましたが、なんとかして真実を引きだそうと思ったのです」サー・エリオットの険しいまなざしはレッティを震えあがらせた。

「けっきょく、真実は引きだせたんですの？」

「ええ。司令官は私の前で、『自分はあのとき、任務を十分に果たすことができない状態だったかもしれない』と認めました。それでも、伝言を渡された記憶はない、と言いはるのです。もちろん、私が伝令兵に託した書簡はどこかへ消えていました。そして司令官はこうも言いました――あの言葉はけっして忘れられません――英国陸軍は自分のような戦術の天才を失うわけにはいかなかった。伝令兵は犠牲にはなったが、長い目で見れば犬死にではなかった、と言ったのです。司令官は私に訊きました。伝令兵は、軍法会議にかけられたりしてやっかいな状況に陥る前に死んで、むしろ幸いだったんじゃないか、お国のために戦って死ねるなんて、これ以上名誉なことがあるかね、と」

「で、あなたは反論したんですね」

サー・エリオットはレッティに感謝のまなざしを向けた。

「ええ、激しく反論しました。伝令兵は、正義と名誉を約束してくれた国のために戦ったというのに、その約束を果たしえなかったのは我々のせいだ。けっきょく、彼は裏切られて死んでいったんだと。それ以来私は、正義が単なる幻想や妄想ではなくなるよう全力をあげて取り組もう、それを自分の一生の仕事にしようと心に決めました。正義が行われるためには、我々のほうでも正義に尽くさなくてはならない。正義というのは、何もせずに当たり前のように手に入るものではないのです」

二人のあいだに沈黙が訪れた。さっきまで強く吹いていた風までがおさまった。静けさの中、草のかさかさいう音だけが聞こえる。

「司令官はそのあと、どうなったのですか？」

「取調べを受けました」誰の主張がきっかけで調査が始まったのかは訊くまでもなかった。「だが、司令官の不正を裏づける証拠は何も見つからず、事件が法廷に持ちこまれることはありませんでした。数年後、彼はこの世を去りました。自然死でした」

サー・エリオットは重々しい表情でレッティを見た。「この話をしたのはあなたの同情を買おうと思ったからではなくて、私があなたを疑ったあげくに身元照会までせずにいられなかった、そのおおもとの理由を説明しようと思ったまでです。でも、そうやって説明しても、自分がしたことの言い訳にはなりませんね。本当に申し訳ありませんでした」

「いいんです、そんなにあやまっていただかなくても」

「いや、よくありません」サー・エリオットは譲らなかった。一瞬黙って、レッティの顔を不思議そうにじっと見る。そして、やわらいだ声で言った。「まったく、ばかげた話ですよ。自分が会ったことのないタイプの女性だからといって、活発で天衣無縫なあなたをそのまま受け入れられずに、疑ったりするなんて」

まあ、どうしよう。レッティはどぎまぎして座る位置をずらした。「人を疑ってかかるぐらいで犯罪にはなりませんわ」

「ええ、なりませんが、猜疑心にかられて徹底的に調べるという態度も行き過ぎると、いわれのない迫害につながりかねないんですよ。そのことを思い出させてくれたことで、あなたには感謝しています。おかげで、無実の人に取り返しのつかない心の傷を負わせずにすみました」

罪悪感に胸をしめつけられて、レッティは黙りこんだ。サー・エリオットは警戒してしかるべきなのだ。悲しい犠牲を払って学んだ教訓を忘れてはいけない。たやすく人を信用してはならない。レッティ・ポッツのような人物は、特に。

最悪なのは、サー・エリオットがあとになって、レッティにだまされていたと気づいたときだ——そのうちかならず気づくだろう。そうなったら最後、サー・エリオットは二度と人を信用できなくなる。

でも、どうやって彼に忠告すればいい？　しかも自分が逮捕される危険をおかさずに？　だけど、こんなふうに考えること自体おかしい。頭がどうかしちゃったのかしら——。

「でも、わたしについて問い合わせなさったのは、正しいことだったと思いますわ」レッティは思わず口走った。ああ、言ってしまった。これで少しはせいせいしたわ。

「なんですって？」

「人を見かけだけで信用してはいけません。本当ですわ。わたしにはわかるんです」

いったいぜんたい、なんでまた余計なことをしゃべってるのよ？

「勝負事と同じで、自分に配られた札をしっかり見きわめなくてはならないんです。少しでも怪しい札がないか、厳しく吟味しなければ」

大変だ。わたし、頭がどうにかなりかかってるんだわ！

「気をつけなければだめよ。この世の中、ペテン師だの、嘘つきだの、泥棒だのがうようよしてるんですから。そういう人たちが自分の正体はこれこれです、などという看板をわざわざ掲げて歩きまわっているわけがないでしょう。だからわたしの身元を調べたのは正解でしたわ。本当ですよ。ちゃんと根拠があって言っているんです」

サー・エリオットは優しいまなざしでレッティを見た。「根拠などお持ちでなければいいのに」

「え、なんておっしゃいました？」

「そんなふうに力説なさるところをみると、きっとあなたご自身か、でなければ親しい方が、誰かに裏切られた経験があるということでしょうね。お気の毒でした」

レッティはもう少しで口をあんぐり開けてしまうところだった。なんてこと。サー・エリオットは心からそう言っているんだわ。レッティはひと言も発することができず、ただただ呆然とサー・エリオットを見つめていた。自分が彼の思っているとおりの女性だったらいいのに、彼の優しさや気づかいにふさわしい女性だったらいいのに、と願うしかなかった。

だが、レッティ・ポッツは詐欺師だった。短めの笑劇の二流の登場人物の性格を寄せ集めただけにすぎない。演出家の言ったことは正しかった。レッティはけっして、一流の劇場歌手や女優にはなれない。本当の意味で観客の心の琴線に触れることはできない。なぜならレッティには、まごころがないから。人としての情の深さがないから。

すぐれた代役というだけの存在。空っぽの舟底に、ほかの人たちの感情がいっぱいに積まれるのを待っている舟。それがレッティだった。

「申し訳なかった、アガサ」

「レッティです」沈んだ気持ちで彼女はつぶやいた。

「なんですって?」

レッティはびくりとした。信じられない。本名を口走るなんて、とんでもないへまをしでかしてしまったわ。このまま愚かな考えに引きずられ続けたらまた口がすべって、墓穴を掘りかねない。

でもわたしは、自ら自分の正体をばらすつもりはない。ただ、神経が張りつめているだけのことよ。一刻も早く、この自滅的な考えから脱しなくては。レッティは無理やり笑みをつくった。

「友だちのあいだでは、レッティと呼ばれているんです」

「レッティ、ですか」サー・エリオットはその名前をくり返して、口に出して言ってみたときの音の響きを確かめた。気に入ったようだ。「あなたにぴったりだ。愛称ですか？」

「ミドルネームです。レティシアの愛称ですわ」そんなふうにほほえみかけられると、いつもの非情な現実主義に徹するのが難しくなる。彼の瞳は美しすぎ、笑顔は優しすぎる。

サー・エリオットは手を伸ばし、レッティの眉にかかったひと束の髪をそっと払いのけた。が、指はそのあとも顔の上にとどまり、こめかみの浅いくぼみを、頬の輪郭を、あごの線をゆっくりとたどっている。火花が散るような激しい欲望が、熱い液体のごとくレッティの手足を満たしはじめた。たちまち、今さっきまで暗い内省に浸っていた自分を忘れた。恐れも忘れた。レッティは頭を少しだけ傾けて、サー・エリオットの愛撫に身をゆだねた。

「どうやら私は、これからずっと、あなたにあやまり続けなければならないはめになりそうだな」サー・エリオットは言った。だが、少しも自責の念にかられているようには見えない。

「なぜですの？」

「なぜって、あなたに触れずにはいられないからさ」

「えっ」心臓がどくん、と大きく鳴った。

サー・エリオットの手が首の後ろに回ってきて、レッティは目を閉じた。彼は優しく唇を重ねてきた。甘くとろけるような、情熱をかきたてるキスだった。レッティの唇はわずかに開き、頭は後ろに傾いた。次に続く口づけを心待ちにして。

だが、続きはなかった。

レッティは目を開けた。サー・エリオットはもとどおり御者席に悠然と腰かけている。いかにも愉快そうでありながら、渇望もあらわに、熱く激しい思いをこめたまなざしでレッティを見つめている。口角を片方だけつり上げて、皮肉っぽい笑みをたたえて。

この人、わたしをばかにしているの？　からかっているの？　それとも――信じられないことだけれど――わたしの想像力ではとうてい及ばない、不可解な意図があるのかしら？

「いったい、これはなんのゲーム？」レッティは詰問口調で言った。「何をなさってるおつもりなの？」

「レッティ、私はね」サー・エリオットは答えた。「あなたに求愛しているんですよ」

# 17 「助けて」という言葉ほど虚栄心に訴えかけるものはない。

「いや、だめだ。このまま行ってしまうなんて、いけないよ」キャボットは言った。執事はレッティの寝室を入った戸口に立っている。垂れた二重あごがいつもよりさらに目立つ。

「あらあら、キャボット。あなたがわたしに首ったけだったなんて、いったい誰が想像したかしらね」レッティは余った糸を歯で切り、レディ・アガサの裁縫箱に糸巻をぽんと戻した。

「レッティ、そんな軽薄なことを言うもんじゃない。俺は本気で言ってるんだよ。君は、この『ホリーズ』を出ていっちゃいけない」

レッティは手に持った針を光にかざして目を細めると、糸の端をすっと針穴に通した。

「別にすぐ出ていこうってわけじゃないわ。今はお裁縫で忙しいんだから。こんなふうに邪魔されたら、夕食までにこのドレスのお直しを終えられないじゃないの」

レッティは折りたたんだ深緑と薄紫の縞模様の綿モスリン生地のドレスを取りあげた。キャボットが早く出ていってくれればいいのに、と思う。不安をかきたてるような思いやばかげた考えで頭の中がいっぱいで、集中できやしない。

「あなたに求愛しているんですよ」ですって？　サー・エリオットはどういう意味であぁ言ったのかしら？　まさか、本気じゃないでしょうね。しかるべき説明がないと、納得できないわ。もしかすると「求愛」という言葉は、レッティの属する階層とサー・エリオットの階層では、同じ意味じゃないのかもしれない。だって「求愛」だなんて、いくらなんでもそのつもりで言うわけないじゃない……なぜって、万が一そうだとすると、わたしは……とにかく、サー・エリオットが本気で言ったのでないことだけは確かだわ！

「――君を守らなければならないと思ったから、燃やしたんだ」

キャボットが最後に言ったことが耳に残り、レッティの物思いを中断させた。「えっ、何を燃やしたって？」

「レディ・アガサがミス・ビグルスワースにあてて書いた手紙だよ」

「なんですって？」レッティの指からドレスがすべり落ちた。「どんな手紙？」

「昨日の午後、君はリトル・バイドウェルの町まで出かけていただろう。そのあいだに、ミス・ビグルスワースあてに来たんだよ、レディ・アガサからの手紙が。おいおい、勘弁してくれよ。重要なことなんだぞ。注意してちゃんと聞いててくれなくちゃ困る」

キャボットはいらだたしげな口調で言ったが、レッティは気にしなかった。いざここから逃げだすとなったら、それまでにどの程度の時間の余裕があるかを考えに入れて行動しなければならない。そっちのほうが重要だ。「で、手紙にはなんて書いてあったの？」

キャボットは見くだすように鼻を鳴らした。「ミス・ポッツ。私信なんだよ。まさか俺が中身を——」

レッティは信じなかった。「手紙を焼いたっていうんなら、中身を読むぐらい、なんの罪の意識もなくできたはずよね。で、レディ・アガサはなんて書いてよこしたの？　キャボット、これこそ重要なことよ」

キャボットの優位はたちまち崩れさった。執事はため息をついた。「短い手紙だったな。最初自分が結婚したことによってビグルスワース家の人たちに迷惑をかけたと詫びていた。最初に受けとった経費の分をお返しするということで、郵便為替が同封されていた。それから、自分の代わりに披露宴の演出を請け負ってくれそうなロンドンの会社で、特に推薦できるところを数社挙げていた。そして締めくくりに、数カ月間は国外に滞在する予定だと書いてあった。新婚旅行だそうだ」

レッティは大きく息をついた。よかった。ありがたいことにレディ・アガサはまだ、遠くに行ったままだし、ビグルスワース家の人たちは何も事情を知らされていない。これで差し迫った危険はいちおう去ったわけね。レッティはほほえみ、ドレスをふたたび取りあげて縫いだした。「レディ・アガサにとってはよかったわね」

「レディ・アガサにとってはね」キャボットは単調な調子で言った。「だが、ミス・アンジェラにとってはまったくもって、よろしくない」

「そうね、そのとおり」針を巧みにあやつりながら、レッティは認めた。これでアンジェラはあえなく見捨てられることになる。昔の男友だちのキップが脅しをかけてきたりして、ただでさえ困った状況なのに。まあ、かといって、わたしが心配すべきことじゃないけどね。

レッティは縫い目の線にそって指をすべらせ、きれいに伸ばした。布地の表にできた折り目はレースを使えば隠せるし、ちょっとした飾りになるだろう。

「だからこそ君はここに残って、ミス・アンジェラの披露宴の手配をしてあげなくちゃならないんだよ」キャボットは言った。

「あなた、頭がどうかしちゃったんじゃないの?」レッティは顔も上げずにそっけなく言った。「明日の晩にはわたし、ここを出てるわよ。そもそも、あのいまいましい列車がちゃんと走ってたら、今日中に出発するはずだったんだから」

レッティはげんなりして目を旅行かばんに向けた。かばんはさっきと同じ場所に置かれたままだ。今さら、荷ほどきしても意味がない。もう列車の切符は買ってあるのだ。行き先はサー・エリオットにはウィットロックと言ったが、そうではなく、南に下ったところにあるヨークだ。貴婦人《レディ》のふりをするのもあとひと晩だけ。彼と一緒にいられるのもあとひと晩――いや、そんなに長く一緒にいられないかもしれない。

「レッティ。行っちゃいけない。俺は本気で言ってるんだぞ」

「ちょっと待ってて」レッティは言った。急に憂鬱な気分になっていた。レースを選んで必要な長さに切ると、待ち針を打って縫い目の上にとじつけた。

「このまま出ていくと言うんなら――」キャボットは言った。「俺はすぐにサー・エリオットのところへ行って、君の正体を明かすぞ。レディ・アガサを名乗っていた君が、実は何という名で、何者なのか」

レッティの手がぴたりと止まった。「わたしの知ってるサミー・キャボットは、友だちを脅迫したりはしない人よ」

「だって、このさい、そうするしかないだろう」キャボットは答えた。目はレッティをじっと見すえたままだ。

にらみ合いが続いた。根負けしたのはレッティのほうだった。

確かにわたしは、偏った見方をしているかもしれない。キャボットはただ、自分が仕える一家への忠誠心から、彼らに尽くそうとしているだけだ。ところが実は、キャボットの提案したように披露宴の準備を手伝うことこそ、レッティがしたいと願っていることなのだ。かといって、そのために自分の人生まで危険にさらすつもりはない。

「無理なこと言わないでよ、キャボット。わたしは、最初に話し合ったときに決めた条件は守ってきたわ。言っといたでしょう、ここにはせいぜい数日間しかいないつもりだって。あなたも納得してたじゃない。そのときから何も変わってないのよ。ビグルスワース家の人たちの状況は、わたしがここに着いたときとまったく同じ。レディ・アガサからの手紙にしたって、もし受けとったとしても今日まで待たされたわけだから。損するとすれば、新しい披露宴演出役《ブライダル・プランナー》を見つけるのに必要な時間だけ。せいぜい二日ぐらいのものだわ」

「じゃあ、あの人たちはどうなるんだ。奇跡を起こしてくれると期待した演出役に見捨てられ、尊敬していた女性にだまされたとわかった時点で、いったいどうしろって言うんだよ?」キャボットは詰めよった。

そう言われると胸が痛む。だけど、胸を刺されるような思いにはもう慣れっこになっている。心が傷ついたからって、大したことはない。困るのは、他人に弱さを見せてしまうことだ。キャボットはわたしの弱さを見抜けないだろうから、大丈夫。

「代わりの人を見つければいいだけのことでしょ。アントンはお金ならいくらでも出せるんだから、きっとロンドンにいる誰かが喜んでお膳立てしてくれるわよ」言い切ってはみたものの、口ぶりほどには確信が持てない。

キャボットはレッティをじっと見つめた。言いたいことは山ほどあるが、あえて黙っているといったふうだ。

ああ、なんていやな気分なの。レッティはなじみのない鋭い罪の意識に困惑していた。こんな罪悪感に悩まされなくちゃならない理由なんて、わたしにはひとつも――いや、ほとんどないのに。

「それにね」レッティはむきになって言った。「ビグルスワース家の人たちは、わたしが来たことを喜んでしかるべきだわ。まあ、わたしの考案した型どおりにドレスが仕立てあがってきたら、喜ぶにきまってるけど。あのドレスを着て、おとぎ話の王女さまみたいにきれいになったアンジェラの姿を見たら、絶対よ」

「わかってるさ。だからこそ、君はここに残らなきゃいけないんだよ」キャボットはそう言うと、長いすに座っているレッティの隣に腰を下ろし、彼女の手をとった。「君なら、きっとできる。俺にはわかるんだ。服の型のことなら裁縫師だったお母さん譲りの目を持っていて、劇的な演出のことならお義父さんに学んだ感覚をそなえている君だからね」

レッティはひねくれた目つきでキャボットを見やった。「サミーったら。一流の衣装係と二流の手品師の両親に、ウエストエンドの音楽劇場の舞台裏で育てられた程度じゃ、上流社会のお偉方が集まる披露宴の企画ができるようにはならないわよ」

キャボットは、レッティが寸法直しをしているドレスのスカート部分をつまんで持ちあげた。「いや、できる。だって、ミス・アンジェラのために君がしてあげたことや、今やっている縫い物の仕上がりを見ればわかるじゃないか。レッティ、君にはお母さんにまさるとも劣らない針仕事の腕がある。それに、披露宴の料理の献立や、給仕や、付き添い人については心配しなくていい。仕出し業者が準備万端ととのえてくれるから」

レッティは何も答えない。キャボットはかまわず続けた。「ミス・ビグルスワースがグレース・プールに話していたのを聞いたんだが、会場を東洋風の雰囲気でまとめる案を君が出したそうじゃないか。ミス・ビグルスワースはすごく興奮して話していたよ」

「もう、まったく」レッティは情けなさそうに言った。気分が悪くなりかけていた。自分の演じる役割についつい夢中になってしまった。披露宴の演出にひと役かうという課題と興奮に酔って、調子に乗りすぎたのだ。特に下心があったわけではない。

「ほらを吹いただけなのよ。なんでもいいから思いつくままぺらぺらしゃべって、専門知識があるみたいに見せかけようとしたの」

「だけど、実際、よくわかってるじゃないか！」キャボットは言いはった。「招待客の興味を引きつけるにはどうすればいいか、ミス・ビグルスワースたちに話していただろう。聞いたよ。確かに君の言うとおりだ。披露宴は、まさに舞台演出のようなものだからね。それこそ君の豊富な経験が生かせる。今でも憶えてるよ、俺たちが劇場に出ていたころ、君はいつも舞台装置や小道具を工夫して演じていた」

「わたし、いろんなものを寄せ集めてお茶を濁していただけよ。それに、あくまで舞台の上での話でしょ」レッティは必死に抵抗した。ひょっとするとうまくやれるかもしれない、という思いが自分の中に芽生えていたからだ。もし披露宴の演出に成功すれば、レッティの人生でもっとも大がかりな詐欺になる。その結果、得られるものは？　アンジェラの幸せ。

それから、あと数日、サー・エリオットと一緒に過ごせる。

「レッティ――」キャボットに手をぎゅっと握られた。

「とにかく、少しのあいだ、考えさせてよ！」こんなこと、考えるだけでもどうかしている。レッティはキャボットにつかまれた手をふりほどき、両手で頭を抱えこむと、目をつぶった。たちまちサー・エリオットの姿が脳裏によみがえる。そよ風に吹かれて乱れる黒髪。視線を合わせる前に浮かべるあのほほえみ。熱くひたむきでありながら、思いやりのあるまなざし。

サー・エリオットのような男性には会ったことがない。そばにいるだけで胸がときめき、熱くなる。自分が今の自分でなく、もっと彼にふさわしければいいのに、と思わずにはいられない。

　今までレッティが出会った男たちはみな、粗野で、不作法で、けんかっ早く、相手の恐怖心や血の匂いを好む乱暴者ばかりだった。サー・エリオットには粗暴なところは少しもない――レッティの知っている男たちなら、食い物にしようとするかもしれない。それでも彼はなぜか、どこまでも力強く、男らしかった。

　レッティは小さくうめいた。もしこれ以上ここにとどまったら、別れがつらくならないかしら？　わたし自身にとってばかりじゃなく、サー・エリオットにとっても。

　過去六年ばかりのあいだに、レッティは何をするにも自分のことだけ考えるのが当たり前だと思うようになっていた。自分の利益をつねに優先し、他人のことはどうでもよかった。それなのに、いったい何を考えてるの？　自分でも不思議だった。サー・エリオットの幸せを真っ先に願うなんて。そんなふうに考える癖をつけたら、気持ちがやわになる。油断しがちになって、足元をすくわれかねない。気をつけなくちゃ。それに、わたしがもう少しここにいたために別れが多少つらくなったからって、あの人の人生が寂しくなっちゃうわけでもないでしょ？

　なんといっても彼は、サー・エリオット・マーチなのだ。お金も、地所もあり、大切にしてくれる友人や、尊敬してくれる知人にはことかかない。レッティはぎゅっと目をつぶり、頭の中で交錯する感情と闘った。

「レッティ――」

「そのうち、嘘がばれるわ。誰かに真実を暴かれる」目をぱっと開いたレッティは、半ば必死で言った。

「いいや、ばれないよ。一週間もいれば十分なんだ。上流階級の連中で本物のレディ・アガサを知る人が到着するのはずっとあとになる。婚礼まで、二カ月もあるんだから。君は披露宴の企画を立てて、レディ・アガサが手紙の中で推薦していた会社に当日の運営をまかせられるよう、必要な指示を与えればいい。それからここを出るんだ。俺が手伝うよ。グレース・プールも手を貸してくれるはずだ。レッティ、君ならできる。きっとできる」

「で、レディ・アガサのほうはどうするの？　彼女が帰ってきたら？」レッティは言いつのった。「披露宴の企画と演出を……そこらの、し、しがない劇場歌手ふぜいにやらせたなんて、誰かにばれたら、アンジェラは町中の笑い者になるのよ」ほら、またやってる。自分になんの関わりもないはずの他人の問題を気にしてこんなことを言いはるなんて、変なわたし。

「誰がそんなことを人に言う？」キャボットは訊いた。ブルドッグを思わせる顔はいかめしく、真剣そのものだ。「レディ・アガサについては、肖像画も写真もないんだよ。それに手紙に書かれていたように、数カ月は新婚旅行で帰ってこないはずだ。いざ帰ってきたときに、誰かがミス・アンジェラの披露宴の感想を述べたとしても、レディ・アガサだってまさか、自分はそのころ英国にいなかった、その披露宴の仕事はしていない、などと認める勇気はないだろうよ。だって、自分が間抜けだって宣伝してるようなものじゃないか。それだけじゃない。人でなしみたいに思われる。仕事をすっぽかして駆け落ちしたいきさつが明るみに出たら、評判は地に堕ちるにきまってる。アンジェラのように純真で優しい娘を見捨てて……」キャボットの声は急に弱々しくなり、顔色は赤黒くなった。

「金のためならなんでもござれの詐欺師の手にゆだねるなんて、ひどすぎるって？」レッティは優しい声で言い足した。そしてつらそうに、小さく笑った。「いいのよ、キャボット。それがわたし。こういう人間が、今日明日ですぐに変わるわけがないものね」

キャボットは反論しなかった。だからなおさら、胸に深く突きささる――レッティはそのことに自分でも驚いていた。以前なら、人から詐欺師だのなんだのとあしざまに言われても、

「そのとおり、大当たり！」とはやしたて、笑いとばしたものだった。

「レッティ。この仕事を君がやらなければならない理由が、実はもうひとつある」キャボットが言った。

「あらそう？　やらなかったらサー・エリオットに通報するなんていう不穏な理由以外に、何があるの？」

「それは、君の希望的観測とは違って、もしも君が披露宴の演出をしなかったとしたら、ほかに誰も引き受ける者がいないからだよ」キャボットはふたたび、レッティの手をとった。

「そういうことだ。レッティ、やってくれるかい？」

レッティはなんとかして、自分がこの仕事をやりたいと思える理由を探そうとした。甘ったるくて感傷的な動機以外の、何か。サー・エリオットに「求愛」されているからという、自分の気持ちに偏った理由以外に、何があるかしら。正真正銘のレッティ・ポッツの本質に

ふさわしい理由は。

ひとつ、見つけた。

披露宴の演出。成功すれば、どんなに華々しい催しになることだろう！ さえない経歴の中で、最高の栄誉になるにちがいない。サミー・キャボットに感謝しなくちゃ。ちょうどいいときに、わたしがどんな人間かをあらためて思い出させてくれた――そう、どんな難題にも、どんな相手にも笑って挑戦できる、レッティ・ポッツ。それがわたしよ。

「照明。舞台装置。衣装。入場の段取り。花嫁に動きやふるまい方をしっかり教えこむ。そんなところかしら？」レッティはぶっきらぼうに訊いた。

「そうだ。やってくれるね？ お願いだよ。レディ・アガサが送ってよこした郵便為替も、君にあげるから」

そのとき、レッティにはわかっていた。今この瞬間に逃げたところで、キャボットは絶対にわたしのことを密告したりしないだろう。そんな人じゃない。わたしと違ってやわで、人情に篤い人柄だもの。

それに、この話を持ちかけたときキャボットは、レッティがビグルスワース家の人たちを助けるとしたらどんな動機からか、あらかじめ想像がついていたはずだ――レッティは、素朴な親切心や同情心から、あるいは憐れみから人助けしようなどとは思わない。サー・エリオットやエグランタイン、アントン、ビーコン先生といった人たちが行動を起こすのと同じような動機では絶対に動かないと、キャボットにはわかっていたのだろう。なぜなら、レッティが薄情な人間だから。まともな人たちとは違うから。

そう、キャボットの考えは正しいわ。だったらわたし、なぜ泣きたくなるの？

「レッティ」キャボットは穏やかに、だが懇願するような声で言った。

レッティは意思に反してあふれそうになる涙をまばたきして押さえ、キャボットと向かいあった。「ここに残って、披露宴の準備を手伝って、そのあいだずっと羽根布団のベッドで寝ろっていうのね？」

「ああ」

「贅沢な服を着て？」

「ああ」

「最高のごちそうを食べて、極上のワインを飲んで？」

「そうだ」

「で、いろいろ苦労したぶん、お金をたっぷりもらって？」

「ああ、そうだ」

そして、サー・エリオットの近くにいられる。

「わかった、やるわ」レッティは言った。「どっかの女の子の人生に今まで起きたことと比べたら、そう悪くないものね」

## 18　劇の筋立てが見え見えの場合は、そのぶん衣装に凝ればいい。

キャボットは感謝の言葉をつぶやきながら、レッティの気が変わらないうちにとそそくさと退散した。だが、それから二〇分もしないうちに、また部屋の扉を叩く音がした。レッティはベッドに腹ばいに寝そべって読書にふけっていたがすぐに起きあがり、本を閉じてさっと枕の下に隠した。

「どうぞ、お入りになって」

部屋に入ってきたのはファギンを抱いたアンジェラだった。犬は二、三日前と比べて、間違いなく肉づきがよくなり、毛並みもつやつやしている。

「ランビキンズをレディ・アガサのお部屋に連れていってほしいって、おばに言われたので」アンジェラはそう言って、犬を枕の上に下ろした。ランビキンズことファギンは、レッティにおざなりな一瞥をくれるとベッドから飛びおり、戸口に向かって歩いていくと、扉の前でおすわりをした。肩越しにふりかえってレッティを見あげている。

「エグランタインおばさまが好きみたいだわ、この子」アンジェラが言った。

そりゃそうでしょうよ。好きにならずにいられるかしら？　レッティは心の中でつぶやいた。ファギンはおいしいものをお腹いっぱい食べ、安全な住みかで、生まれて初めて満足のいく暮らしをしている。そして生まれて初めて、ロンドンの通りの人や馬車の往来をよけながら走ったり、誰かにつかまえられて違法の闘犬でのおとり犬にされたりする心配をしなくてすむようになったのだから、当然だ。

このちび犬が今の快適な環境を思いきり楽しもうとしたところで、責めようとは思わない。レッティだって、けっきょく同じことをやっているのだから。レッティとファギンは似た者どうしだ。どちらも偽名を使って別の人と犬になりすまし、この家で世話になっている。この境遇が永遠に続きますように、とひそかに願いながら。

「それにおばのほうだって、ランビキンズに夢中なんです。もう、おかしいぐらい」アンジェラはつけ加えた。

「だったら、おばさまにもランビキンズにも、お互い一緒のひとときを楽しんでもらったほうがよさそうね」レッティは言った。「すみません、ランビキンズを部屋から出してやってくださる？　行き先は自分でわかると思います。頭のいい犬ですから」

「ありがとうございます」アンジェラは優しくほほえんで言った。「おばは、ランビキンズと一緒にいると慰められるみたいです。口には出しませんけれど、おばは、わたしがお嫁入りしたあと、寂しくなるんじゃないかしら」

アンジェラが扉を開けてやると、ファギンはすぐに立ちあがって出ていった。ふりむきもしない。

「今、お忙しいですか？」

「忙しいかですって？」レッティはベッドの端に両脚を下ろして座ると、思いついたことを書きとめておいたメモ帳を取りあげた。サー・エリオットのことを考えないようにするためには、何かで気をまぎらすのが一番と、アンジェラが読んでいた『私たちのしきたり——育ちのよい淑女《レディ》としての礼儀と作法』という本を書斎から失敬してきていろいろ研究していたのだ。

「ちょうど、あなたの披露宴のための案をいくつか書きとめていたところですよ」

「お邪魔をしてすみません。わたし、本を捜しているんです。もしかしたらどこかで見かけられたかなと思って」

「本ですか？」レッティは後ろ手で『私たちのしきたり』を枕の下のできるだけ深いところに押しこんだ。自分が持っていると認めるわけにはいかない。公爵令嬢であるレディ・アガサが、今さら礼儀作法の本など読む必要があるはずがないからだ。「どんな本ですの？」

「大した本でもないんです。上流社会の礼儀作法について書いてある本ですわ。ちょうど読んでいたところだったものですから」アンジェラは照れくさそうに言った。「いいんです、それにそのうち、見つかると思います」

「きっと見つかりますよ」今日の午後、わたしが読みおえたあとに見つかるはずよ。それにしても、上流社会にこんなにたくさんのしきたりがあったなんて。想像もできなかったわ、やれやれ。

アンジェラはもじもじして、まだ立ちさろうとしない。レッティは年若い彼女の悩みを思い出した。「キップ・ヒンプルランプからその後、何か連絡はありました？」

アンジェラは真っ赤になった。「いいえ」

「ない？　ほら、ごらんなさい」レッティは気をよくして言った。「やっぱりそうだわ。ゆすってやろうと思い立って、エサをちらつかせてみたものの、あなたがそれに食いつかないのを見て、こそこそ隠れてしまったのね」

「本当に、そう思われます？」アンジェラはすがるように訊いた。

「ええ、もちろん。アンジェラ、すべて忘れておしまいなさい。そのほうがあなたのためですよ。楽しんで時を過ごさなくちゃ。ずっと昔のことでしょう。大した過ちでもないのに、くよくよしたりしないで」

「レディ・アガサにはおわかりにならないのよ」

「またひとつ、わたしにわからないことがあったわけね？」レッティは口の中でつぶやいた。

「キップは、独占欲がとても強い人なんです。わたしたちはお互い将来を誓い合った仲なんだ、と思いこんでいましたから」

レッティは落ちついて答えた。「あら、それはキップの勘違いね。そもそも、人を脅迫するような人間は臆病者なの。ひとたび相手に立ち向かってこられたら、怖くなって引き下がるものなんです。だからもう、心配するのはおよしなさい」

脅迫してくる奴は臆病者。そう、ニック・スパークル以外は。レッティは身震いした。こしばらくのあいだ、ニックのことを忘れていた。どうか、あの人がわたしを捜すのをあきらめてくれますように。レッティは祈った。

「もしキップが引き下がらなかったら？」アンジェラが訊いた。

「アンジェラ、あなたは侯爵夫人になるんですよ」レッティはそう言ってアンジェラの肩をつかみ、その目を真剣なまなざしで見つめた。「もしキップ・ヒンプルランプが何か要求してきたら、対処しなさい。それだけのことよ」

アンジェラは青ざめたが、反論せずにうなずいた。

「えらいわ、アンジェラ」レッティは優しく言った。「あなたはきっと、立派な侯爵夫人になれるわ」

アンジェラは唇を震わせながらほほえみ、「やってみます」と約束した。

「よかった」レッティはベッドの、自分が座っている場所の隣をぽんぽんと叩いた。

「こちらへ来て、隣にお座りなさいな。披露宴のために、おすすめの案をいくつか書きだしておいたんですよ」

「あら？」アンジェラはそう言うと、レッティの隣に腰を下ろした。

レッティは片方の口の端だけを上げてにやりと笑った。「ほらほら、アンジェラ。そんな中途半端な反応じゃだめよ。『まもなく花嫁になるこの女性は、間近に迫る婚礼の準備に夢中。ひたすら情熱を傾けている』っていうぐあいにならなくちゃ」昨年、ある公演の前座をつとめたときの劇のト書きを引用してみせる。

レッティらしからぬお高くとまった語り口調をいきなり聞かされて、アンジェラはくすくす笑いだした。「すごいわ。お上手なのね」

「あら、こう見えてもわたしは隠れた才能の宝庫なんですよ」レッティはしおらしさを装って言った。その才能があだになって刑務所行きにならないよう、十分気をつけなくちゃいけないわね。

「演出については、どんな案をお持ちなの？」アンジェラが訊いた。

「余興に、ちょっとした演芸はどうかしらと思って」

「演芸？」アンジェラは驚いて訊いた。

「ええ。管弦楽なんかも、上流社会のありふれた披露宴には悪くないかもしれませんけど、真に現代風の披露宴では、もっと面白い演芸などを取り入れるのが普通なんですよ」

「そうなんですか？」アンジェラは目を丸くして訊いた。

「ええ、そうですよ」レッティはきっぱりと言い、アンジェラの手を軽く叩いた。

少なくとも今回の披露宴でレッティの意見が通れば、そうなる。レッティ・ポッツは、ひとたび物事に取り組みはじめたら、一心にそのことに打ちこむのだ。やり始めたことは、最後までやり通しなさい――母親がよく言っていたっけ。そうね、乗りかかった船だもの。大仕事になりそうだけど、全力を尽くしてやってみよう。

レッティが最初に心に決めていたのは、三〇〇人に上る出席者をどう楽しませるかだった。みな、お互いをよく知らず、その多くは上流社会といっても幅広い階層の人々だ。田舎貴族もいれば、世慣れて洗練された人たちもいる。だから、ワルツを数曲踊るだけといったありきたりの経験を超えるものを提供したい。そうでなければ物足りない、いや、はっきり言って面白くない。

確かに婚礼の式は形式にのっとっておごそかにとりおこなわれるべきだ。それは認めるが、そのあとの披露宴は……そう、お祝い気分を盛り上げる催しでなくてはならない。

「そう、面白みのある演芸でなくてはね」

「どんな演芸かしら？」

レッティは、グランデュール劇場で演芸ショーに出演していた芸人の一座を知っていた。昨冬、酒類販売許可の問題で劇場が閉鎖されたので、芸人たちは定職を失った。あの一座なら割安の料金で、急な依頼でも出演してくれるだろう。しかも技量は一流だ。

「そうね」レッティはもったいぶって話しはじめた。「人目を引く芸人たちなんか、いかがかしら？」

# 19 ドレスの襟ぐりが深ければ深いほど、会話の必要は少なくなる。

「まったく、本物の王女さまみたいだわねえ」グレース・プールがため息をついた。グレースの肩越しにのぞきこんでいたメリーも、黙って頭を上下させて同意を示している。

「すてきだわ」エグランタインが深々と息をついた。「サー・エリオットがこの魅力をわかってくれるといいわね」

三人の女性はひとかたまりになって、二階の通路の手すりから下を見おろしていた。階下にはレディ・アガサがいて、鏡の前で顔をしかめて立っている。今晩バンティング家で開かれるパーティに行く予定なのだが、顔をしかめる理由はないはずだった。

レディ・アガサは晩餐用の装いをしていた——ほぼ支度ができたと言っていい。淡いバター色の繻子《しゅす》織りのドレスは、目を見張るばかりのその肢体をこれでもかというほどにきわだたせていた。繊細に透きとおった綿モスリンのふくらんだ袖が肩まわりをおおっている。深くくれた襟ぐりは、喉と肩の上部、ふっくらとした胸元を美しく見せている。深みのある色の生地は、まるで蠟を溶かして塗ったように柔らかく胴体に密着して細いウエストを包み、はぎスカート部分は脚にそいながら床までなめらかに落ちている。

レディ・アガサは体を軽く回転させて、優雅な束髪《シニヨン》とドレスの相性を確かめた。ドレスの下にまとった厚めの琥珀織り《タフタ》のペチコートがあだっぽく揺れ、衣擦れの音を響かせた。

「レディ・アガサ、何も心配なさることなんかありませんわ」グレースが呼びかけた。「もしそのお姿を見たサー・エリオットが……そのう、感激しないとしたら、それはもう死にかけてるってことですよ。かならず感激してくださいますって」

「感激する」程度のあたりさわりのない表現でもとりあえず意味は伝わるものの、グレースは本当は、「さかりのついた種馬みたいになること間違いなし」ぐらいのことを言いたい気持ちだった。

レディ・アガサはオペラ観劇用の真新しい白い手袋をはめたほっそりした腕を上げ、落ちてきた髪のひと房をピンでとめて髪形をととのえた。

「これじゃサー・エリオットだって、手を出さずにはいられないでしょうねえ!」メリーが思わず口走った。

「しっ、口をつつしみなさい!」あまりのことにあきれて、エグランタインはささやき声で注意した。が、その口ですぐに「本当に、そう思う?」と訊く。エグランタインはレディ・アガサが好きだった。もし二人がうまくいって、こんな人が近隣に住むようになったら、と想像するだけで、アンジェラがいなくなる心の痛みが少しはやわらぐような気がした。でもそのためには、サー・エリオットの……なんというか、情熱に走った行動という、多少やっかいな問題がある。ただ彼は、クロッケーの試合の日の大胆なふるまいについては納得できる謝罪をしたらしい。ここ二、三日、二人の仲がしっくりいっているように見えるからだ。

「もちろん、あんな色っぽい姿を見たら、絶対ですわ！」メリーはその道の目利きのような雰囲気をたたえて言った。この娘、これだけ確信を持って言い切れるのはなぜだろう。その理由をエグランタインは知りたくなかった。

「間違いありませんよ」グレースも同意した。「サー・エリオットは昨日、レディ・アガサに会うためだけに立ち寄られたんですよ。それに、ビーコン先生のところのサラから聞いたんですが、サー・エリオットはこのあいだの日曜日に教会で、このあと馬車で遠乗りに出かけませんかって誘ってらしたって。レディ・アガサはけっきょく、お断りになったらしいんですけど、もしミス・アンジェラの披露宴の準備でお忙しくなければ、ご一緒されたでしょうよ、きっと」

「でも、キャボットは言ってたんでしょう。私たちの……」エグランタインは上品に咳払いをした。「その、二人のあいだを取りもつための努力が、よけいなお世話だって」

「キャボットは口やかましいたちですからねえ」メリーはうんざりしたように言った。

　階下では、レディ・アガサが鏡に向かって口を横に大きく開き、頭をかしげてむき出した歯のぐあいを確かめている。メリーはくすくす笑いを抑えながら言った。「貴婦人《レディ》があんなことするなんて、思わなかったわ！」

エグランタインにはもう、メリーに口をつつしむよう言いきかせている余裕はなかった。サー・エリオットとレディ・アガサのことで頭がいっぱいだったからだ。いい結果になればいいのに、と望まずにはいられない。もちろんレディ・アガサが恋する女性に見えないというわけではない。サー・エリオットのそばにいるときはいつも、顔を赤らめたり、輝かせたり、生き生きとした表情をしたりしている。そして、サー・エリオットはといえば……レディ・アガサに向けられた彼の目つきを見ていると、エグランタインはいたたまれなくなる。まるで、二人きりの濃密な瞬間を目撃してしまったように感じられるからだ。だが、エグランタインの心にひっかかっているのは、レディ・アガサの反応の奥底にひそむ、名状しがたい何かだった。彼女がサー・エリオットといるときに見せる期待感や喜びをそこなうような何かだ。

それは、絶望に近い感情だった。

廊下へ出たアッティックスは、鏡の前でしかめっ面をしている息子を見つけた。いやはや、驚いた。こんなふうに落ちつきのないエリオットなど長いあいだ見たことがない。先週あたりからずっとそわそわしている。

「口のまわりに、夕食の食べかすなどはついちゃおらんだろうね?」アッティックスは穏やかに訊いた。

精神的に余裕がないエリオットは、父親の問いかけにこめられたユーモアに気づきもしない。「まさか。何もついてないといいが」

エリオットは、すでにきれいにととのえられた髪をもう一度なでつけ、一分のすきもなくぱりっとしたシャツの袖口を引っぱった。神経質なことはなはだしい。まるで競走馬みたいだ。はやる心を抑えるのがやっとらしい。

その姿がアッティックスには好ましかった。息子の瞳に燃える情熱や、レディ・アガサの魅力的な姿を追うときの独占欲もあらわな視線。彼女のことを語るときの声に宿る深みのある響き。そんな息子のようすを見るのがほほえましかった。

それは、アッティックスがレディ・アガサを気に入っているからでもある。彼女の遠慮のないまなざしにはユーモアがあったし、会話には鋭敏さが感じられた。すぐに腹を立てたり、軽々しく人と深い関係になる女性には見えない。それに、アッティックスの勘が正しければ、彼女はエリオットに対する自分の気持ちが整理できていないらしく、一緒にいても居心地が悪そうだ。

結構。いい兆候じゃないか。アッティックスは悦に入っていた。恋愛とは、ぬくぬくとして居心地のいいものであってはならない。

居心地のよさ。それがキャサリンとエリオットの関係の問題だった。キャサリンに対するエリオットの愛情は、「ぬくぬくとして居心地がよすぎた」――少なくともアッティックスはそう見ていた。といっても推測の域を出ない。なぜなら、思いやりがあって口数の少ない息子は、女性に対する不満や批判を人にもらすことはないだろうから。

ただ、アッティックスに言わせれば、エリオットがキャサリンに対してつねに礼儀正しくふるまっている理由は、ひとつには罪の意識があるためだ。息子は、キャサリンに婚約を解消されたときに感じた安堵の気持ちを、やましく思っているにちがいない。

レディ・アガサは、男性に「ぬくぬくとして居心地がよい」感じを抱かせる女性にはまったく見えない。エリオットのレディ・アガサに対する気持ちは性急で熱烈なものかもしれないが、彼女も気持ちは同じらしい。しゃれがうまくて機転も利くし、小生意気なところもあるくせに、エリオットがそばに来るだけで息苦しくなり、戸惑ってしまうようだ。ふむ。これもいい兆候だ。

「お父さん、支度はできてますか？」エリオットの声で、老人の快い空想は途切れた。

アッティックスは体を上から下までぽんぽんと叩いた。「すべて、きちんとしてるつもりだがね。ズボン。シャツ。チョッキ。上着。ネクタイ。おやおや、靴までちゃんと忘れずに履いとるわい。よし大丈夫、支度はできたよ」

「そうですか、それはよかった」

息子のあとをついて戸口を出、外に待たせてある馬車に向かいながら、アッティックスは頭を振った。わしは今まで、こんなふうになった男を見たことがある。女に夢中になったあげく、精神のバランスをまるっきり失ってしまった男の姿だ。しかし、それがエリオットの身に起こるのを見たのは——初めてだ。

アッティックスはにやにや笑いが止まらなかった。

客からぜひ歌ってほしいと丁重に要請されたキャサリン・バンティングは、一〇分間におよぶ押し問答のすえようやく決心し、高さは完璧ながら、とてつもなく味気のないソプラノを披露した。そしてその後の四五分間、たっぷりと歌声を聞かせつづけた。

すっかり退屈したレッティは、かろうじてあくびを抑えていた。座って、ファギンのようすを見守る以外に何もすることがない。犬は前足をエグランタインの体にかけて、しきりにじゃれついている。だらだらと歌い続けるキャサリンの独り舞台に、誰もあえて口を開こうとしないので、犬も退屈なのだろう。

せめてサー・エリオットの隣に座れたらこれほど嬉しいことはないのに、キャサリンはその楽しみさえ与えてくれない。レッティがバンティング家に到着して以来ずっとサー・エリオットを独占しつづけたキャサリンは、それだけでは足りず、ついには彼に頼んで、自分がピアノを弾くときの楽譜めくりまでやらせている。そう、キャサリンはなんと、ピアノも弾けるのだった。それも、かなりまともに。卓越した才能の持ち主とまではいかないまでも、自己顕示欲だけは相当なものらしい。

とうとう、キャサリンのレパートリーが尽きるときがやってきた。最後に「田舎の小さな薪の山」あたりに出没する小さなウサギだの、コロコロ鳴くコオロギだの、その他のしょうもない獣や虫たちが登場する歌を舌足らずに歌って、ようやく終わった。

「皆さまにもうこれ以上無理やりお聞かせするなんて、いけませんわよね。やめておきましょう」キャサリンは遠慮がちに言った。「歌がお得意な方は、ほかにもいらっしゃいますものね？」その目は一瞬、レッティを見たが、すぐに無視して通りすぎた。

この女《ひと》ったら、どこまで意地悪なのかしら。わたしをずっと監視している。わたしがサー・エリオットと二人だけで話そうとすると、特に。だから、ちっとも二人きりになれやしない。ほんの少しも。

「求愛宣言」以来、エリオットは毎日レッティに会いに来た。が、それ以上の告白も、キスもしてこない。いつも誰かほかの人がまわりにいたからだ。どうやら、エリオットのほうでそうなるようにしむけたらしい。実際、彼があまりに紳士的なので、レッティはいらだちで頭がおかしくなりそうだった。

「フローレンス？」キャサリンは客たちを見わたして、ジェームズ・ビーコン医師の妹に目をつけた。「あなたはすてきな声をお持ちでしたわよね！『可愛いこまどり、こっちへおいで』などはいかが？　もちろんご存知よね。こんな感じ……」キャサリンは声を震わせてコーラス部分を歌った。

今度ばかりはレッティもあくびを抑えきれなかった。それに気づいたキャサリンは歌うのをぴたりとやめた。しまった、まずいところを見つかった。レッティは、きまり悪そうな視線をピンクに染まったキャサリンの顔に向ける。しかたないじゃない、あくびするときにいちおう手で口をおおったでしょ……。

「あら、レディ・アガサ。何かおっしゃりたいことでも？」キャサリンは優しい声で訊く。

レッティは咳払いした。「いいえ、あの――」

「歌がお上手でいらっしゃるのね。もっと早く気づくべきだったわ。あなたほど見事な――」キャサリンはその言葉をわずかに強調し、ちらりとレッティの上半身に目をやる。

「ご実績をお持ちの方ですもの、いろいろおできになって当然ね」

レッティの顔の筋肉がこわばった。

「ぜひ一曲、歌ってきかせてくださいな！」キャサリンは懇願するように言った。ほかの客たちは席に座ったままふりむき、軽く拍手をし始めた。どの顔もみな、期待で輝いている。サー・エリオットだけが、疑わしそうな表情をしている。なぜだろう？　元の恋人とまともにわたり合える女性などいるはずがないと思っているのかしら？

わたり合えるどころか、彼女をしのぐほどの歌をお聞かせできるわよ。なんなら、やってみましょうか。

「そうですか」レッティは立ちあがった。「どうしても、とおっしゃるなら」

「ええ、わたし、ぜひお聞きしたいわ。皆さまも同じだと思いますけど。ね、エリオット？」キャサリンは、我が物顔でサー・エリオットの袖に手を置いた。

「レディ・アガサが快く引きうけてくださるなら、ぜひ」彼はそつなく答えた。

「もしわたしが少しばかり間違えたとしても赦してくださるって、皆さん、お約束していただけるなら、歌わせていただきますけど？」レッティはつつましやかに言った。客たちがすぐに請け合うと、レッティはえくぼを見せ、通路をすたすたと歩いて皆の前に立った。

「伴奏しましょうか？」キャサリンは、いかにも親切な女主人らしく申し出た。

「いいえ、結構ですわ」レッティはキャサリンのそばを通りすぎ、ピアノの椅子の真ん中にさっと腰を下ろした。

レッティは楽器を弾くのが格別に得意というわけではない。声が彼女の楽器なのだ。だが、どの音にどの和音が合うかは熟知していたし、リズム感は抜群だった。

キャサリンは大丈夫かしらと疑うような表情で脇へ退いた。サー・エリオットは部屋の一番端に近いところに座ったが、その目は戸惑っている。

レッティは鍵盤の上に指を軽くすべらせ、明るい調子の曲を弾きはじめた。そして観客に向かってにこやかな笑みを浮かべ、歌いだした。

川のほとりの柳の木に、小さなオスの小鳥が住んでいた
鳴き声はウィロー、ティットウィロー、ティットウィロー
わたしは小鳥に訊いたのよ、「柳の枝の上で歌ってるのはなぜ、
『ウィロー、ティットウィロー、ティットウィロー』って？
それは小鳥さん、おつむがちょっと弱いせい？
それともあなたのお腹の中に、きかんぼうの虫がいるからかしら？」
すると小さな頭を振り振り、小鳥は答えた、
「ああ、ウィロー、ティットウィロー、ティットウィロー！」

喜歌劇《オペレッタ》「ミカド」の挿入歌は観客に大うけだった。もっとも、英国人なら、ギルバートとサリバン作詞作曲による歌を喜ばないはずはないが。

すばらしい。

エリオットは椅子に深くもたれかかった。彼は観客の中でも一番端に近い席にいたため、人に不審を抱かれずにレディ・アガサのようすをじっくり観察することができた。なんて魅力的なんだ。透き通ったメゾソプラノの、豊かで伸びやかな声。だが何よりもすばらしいのは歌うときの表情やしぐさだった。

レディ・アガサは、「それは小鳥さん、おつむがちょっと弱いせい?」のくだりを歌うとき、あら困ったわ、どうしよう、といった表情をした。それがなんとも自然でおかしく、観客から笑い声があがった。みんな、すっかり引きこまれて楽しそうだ。

天性のものなのだろうな、とエリオットは思った。レディ・アガサがいるだけで、その場の雰囲気がぐっと楽しくなる。その魅力に引きつけられて、観客はのってくる。自分がしゃれのわかる、気の利いた人間になった気がするのだろう。

レディ・アガサは演奏しながら頭を観客のほうに向け、片腕を差しのべて、どうぞ皆さん、ご一緒に、というように誘いかけた。すると驚いたことに、みんなが声をそろえて歌いだしたのだ。バンティング家の小間使いの一人など、部屋の後ろで空になったカップを片づけながら、「ティットウィロー」の節を口ずさんでいる。

歌がうけているのに気をよくしたレディ・アガサは、そのまま流れるように次の曲へと移った。音楽劇場では昔から定番の「シャンペン・チャーリー」だ。

レディ・アガサは、この歌の主人公チャーリーの性質とロンドンの下町なまりの特徴を見事にとらえて表現していた。その表情は荒っぽそうだったり、気立ての優しさをにじませたりと、歌の文句に合わせて豊かに変化する。なめらかな節回しで歌ったり、ちょっと崩した声で悪賢そうな感じを出したりする。客たちは曲に合わせて手拍子を打ちだした。

手拍子だって！　リトル・バイドウェルの人たちが！　まるでここがポール・バンティング卿の屋敷の居間でなく、居酒屋ででもあるかのように。ポール自身はといえば、騒ぎを気にするどころか、みんなと一緒になって手を叩いていた。フローレンス・ビーコンは足を踏みならしているし、ローズ・ジェプソンは体を左右に揺らしている。キャサリンだけが顔に笑みを張りつかせたまま、身動きひとつしない。

レディ・アガサはコーラスの部分にかかり、「俺の名前はシャンペン・チャーリー！」と歌うと、耳の後ろに手をあて、聞き耳を立てているようなしぐさをした。客たちは一瞬たりともためらうことなく、嬉々として歌い返した。「シャンペン・チャーリーが俺の名前さ！」

レディ・アガサは頭をのけぞらせて笑った。まったく邪気のない、底抜けに明るい笑い声だ。ふたたび客たちのほうを向いたときも、まだ笑っていた。だが突然、ピアノを弾くのをやめた。目は大きく見ひらかれている。エリオットは座ったまま、後ろをふりかえった。レディ・アガサが幽霊でも見たかのように呆然として見つめる先には、何もなかった。

こめかみに手をやり、自信なさそうにほほえむ。「ごめんなさい。続きの歌詞を忘れてしまって」

熱狂していた観客のあいだからいちように、失望の声があがった。

「そんなふうにおっしゃっていただいて、嬉しいですわ。でも、申し訳ないですが、これで失礼させていただきます」レディ・アガサは立ちあがり、膝を曲げてさっと軽くお辞儀をすると、急いで部屋の後ろのほうに退いた。

エリオットは考えていた。この女《ひと》は何者なのだろう。もちろん、名前は知っている。アガサ・レティシア・ホワイトだ。親しい友だちのあいだではレッティと呼ばれているという。だがエリオットは、彼女と日増しに親しくなり、知れば知るほど、いったいどういう女性かわからなくなるような、奇妙な感じを抱いていた。

レッティはファギンを抱きあげ、腕の中に抱えこんだ。ふう。危ういところだったわ。のりにのって楽しんでいる最中にレッティは突然、気づいた。このちび犬が客席のあいだの通路の真ん中で、ぴたりと立ちどまっていたのが見えたのだ。

問題は、ファギンが後ろ足で立ち、前足を胸にぴったり引きよせて、今にもレッティのそばへ走りよろうとしていたことだ。さらに悪いことにファギンは、事もあろうにキャサリン・バンティングのハンドバッグを失敬してきて、口にくわえていた。ああ、こんなことをしでかすかもしれないぐらい、予測しておくべきだったのだ。

役者というのは、人の注目を集めることに対する飽くなき欲求がある。ファギンは、生まれながらの芸達者で、役者魂のかたまりだ。観客の拍手を聞けばそれに応えて、いつもの芸をやりたがる。レッティが教えた芸だ。それとは別にレッティは、劇場の女性客からバッグをくすねる方法をファギンに教えていた。だが、芸とかっぱらいと、ふたつの技を組み合わせるすべを身につけていたなんて、想像もしなかった。

ああ神よ、感謝します。ほかの人たちがファギンの存在に気づかなくて、よかった。レッティはキャサリンのバッグを床に落とし、並んだ椅子の下に蹴りこんだ。あとで使用人たちが掃除したときに見つけてくれるだろう。もがくファギンを腕に抱えて、レッティはふりかえった。後ろには人だかりができていた。

「レディ・アガサ、なんてすてきなお声なんでしょう！」

「いやあ、こんなに楽しんだのは久しぶりですよ」

「レディ・アガサって、すばらしい才能をお持ちなんですのね。そう思われません、サー・エリオット？」

「ええ、非凡な才能ですね」

声のしたほうにレッティが顔を向けると、サー・エリオットがすぐそばに立っていて、「レディ・アガサ、こんばんは」とあいさつした。

「サー・エリオット」息を殺したささやきがもれる。いやだ、今のはわたしの声？　「サー・エリオット、こんばんは」

「今の歌、最高でしたよ。感激しました」

ああ、やめて。そんなふうに見つめられたら、どうしていいかわからない。めまいがして、ぼうっとして、そして……。

今度は、もう一人の男性が取ってかわって前に進みでた。サー・エリオットは後ろに下がったかと思うと、あっというまにいなくなっていた。レッティの前には、祝福や賛辞を浴びせる客たちが次から次へと現れる。ようやく一段落して解放されたのは一五分後だった。

なおも褒め言葉を投げかける人たちにお礼の言葉を述べながら、レッティは人ごみをかきわけるようにしてサー・エリオットを捜した。

人でごったがえす控えの間で、やっと彼を見つけた。窓際に腰かけて、片腕は椅子のひじ掛けにのせ、こぶしを軽く口にあてて、そばにいる痩せた男性の話にじっと聞きいっている。もう一人の男性が後ろから近づいて、ぽんと肩を叩いた。サー・エリオットは片手をあげて、今は都合が悪いと身ぶりで示したので、その男性は立ちさった。しばらく経つと、また別の男性がやってきてあいさつした。サー・エリオットの行くところ、磁石に鉄が吸いよせられるように人が集まってくる。

サー・エリオットは自分に注がれた視線に気づいたのか、顔を上げてレッティと目を合わせた。レッティはほんの一瞬、二人きりで部屋にいるかのような感覚にとらわれた。自分の心臓の鼓動以外、何も聞こえない。サー・エリオットの口元がやわらぎ、笑みに変わりそうになった。

「レディ・アガサ？」誰かにひじに触れられて、レッティはまばたきをして我に返った。サー・エリオットのことばかり意識して、ほほえみかけられそうだと期待しただけでうっとりとなり、何もかも忘れていたのだ。

「はい、なんでしょう？」レッティがふりむくと、男性が立っていた。顔を真っ赤にしたジェプソン氏だった。

「あのう、レディ・アガサ。この部屋に、その、入ってこられるつもりではなかったんですよね？」ジェプソン氏は困惑ぎみに訊いた。

「もちろんですわ」レッティは堂々とした態度であしらった。「なぜお訊きになるの？」

「なぜって、その、ここは、あの、喫煙室ですからね」

それはそうでしょうよ。どこの間抜けが見たってわかるわ。室内には青っぽい煙が細く立ちこめている。集まった二〇人ばかりの男性のうち、半分は葉巻をくゆらせ、あとの半分はブランデーのグラスを傾けていた。女性は――あら、女性は一人もいない。

「大変失礼しました。わたし、婦人用の化粧室はどこかしらと思って、探していたものですから」どうか、婦人用の化粧室がありますように。

ジェプソン氏は言った。「はい、廊下に出られて、左側にある最初の部屋です」

レッティは部屋を出る前にちらと見たが、サー・エリオットは、白髪の痩せた男性との会話に没頭している。レッティは廊下から居間に戻ろうとしたが、思い直した。噂好きな地元の女性たちとおしゃべりするのも面白いかもしれない。そう考えて、ジェプソン氏に教えられたとおり、婦人用の化粧室へ向かった。扉がわずかに開いている。そのすきまから、香料入りのおしろいの匂いが漂ってくるかしら、と予想しつつ近づいてみると、なんとキャサリン・バンティングの声が聞こえてきた。

「もちろん、『下品』とまでは言わないわよ」

レッティの動きが止まった。

「確かに。でも、『俗っぽい』とは言えるかもしれないわね」答えているのは地主のヒンプルランプの妻、ドッティらしい。この女性とレッティが言葉を交わしたのは「初めまして」というあいさつだけで、まともに話をしたことはない。

「皆さん方がどんな噂をしてらっしゃるか、ご存知?」ドッティが大げさな調子で尋ねた。

「わたし、根も葉もない噂話や陰口には耳を貸さないことにしてるのよ、ご存知でしょ」キャサリンが答えた。かといって相手を責めるようすはみじんも感じられない。

「もちろんよ。でもこれは噂話というより、推測と言ったほうが正しいお話なの」

「ああ、そう。じゃあ、ま、いいでしょう。皆さん、どんな推測をしてらっしゃるの?」

「皆さんのおっしゃるにはね、サー・エリオットが――俗っぽい表現をあえて使わせていただくと――レディ・アガサに首ったけだ、っていうことらしいの」

レッティはほほえんだ。そんなふうに噂されていたの?

キャサリンは笑いとばした。レッティの笑みがたちまち消える。

「エリオットが？　『首ったけ』ですって？　ばかばかしい！」

「でも、サー・エリオットの態度からすると、夢中になっているように見えるんだけれど」

そうよ、いい調子。もっと言って！

「いやだわ、わたしが昔、あの人の許嫁《いいなずけ》だったたってことをお忘れにならないでよ。何も、意地悪で言っているんじゃないのよ。でもエリオットはね、感情に流される人じゃないんです。まあ、あの人に感情があるとしての話ですけれどね」

へえ。これで「意地悪で言っているんじゃない」のなら、本当に気分を害したときのキャサリンはどうなるの。絶対に会いたくない。レッティは向きを変え、その場を離れようとした。このままいたら、あとさき考えずに衝動的な行動に走ってしまいそうだったからだ。

「もう、あなたったら、本当にちっともわかってらっしゃらないのね？」キャサリンがドッティに言っている。

「でもわたしの印象では、サー・エリオットは、レディ・アガサのあの体が魅力的だと思ってるんじゃないかしら。うちの息子もそう感じてるみたい。息子に言わせると、レディ・アガサは——」

「違いますよ」キャサリンはきっぱりと言った。「エリオットはそんなこと、考えてないわ」そしてため息をつく。「わたしにはすごくはっきりわかるのに。ドッティ、感受性の鋭いあなたのことだから、きっと同意見だと思っていたんだけれど。でも、そうじゃないんだったら、しかたがないわね。わたしとしては何も言えないわ。でも、エリオットは大きな間違いをしていると思いますよ」

「あら、どんな間違いかしら。教えて!」

「とんでもない。そんなこと、口にすると考えただけでいやになるわ」

「でもキャサリン、サー・エリオットのためを思えばこその苦言というのもあるんじゃないかしら」

「もちろん、それはそうよ!」

「だったら、聞かせて。サー・エリオットがどんな間違いをしてると?」

「そうね」キャサリンは自信ありげに言った。貧相なお尻でドッティの座っている場所のそばまですり寄っていくさまが、レッティにもありありと想像できた。

「エリオットが世の中で認められるようになったのはここ数年のことでしょう?」

「ええ、そうね」

「彼って、昔から野心家だったのよ。スーダンから戻ってきて以来、かなり政治にも関心を示すようになったわ。勲爵士《ナイト》の称号ぐらいでは満足しないと思うの」

「あらそう?」

「実際、そうなのよ。で、彼が立身出世を確実なものにしたいと思ったらどう? 公爵令嬢と結婚する以上にいい方法があるかしら?」キャサリンは一秒だけ、間をおいてから、ようやくはっと息をのまなくてはならないことを思い出したようだ。「あらいやだ、言ってしまった。もうわたし、最低の気分だわ! ドッティ、わかってくださるわよね、あなた以外の誰にも、こんなこと言えやしないんですから」

「もちろんよ」ドッティは厳粛な声で答えた。

「ああいう女性と関わりあいになるとどんなことになるか、エリオットが自覚してくれているといいんだけれど。それに」キャサリンは急いでつけ加えた。「わたしが心配しているのは、エリオットのことだけじゃないの」

「ええ、もちろん」

もちろん、そうでしょうよ。レッティは顔をゆがめた。ドッティ、キャサリンの言葉を信じるぐらいなら、お宅の息子のキップが次の首相になると信じてもいいってことよ。といってもあなたはどうせ、疑うこともなく信じこんでしまうんでしょうけどね。

「レディ・アガサには、エリオットのような知識人のことがよくおわかりにならないんじゃないかしら。頭脳明晰な男の人って、他人と深い心の絆を築くことがほとんどないのよね。ああいう人たちって、自分の能力を伸ばすことに全力を尽くすものよ。似たような性格や能力の女性なら、それでかまわないんでしょうけれど、レディ・アガサのような……なんというのかしら、多情な女性にとっては受けいれがたいかもしれないわね」

多情ですって？　レッティは身がすくむ思いがした。そのなじみのない言葉を口の中でころがしてみる。ほとんど「好色な」という意味にしか聞こえない。

「確かに、レディ・アガサはそんな感じよね？」やっぱり思ったとおりね、とドッティは悦に入ってつぶやいた。「すぐ熱くなる女性なのね。彼女がサー・エリオットと一緒にいるとき、二人のあいだに火のような熱気が感じられますもの。しきりに視線を交わしたりして。見ているほうが空想をたくましくさせられてしまいそうよ」ドッティは清潔ぶって言った。「そうかしら。秋波を送っているのはサー・エリオットでなく、どちらかというとレディ・アガサのほうだと思うけれど」キャサリンの声は突如として冷たさを帯びた。「わたし、正直言って、彼女のこと気の毒な人だと思うわ」

「本当に？」

「ええ、本当よ。ああいう行き遅れの女性にありがちなヒステリーじゃないかしら。おかわいそうに」

「あなたって天使みたいに優しいのね、キャサリン」

レッティは指の節を口に押しこんでぎゅっと噛み、ロンドンのウエストエンド特有の口汚いののしり言葉が噴出しそうになるのを抑えた。

そのとき、化粧室の中で人が動く音がした。レッティは繻子《しゅす》織りのスカートのすそを持ちあげ、ものすごい勢いで廊下の角を回り、居間へと向かった。

キャサリンはでたらめを言っている。サー・エリオットがわたしに関心を示しているのは、公爵令嬢だと思っているからじゃないわ。彼はわたしと同じように、「多情」ではなく情熱的なだけなのだ。「多情」ですって――キャサリンったら、こんな言葉をわたしの頭に刻みこむなんて、ひどい。それに、「すぐ熱くなる」という言葉も！　サー・エリオットとわたしは実際、お互いどうしようもなく惹かれるものを感じたのよ。彼のあの態度は絶対に見せかけではない。あんな演技ができる役者なんか、いるはずがない。

でも、わたしをたまらなく魅力的だと思っているのなら……サー・エリオットはなぜ、またキスしてくれないの？

# 20　恋に落ちるとき、優雅にふるまえる人はいない。

エリオットは顔を上げ、玉突き室《ビリヤード》の戸口からこちらを見ているレッティに気づいた。目と目が合って、ほんの一瞬、二人のあいだの距離がやけに近く感じられた。彼女の濃い茶色の瞳孔が開き、喉がほんのりと赤らみ、髪がつややかに光るのを見たような気がした。

レッティが出ていったとたん、エリオットはそれまで耳を傾けていたウィル・マカルヴィーの話に集中できなくなった。自分が何をすると約束したのか、どうしても思い出せない。だがその約束でマカルヴィーは気がおさまったらしく、いちおう満足して立ちさっていった。

空いた椅子にすかさず座ったのはヘンリー・スミスだ。今度は軽はずみな約束はすまいと思ったエリオットは、次の月曜に事務所で話を聞くからと請け合ってスミスを納得させた。そしてレッティを探しに行った。

レッティは居間にいた。何人もの人に囲まれて、まばゆいばかりに輝いている。その姿は生き生きとして、実に自然だった。しかも、まわりはほとんど男性か――エリオットはかすかな不快感とともに、面白いなと思った。

いったん立ちどまり、考え直す。できれば、レッティとはつかず離れずの安全な距離を保つほうが賢明なのだが、バター色の繻子《しゅす》織りのドレスをまとった今夜の彼女はあまりに魅惑的だ。光沢のある柔らかい生地を押しあげるように盛りあがる豊かな胸、きらきらと輝く瞳、いたずらっぽい笑い声……困った。正直言って、あの魅力に抵抗できそうにない。

レッティが欲しくてたまらないのに、上流社会の紳士が淑女に求愛するときの堅苦しいしきたりをあえて守っている自分。このままあと一時間も我慢しつづけたら、神経がまいってしまうだろう。もちろん当のレッティはそんな思いなど知るよしもない。自分の存在が僕の心をどんなにかき乱しているか、見当もつかないにちがいない。かといってそんなことは言い訳にならないから、僕はレッティのために、持てる意志の力を総動員して自分を抑えようとしている。ただ、その努力を彼女に理解してもらいたかった。認めてほしかった。少しでもいいから感謝の気持ちを表してくれたら、どんなに慰められることだろう。

だがレッティは、こちらが自制しているのをありがたく思っているようには見えない。むしろ混乱しているみたいだ。少しいらだっている感じもする。

顔を上げたレッティと目が合った。おや、どこかおかしいぞ。そう感じたエリオットは近づいていった。だが彼女は、わざとらしい明るいほほえみを彼に投げかけただけだった。そしてふたたび、二重にも三重にもまわりを取り巻いている男性に注意を向けて、彼らをうっとりさせるのだった。

エリオットはレッティの横顔を眺めていた。皆と冗談を言い合い、陽気にはしゃぐ彼女は、特定の男性に媚を売っているわけではない。だが、明らかにエリオットは相手にされていない。どうも気にくわなかった。

夕食の準備がととのったことを告げる鐘が鳴りひびいた。レッティを取り巻いていた男女はそれぞれ、連れを探して三々五々いなくなり、食事室へと向かった。一人取り残されたレッティのそばに立っているのはエリオットだけだ。気まずい沈黙が漂った。

「食事に行きますか？」エリオットは訊いた。

「もう少ししてからにしますわ。ちょっと興奮しすぎてしまって」そう言ったとたんレッティはなぜか真っ赤になった。

「では、ここで少しお待ちしていましょうか？」

「いえ、そんな必要ありませんわ」

エリオットは眉をひそめた。きっと、聞き間違いだ。「私としては、必要かどうかの問題じゃありませんよ。ぜひご一緒できれば、と思っただけです」

レッティは険しい目を向けた。「サー・エリオット。お詫びしなくてはならないことがあります」

「何に対してですか？」エリオットは驚いて訊いた。

「わたし、この町に着いたばかりのとき、きっと皆さん頭が古くて、田舎臭くて、単純な方ばかりだろうと思っていたんです。でもあなたは、都会の方に負けないぐらい口がお上手で」

エリオットはレッティをじっと見つめた。「言葉づかいが巧みという意味ですか、それとも軽薄という意味ですか？」

レッティは目を伏せた。「わたしがどちらかに決めるようなことじゃありませんわ」

「いや、心の中ではどちらか決めてらっしゃるはずだ。それにしても、私に対する評価がこんなにがた落ちになってしまったのはいったいなぜなんでしょう。教えてください」

「がた落ち？　あなたに対する評価はむしろ上がってますわ。とても雄弁でいらっしゃるので、感激しましたもの」

「私の雄弁さに対する評価のことを言ってるんじゃありませんよ、レッティ」

こんなふうに心のうちを素直に語ろうとしない彼女は初めてだ。どうしたんだろう。

「何をおっしゃっているのかわかりませんわ。わたしたち、知り合って間もないのに。本当のところわたし、あなたのことをあまりよく知りませんもの」

エリオットはすっかり混乱してレッティを見た。僕はこの女《ひと》のことをずっと昔から知っているような気がするのに。大人になってからずっと追い求めてきた理想の女性像が、現実の姿となって目の前に現れたと感じていたのに。彼女の気持ちも同じだと信じこんでいたのに、実はそうではなかったのか。

「それなら、なんとかその考えを変えていただけるよう、努力しますから」エリオットはきっぱりと言った。

レッティの目に挑戦的な光が宿った。「本当ですの?」

「ええ、本当です。それに夕食の席でご一緒させていただけたら、食事中ずっと、私のことをもっとよく知っていただけるようつとめますよ」

「じゃあ、わたしについてあなたがご存知ない部分については、どうなんですの?」レッティは首をかしげて尋ねた。

エリオットは一歩近づいた。ジャスミンの香りがベールのごとくレッティを包んでいる。彼女の体のぬくもりがそこに揺らめいているような気がする。エリオットは言った。

「あなたのことなら、知っていますよ。よくわかっているつもりです」

レッティは身震いし、後ずさりした。「いいえ、ご存知ないわ」

おびえている声。怖がらせるつもりはなかったのに。しかたなくエリオットは、彼女が後ずさりするにまかせた。

「では、夕食のあいだに、お互いについて見落としていたところを埋め合わせればいい」

レッティはためらっている。エリオットにもその迷いが伝わってくる。いっとき彼女は、こちらがどきりとするほどに無防備で、頼りなげだった。だがすぐにそのもろさは消え、薄くて硬い仮面の下に隠れてしまった。

「もっといい考えがありますわ。わたし、まだ全然お腹が空いていないんです。こんなに気持ちのいい夜ですし、まだ、バンティング夫人ご自慢の薔薇園を見させていただいていないので、見てみたいと思うんです。ご一緒に来られます?」

レッティはその申し出を、まるで挑戦状のように突きつけた。いや、それは実際、エリオットに対する挑戦だった。

僕はついて行かないことにして、レッティを一人で庭に出してやろうか――でもそれは危険だ、外はもう暗いから。では、僕がレッティに付き添って庭に出ようか――だがそれも危険だ、外はもう暗いから。何が起こるかわかったものじゃない。

それに、レッティも僕も独身だ。ここはロンドンとは違う。リトル・バイドウェルは、社交のあり方も、そのしきたりも、今世紀の半ばからほとんど変わっていない小さな田舎町なのだ。

「どうなさる?」

「ほかの人たちも誘って一緒に行ったほうが――」

「ほかの人たちとはご一緒したくないんですの。でもサー・エリオット、しつこくお誘いするのは心苦しいので、やめにしますわ。わたしのことはかまわずに、どうぞお一人でお食事にいらして」

二人きりで庭を歩く。この誘いを受ければ、醜聞を招きかねない。彼女のためにも断るべきだ。だが断れば、彼女を一人で外へ行かせることになり、どうしてそんな事態になったのか、周囲の人たちは想像をたくましくするだろう。

「そんな、とんでもない」エリオットは顔をゆがめて言った。「もちろん、喜んでお供しますよ。どうぞ」レッティに向かって腕を差しだす。

「あら、口がお上手ね」レッティはえくぼを見せてエリオットの腕に手をそえた。「そんなことを言われて、断れる人がいるかしら？」

やれやれ。エリオットは力なく頭を振った。なんて頑固で、軽はずみで、手に負えない女《ひと》なんだ。しかし愚行に走ろうとしているのを知りながら、エリオットはなぜかくつろいでいる自分に気づいていた。未婚の男女が付き添いもなく二人だけで散歩するのは確かに無分別だが、楽しめる部分はせいぜい楽しもう。レディ・アガサと一緒にしばらく時間を過ごそうと思うなら、誰だってこんな危うい綱渡りに慣れなくてはならないんだろうから。

レッティはまだ居間に残っていた数人の客たちのあいだをすり抜けて、屋敷の裏につながるフランス式の両開きの扉へ向かった。外に出るとすでにあたりは薄暗く、木々の葉や芝生が暮れなずむ空の光にぼんやりと浮かびあがって見える。エリオットはレッティを、砕いた貝殻を埋めこんだ小道へといざなった。

「薔薇はお好きですか？」

「ええ、きれいですわね」

「あなたも薔薇の咲いている庭をお持ちですか？」なぜかこの質問でレッティはころころと笑いだした。

「わたしが持っている薔薇といえば、部屋の壁紙に描かれたものだけですわ」とレッティは言い、急に真面目な顔になった。「薔薇の花を育てたり、庭いじりを楽しんだりする暇がありませんでしたの。ずっと忙しい生活を送ってきたので」

「ああ、それは大変でしたね。でも」エリオットは間をおいて、レッティをじっと見た。「あなたが薔薇の手入れをしている姿は、ちょっと想像しにくいですね」

「あら、そうかしら？」

「ええ。なんというか、あなたの趣味としては少し……」ぴったりした言葉を探す。「型にはまりすぎているように思えるんです。堅苦しすぎるというか」

「つまり、わたしが堅苦しい女性じゃないってことですか？」レッティは用心深く訊いた。

「あなたはどこまでも自然な女《ひと》ですから」エリオットも、用心深い口調で答えた。

「あらわたし、また驚きましたわ、サー・エリオット」

「エリオットと呼んでください」

レッティは鋭いまなざしで彼をちらりと見た。「エリオット」

「で、どうして驚いたんですか？」

「普通は――あらいやだ！　ごめんなさい。こんな言葉、あなたとわたしのあいだでは使うべきじゃありませんでしたわね」

「どの言葉ですか？」エリオットは面食らって訊いた。

「おわかりでしょ」レッティはやたらに上品ぶって言った。「わたしたち、まだ出会って間もないんですから、まだお互いをよく知らないでしょう。そんな関係なのに、『普通は』なんて言えるはずがありませんもの」

レッティはエリオットに体を寄せてきた。明らかに、自己防衛のための見せかけだ。親密になりたくないから、悪知恵を働かせて――実に効果的に――うわべだけの親しげなようすを見せて、ある程度の距離を保とうとしているらしい。

腹立たしくなるほどに巧みに逃げを打つレッティだった。エリオットは果敢にも、ついさっき自分が深く心を打たれた彼女のもろさを思い出して耐えようとした。

「それで、私のどこに驚いたんです？」腕に押しつけられた彼女の胸の感触から気をそらそうと必死になりながら、エリオットは訊いた。

「ああ、そのお話でしたわね。あなたのような紳士は普通、相手の個人的なことに触れる発言をしたらあやまるものだと思っていたので、驚いたんですの」

エリオットは体をこわばらせた。「私が度を超したことを言ったと感じられたのなら、あやまります」

「あら」レッティは息をつくと、滑らかな調子でしゃべりはじめた。「あなたはいつも、どんなときでも紳士なのかしら？　何をしたか、しなかったかということのほうが、自分がどう感じるかよりも大切なんですか？」

ほら、ついに来た。それでこそレッティだ。これが、本当のレディ・アガサなのだ。彼女の声には失望の響きがあり、口の片方の端だけを上げた笑みは悲しげだった。

エリオットは答えなかった。どう答えていいかわからなかったからだ。なんてばかげたことを言うんだろう。まさか僕が、感情よりも礼儀のほうを重んじていると思っているんじゃないだろうな……だが、実際、そうじゃないのか？　ここ数年間は感情を抑えて、理性を保つことを優先させてきたじゃないか？

レッティはしばらくエリオットをじっと見つめていたが、急に憤然とした表情になり、目をそらすと、彼の腕にからませていた手を離した。

本当ならこのまま行かせるべきだ。そうすれば二人がいないのに誰かが気づいて騒ぎだす前に、屋敷に帰してやれる。

「レッティ――」ところがエリオットは、彼女の手首をつかんでひきとめた。

さっとふりむいたレッティは、すぐにエリオットのもとに引きよせられ、空いているほうの手を彼の胸にあてた。心臓の真上だ。エリオットはレッティを見おろした。表情を読もうとしたが集中できない。すべての神経がレッティの手とその温かみに向けられていて、一本一本の指の形や、不規則に上下する自分の胸にあてられた手のひらがはっきりと感じとれるほどだ。

「はい？」

エリオットは自分に言いきかせていた。最初のとき以来レッティにキスせずにいるのは、自分の思いについて彼女に疑いを抱かせたり、拒絶する言い訳を与えないためだ、と。だがそれは、事実のほんの一部でしかない。

エリオットは怖かった。怖くて、踏みこめなかった。情熱の火花が散って、二人を焼きつくす炎が燃えあがるのが恐ろしかったのだ。

レッティを腕に抱いてキスしたのは五日前。それ以来、自分を抑えるのに大変な努力が要った。苦しい状況を笑いとばしてなんとか乗り切ろうとしてもみた。しかし、眠れる野獣のごとく自分の中にひそんでいた欲望が目覚め、貪欲で危険な存在に変わっていた。その事実から目をそむけることができなかった。

エリオットは今、この庭で、その不思議な感覚を味わっていた。穏やかな夜気の中にたたずみ、レッティの手にほんのわずか触れられただけなのに、エリオットは欲望で身を震わせた。それまで何かを強く求めるあまり身が震えたことなど、一度もなかった彼が。

「なんですの?」レッティはふたたび優しく訊いた。その息がエリオットの喉を柔らかくなでる。

エリオットはレッティの手に自分の手をかぶせ、どうにかして胸から引きはがした。

「レッティ。そろそろ中に戻らなくては」

「戻らなくちゃいけないかしら?」その声にはからかうような響きがあった。エリオットの目にはもう、レッティのほほえみしか映っていなかった。彼女の手はエリオットの手から逃れたかと思うと、巣に帰る鳥のように彼の胸に舞い戻ってきた。いつのまにかシャツの前開きから入りこんだ指先が肌を探りあてた。

触れられて、エリオットの全身に刺激が走った。身動きができなくなった。

「やめてください」それしか言えない。圧倒的な誘惑に抵抗しようと必死に訴えるが、しゃがれ声しか出ない。

レッティはためらった。一瞬、手を引っこめるのではないか、二人にとって(エリオットにとっては特に）気恥ずかしい瞬間が訪れるのではないかと思われた。だがレッティは後戻りしなかった。

「バンティング夫人がおっしゃってたわ。あなたは冷たい人だって」

「なんだって」まさか、こんな展開になるとは。

レッティの手はシャツの中にさらに深く入りこんでくる。エリオットは脇に垂らした両手を固く握りしめた。

「それに、あなたには感情がないって」

エリオットはもう、なんと言っていいかわからなかった。それでもしゃにむに言葉を探した。「お願いだ。レッティ」

「それからバンティング夫人は、あなたがわたしに関心を示しているのは、わたしが、その、公爵の娘だからだ、って言ってたわ」レッティはつっかえつっかえ話した。どう言われようと関係なかった。エリオットにはほとんど意味がわからなかった。彼の全身が、持てる感覚のすべてが、レッティの二本の指先が彼の胸に描いている渦巻きのような線に集中していた。

「公爵の娘なら、あなたにとって価値があるからですって」

レッティがエリオットの両脚のあいだに踏みこむように進みでたとき、彼女のペチコートがさらさらいうなまめかしい音が聞こえてきた。

「キャサリンの言うとおりなの？」

「いや」

レッティは今や、エリオットから数センチしか離れていないところに立っている。間近で見ると、その濃い色の唇の輪郭、広めの頬骨、鋭いあごの線がはっきりとわかる。レッティは頭を少し後ろに傾けた。

そんな、無分別な。エリオットの心臓は破れんばかりに激しく鼓動している。

「あなたは単なる知識人ではないの?」指の爪が乳首をかすめる。エリオットは身震いした。

「でなければ、機械みたいな人かしら?」今度は唇がエリオットのあごに軽く触れた。

エリオットはレッティの肩をつかみ、ぐいと引きよせると、唇を重ねた。

レッティは今の今まで、岩を思わせるほど硬くたくましいエリオットの胸を愛撫していた。ところが次の瞬間には、彼の腕に抱きかかえられ、二人の姿が隠れるナナカマドの木の後ろに連れていかれた。エリオットはレッティを地面に下ろして木の幹に押しつけ、唇を飢えたようにむさぼった。開いた口から情熱がほとばしり、燃えたぎるような激しさと性急さを注ぎこんだ。その舌は口の奥深くまで入りこみ、彼女の舌と出会い、動きに従うよう執拗に誘いかけている。

レッティはエリオットの首に腕を巻きつけた。彼は上体をかがめ、彼女を抱えあげて、自分の体の硬い壁と後ろの木のあいだに閉じこめた。木の皮がむきだしの肩にあたってこすれたが、レッティは気にしなかった。

エリオットはわたしを求めている。このままのわたしを。誰もこの喜びを奪うことはできない。絶対に。この人はわたしを公爵令嬢と思いこんでいるけれど、求めているのはその地位ではない。レッティという血の通った女なんだわ。

エリオットは唇を離し、レッティの鎖骨のくぼみに頭を埋めた。彼の背中と腕を通って震えが伝わってくる。

レッティはエリオットにしがみついた。思っていたよりずっと大きく、背が高くたくましい。レッティの手の下で、肩の筋肉が力強く盛りあがっている。腕の力こぶのふくらみ、引きしまった太ももの筋肉。完璧な仕立ての白いシャツときちんと折り目のついたズボンの下には、男らしく強靭な体が隠されていた。レッティは今、エリオットの胸の厚みや硬さと、差し迫った欲望の強さを感じていた。

「さっきの批判は、取りさげてくれ。僕の顔を平手打ちしてからでかまわないから」エリオットはレッティの喉元でつぶやいた。その声はしゃがれ、息は乱れている。

「ええ、いいわ」レッティはとぎれとぎれに言った。「あなたは、冷たくもないし、感情がない人でもない」

エリオットの笑い声にはいらだちが混じっていた。「とんでもない。こと君に関するかぎり、僕はそんな人間じゃない」

レッティは手を上げ、エリオットのあごを包んだ。彼は顔を傾け、レッティの手のひらにキスした。その衝撃でしびれるような快感が彼女の腕を走り、腹部に伝わって熱くたまっていく。エリオットの腕に支えられていてよかった。でなければ、へなへなとくずおれてしまっていただろう。

エリオットがそっと体を離すと、ひんやりした夜気が二人のあいだを駆けぬけた。まるで目に見えない監視役のように。あ、この人、我に返ったのね——いっときだけ失っていた自制心を回復し、男としての力をあやつるすべを取りもどしたんだわ。

「ほら、もう冷静になっているじゃありませんか」レッティはなじるように言った。

「自分がそうしたいと思うほどにはうまくいきませんよ」エリオットは浮かぬ顔で言いながら、手のひらをレッティのむきだしの腕にあて、下に向かってすべらせる。

レッティは、さっきの彼に戻ってほしかった。腕の中に抱かれて、激しいキスを交わし、張りつめた彼の体を感じたかった。

レッティはつま先立って伸びあがり、両手をエリオットの胸にぴたりと押しあてた。うわべの冷静さとはうらはらに、彼の心臓はレッティの手の下でドクドクと速く、大きく脈打っている。レッティは、鋭い輪郭を描くエリオットのあごを手でそっとはさんだ。

「その冷静さを、わたしが失わせてあげる」

エリオットは目を閉じた。「だめだ。やめてくれ」

つまり、自制心を失いそうになっているのを認めたわけね。レッティは意地悪な楽しみをおぼえていた。エリオットは何か特別なものを感じているのだ。キャサリン・バンティングに対しては感じたことのない何かを。もしかすると、ほかの女性には一度も感じたことのない何かを、わたしに対して感じているんだわ。このことを大切な思い出として、胸にしまっておこう。誠実で気高く心の正しい男性が、わたしを切ないほどに強く求めて、体を震わせてくれた。そのことをしっかりと憶えておくのよ。

「どうしてだめなの？」

濃いまつ毛にふちどられたエリオットの美しい目が開かれた。薄暗い光の中で黒々と輝く宝石のようだ。そのほほえみはどことなく寂しげだ。

「やりがいがないでしょう。あまりにも簡単だから」

そのとき、そよ風がやんだ。ナナカマドの木の枝で、ホオジロらしき鳥が羽ばたいている。人のかすかな話し声やグラスを合わせる音が、屋敷の開いた窓から庭を通って聞こえてくる。

レッティはエリオットの表情を読もうとして、半分陰に隠れた顔をじっと見つめた。

「それは、なぜ？」レッティは静かに訊いた。

「僕が、あなたを愛しているから」

# 21　コーラスの部分では、やじる観客は一人もいない。

もっとうまく対処できるはずだったのに……。

本物のレディ・アガサなら、愛の告白をされたときスカートのすそをつまんで逃げだすようなことはなかっただろう。その点、お調子者で目先が利くレッティ・ポッツだって同様のはずだったのに。玉突き室《ビリヤード》に入って、木の肌でこすられたためにひりひりする背中を扉にもたせかけながら、レッティは思った。でも、問題は――ここのところわたしが、少しもレッティ・ポッツらしくないってことよ。

しゃきっとしなければ。本来の自分を取りもどして、物事を客観的に見るようにするのよ。こんな例なら、レッティはいくらでも見てきた。男優や女優が自分の役にのめりこんで、本当の自分と自分が演じている人物との境界があやふやになってしまったのを。

要するに、図に乗ってやりすぎただけ。だからこうなって当然なのだ。わたしはこの町の人たちみんなをだました。特にエリオットを、徹底的にだました。その結果、自分自身もだましてしまうはめになったって、少しも不思議じゃない。

だって、エリオットに告白されたあの瞬間、心臓の鼓動が二回打つ短いあいだに、もう少しで「わたしもあなたを愛してる」と答えそうになったのだ。危ういところで。

でも言わなかった。ああ、よかった。だって、エリオットが愛していると言った相手は、本当のわたしではないから——彼が求めているのは本当のわたしであって、実在しない公爵令嬢のレディ・アガサもどきではない、というようなたわごとをいくら自分自身に信じこませようとしても無駄。そんなこと、初めからわかっていたはずよ。

女優にのぼせあがって劇場に通いつめる男たちが恋に落ちるのは生身の女性ではなく、舞台の上の女主人公《ヒロイン》と相場が決まっている。それは脚本家が書いたせりふや、演出家による巧みな演出、照明係による芸術的な照明効果が作りあげたものだ。自らレディ・アガサのせりふを生み出して演じてきたこのわたしが、エリオットの気持ちを受け入れようとする自分の行動を邪魔することになったら？　それだって、どうせ演技にすぎないのだ。

まったく、とんだお笑いぐさだわ。もう少しで自分の作り出した幻想にだまされそうになったんだから。それは、そうよね。夢みたいな話だもの。レディ・アガサになりすまして、手直しした服を着た結果できあがった、借り物の自分。その女性に恋したエリオット。この幻想をあとどのぐらい保てるだろう？　いつまで、エリオットがレディ・アガサだと信じこんでいる女性のままで、彼が愛している女性のままでいられるかしら？　レッティの動悸が速まった。

いつかはエリオットにもわかってしまう。わたしがレディ・アガサでないことが。それを知ったら、エリオットの愛情は消えてなくなる。だまされていたと知って、気持ちが変わらないはずはない。

でも、もし彼の気持ちが変わらなかったら？

なんとかできないだろうか？　わたし自身、エリオットの目に映っているレディ・アガサという女性こそまさに自分そのものだと、もう少しで思いこみそうになったのだ。このまま自分を変えていって、その女性になるのは難しいかしら？　それに、もしかしたらわたし、すでにその姿に近づいているかもしれない。ほんの少しだけれど。

何も二人がリトル・バイドウェルにいつづける必要はないんだもの。誰にも行き先は知らせずに、二、三年ぐらいどこかよその町で過ごすという手もある。わたしは髪を染めて、体重を減らすか増やすかして外見を変え、しゃべり方を練習して、そのうちまたこの町へ戻ってくればいい。

レッティの呼吸が荒くなった。切なる願いの表れか、無意識のうちに手を握りしめていた。ひょっとするとエリオットとわたしにも、希望があるかもしれない。どこかで二人の未来が開けるかもしれない。

「今まで、あそこまで困りはてたあいつは見たことがないな」

男性の声がして、レッティがはっとしてふりかえると、アッティックス・マーチ教授だった。さっきから窓際に立っていたらしいが、上半身しかこちらを向いていなかったので、レッティが部屋に入ったときには、すぐにはその存在に気づかなかった。晩餐会用の黒い礼服のために、陰に隠れて見えなかったのだ。

「あの、なんておっしゃいました？」

アッティックスは窓に向かってあごをしゃくってみせた。「うちのせがれのことですよ。ほら、庭の奥のほうを行ったり来たりしておる」

「ああ」

アッティックスはレッティにほほえみかけた。背が高くやや猫背で、少し弱々しい感じがするものの、ととのった目鼻立ちはまだ十分に魅力的だ。エリオットによく似ている。

「どうやらあなたは、せがれをかなり混乱させてしまったようですな。そのうち、あのみじめな状態からあいつを救ってやってくださるものと期待していますが」

レッティは用心深くアッティックスを見つめた。

「急に声をかけて驚かせたのなら申し訳なかった。別に驚いてはいませんな。あなたのことをずっと観察していて、率直に話をするのはお嫌いではないようにお見受けしたんだが」

これはいいほうに展開しそう？　それとも悪いほう？　どちらとも判断がつかず、レッティは黙っていた。

「どういう状況か、自分でご覧になればいい」アッティックスは窓際へ来るよう手ぶりで招いた。レッティは思わず気をひかれて窓に近づき、庭を見おろした。

エリオットが窓の下に立っていた。風が吹きつけて上着の後ろすそを舞いあげ、黒い髪を乱している。背後の空はすでにどんよりと暗くなり、地平線のかなたには光る稲妻が見える。今にも嵐が来そうだった。エリオットの心の中にも、嵐が吹き荒れているにちがいない。

エリオットの表情はこわばっていた。フランス扉の外側の壁に取りつけられた燭台からもれる薄明かりの下で、肌が青白く見える。レッティが駆けこんだ扉を険しい目つきでじっと見つめるエリオットは、どうやら次にとるべき行動を考えているらしい。もし中に入って捜されたら、レッティはどうすればいい？

「あの哀れな奴を見てごらんなさい。怒っている。混乱している。身だしなみは乱れている。どうしていいかわからんといった感じですな」アッティックスは身を乗りだし、目を細めた。「おやまあ。シャツの一番上のボタンを留め忘れとる」やれやれといったふうに頭を振る。「服装をきちんとするのをすっかり忘れているようだな。そのうち直るといいんですがね。新たに男爵となる人物が、シャツの第一ボタンをはずしたままでお辞儀する姿を女王陛下がご覧になったら、いい印象は持たれないだろうからね」

女王陛下？　男爵？　アッティックスはレッティが当然知っているものと思って話しているが、彼女には何のことかさっぱりわからなかった。

アッティックスはいぶかしげにレッティを見た。「おや、ご存知なかったんですか？　エリオットが教えなかったんですな。これは大変失礼した。あいつがそういう話をしないことぐらい、わしも想像できそうなものだが。しかし……」手を差しのべて言う。

「どうです、この老人に少しのあいだだけおつきあいいただけませんかな？　こちらで、座っての男性にはお話ししたいのですが」

アッティックスは革張りの長いすにレッティをいざない、彼女が座ると、自分も隣に腰を下ろした。

「さて。本来はわしがお教えすべき話ではないんだが、リトル・バイドウェルでは知らぬ者がほとんどないはずだから、誰に聞いても教えてくれると思いますよ」

「何をですか？」レッティは訊いた。

「新年の叙勲のさいに、エリオットに男爵の称号が授与されるよう、首相が女王陛下に推薦してくださることになっておるんです」

え、それはつまり……ああ、そんなのだめ。

「もし女王陛下が却下なさったら？　首相の推薦をお取りあげにならなかったら、どうなるんですの？」

アッティックスはほほえんだ。「まず却下されることはないでしょうな。マーチ家は貴族階級ではないものの、由緒ある家柄ですから。せがれの血筋は立派だし、人格的にも文句のつけようがない。交友関係も非の打ちどころがないし、輝かしい経歴もある。女王陛下が男爵への推薦に異論を唱えられるとは考えにくいですな」誇らしげな口調だった。

だがレッティの耳に残ったのは、「交友関係も非の打ちどころがない」という言葉だけだった。

「非の打ちどころがない」交友関係は、エリオットがしがない劇場歌手との交友を深める前の話だわ。もし当局がわたしの素性を調べたら……レッティはごくりとつばを飲みこんだ。心に思いえがいていた二人の甘い未来が、ろうそくの炎のように吹き消され、たちまち消えてなくなった。レッティは真っ暗闇に放り出された。今までなら、サー・エリオットと劇場歌手の二人が将来一緒になれる見込みはわずかながらあった。でも、エリオットがマーチ卿の地位を得たら、もうおしまいだ。レッティの過去は忘れようと彼が言ってくれたとしても、女王陛下がお赦しになるはずがない。

レッティはアッティックスのほうを向いた。声には絶望の響きが混じっている。「男爵の称号は、絶対に受けなければならないというものでもないんでしょう?」

老人は眉間にしわを寄せた。「まあ、確かにそうですな。叙勲を辞退することもできる」穏やかに続ける。「だが……この機会のために、何年も努力してきたんですからな。辞退するとは思えない」

「でもサー・エリオットは、もうすでに勲爵士《ナイト》の称号を持ってらっしゃるじゃありませんか」レッティは反論した。「それだって十分名誉ある称号ですわ。男爵になられたからといって、サー・エリオットの価値が変わるわけじゃないのに!」

「もちろん、変わりませんよ」アッティックスは困惑した目つきをしながらも優しい声で言った。「だが……エリオットをご存知のあなたならおわかりになるだろうが、あれが求めているのは爵位そのものではなく、それにともなう機会ですからな」

レッティは老人を見つめた。ああそうか、と納得がいって、口をつぐんだ。それはそうだわ。

「男爵になれば貴族院議員の資格が得られますから、司法府での地位も上がる……といってもこんなことはとっくにご承知でしょうな。せがれにとって司法の世界で力を振るえることがどんなに重要か、あなたならおわかりになるでしょう。親の欲目かもしれませんが、せがれだけではない、わが国にとっても重要な意味があると思いたいですな」アッティックスはレッティの手を軽く叩いてほほえんだ。

「最近のせがれを見ていると、むしろ寡黙といった印象のほうが強いですが。まあ、心情的にやむをえない理由もありますし、理解できないこともないですがね」アッティックスはレッティに目配せしてみせた。

「しかしエリオットは、あれでなかなか弁舌の才に恵まれていまして、実に説得力のある演説をするのです。いや、本当ですよ。とりわけ、司法改革のこととなると雄弁さが増すようで。わしの病気のせいでこの町に帰ってくる前は、ロンドンの中央刑事裁判所でもせがれの雄弁さはつとに有名でしたから」

「中央刑事裁判所ですか？　ロンドンの？」軍役でスーダンに赴任していた期間をのぞいて、ずっとリトル・バイドウェルで暮らしていたと思っていたのに。「サー・エリオットは、ロンドンに住んでいらしたことがあるんですか？」

「ええ、一〇年間住んでおりました」

わたしったら、なんてばかなの。そんなエリオットを田舎紳士だとからかったりして、きっと彼は――。

アッティックスはレッティをじっと見ている。何を考えているのやら、表情が読みにくい。

「せがれは以前、こんなことを言っておりましたな。兵士たちの尊い命という形で英国が払った犠牲は、それによって正義と自由が得られたのでないかぎり、とうてい許されるべきものではない、と」

老人のまなざしは射るように鋭い。「おわかりですな？　せがれが爵位を求めるのは単なる野心からではなく、正義に対する固い決意からなのです。爵位を得れば、やりたかったことがどんどん実現できる。せがれはかならず、世のため、人のために尽くすでしょう」

アッティックスは長いすに深くもたれかかり、誇らしげな笑顔になった。「あなたもそう信じてくださるでしょうな」

「ええ、信じますわ」エリオットが生まれながらにしてそなえている人としての品位や誠実さ。揺るぎのない信念、正義に対する情熱。それらをもってすれば、世のために尽くすのは難しいことではない。彼を誇りに思う気持ちがレッティの全身に広がった。エリオット・マーチ卿。そんなすばらしい人をわたしは愛しているのね。

そう、愛している。

レッティはエリオットを愛していた――心の広い人だから。どこまでも高潔で、気高い人だから。そんな人間なんかいるはずがないと疑ってかかっていたのに。そういう性質は弱さや甘さの表れだと、ばかにしていたのに。

ヴァンス大佐の娘エリザベスに優しく接し、大佐にも思いやりを示していたエリオット。他人のために尽くしながら、自分の努力など大したことはないと謙遜して、人から多くのものを与えてもらっているかのように見せていたエリオット。その実、彼こそ人に多くを与えていたのだ。

エリオットが話の中で人をけなしたり、軽蔑した物言いをするのを聞いたことがない。つねに公平であろうと真摯につとめ、公平でないふるまいをする人にも辛抱強く接している。そんなエリオットを、レッティは愛していた。だが、理由はそれだけではない。愛しているのは、彼のキスが自分を熱く、切なくさせてくれるから。力を与えてくれるから。彼に触れられるたびに、体がまるで敏感な音叉のように反応して震えるから。そして何よりも、彼がエリオットであって、今まで出会ったどんな男性とも違う、これからも出会うことがない、そんな人だからだ。

アッティックスはレッティのようすを注意深く見守っていた。そして彼女の考えを読んで、息子をどれほど愛しているかを悟ったかのように、いたずらっぽい、意外なほどに魅力的なほほえみを見せた。「事情がわかったところで、レディ・アガサ。せがれとのことについては、これからどういう心づもりでいらっしゃるのかね？」

またただわ。今回も、もっとうまく対処できたはずだったのに……廊下を急ぎながらレッティは思った。あんなふうに言うべきじゃなかったわ。「どんな心づもりも、ありません！」

と叫ぶなり、おびえたウサギのように部屋を飛びだしてしまったのだ。

だがレッティの「心づもり」は、恋人である男性の父親に打ちあけるようなたぐいのものではなかった。それまで、恋人を作る機会ならいくらでもあったレッティだったが、けっきょく一人の恋人も持たなかった。なぜならレッティは人を恋したり、愛したりしたことはなかったし、知性にも理性にも恵まれた女性が、なぜある男性のことになるととたんに分別をなくし、愚かなまねをしでかすのか、まったく理解できなかったからだ。

少なくとも、これまでは。

エリオットと自分には未来はない。それはもうわかっているし、どうでもいいことだ。それよりレッティは、自分が心から好きになった男性と愛を交わしたかった。わたしにだって、そのぐらいの資格はあるんじゃないかしら？　エリオットのような男性はもう二度と現れないだろう。これから一生かけて探しても、彼に似た人さえ見つけることはできないのは目に見えている。人の一生で本当に幸せなことなんて、一回でもあったらいいほうだからだ。その一回きりの幸せだって、手に入れられる女性はほとんどいないのだから。

でも、わたしはそのチャンスをつかんだ――レッティは必死に考えた。そのひとときだけの幸せを得られる好機を、むざむざ捨ててしまいたくない。二人にはわずかな時間しか残されていないけれども。

エリオットをその気にさせるのは難しいかもしれないが、不可能ではない。エリオットの考えは手にとるようにわかる。二人が愛を交わすとしたら、それは結婚を前提としたものでなくてはならないというのだろう。だからそう信じこませる必要がある。レッティの歩みが遅くなった。自分の大胆さにあきれて、足を止める。まさか、そんなことできやしない。彼だって応じるはずがない。無理だわ。こんな大それた計画を立てるなんて、わたし、どうかしちゃったのかしら？

こんな成り行きになってしまったのは、わたしのせいよ。自らまいた種なのだ。さまざまな思いがいちどきに交錯して、頭が割れそうだった。心が痛んだ。エリオットにつらい思いをさせてしまったかもしれないと思うといやでたまらなかった。

わずかに残された幸せの瞬間をかすめとるために、エリオットのもとへ行かなければならない。そう、けっきょくのところ、わたしってその程度の人間なのかもしれないわね。人のものをかすめとって生きる悪い女。

レッティは、悪夢からめざめたときのようにおそるおそるあたりを見まわした。らせん状の階段をつたって一階に下り、さっき庭から屋敷に入ってきたときの扉まで戻ってみた。ちょうど、食事を終えた客たちが晩餐室から出てきはじめたところだった。

エリオットを捜さなくては。それしか頭になかった。

そのとき、誰かがレッティの手首をつかんだ。驚いてふりむくと、そこにいたのはアンジエラだった。「あの人が、今夜『魔女の木』の下で会いたいって言ってきたんです！」

「キップが？　でも、彼はこのお屋敷へは来ていないのに」人ごみに目をこらして、優雅な黒髪の主を捜す。「ご両親が、息子が来られなくて申し訳ありません、とバンティング夫妻にお詫びしていたわ。わたし、この耳で聞いたんですもの」

エリオットはどこかにいるはずだ。父親を残して一人だけ先に帰ってしまうような人ではない。怒っているだろうか？　愛想をつかされてしまったかしら？

「キップは伝言を寄こしたんです、わたしたちが家を出るちょっと前に」アンジェラが言った。「もし『魔女の木』のところまで来なかったら、明日の郵便で例の手紙をヒューイに送りつけるって言うの！　わたし、レディ・アガサが教えてくださったとおり、毅然として立ち向かわなきゃいけないのよね、そうでしょう？」

レッティは緊張したおももちのアンジェラをぼんやりと見つめた。エリオットは今、何を思っているだろう。いやだ。わたしが彼の愛を受け入れたくないだなんて誤解されたくない。そんなふうに思われたくない。

「レディ・アガサ？」

わたしに会いもせずに帰るはずがない。「そうよ」レッティはつぶやいた。

「本当に、そうですよね？」アンジェラはふたたび訊いた。

「何が？　いよいよとなれば、立ち向かうしかないわ。でも、今夜は何も起こりませんよ」

レッティは気もそぞろに言った。「嵐が来るから」

「レディ・アガサはキップのことをよく知らないからそう言えるんです」アンジェラはつぶやいたが、レッティは聞いていなかった。ついにエリオットの姿を見つけて、すでに人ごみをかきわけて走りだしていたからだ。

# 22　面白い演劇には嵐がつきものだ。

レッティが玄関に着くと、ちょうどエリオットの馬車が出発したところだった。

ああ、どうしよう。レッティがここまで途方にくれたのは、記憶にあるかぎり初めてのことだった。演じている芝居に「次の幕」がなくなってしまったような感じだ。

レッティはいくつもの部屋をさまよい歩いた。ほほえみを絶やさず、とりとめのないことをつぶやき、自分がどうしたいか、どうすべきか、心の中で葛藤を続けながら。だが解決策は見つからない。ついには、焦燥感のあまりめまいがしはじめた。

バンティング夫妻と話しこんでいたエグランタインを見つけたレッティは、御者のハムに「ホリーズ」まで連れて帰ってもらえないかと訊いてみた。

「ごめんなさい、レディ・アガサ」レッティの頼みを聞くなり、エグランタインは申し訳なさそうな顔になった。「アンジェラが頭痛がすると言うもので、さっきハムに家まで送っていかせたばかりで、まだ馬車が戻ってきていないんですそれに私、みんなしばらくここにいるから、急いで戻ってくる必要はない、ってハムに言ってしまったんですよ」

アンジェラが出ていったですって。レッティの胸を不安が貫いた。視線を窓のほうに移すと、雨粒がガラスに当たって光っている。そのはるか向こうの暗がりには、強風にあおられた糸杉が、ざわざわと不気味な音を立てて揺れている。

まさかあの娘《こ》、この嵐の中をキップに会いに行くわけがないわよね？　固い決意を秘めたアンジェラのまなざしと強い口調が、レッティの脳裏に焼きついて離れない。

「レディ・アガサ、ご気分がすぐれないようなら、うちにお泊まりになればいい」ポール・バンティングがすすめた。「そうしたほうがよさそうだね、キャサリン？」

「ええ、ぜひお泊まりになって」キャサリンは無表情で言った。

「いいえ、結構です」レッティは言った。「というか、あの、そんなご迷惑はかけられませんわ。ときどきこんなふうに気分が高ぶることがあって、そうなると、いつものチンキ剤を飲むしかないんです」

「チンキ剤ですか」キャサリンはなるほど、というように力強くうなずく。

「まあ、それはお気の毒。上流社会のご婦人方は、そういう……すぐ神経が興奮してしまうといったお悩みをお持ちの方が多いようですものね」キャサリンはドッティ・ヒンプルランプにちらりと目配せし、ほくそえんだ。「すぐに『ホリーズ』へお帰りになったほうがいいわ。うちの馬車を使わせてさしあげて、ポール」

レッティはキャサリンに何度も礼を述べた。ここはキャサリンを満足させて、せいぜいいつけあがらせておこう。今はそれより重要なことが目の前にある。アンジェラの身が心配だとエグランタインに打ちあけようとも考えたが、けっきょくやめた。もしこれが単なる杞憂だったら、ただアンジェラの秘密を暴くことになるだけだ。

ここは一人で「ホリーズ」へ戻るのが一番いいだろう。心配するまでもなく、アンジェラは一人悩みながらベッドにもぐりこんでいるかもしれない。

一〇分後、レッティはファギンを、この犬を溺愛するエグランタインに預けてバンティング家の馬車に乗りこみ、屋敷を出発した。ますます勢いを増す風の中、馬車の屋根に叩きつけるように降る雨の音がすさまじい。レッティは外套の前をかきあわせ、暗闇で荒れ狂う嵐のようすを窓からうかがった。馬車は幹線道路につながる小さな橋を過ぎ、のろのろと進んでいく。

はるか遠くに、童話の挿絵に出てきそうな稲妻の光に照らされて、骸骨を思わせる樫の木が浮かびあがった。町の人々が「魔女の木」と呼んでいる大木だ。その向こう、数百メートルほど行ったところにヒンプルランプ家の屋敷がある。その先の坂道を登っていくとマーチ家の屋敷が領主の館といった趣でいかめしくそびえ、雨の中でも一階の窓がこうこうと光り輝いているのが見える。

じゃあ、まだエリオットは起きているのね。どんなに心が傷ついているだろう。いや、それともレッティに逃げられたためにふと我に返って、もしかすると今ごろは、ああよかった、と祝杯をあげているかしら?

ほどなくレッティは、服から水をぽたぽた垂らしながら一人、「ホリーズ」の大広間に立っていた。玄関に出てきたのはメリーで、濡れねずみの客人を中に入れる勇気ぐらいはあったようだが、そのあとさっといなくなった。が、レッティが外套を脱いでいると、メリーはふたたび現れた。あとに続いて、息を切らした執事のキャボットと、グレース・プールがあたふたとやってきた。二人ともただごとでないようすで、おびえた表情だ。

「どうしたの？」レッティはさっそく訊いた。

「ミス・アンジェラが、馬に乗って出かけられたんです。お供の少年も連れずに、一人で行くとおっしゃって」

「まあ、どうしましょう」レッティが恐れていた最悪の事態になったのだ。

「行き先もわからないんです！」グレース・プールの口は絶望で大きく開かれている。

「私、必死でお止めしたんです。なのに、どうしても行くんだと、がんとしてお聞きになりませんでした。あんなお嬢さまは見たことがありません。そのまま馬小屋に飛びだしていって、馬の世話係の少年に鞍をつけさせて……」

「ここを出たのはいつごろ？」

「一五分ほど前です。それ以上は経ってません。私、これからバンティング家に使いの少年をやって、皆さまにお知らせ――」

「だめよ！」出ていった理由を人に知られたら、アンジェラにとってこれほどの屈辱はない。死んだほうがましだと思うだろう。それより大切なのは、アンジェラの身の安全だ。嵐はますます激しくなっている。このままでは危ない。レッティがなんとしてでも連れて帰らなくてはならない。

「アンジェラがいなくなったのを知っている人は？」

「グレース・プールとメリーと、私だけです」不安そうに唇を噛みながらキャボットが言う。

「なぜそんなことを？」

「みんな、よく聞いて」レッティは言った。「わたし、アンジェラの居所を知っています。どこへ行ったかはわかるけれど、その理由をあなたたちに明かすわけにはいかないの。でも、これだけは言えるわ。アンジェラのこと、絶対にほかの人に知られてはならないんです。だから、わたしたち以外の人にはいっさい、もらさないでほしいの。わかった？」

富裕層の社会のしきたりには興味のないレッティだが、婚約中の娘が許婚《いいなずけ》以外の男と会うために嵐の中を馬に乗って出かけたなどという事件がよそに知れたら、取り返しのつかない醜聞になることぐらいは十分、承知していた。

キャボットとグレース・プールは黙ってうなずき、メリーは「はい」と言うと、小さなあごをぐっと突きだして決意のほどを示した。

「アンジェラの幸せがかかっているのよ。お願いね」

一週間前のレッティなら、こんなお涙ちょうだいのせりふを本気で言うなど、想像さえできなかっただろう。だが今、レッティは真剣だった。個人的にはキップのことも彼の脅しも怖くなかったし、アンジェラの大切な侯爵さまの優しい愛情など、なんとも思わなかった。

でも、この一週間でレッティはいくつかのことを学んだ。そのひとつが、自分にとって重要でないと思えることでも、ほかの人たちの人生にとってはそうではない、ということだ。

「わたしが行って、アンジェラを連れて帰ってきます。うまくいけば、エグランタインさまやアントンさまよりも早く戻ってこられるかもしれないわ」

嵐は刻一刻と激しさを増している。今や雨は単なるどしゃ降りでなく、天から降ってくる鋭い槍のようだった。

「しかし、馬車がありませんよ」キャボットが大きな声を出した。「ハムはもう、ミス・ビグルスワースたちを迎えに出てしまいましたから」

「馬に乗っていくわ」キャボットの疑わしそうな表情に、レッティは顔をしかめた。「わたし、曲馬師が酔っぱらってたときに、代役でアラブ産の月毛の馬を乗りこなした女なのよ、憶えてるでしょ？」レッティは、いぶかしげに見ているグレースやすっかり面食らっているメリーにかまわず言った。キャボットは納得してうなずいた。

「馬小屋に誰かをやって、馬を連れてくるように言って。わたし――」

「ホップズがもう、鞍をつけた馬と一緒に待っています。調理場の戸口の外で」キャボットが言った。「私が手紙を書きおえたらすぐにでもそれを持ってバンティング邸へ向かうようにと言いつけて、待機させておいたんです」

「よかった」レッティは調理場をめざして廊下を走りはじめた。グレースとメリーが急いであとに続く。「ぐずぐずしている暇はないわ、早く」

「私が行ったほうがいいんじゃないでしょうか」キャボットが突然言いだした。「男ですから、何かと心丈夫では」

もう、そんなこと言っている場合じゃないのよ。「気持ちだけありがたくいただくわ。でも、あなたの姿を見たら、アンジェラが逃げてしまうかもしれないでしょ。あの娘《こ》がどこにいるか、なぜそこへ行ったかを知っているのはわたしだけなんだから。それに」レッティの口調は荒々しくなっていた。「アンジェラはわたしを信頼してくれているわ」

キャボットはためらいながら、脇に退いた。

「わたしなら大丈夫よ、キャボット」レッティはきっぱりと言った。「二人でちゃんと戻ってくるわ。ところで、これよりもう少しましな雨具か何かあると助かるんだけど」

「どうぞ、着ていってください」キャボットは幅の狭い物入れの扉を開けると、油をひいた生地を使った外套を取りだした。「これなら、悪天候でもかなり持つと思います」

レッティは礼を述べると、その大きな雨用の外套をはおった。そして後ろをふりかえることもなく調理場の扉を開け、馬を連れて外で待つホップズのところへ駆けていった。

馬はすでに神経を高ぶらせていた。木の葉が舞い、雷鳴がとどろく嵐の中を、レッティにせかされなくてもすごい勢いで駆けぬけていく。レッティは前のめりになって馬の首にしっかりとしがみつき、「魔女の木」のある通りへと導いた。舞台に出ていたころ、演芸ショーの馬の訓練を手伝ったことがあったのは幸いだった。

数分も経たないうちに、繻子《しゅす》織りのスカートは雨水をふくんでぐっしょりと重くなった。吹きつける風でフードが頭から脱げ、優雅にまとめた髪が崩れてばらばらにほどけ、濡れそぼった長い束となって顔を何度も打った。

いっこうに気にならなかった。寒さも、横なぐりの雨もかまわず、ただ馬にしがみつくことだけに集中していた。行く手に「魔女の木」が見えるころには、レッティは全身ずぶぬれになり、稲妻が光るたびに震えていた。

丘の一番上までたどりつき、息切れしている馬を、ずいぶん前に枯れたらしい「魔女の木」のそばで止めた。降りしきる雨を通して目をこらす。が、馬は一頭も見あたらない。あぶみに足をかけて伸びあがってみたが、何も見えない。

レッティの中でじわじわと広がっていた不安が、胸をぎゅっとつかまれたような恐怖に変わった。キップがこの木の下に来ていないのは意外でもなんでもない。こんな嵐の夜に外に出るのは愚か者か、追いつめられた娘だけだ。

でも、アンジェラはこのへんにいなくてはおかしい。来るまでの道では馬に乗った人を見かけなかったし、「ホリーズ」からこの丘にいたる道といえば一本しかない。レッティは膝で押して馬を前に進ませ、より広い範囲を見てまわった。五〇メートルほど行ったとき、地面の上に黒く盛りあがった塊のようなものが見えた。

レッティは一瞬のうちに鞍からすべりおり、ぬかるみの中をもがきながら進んだ。やはり人だった。倒れたまま、ぴくりとも動かない。ひざまずいて確かめる。アンジェラだ。落馬したにちがいない。その瞬間、ぴかりと光った稲妻があたりを照らしだし、石膏のごとく青白いアンジェラの顔が浮かびあがった。額には赤黒いしみのようなものが広がっている。

ああ、神さま。どうか、アンジェラをお助けください。

震える手で外套の下をさぐり、脈搏を探す。よかった。生きてる。レッティはすすり泣きをこらえ、大声で叫んだ。「アンジェラ！　アンジェラ、目をさまして！」

娘は苦しそうに体を動かしはじめた。「レディ・アガサ？」

レッティはふたたび泣きそうになった。「そうよ、わかる？　わたしよ」

アンジェラが何かをつぶやいた。レッティは前かがみになって体を寄せ、言葉を聞きとろうとした。「なあに、アンジェラ？」

「あなたの言ったとおり」ささやくように言う。「キップは、来なかったわ」

レッティの泣き声が笑い声に変わった。「そうね。命が惜しかったんでしょうよ。言ったでしょ、あんなのは臆病者だって」

「そう、あなたは……世慣れてらっしゃるんですものね」アンジェラは弱々しい声でつぶやいた。「これからはそのこと……忘れないようにするわ」

「静かに。じっとしていて」

「だけど……ずっと、じっとしていたら……二人とも、雨で、溺れちゃうわ」

「そうね、そのとおりよね。歩ける？」

「ええ、たぶん」

アンジェラの体を起こして座らせると、どこかが痛むのか、びくりとする。レッティはアンジェラの背後で体の位置をずらし、彼女のウエストに腕を回すと、体の下に差しいれた自分の足を支えにしてぐっと引きあげた。アンジェラは痛みにあえいだが、もがきながら立ちあがろうとした。だが力が入らず、うまくいかない。うめき声をあげると、ふたたび地面に沈むように倒れこむ。

このままではこの娘《こ》を死なせてしまう。どうすればいいの。レッティは必死に頭をめぐらせて考えた。また意識を失ったアンジェラの体は、ずぶぬれで冷えきっている。ここに残して助けを呼びに行くのは無謀すぎる。だが、二人でずっとここにとどまっているのも危険だ。凍るように冷たいこの雨に長時間打たれつづけたら、アンジェラはもたないだろう。

アンジェラを無事に連れて帰ると、キャボットに約束したのに。このままだとその約束が果たせなくなる。ホッブズをバンティング邸まで使いにやらせるべきだったのかもしれない。

レッティは膝をつき、アンジェラのぐったりした体に腕を巻きつけて引きあげ、膝の上にのせた。冷たくなった指先で、自分の着ている外套のボタンをはずす。できるだけ広げてアンジェラの動かない体に着せかけると、その上からおおいかぶさり、しのつく雨から彼女を守った。

レッティの目に涙が浮かんだ。最初は降りかかる雨のあとを追うように少しずつにじみ出ていただけなのに、急にとめどなくあふれだし、頬を濡らし、喉をつたって流れはじめた。一生分の涙がせきを切ったかのように、あとからあとからこぼれ落ちる。

自分の人生には、涙なんて存在しないものと決めてかかっていた。だって、母親のヴェダにいつも言われていたんだもの――どんなことがあっても、けっして泣いちゃいけないよ、と。

そう、レッティはいつも、泣くな、泣くんじゃないと母親にいましめられた。レディ・ファロントルーが、レッティの書いた詩を家庭教師に読ませるのを禁じたときも。実の父である子爵に会いに連れていかれたときもそうだった。

子爵は書斎の机の向こう側に立っていた。とび色の髪が日に照らされて輝いていた。自分とまったく同じ色をしたレッティの髪を見て驚き、はたと気づいて、顔には一瞬、喜びの色がきざした。だが次の瞬間、子爵は母親をまっすぐに見て言った。「私の子だという証拠はないだろう」そのときも母親はレッティに、泣いちゃだめ、我慢するんだよ、と言いきかせた。

そして母親は、死ぬまぎわにも泣くなと言ったっけ。かつて健康そのものだった体は病にむしばまれて見る影もなくやせ衰え、薄っぺらになって、皮膚がはかなげに骨に貼りついているだけだった。

泣いちゃいけない。涙を見せたら、お前の弱さをさらけだすことになるよ。涙を見せたら、あいつらが勝ったって認めることになるんだからね。

だがレッティはもう、誰が勝ってもかまわなかった。自分のことはどうでもよくなっていた。けれどアンジェラを失うかもしれないと思うと、怖くてたまらなかった。

レッティは頭を高く上げて、声をかぎりに叫んだ。

「助けて！　お願い、助けて！　誰か！」

その声に応えるかのように暗闇の中から現れた馬上の人。

それは、エリオット・マーチだった。

# 23　悪党が選んだ武器を見れば、そいつが何を恐れているかがわかる。

空を切り裂く稲妻に照らしだされて、エリオットの顔がはっきり見えた。レッティにとってはむしろ、見えないほうがよかったかもしれない。いつもの優しいサー・エリオット・マーチとはまったく違う。逆巻く水の中から生まれた鬼神を思わせる、すさまじい形相だった。たとえ相手が泣いてすがっても、がんとしてはねつけかねないような厳しさが感じられる。

帽子も何もかぶっていない黒髪の巻き毛はくしゃくしゃに乱れ、顔からは水のしずくがぽたぽた垂れおちている。黒っぽい眉はぐっとしかめられて険しい表情をつくり、口はきっと真一文字に結ばれている。

エリオットのまたがった馬は体をしきりに波打たせて暴れようとしている。大きくたくましい黒馬で、広がった鼻腔から白く煙る息を力強く吐きだし、太い首を弓なりにそらして体を揺らしている。だがエリオットは馬のわき腹を両脚で締めつけてその動きをいとも軽々と抑え、あやつっていた。手袋をはめた手は手綱を固く握り、締めあげているかのようだ――というより、レッティの首を絞めあげかねない剣幕だった。

「使用人から話を聞いたときは耳を疑ったよ。まさか、こんな嵐の中を出ていくなんて！」エリオットは怒鳴った。その大声は強風をものともせずにびんびん伝わってくる。「いったい何をやってるんだ、君は！　頭がおかしくなったのか？　アンジェラはどこへ行った？」

レッティは降りしきる雨から顔を守りながらエリオットを見あげた。アンジェラの体にかけた外套をそっとはがす。「馬から落ちて倒れていたの。助けおこそうとしたんだけれど、また気を失ってしまって」

「なんだって」エリオットはつぶやくと、馬から跳びおりてひざまずいた。アンジェラの頭の後ろや首、肩を注意深く手でさぐる。

「脳震盪を起こしているかもしれない。うちが一番近いから、僕が連れていく。この馬にアンジェラを乗せるから、暴れないようしっかりと押さえていてくれるか？」

レッティはうなずいた。エリオットにすべてまかせられると思うと、奇妙な嬉しさがこみあげてきた。もう大丈夫。死なないですむのね。エリオットなら、誰も死なせたりはしない。どんな状況でもうまく対処してくれるわ。

レッティは馬の頭のそばに立って手綱をしっかりと握った。エリオットはアンジェラの体を腰で支えて抱きかかえながら、馬の背に上がろうとしている。あぶみに足をかけて体重を前にかけたとき、アンジェラの体が揺れ、だらりと垂れていた腕が馬の脚に勢いよく当たった。驚いた馬は大きく後ずさりし、その動きでエリオットの脚が強く引っぱられ、横にねじ曲げられる格好になった。

エリオットは一瞬、痛みに歯をくいしばった。レッティは馬の頭を下げさせようと、必死で手綱を引く。息をついてようやく顔を上げると、エリオットはすでに鞍にまたがり、アンジェラを膝の上に抱きかかえていた。

エリオットはレッティを見おろした。大切な人を一人ここに残していきたくないという思いが、その顔にありありと表れている。

「いいから、行って！」レッティは手で目をかばいながら叫んだ。「わたし、まず自分の馬を見つけなくちゃならない。できるだけ早くあとを追うわ。心配しないで。馬に乗るのは得意だから！」

「君をおいては行けない！」エリオットは怒鳴り返した。

「だめよ、行かなくちゃ！　一刻も早く、アンジェラをここから連れださなくちゃ！　行ってちょうだい！」

エリオットはもうそれ以上さからわなかった。ほとんど聞きとれないほどのかすかな音を立ててかかとを馬のわき腹に当てると、嵐の中へと走りさっていった。

レッティはその姿をじっと見守っていた。よかった。アンジェラはもう大丈夫。エリオットは自分に課せられた役割をかならず果たしてくれるだろう。

さあ、今度はわたしの番。自分の役割をきちんと果たさなくては。

「起きなさい、キップ」レッティは言った。

「はあ？」カーテンに囲まれた四柱式ベッドで眠りほうけていた若者はびくりとしてあお向けに転がり、体のまわりにシーツを引きよせた。まあ、この子ったら、服を着替えもせずに寝ていたんだわ。げっぷの音とともに、気の抜けたビールが発酵したような匂いがカーテン地を通して漂ってくる。レッティは鼻にしわを寄せて顔をしかめた。

「ほら、目をさましなさい、この間抜け」

間抜けだって。キップもそう言われるとさすがに目を開けた。ぼんやりしている。目のふちは赤く、瞳はどろんとして焦点が定まらない。しめた、とレッティは思った。こんなに酔っているのなら、よけいやりやすいわ。

「なんだよ？　誰だ、お前？　ここで何してるんだ？」キップは体を回転させてベッドから出ようとした。が、レッティは彼の脚のまわりに巻きついたシーツの端をすばやくつかみ、ぐいと手前に引っぱった。

「だめ。そこにいてもらうわよ、お坊ちゃま」

「レディ・アガサか！」

「あら、お利口だこと」

「いったいここで、何してるんだ？」キップ・ヒンプルランプは混乱していた。何がなんだかわからない。頭はかすみがかかったようにぼうっとしていたが、それでもひらめくものがあった。「おい、あんた、どうやってここに入ってきたんだ？　玄関に立ってた召使に金でも握らせたのか？」

「いいえ」レッティは気ぜわしげに言った。「誰も、わたしがここにいることは知らないわ。外の壁のまわりに生えたツタをよじ登ってきたから」

まさか、信じられない、といった表情のキップ。レッティはかまわず続けた。

「どうやって入ってきたかなんて、どうでもいいでしょ？　それより大切なのは、わたしが誰にも知られずに来たってことよ」

キップは眉を寄せて一瞬考えこんだが、その顔はすぐに晴れ、いかにも得意そうな表情になった。悦に入ってうんうんとうなずき、にやにや笑いを浮かべて、唇に人さし指を当てる。

「誰にも言わないよ」

「あら、それはわかってるわ」レッティが足の位置を変えると、中までずぶぬれの靴がぐしゅっという音を立てた。「さて、わたしがここへ来た理由だけど、アンジェラが書いた手紙をいただきに来たの。底意地の悪い、人を脅迫してなんとも思わない卑劣なヒキガエルみたいなあんたにあてた手紙をね」

「おい！」キップの満足げな笑みはみるみるうちに消え、驚きから憤懣やるかたない表情にとってかわった。「あんたにそんなことを言う権利はないだろう！」

「もちろん、あるわ。だって本当のことだもの。あんたって、恐喝する奴の中でも最低の部類に入るわね。下劣だわ。罪のない若い娘の夢を踏みにじってまで、自分のあさましい目的を遂げようとするなんて」

キップはもがくようにしてベッドの上に起きあがって座った。「アンジェラの夢だって？　じゃあ、俺の夢はどうなるんだよ？　俺たち、結婚するはずだったんだぜ」

「アンジェラはあんたの夢を知らなかったみたいね」

キップはふてくされたように下唇を突きだした。「そりゃ、まだアンジェラには話してないけど、これから結婚を申し込むつもりだったんだ」

心をひどく傷つけられたらしい口ぶりだった。レッティは一瞬、気の毒になった。「アンジェラはあんたと結婚したいとは思ってないのよ」

キップは両手を頭の後ろで組み、またあお向けに寝転がると、にんまりと笑った。「へえ、そうかな？　だけどアンジェラは、俺とちょっとしたお楽しみぐらいはしたかったはずだぜ。それだけは保証するよ」

ずいぶんとお優しい心根の持ち主だこと。もうたくさんだわ。レッティは両手を腰に当てた。「思いあがるのもいいかげんにしなさいよ。ちょっと説明してあげるから、よおくお聞きなさい。アンジェラは、ごく普通の健康な、好奇心旺盛な女の子らしく、キスってどんなものかしらって興味しんしんだったのよ。だけど、そういう女の子の大部分とは違って――優しくて、純真で、礼儀正しい女性だから――キスしたいということは、その相手を愛しているにちがいないと思いこんでしまったのね」

キップはへらへらと、ばかにしたように笑った。

「そうよ」レッティは言った。「あんたもわたしも、そんなのたわごとだってわかってるわよね。そしてアンジェラも、そのことに自分で気づいたの。ただ、あいにくなことに、気づくのが少し遅すぎたのね。あんたに手紙を書いてしまったあとだったから。今、アンジェラは後悔して、手紙を取り返したいと思ってる。ヒュー・シェフィールドと結婚したいと心から望んでいるのよ。というわけだから、手紙をこっちに寄こしなさい。そうすれば、アンジェラに対するあんたのしうちも若気の至りというか、よくわからずに判断を誤っただけだということにしてあげるから」

キップは怒りをこめて目を細め、胸の前で腕を組んだ。「俺はアンジェラに言ったんだよ。手紙は返してやるって。とにかく約束の場所に取りに来さえすればちゃんと渡してやるつもりだったんだ。何も、とって食おうっていうわけでもないんだからさ」キップは横目でレッティを見た。

「わたしはアンジェラの代理よ。頼まれたの」

「ふん、彼女の誤算だったな」

もうたくさん。これ以上キップをつけあがらせておくわけにはいかない。レッティが立っている場所には、全身からしたたり落ちる水がたまって広がっている。たっぷりと雨水を含んだ繻子《しゅす》の夜会服はますます重くなり、足は冷えきって、手の指の皮はふやけてしわが寄っている。このうえまだあと四、五キロ、馬に乗って嵐の中を走りつづけなくてはならない。

レッティはベッドまわりのカーテンをつかみ、布地が裂けるほどの勢いで引っぱって開けた。「あんたこそ、大誤算だったわよ。さあ、今すぐ手紙を渡しなさい。渡さなかったら、あんたの評判を台無しにしてやる」

キップの驚いた顔を見て、レッティは非情な笑みを浮かべた。「そうよ、幼稚で単純なおばかさん。あんたの評判をめちゃくちゃにしてやると言ってるの。そうなったらもう、リトル・バイドウェルはおろか、ロンドンじゅうのどんな女だって、あんたなんか相手にしなくなるわ。友だちは陰であざ笑うだろうし、ご両親は恥ずかしさのあまり、いつもうつむいて歩かなきゃならなくなる」レッティは前かがみになり、キップの胸の真ん中を指でぐいと突いた。「言いふらしてやるわ、あんたがわたしを誘惑しようとしたって」

「へえ、本当かい?」キップは妙に意気込んで訊くと、嬉しそうな表情を押し殺しながら、ひじを枕にしてふたたびあお向けになり、わざとらしい無関心さで指の爪を眺めている。

「どうぞ、ご遠慮なく。そこらじゅうに触れてまわるがいいさ」いやらしい目つきでレッティを見あげる。「俺はね、リトル・バイドウェルだけじゃなくて、ヨークや、マンチェスターや、ロンドンじゅうの人にサド侯爵みたいな奴だと思われたって、平気だよ。自分の評判がどうなろうと、全然気にならない」

「あら、きっと気になると思うわよ」ただ単純なだけじゃないのね。きわめつきの鈍感男なんだわ。「キップ、ちゃんと聞いてなかったようね。あんたがわたしを誘惑しようとした、って触れまわるつもりだって言ったのよ」

キップは眉根を寄せて考えこんだ。血のめぐりが悪い鈍い頭でも、ようやくわかってきたようだ。

「そうね、こんなふうに言うわ」レッティは身を乗りだし、キップの耳元でささやいた。

「あんたが、役に立たなかったって」

びくりとしたキップの体がこわばった。

「ふにゃふにゃで」

キップはがばっと飛び起きた。レッティは間一髪で体を引いてかわし、彼とぶつかるのを避けた。

「だらっとしてて」

まさか、そんな。キップは愕然としてレッティを見つめた。

「使いものにならなかったって」

キップの喉から、声にならないあえぎがもれた。カバーをはねのけ、大あわてでベッドから這いだすと、転げるような足どりで部屋の奥に向かう。

「まるっきり、立たなかったって」

キップは書き物机の前でがくりと膝をつき、一番下の引き出しをがたがたいわせながら開けた。

「ま、ひと言で言うと、不能ってことね」

必死で引き出しの奥をさぐっていたキップは、安堵の声をあげて封筒を取りだした。立ちあがると、レッティのそばまですっ飛んできて、封筒を彼女の手にぐいと押しつけた。はあはあと荒い息をしている。

レッティは、もう少しでキップを哀れに思うところだった。もう少しで。「ありがと」手紙を受けとり、ポケットの中に入れると、レッティはにっこり笑った。

「この、くそあま！」キップのつぶやき声が聞こえる。

レッティは肩越しにふりむいた。「ふにゃふにゃの、役立たず」

痛烈な一撃に青ざめるキップを見て、レッティはくすくす笑った。

「一杯くわされたわね、おあいにくさま。からかっただけよ。さ、ベッドに戻りなさいな」レッティは優しく言った。「だけどもし今後、あなたがアンジェラについてとやかく言ったら……少しでも無礼なことを口走ったら……まあ、やめておいたほうが身のためね」

キップは答えずにこそこそとベッドに戻り、カバーの下にもぐりこんだ。毛布の端から顔だけを出し、悪ガキのようにレッティをにらみつけている。

「よーし、いい子ね」

レッティは両開きの窓を開け、目をこらして雨の向こうを見透かした。雨の勢いは少し弱まったもののどしゃ降りには変わりなく、五、六メートル先も見えない。まわりの木々も何もかもぼやけている。窓から見おろすと、すぐ下の壁も何も見えず、暗闇が広がるばかりだ。レッティは深呼吸をして、神経を落ちつかせようとした。昔、舞台で綱渡りをやったことがあるでしょ？　あのときは、地上一〇メートルの高さに張られた、太さ三センチにも満たない綱の上を歩いたじゃないの？　それに比べれば、たった六メートルぐらいの高さをツタの茂みをはしごにして下りるのなんて、簡単なはずよ。何が違うっていうの？

違うわ。あのときは下に網が張ってあったもの。

今回はその安全網がない。しかも、ヒンプルランプ家の召使たちに姿を見られるわけにはいかない。ひるむすきを自らに与えまいと、レッティは窓の敷居に飛びのり、キップが賢明にもベッドの中にいるのを確かめると、用心深く下りはじめた。そろそろと脚を伸ばして足場を見つけたが、靴の革底が濡れていたためにつるりと足をすべらせ、踏みはずした。三〇秒間ぐらいだろうか、レッティは両手だけで窓枠につかまり、ぶらさがっていた。地上六メートル。水を含んでずっしりと重いスカートがこたえる。雨が顔を叩きつけるように降りかかる。

声をあげてキップに助けを求めようとしたが、思い直した。あいつなら、窓枠にかかったこの指をはがそうとしかねないわ。

落ちたりするものですか。絶対に。エリオットが待っているんだもの。レッティはもがきながらツタの茂みの中で足がかりを探し、注意深く、太いつるに体重を移していった。大丈夫、もちこたえられるわ。

雨のためにひどく苦労させられたが、レッティはツタのつるにつかまりながら、ゆっくりとレンガの壁を伝って下りていった。冷たい雨が頬を打つ。ようやく、すぐ下に地面がはっきり見えるところまで来た。よかった。レッティは手を放して地面に飛びおりた。着地の衝撃でよろめき、膝をついて倒れた。

痛みは感じなかった。痛みなんてどうでもいい。それより大切なのは、自分が生きていることよ。アンジェラの命も助けられた。手紙も手に入れた。あとは馬に乗ってここを離れるだけだ。

レッティは滝のように雨が流れおちる空に顔を向けた。安堵の気持ちと、目がくらむような勝利感とで、顔いっぱいに笑いが広がる。

ふとかたわらに目をやると、憤然とした表情のエリオット・マーチが見おろしていた。

# 24　愛を交わし合う場面には、情の存在する余地がない。

「ずいぶん、楽しく過ごしていたようだね」エリオットは食いしばった歯のあいだからしぼり出すように言った。さっき別れたときにもかなり怒っていたが、今度はまさに激怒していた。風雨のためか、いつもは黒々としている目の色が淡く見え、凄みが増している。

レッティはごくりとつばを飲みこんだ。あっというまにエリオットはかがみこみ、レッティを腕で抱えあげた。彼の指がレッティの前腕にくいこむ。

「まったく、君があの窓からぶらさがってるのを見たときには――」エリオットはそこで声をつまらせ、黙りこんだ。

「アンジェラは？　大丈夫だった？」

「大丈夫だ。よくなる」エリオットは向きを変え、口元を引きしめた。レッティを地面に下ろし、強引に引っぱっていく。いつもよりひどく足を引きずりながら、エリオットはレッティが自分の馬をつないでおいた場所まで連れていった。彼の黒馬も隣につながれている。

エリオットは黙ったままレッティを抱えあげて鞍の上に乗せると、自分は黒馬の背に飛びのり、彼女をにらみつけた。「あとをついてきてくれ。家まで案内するから」

レッティはうなずいた。降りつづく激しい雨の中、エリオットは先に立って道を下り、マーチ邸に向かった。家に着き、鞍から降りようとしたエリオットは、悪いほうの膝ががくりと崩れ、ののしりの言葉を吐いた。レッティもさっと馬から降りて彼のもとに駆けつけたが、鋭い目つきでにらまれて、手を差しのべるのをやめた。

エリオットは馬二頭の手綱をまとめると、痛々しいほどゆっくりとした足どりで馬小屋に向かって歩きだし、ふりかえらずに言った。「扉には鍵がかかってないから、先に家に入っていてくれ」

レッティは言うとおりに家に入った。そこはかとない期待感があった。ここがエリオットの家なのね。

赤レンガの館は中央にある広間を中心にした造りで、まわりには三階までジグザグに続く優雅な階段があり、その後ろに伸びる廊下は裏口につながっている。レッティが立っている玄関の広間の左右には一対の扉が向かい合う形にしつらえられている。左手の扉が少しだけ開いていた。

中をのぞいてみた。明らかに女性の部屋だった。オレンジがかった赤と白の花模様のインド更紗《チンツ》を張り地に使った長いすとクッション。縁に繊細な細工をほどこした小型の円テーブルの上には、釣り鐘状のガラス容器がおかれ、中にはあざやかな色合いの蝶の標本や磁器製の人形が飾られている。暖炉の飾り棚の上には黒髪の女性と、巻き毛の少年二人が並んでいるところを描いた油絵がかかっている。兄とおぼしき少年は落ちついて考え深げなようすをしており、弟らしい黒髪の少年は陽気で好奇心旺盛な印象だ。

後ろで玄関の扉を開ける音がし、レッティはびくりとして部屋の戸口から飛びのいた。入ってきたのはエリオットだった。濡れそぼった大きなスパニエル犬のように、腕や頭をぶるぶると振って水分を飛ばしている。上着を脱いで階段の手すりに向かってぽいとほうり投げた。

「一時間ほど前、バンティング家から馬に乗った少年が使いに来た」エリオットは言った。「良識ある行動をしてくれる人がいて助かったよ」

エリオットは頭のてっぺんからつま先までずぶぬれで、白いシャツとチョッキが腕や胸にぴったりと張りついていた。生地を通して盛りあがった筋肉が見えるのに気づき、レッティは頬を赤らめて目をそらした。「ごめんなさい、今なんておっしゃったの?」

「バンティング邸につながる橋が、川が氾濫したために馬車で通れなくなったらしい。招かれていた客は一泊して、明日になってから帰るそうだ」エリオットの視線は険しかった。「アンジェラはここへ連れてきてまもなく意識を取りもどしたよ。ほら、そんな顔をしないでくれよ。本当に心配ない。頭のけがのことなら、僕は何度も見てよく知っているんだから。大丈夫、アンジェラはすぐによくなる。保証するよ」

レッティはうなずいた。エリオットが大丈夫だと言うのなら、きっとそうなのだろう。エリオットはけっして真実を曲げたり、隠そうとしたりしない。誰かとは違って。

「わたしの行き先がどうしてわかったの？」レッティは訊いた。第一、レッティがアンジェラのあとを追って「魔女の木」の下まで行ったことだって、どうして知ったのか。さっきまで考えてもみなかった。レッティが心の中でエリオットの助けを求めていた、まさにそのときに来てくれたのは、なぜなのだろう。

「アンジェラをここへ連れて帰って、家政婦に世話をまかせるとすぐ、君がすぐあとについてきていないのに気づいたんだ」エリオットは責めるような目つきをしている。「『魔女の木』のところへ戻ってみたが、君はもういなくなっていたから、『ホリーズ』へ向けて馬を走らせた。そこにもいなかった。自分のいやな想像が当たっているとは思いたくなかったんだが、ほかに手がかりがなかったから、ヒンプルランプ邸へ向かった。君が壁を伝って下りようとしてるのを見て、僕がどんなに驚いたか、想像してくれよ。ただ考えてみれば、驚くこともなかったんだな。君は以前からツタという植物に興味を示して、実際、つるにつかまって登ろうとしていたわけだしね」エリオットは歯をくいしばった口を苦々しそうにゆがめて話した。

レッティは息をのんだ。この人、しんから怒っているんだわ。

「わたし……あの、取りにいかなければならないものがあって……その……」レッティは口ごもった。

「手紙のことなら、アンジェラから聞いたよ」エリオットが口をはさむ。

そうでしょうね。誰もがサー・エリオット・マーチを頼りにしている。誰もが彼に過去におかした過ちや秘密を打ちあけ、自分が抱えている不安を聞いてもらったり、ちょっとした罪を告白したりする。レッティ以外の誰もがそうしている。でも、みんなの罪はレッティのおかした罪ほどに深刻なものではないんだから、考えてみれば当然かもしれない。

「アンジェラは、キップがどんな要求をしてきたか、彼女がどうしてあの木の下へ行ったか、みんな話してくれたよ。でも、この嵐のおかげでかえってひどいことにならずにすんで、幸いだったのかもしれないな。僕たちは運がよかった」

レッティでも、アンジェラでもなく、「僕たち」は運がよかった、という言い方。エリオットはすでにこの事件を自分の問題ととらえ、自分の責任で対処している。

「さっき言ったように、キャボットとグレース・プールと話をしたんだが、彼らはとても協力的でね。うまく口裏を合わせてくれるそうだよ。つまり、こんな嵐の夜にアンジェラと君が『ホリーズ』で二人きりでいるのは心細かろうと、僕が二人をこちらに呼びよせたということにして。わかったかな？　そういうことでいいね？」エリオットの態度はぶっきらぼうと言ってもいいほどだった。

レッティはうなずいたが、そのとき自分の動く姿が鏡に映っているのに気づき、横に目をやった。まあ、なんてひどい格好なの。ずるいわ。エリオットは海の神ポセイドンが人間の姿をして現れたかのようにすてきなのに、わたしときたらまるで海に出没する魔女みたいに見える。水がしたたる外套の下のスカートはびしょぬれのうえ、泥まみれでくしゃくしゃだ。

もつれた髪はいくすじもの濡れた縄のように垂れ、首のあたりにからまっている。色を失った顔は白いというより青く見えた。

「ヒンプルランプ邸の壁を登って、何をしていたのか教えてくれるか？」エリオットは無理やり吐きだすように訊いた。

鏡の中で二人の目が合った。大人になって初めて、レッティは自分の行動についてまことしやかな説明をでっちあげてぺらぺらしゃべることができなくなった。そうしようとも思わなかった。作ったせりふを言ったり、言葉のわなに引っかからないよう用心して話したりするのにはもううんざりしていた。

「アンジェラがキップ・ヒンプルランプにあてて書いた手紙を取り返しに行ったの。手紙は手に入れたわ」

「キップに会って話をしたのか？」

レッティはうなずいた。

「キップが今回のことを誰かに言う可能性は？」

「いいえ。絶対に大丈夫よ」エリオットはよそよそしかった。冷ややかに、効率だけを重んじて話を進めている。わたしが彼の心を傷つけてしまったからだ。そんなつもりはなかったのに。「エリオット。話しておきたいことがあるの。わたし、薔薇園であなたに言われたことに対して、あんな反応をしてしまったけど――」

「よし、わかった」エリオットはみなまで言わせなかった。要するにレッティからは愛だの恋だのといった話は聞きたくないということらしい。「あくまで念のためだが、明日の朝になったらキップに会いにいって、確かめたほうがいいだろうな」

ああ、なんてことかしら。レッティは息苦しくなった。もしやエリオットは、わたしを愛していると言ったことを後悔しているのかもしれない。心がうつろだった。突然、胸にぽっかりと穴があいたような気がした。

「きっと、何もかもうまくいくわ」そうつぶやくのがせいいっぱいだった。

「僕が知りたいのは」エリオットは慎重な言い方をした。「本当に知りたいのは、君がなぜ、命をかけてあんな夜盗みたいなまねをしてまで、あいつ……あの……少年に会いに行ったかだよ。下手すると、死んでしまうところだったんだぞ！」

最後に吐きだされた言葉のあまりの激しさに、レッティはたじろいだ。そのようすを見たエリオットは口の中で悪態をつき、手で髪をかきあげた。「あんなところによじ登って……どこで覚えたんだ？」

エリオットは心配してくれていたんだわ。嬉しさに目がくらみそうだった。「若いころのちょっとした過ちかしら？」

「そんな答、聞きたくもないね」エリオットはいらだって言った。「濡れた外套を脱いだほうがいいな」

レッティはがたがた震えて歯の根が合わなかった。外套のボタンに手をかけたが、冷えきった指は感覚がなくなってしまってうまくいかない。するとエリオットはレッティの手をどかせ、すばやく冷静に、外套のボタンをはずしていく。肩に手をかけて反対を向かせ、外套を脱がせた。てきぱきとしてそっけない動作だった。

「ありがとう」

エリオットの体がこわばった。「礼はいらない」

ほかにも何か言いたがっているように見える。だがけっきょく言わないことにしたらしく、レッティの外套を自分の外套の上にほうり投げた。「今着ている服は脱がないといけないな。女手といえば家政婦のニコルズ夫人しかいないんだが、今アンジェラにつきっきりで看病しているところなんだ。あとで君の着替えも手伝ってくれるだろう」

「そんな必要ないわ。わたしは大丈夫。本当よ。ニコルズ夫人にはアンジェラの世話をしてもらわなくちゃ」

「そうか、わかった」エリオットは階段を手ぶりで示し、レッティに先に行くようながした。レッティが上りはじめると、一歩ごとに濡れて重たいスカートが階段の蹴上《けあ》げ板に当たってびしゃびしゃと音を立てた。エリオットは後ろからゆっくりとついてくる。階段の一番上でレッティはふりむいた。エリオットの顔は青白く、目尻や口元は張りつめたようにこわばっている。きっと脚が痛むのだろう。

「エリオット。わたしにできることがあったら、言ってちょうだい」

たちまちエリオットの表情がよそよそしく尊大になった。徹底的に感情を殺して、表に出さない典型的な英国紳士の態度だ。

「いや、大丈夫だ。心配してくれて、ありがとう」そう言って短い廊下を指さす。「アンジェラは一番奥の左の部屋に寝ている。君の部屋はそこの二つ手前だ」

レッティはためらった。「エリオット、どうか——」

「必要なものはひととおりそろっていると思う」

そう言うとエリオットはこわばった歩き方で階段を下り、廊下の向こうへ歩いていった。一度もふりむかずに。

寝室に入ったエリオットは足を引きずりながら小さな戸棚に向かった。ずんぐりと平たい茶色のガラス瓶を取りだし、中の液体を三〇CCほど計ってショットグラスにつぐ。しかめっ面をして頭を後ろにそらし、ぐっと飲みほす。痛み止めのモルヒネだった。

モルヒネのもたらす効果は嫌いだった。飲むと思考力が鈍り、感覚がおかしくなる。だが鎮痛剤としては間違いなく効き目を発揮する。今夜はとりわけこれが必要だ。今夜の痛みは、とりわけ苦しかった。

ずきずきとうずく太ももの痛みに耐えていれば、よけいなことを考えずにすむかもしれないと思った。だがそれでも、レッティのことを考えずにはいられそうにない。だから飲めばぼうっとするモルヒネの助けを借りるほうを選んだのだ。うまくいけば忘れられるかもしれない。レッティが二階の寝室にいることを。すぐにでも手の届きそうな場所、あのベッドに寝ていることを。彼女が欲しい。ただ今は、自分が思い描いていた状況とはまったく違う。

エリオットは、アンジェラとレッティを「魔女の木」のそばで見つけてから初めて、バンティング家でのパーティを中座して飛びだすにいたった経緯を思い返していた。

僕は、愛しているとレッティに告白した。今までほかの女性には言ったことのない言葉だ。ところがそれを聞いて、レッティの顔色が変わった。ドーヴァー海岸の白亜の崖と同じぐらい真っ白だった。相当な衝撃を受けたのだろう。自分自身、言ってしまってから愕然としたぐらいだ。ただ、「愛している」と口に出すやいなや、それがまぎれもない真実だということが自分でもわかった。本心から出た言葉だった。

ほんの一瞬、エリオットはなんともいえない高揚感を覚えた。レッティの表情豊かなおもざしに喜びに似た感情がちらっと浮かんだからだ。なのにそれはみるみるうちに消えて、恐怖に変わってしまった。それから、彼女は逃げた。あんなにあわてて、あんなに遠くまで逃げることはなかったのに。エリオットは脇につけた両手を握りしめた。

そのあともパーティの場に残っていたエリオットは、レッティが自分を避けているのに気づいた。自分がそばにいるだけで、彼女の笑顔がどこか不自然になるのを感じた。明るく生き生きとしたレッティ、大胆であけっぴろげなレッティが、自分と一緒にいると緊張して、どこかぎこちない。そのようすを見て、エリオットはいたたまれなくなった。

それで家へ帰ったのだが、居心地が悪いのは同じだった。一時間も部屋の中を行ったり来たりしたあげく、重要な真実を悟った——このままレッティとの接点を失ってしまうより、ほんのわずかの友情でもいいから、つなぎとめていたい。

そこでレッティにあてて手紙を書いた。これからは友人としてつきあいたいと心から願っている。友情を壊すようなことはけっしてしない。二度と、自分の感情を押しつけて君を困らせたりはしないから、安心してほしい、と。とにかくエリオットは、そのつもりだった。ただ、それを実行できるだけの強さをください、と神に祈るしかなかった。

そして、二人の関係を修復するためにできることはすべてしたい、一刻も無駄にはできないと、いてもたってもいられなくなったエリオットは、「ホリーズ」まで馬を走らせた。手紙をキャボットに託して、レッティが帰宅したらすぐに渡してくれと頼もうと思ったのだ。だがそこで聞いた話から、悪夢が始まった。

エリオットはブランデーをタンブラーに半分つぐといっきにあおり、口の中に残るモルヒネの苦味を押し流した。今までの経験で、モルヒネと酒を一緒に飲むと神経を麻痺させる作用が加速することを知っていた。だが、レッティの存在を忘れさせてくれるほどの効き目はすぐに現れはしないだろう。

チョッキを脱ぐと、椅子の上にほうり投げた。襟とネクタイを取り、シャツのボタンをはずしながら足を引きずって窓際まで行き、外の暗闇を見つめて記憶をたどった。

エリオットはアンジェラを馬に乗せて帰ったのち、レッティがすぐあとからついてきていないのに気づいた。それで意識が途切れとぎれのアンジェラに、キップとのやりとりと、手紙のことについて聞いたのだ。

信じられなかった。手紙を取り返すためにヒンプルランプ邸にしのびこむとは。エリオットは思わずほほえんでいた。レッティ。大胆な女《ひと》だとは思っていたが、あんなのは無謀としか言いようがない。

だがその笑みも消えた。レッティが窓からぶらさがっているのを見つけたとき、自分には彼女を助けられないと悟ったときの、胸をえぐられるような恐怖を思い出したのだ。今までの人生で、あんな恐怖を味わったことはなかった。戦争のときも、平和なときも、けがを負う恐れがあったときも、敗北のきざしが見えたときも、どんなときでもあれほどおびえたことはなかった。

そして、ようやくレッティが地面に下りてきたときの安堵感。腕の中に抱きしめてやりたかった。が、懸命に自制心を働かせてこらえた。

なぜなら、僕にはレッティを抱きしめる権利がない。彼女が望んでいないからだ。愛を告白したときのあの反応を見れば明らかだ。君を二度と困らせない、と書いた手紙がポケットに入っていて、その約束をいやがうえにも思い出させる。

僕はこれから、友人としてレッティに接しつづける。そう考えただけで死ぬほど胸が苦しかった。だが、いったいどうすればいいというのか？　エリオットはもう、はっきりとものが考えられなくなっていた。頭にぼうっとかすみがかかったようで、足の痛みも鈍くなっている。モルヒネの強力な効果が現れてきたのだ。エリオットは窓の敷居をつかんで握りしめた。

レッティはもう眠っているにちがいない。あのとび色の髪が糊のきいた白い麻のシーツの上に広がるさまが目に浮かぶ。温かな肌はかすかに赤らんでいるだろう。エリオットは窓の冷たいガラスにひたいを押しつけた。

今までの人生、知性をつねに先行させ、感情を抑えてきた。なかば必死で自制心を働かせ、精神の均衡を保ち、思慮深く、慎重にふるまおうとつとめてきた。エリオットは苦笑いした。三三年生きてきて初めてそこから抜けだして、この感覚にめざめた。胸が引き裂かれるような鋭さの中にもほろ苦さのある痛み。もう二度と痛まなくなるまでに、あと何回この痛みを味わえばいいのだろう？

「エリオット」

レッティの声だ。

「エリオット、お願い。こっちを向いて」

「なぜ？　どうせ夢だろう。本物じゃないのに」エリオットはもうろうとしながらもきっぱりと言った。「君は……モルヒネとブランデーが、それと僕の欲望が、耐えがたいほどの欲望が見せてくれているまぼろしだ」思いついたようにつけ加える。

「わたしは本物よ。お願い。そのままじゃ話せないわ。こっちを向いて」

ふりむこうとふりむくまいと、同じことだろう？　エリオットは声のするほうを向き、激しく息を吸いこんだ。レッティが戸口の内側に立っていた。彼の父親の古い部屋着をはおっている。束ねていない美しい髪は波うち、輝くベールのように肩にかかっている。部屋着のすりきれたすそから見える足ははだしだった。ほっそりとした足首はカモメの翼のように繊細で白く、なんともいえないもろさを感じさせる。

レッティ、君はここへ来てはいけない。だが彼女は、エリオットがモルヒネとブランデーをあおったことを知らない。つねに苦しんできた自制心との闘いが、彼にとってはもうどうでもよくなったことも知らない。「自分の部屋に戻りなさい」

レッティは動かない。喉から頬までを桜色に染めて、「戻れないわ」とささやいた。

エリオットは後ろに回した手で窓枠を握りしめたまま、動けなかった。「冒険したいのか?」軽い口調で言おうとしたのに、口をついて出た声はしゃがれていた。

「ええ、そうみたい」冒険を求める女性の声には聞こえなかった。どうしていいかわからず途方にくれている。エリオットがレッティを求めてやまないのと同じように、レッティも求めていた。愛に飢えていた。

「レッティ、君は……衝動にまかせて行動しようとしているのか、何も考えずに」

「ええ、たぶん」

レッティはお前の愛情を求めているわけではない——エリオットは必死で自分に言いきかせた。それによってこの誘惑に打ち勝てる強さを持てれば、彼女に抵抗できればいいのだが。なぜなら彼女は、僕を誘惑しようとしている。どんな未熟な少年にだってそれはわかる。あまりに大胆な誘いだった。もちろん恐れや不安、おびえはある。だが同時に、息苦しくなるほどの期待感に満ちて、切なる欲求を表現しているのが感じられた。

レッティはエリオットのほうへ近づいてきた。ルビー色の絹の部屋着を通して、下着をつけていない胸が揺れるのがわかる。なんと、部屋着の下は生まれたままの姿だった。

「わたし、寒いの」

だめだ、誘いに乗ってはいけない。してはいけないことなのだ。今までの人生で規範としてきたものすべてに反する行為だ。こんな誘惑に屈したりするものか。

「もう一枚、毛布をあげるから」

「わたし、あの毛布がいいの」レッティは、エリオットのベッドにかけられた青い上掛けを指さした。

「ほら、持っていってくれ」エリオットは大またでベッドに歩みよると、上掛けの角をつかんで剝ぎとり、レッティに向かってほうり投げた。彼女は受けとろうともしない。上掛けは床に落ちた。

レッティはゆっくりと体の向きを変え、腰のところで体を二つに折った。悠々とした動作だ。部屋着のお尻の部分の絹地が引っぱられて、曲線がきわだつ。レッティはエリオットのほうをふりかえった。髪が前にはらりと落ちて、たまらなく刺激的だ。

「やめてくれ」

レッティは髪を耳の後ろにかけてほほえんだ。自分の魅力を知っていて、何もかも見通しているような、無慈悲な笑みだ。

「レッティ。君はわかってないんだ」エリオットは、今にも崩れおちそうな自制心の壁の縁にしがみついて奮闘していた。

エリオットは礼儀正しさを旨とする人間だ。どんなに挑発されても、つねに自己を律して平静を保つことができた。自己を律する心は生きていくための道徳的な規範であるだけでなく、深く信奉しているものなのだ。だが彼は、今までこんな形で、これほどの厳しい試練にさらされたことがなかった。レッティが欲しかった。自分のものにしたくてたまらなくて、体がうずいた。

「あなたが求めているのに、ほうっておけないわ」レッティは床から拾った上掛けを腕に抱えた。いけない、近づくための口実を与えてしまった、とエリオットが気づいたときにはもう遅かった。レッティはベッドのほうへ進み、エリオットの立っている場所から一メートルほどの距離まで来た。謎めいたほほえみを浮かべたままだ。香水のかぐわしい香りがエリオットの鼻腔を満たす……。

何が起こったのか、エリオットは自分でもわからなかった。レッティがそばを通りすぎた。次の瞬間、腕の中に抱いていた。体を抱えあげ、後ろに押しもどしながら口を開いて唇を重ねた。抑えに抑えていた欲望がいっきに噴出して、彼女を飲みこみ、征服しようとしている。レッティは激しいキスに情熱的に応え、しがみついてきた。その手はエリオットの肩や、腕や、胸に触れ、シャツの開いた部分の下をさぐって、彼を燃えあがらせた。

エリオットは彼女の腰のベルトをほどき、襟元を押し広げ、肩をあらわにした。レッティは後ずさりして彼を見あげた。その目にはもうさっきの大胆で挑戦的な色はなく、ためらいが宿っている。少し恐れをなしたのだろうか。

「もしかして、わたし……やっぱり、やめたほうが……わたしたち……」

「もう遅い。やめられない」そうだ、もう遅すぎる。道徳的な規範も、規則も、何もない世界だ。そこには体の底からつきあげてくる、やむにやまれない思いがあるだけだ。欲求が、欲望が、愛が。

「君だって、わかっているはずだ。もう引き返せない」

エリオットは抱きしめていたレッティの体を離しながら少しずつ下にずらし、硬くなった自分のものを押しつけて欲望の高まりの証拠を確かめさせた。乳房がエリオットのシャツにこすれて引っぱられ、絹の部屋着がズボンのベルトに引っかかってよじれて、彼女の太ももものあたりでしわになっている。

レッティは身震いした。つま先は床についているものの、足首の力が抜け、膝ががくがくしている。エリオットは彼女の体から手を放して脇に下ろしたが、そばを離れずにいる。彼が呼吸するたびに二人の体が触れあい、とろけるような感覚を呼びさます。

レッティはエリオットの顔を呆然と見あげた。何かにすがりつきたい気がして、彼のシャツの前開きに指をからめ、生地をねじるように引っぱりながら、胸の硬い筋肉に指の関節を押しつけた。

「出ていきたいなら行ってもいいよ、レッティ。これは最後のチャンスだ、二人にとっても。引き返すなら今しかない」エリオットは頭をかがめ、レッティの唇に軽くキスした。「でも、僕は君に、ここにいてほしい」

レッティはほんの少し後ずさりした。それにつられて前に進んだエリオットは頭を下げ、彼女の耳たぶを唇で愛撫した。「ここにいてくれ」耳に暖かい息がかかる。レッティの首と腕に鳥肌が立った。

さっき抱擁を解かれてから、エリオットはレッティに手を触れていなかった。なのに彼に包囲され、包みこまれているように感じられ、どこへも逃げられない。切ないほどに彼を求める気持ちが高まっていく……。

レッティの乳房の脇にそえられた彼の指は、下へ向かうふくらみの曲線をごく軽く、繊細に触れながらたどっていく。指先が乳首に移り、柔らかい乳輪の輪郭を何度も丸くなぞる。レッティの顔に絶えず注がれるエリオットの視線はオオカミのように貪欲で激しく揺るぎなく、彼女をとりこにする強さがあった。

いつもの彼ではなかった。ひかえめで上品なサー・エリオットはどこかへ消えて、そこにいるのは周到に、平然と、レッティの体をもてあそぶ見知らぬ人だった。その目に宿る渇望は、彼女の魂を吸いとってしまいそうだ。

「お願い」レッティはつぶやいた。彼の白いシャツはほとんどはだけて、たくましい筋肉の胸とそれをおおう黒っぽい毛をかいま見せている。

「どうしてここへ来た、レッティ?」エリオットはささやき、レッティの口の端に優しく暖かいキスをした。

愛を交わしたかったから来たと、本当のことを言うわけにはいかなかった。愛していると言ってしまえば、エリオットは期待する。二人は誰に恥じることもなく交際でき、二人の結婚を阻むものは何もないと考えるだろう。なぜならエリオットの世界では、愛しあっている男女は当然のように結婚するものだから。

レッティは部屋を出ていくべきなのだろう。身をひるがえして立ちさるべきだ。なのにそうできなかった。なぜなら、もし今出ていったらレッティは、もう二度と訪れないかもしれない本物の愛を交わす機会を、永遠に失ってしまうことになるのだから。

レッティは、エリオットに抱かれたかった。愛を交わしたかった。その切なる願いと期待に、肌も手足も小刻みに震えていた。腰の奥や乳房の先端に、熱くとろけるような欲求がよどみはじめていた。

ああ、だけど、出ていけと言われたらどうしよう？　これからどうやって生きていけばいい？　心を捧げた人と愛を交わすことがどんなものか、知らないままで？

レッティは必死で声をしぼり出した。

「わたし……あなたと寝たくて、来たの」

エリオットの体が凍りついたように動かなくなった。ドクン、という心臓の音。ドクン。ドクン。レッティは息を止めていた。えたいのしれない恐怖と闘いながら、彼の表情を読もうとしていた。

どうして触れてくれないの？　なぜ黙っているの？　どうして何もせずに立っているのだろう？

ようやくエリオットの口から出た答には、曖昧さはいっさいなかった。

「つまり、欲望を満たしたいっていうのか？　それなら簡単だ」

エリオットはレッティの顔から目をそらさずに、ズボンのボタンをいっきにはずした。情欲にかられた、迷いのない動きだった。そしてあっというまにレッティの部屋着の前を開くと少しかがみこみ、その大きな手を片方は彼女の太ももにそえ、もう片方をお尻の下に回した。そのまま彼女の体を持ちあげ、片足を高く上げさせて自分の腰骨にのせる。最も無防備で敏感な女の部分が、彼の開いたズボンの股間にかぶさる形になった。

その衝撃にレッティは息をのみ、エリオットの首にしがみついて倒れそうになる体を支えた。彼女はあられもない姿をさらしていた。大きく硬いものが脚の付け根に当たる。彼の目的にためらいはない。生々しくあからさまな男の欲情を見せつけていた。その体は硬く、肌は熱かった。

「エリオット――」

エリオットは耳を貸さず、視線でレッティの声を封じた。荒々しい欲望につき動かされて、レッティを抱きかかえたまま前進し、彼女の肩が壁に当たるまでまっすぐにつき進んだ。エリオットは顔を彼女の首にもたせかけ、その体を腰で押さえつけて壁に釘づけにして、喉に容赦ないキスを浴びせた。

エリオットは腰をゆっくりと上下に動かしている。その動きでレッティの全身に快感が走り、思考力がこなごなになった。シャツでおおわれた彼の肩に指をくいこませ、しがみつく。

いやがうえにも襲ってくる原始的な欲求の波にとらわれて、レッティはおびえ、喜びに震えた。彼がいともやすやすと与えてくれた興奮を、自分も彼に与えたかった。

白い光沢のある生地の上からでも、エリオットの硬くなめらかな筋肉が動き、盛りあがるのが感じられる。そそり立ったものをこすりつけるように腰を揺らされて、レッティはあえいだ。エリオットは身震いした。

エリオットはまだやめようとしない。腰の動きに応えるレッティの中で快感がはじける。そして新たに、甘美な拷問が訪れた。エリオットは彼女の体を持ちあげて、脚の付け根に硬くなったものが当たるようにした。あと少しで届きそうで届かない。たまらない刺激だった。

「エリオット、エリオット」レッティの息が荒くなる。

エリオットは答えなかった。表情はこわばり、張りつめている。動くたびに喉に筋や血管が浮かびあがる。彼はひとつの目的だけに、性的な満足を与えることだけに集中していた。

レッティはもう、何も考えられなくなっていた。あるのはただ感覚だけで、エリオットの体格のたくましさや肩幅の広さをあらためて感じていた。こんなに大きい人だったなんて。彼はレッティを完全に包みこみ、興奮を呼びさますもので取り巻いた。熱くなめらかな肌、糊のきいたシャツ、湿ってひんやりとした髪。

レッティはまだ足りなかった。中に入って、満たしてもらいたかった。大昔から男と女が連綿と続けてきた営みを経験したかった。

レッティは目を閉じた。彼女の腰は、うながされるままに一定のリズムを見つけて一緒に揺れていた。喉にかかるエリオットの息づかいがしだいに荒くなる。

急にエリオットは下へ手を伸ばし、レッティのもう片方の太ももを持ちあげると、自分の腰のくびれた部分にのせた。部屋着の下に何もはいていないレッティは、恐怖のあまり思わず脚をこわばらせた。大きなものが女体の入口に押しつけられている。

エリオットはひと声うめいて頭を上げると、唇を斜めに傾けてレッティの唇を奪った。所有欲を示す、激しいキス。その荒々しさにはかすかな怒りが感じられた。キスに応えるレッティの渇望はますます高まっていく。

エリオットはぐっと腰を進めて、腫れて、濡れてなめらかになった入口に入りこみながら、重ねていた唇をもぎとるように離した。その呼吸は荒く、不規則だ。手でレッティの顔をはさみ、壁に押しつけて動けなくさせる。

彼の息がレッティの唇にかかる。彼女はうっすらと目を開けた。もうろうとした視界はせばまり、揺れている。

エリオットの輝く目がレッティの目と合った。

「君を、見ていたいんだ。君が僕を受けいれるのを」

エリオットはゆっくりと押しいった。レッティは痛みに驚いて目を大きく見ひらいた。太いものがしだいに入ってきて、女体の中が押しひろげられる。レッティは息を吸いこんで、挿入の痛みに耐えた。

エリオットの目をちらりと何かがよぎったかと思うと、彼はそれ以上進むのをやめた。胸を激しく上下させ、浅黒い肌にはうっすらと汗が浮かんでいる。

あ、やめないで。少しぐらい痛くてもかまわないから。

「だめ」レッティは身をよじった。エリオットのあごが反射的にぴくりと動く。だが彼はまぶたを閉じて、そのままじっとしていた。

レッティはほんの少し体を沈めた。エリオットは唇を開き、顔をゆがめた。レッティは腰を動かしながら、奥のほうへ彼を導いた。もう痛みはなく、ただ自分の中を埋めつくした彼のものの大きさを感じるだけだ。欲望が戻ってきた——今度はさらに強く、激しくなって。

レッティはまた腰を揺らしはじめた。

「お願い。さっきみたいに、して。動いてほしいの」

「くそっ！」エリオットの口からののしりの言葉がほとばしり出て、それまで張りつめていた自制心の手綱が解き放たれた。彼は女体を深々と貫き、しゃにむに腰を動かした。

幾度も幾度も突きいれられて、レッティの渇望はさらにかきたてられた。欲望のうねりに乗って、もう引きかえせない高みにまで上っていく。そのうねりがしだいに自分のものになる。

「快感に、身をまかせるんだ」エリオットは動きをさらに激しくしながら、しゃがれ声で命じた。

レッティはそのとおりにした。頭をそらせて、全身で感じた。自分の中で、上で暴れる彼を感じた。体を自由にされるままにまかせ、与えられるままに受けいれた。快感の嵐が彼女を飲みこみ、体を突きさした。それははじけて花開くと、さざ波のように全身に広がり、しみわたった。純粋な悦びのすばらしさに、レッティはすすり泣いていた。嵐に見舞われたもろい家のごとく、粉々に砕けちって。

力尽きて、レッティは腕をぐったりと彼の肩にもたせかけた。彼のものがゆっくりと引きぬかれる。まだ力強く、硬く、満足しきっていない。彼は軽々とレッティを抱きあげてベッドに運ぶと、その上に横たえた。

かすみがかかった状態のまま、レッティはエリオットを見守った。彼は立ちあがってシャツのボタンをはずし、輝くばかりに白いそのシャツをいっきに剝ぎとると、後ろにほうり投げた。レッティが想像していたとおりに、よく引きしまった美しい体が現れた。すらりとした手足。胸をうっすらとおおう毛は、筋肉で盛りあがった平たい腹に向かうにつれて筋のように細くなり、しだいに濃くなっている。彼はズボンを押しさげて脱いだ。なんてたくましく、男らしい体なの。レッティの賞賛は畏れに変わった。

「何をしようっていうの？」

「今のはただ、体の営みをしただけだ」エリオットは険しい顔つきで言った。「これから夜が明けるまで、二人で愛を交わそう」

# 25　情熱の次には悲劇が待ちかまえているものだ。

エリオットは今まで生きてきて、あれほどの怒りを感じたことはなかった。

部屋の戸口に立ったレッティは、風に吹かれて揺れる葉のように震えながら、「あなたと寝たくて来た」と言った。まるで僕が、身も心も魂も捧げて彼女を愛する男でなく、性体験を得るための浮気相手みたいじゃないか。

あんなふうにことを進めるつもりはなかった。だが切ないほどのあこがれと、絶望と、飢えた思いが、エリオットに対するたくらみをしかけ、ただひとつの考え、ただひとつの目的に駆りたてた。レッティは欲望を満たしたがっていた。よし、それならそれで結構。欲望についてなら、教えてやれる、と思った。

だが夜のとばりの中で嵐がようやく去ったとき、二人は、愛とは何かを学んでいた。

エリオットはすぐそばで深い眠りに落ちているレッティを見おろした。ベッドの上の壁に取りつけられた燭台の光が広がり、柔らかい繭のように彼女を包んでいた。とび色の髪の中に濃い紫色の影が浮かびあがって見えた。なだらかな曲線を描くむきだしの肩は、金色の光沢を帯びて輝いている。

レッティは、腰のまわりに真っ白なシーツを巻きつかせ、すんなりとした腕を片方だけ伸ばしていた。喉を大きくそらしたその姿は、絶頂を迎えたときのまま凍結したかのように満ち足りて、すべてをさらけだして無防備だった。

エリオットの中にふたたび欲望がめばえてきた。が、何時間もこうしてベッドで抱き合っているのだから、無理強いはできない。彼を飢えたように求めてきたレッティの表情には、隠そうとしても隠しおおせない絶望の色があった。その理由がなんであれ、エリオットは克服してみせるつもりだった。

エリオットはレッティを愛していた。そして、彼女が自分を愛していることを確信していた。口にこそ出さなかったが、彼女の腕が、唇が、手が、「愛」という単純な言葉よりもずっと多くを雄弁に語っていたからだ。

エリオットはレッティの中に、自分自身の心を再発見していた。喜びを、痛みを、情熱を感じる力をふたたび見いだしていた。もうそれまでの自分に戻ることはできない。絶対に、戻らないつもりだった。レッティが愛してくれているとわかった今となっては。

エリオットはレッティを抱きよせた。ただ彼女の体の感触を確かめ、いつくしみたかった。目を閉じてしばらくすると、消耗と情熱とモルヒネの作用によって意識が遠のき、ようやく眠りに落ちた。

朝日が部屋に差しこんできた。薄い紅茶を思わせる光を浴びて、レッティははっとめざめた。が、すぐに恐怖が襲ってきた。うろたえるあまり、喉がつまりそうだった。悲痛な思いが電流のように全身を駆けぬけた。レッティは、エリオットの腕の中にいた。片脚を彼の体にからめるようにして眠っていたのだ。

レッティはほんのいっとき、頭からすべての考えを無理やり追いだして、エリオットの男らしく力強い体の感覚を味わった。彼女のウエストの上に投げかけられた、引きしまった腕の筋肉。なめらかな皮膚に包まれた肋骨。だがその喜びも、頭の中で渦巻く考えに阻まれて長くは続かない。レッティは彼の顔に目を向けた。

エリオットは美しかった。あごにはうっすらと髭が生えはじめていた。まつ毛が頰に濃い影を落としている。苦しい夢でも見ているかのように、眉間には一本のしわがかすかに刻まれ、口の端が下がっていた。

ああ、神さま。わたしが実は誰で、どんな人間か、本当のことを知ったら、彼はどんなにわたしを憎むだろう。もう、ここにはいられない。出ていかなければ。

涙がひとすじ、レッティの目尻を伝って流れおちた。声を出して泣いてはいけない。エリオットが起きてしまう。

泥棒が借り物の人生から盗みだした時間をかき集めるように、わたしはここで得たものをかき集めて逃げだすしかない。ここにいてはいけない人間なんだもの。わたしには、エリオットに与えるべき何ものも残っていない。もう、嘘もない。残っているのは——エリオットを愛しているという真実だけだ。

ここにいて、エリオットの愛が憎しみに変わるのを見るなんて、耐えられない。

レッティは臆病者だ。昔から臆病者だった。愛するのが怖かった。人生で得た多くの教訓から、誰かのふりをして面白おかしく過ごすほうが楽だと固く信じていた。招かれざる人として、物事に深く関わらず、立ち入らず、その中で一番やりやすい役を選んで演じる人生を送ってきた。

そうよ。愛するのが怖いから、愛の歌だって、人の心に響くようには歌えないじゃないの。二流の劇場歌手で、臆病者。それがわたし。それが、レッティ・ポッツという人間のすべてだった。

今すぐ、ここを出なければならない。エリオットが目をさます前に。

レッティはエリオットの腕をそっとどけた。ゆっくりと体をすべらせてベッドの端に移り、音をたてないように気をつけながら部屋着をはおってベルトを結び、足音を忍ばせて部屋を出た。人気《ひとけ》のない廊下を急いで渡り、自分に与えられた部屋に向かう。

レッティは、二〇分もしないうちに泥のしみだらけの湿ったドレスに着替え、外套を探してきて、アンジェラの部屋に入った。人のよさそうな白髪の女性が部屋の隅の椅子に座っていびきをかいていた。靴下をはいた足を小さな丸椅子にのせて、眠りこけている。アンジェラにつきそっている家政婦のニコルズ夫人だった。

レッティは静かに用心深く、ベッドのそばへ歩みよった。アンジェラは穏やかな寝息をたてている。顔色も落ちついて、だいぶ楽になったようだ。レッティはほほえんだ。少なくともこの娘《こ》の問題は片がついた。もう心配することはないわ。

アンジェラがまどろみからめざめた。「レディ・アガサ？」

「しっ、静かに。ニコルズ夫人を起こさないようにしなくちゃね、お疲れでしょうから。あ、それから、レッティでかまわないわ。友人のあいだではそう呼ばれているの」

アンジェラのふっくらと丸い頬が喜びの色に染まった。「じゃあ、レッティ。ゆうべはどこへ行ってらしたの？　わたし、心配で、心配で。サー・エリオットも、ひどく取り乱してらしたわ」

数日前なら、エリオットをそんなに悩ませたことで愉快がっていただろう。だがレッティは今、罪の意識にさいなまれた。

それでもレッティは虚勢をはって、笑顔を作った。「あなたの手紙を取り返しに行ったのよ」声を落としてささやく。「都合の悪いことを書いた手紙が人目につくところに出たりしたら困るでしょ？」

「本当に？」アンジェラは目を丸くした。「それで……取り返せたの？」

「ええ」レッティは外套のポケットから手紙を取り出し、アンジェラに渡した。

「それで、キップは？」アンジェラは手紙をまじまじと見ながら訊いた。「怒っていなかった？　わたしがほかの人を愛してるってこと、納得してくれたかしら？」

裏切られたと逆恨みしたキップが、どんなことをやりかねなかったか。レッティはそれを言い立てたい衝動にかられたが、どうにか押しとどめた。アンジェラが、キップ・ヒンプルランプとのあいだに育んだ友情の思い出を大切にしているのがわかっていたから、自分がその気持ちをどうこう言える立場ではないと気づいたのだ。他人への思いやり。これもまた、リトル・バイドウェルを去るときに持っていくことになる教訓のひとつだった。

「キップも、やっと悟ったのよ」レッティは言った。

アンジェラの若々しい顔にぱっと光がともるように笑みが浮かんだ。重荷から解き放たれた笑顔だ。その美しさに心を打たれたレッティは、あのいまいましい手紙を取りもどせて本当によかったと思った。アンジェラは、これなら回復も早いだろうと思わせる威勢のよさで、雨水の染みこんだ手紙をびりびりと細かく引きさいた。

「なんとお礼を申しあげたらいいかしら、レディ・アガ――いえ、レッティ？」

「今度から、手紙は口述して人に書きとらせたほうがよさそうね」レッティは皮肉をこめて提案した。

「これからは、わたしのヒューイだけにあてて書くことにするわ」

「侯爵さまに、『ヒューイ』なんていう愛称を使ってはだめよ。少なくとも、人前では」

アンジェラは肝に銘じるようにうなずいた。

「そういえば、サー・エリオットにお会いになった？」アンジェラが訊く。

その問いかけにレッティは不意をつかれ、頬に血が上ってくるのを感じた。アンジェラの興味をそそられた表情から、かなり赤らんでいるらしいとわかる。幸いにも育ちのよいアンジェラは、レッティの顔が赤くなったことを指摘したりはしなかった。

「ええ、お会いして、助けてくださったことに対してお礼を言ったわ」どうしても堅苦しい言い方になってしまう。「でもわたし、『ホリーズ』へ戻らなくてはならないの。今すぐに」

「なぜ？」

「え、なぜって、それは……ほら、サー・エリオットが、今回のできごとを公にしないための作り話というか、わたしたちを『ホリーズ』からここへ連れてきた言い訳を考えてくださったでしょ。でも、わたしが嵐の中に出ていってこんな情けない格好になってしまったから。このドレスのままじゃ、皆さんに説明がつかないわ。だいいち、『ホリーズ』を出る前に着替えなかったなんて、おかしいでしょう。だからわたしは、お父さまとおばさまが帰宅される前に『ホリーズ』へ戻っていなくちゃならないの」

よかった。うまく言いつくろってごまかす才覚だけには、まだ見限られていないってことね。口からでまかせの言い訳だが、なんとか筋が通っているように聞こえた。

「でも、じゃあどうすればいいの？　わたしがサー・エリオットのお宅にいる理由をなんと言って説明すれば？　しかも、一人で！」アンジェラは目を大きく見ひらいて訴える。「つまりその、男の方と二人きりで……い、い、いい……もちろん、サー・エリオットとは年もすごく離れているし、高潔な方だし、礼儀にはずれたふるまいなんて、あの方にかぎって絶対ありえないわ。でも……」

あなたは本当の彼を知らないからよ、と内心つぶやきながらレッティは言った。「アンジェラ、心配しないで。皆さんにちゃんと話をしておくから。昨夜はわたしたち二人ともサー・エリオットと一緒にここへ来たって。でもあなたは、馬車を降りたときに足がすべって頭を打った。それで、お父さまとおばさまがお帰りになったらすぐにでも状況をお知らせできるよう、わたしだけが朝一番に『ホリーズ』へ戻ることにしたって、説明すればいいでしょう」

アンジェラは起きあがって枕に背をもたせかけた。「それでも、わたしがここにサー・エリオットと二人だけでいたことには変わりはないわ。まだ嫁入り前だし、サー・エリオットは――」

「ニコルズ夫人はひと晩じゅう、あなたのそばにつきっきりだったのよ。そしてまだここにいる。今は眠っているけど、目がさめれば証人にはなるわね。大丈夫、あなたの評判が傷つくようなことはないわ」

アンジェラは深い安堵のため息をついた。「ええ、そうよね」椅子に座ったまま眠りこんでいるニコルズ夫人をおずおずと見やる。夫人は幸せそうにいびきをかき続けている。

「わたしったら、ばかね。サー・エリオットなら、女性の評判を守るために細心の注意を払ってくださるにきまってるわ。そんなことぐらい、考えてみればわかるのに」

「ええ、細心の注意をね」レッティは抑揚のない声で同意した。

「そうね、実際のところ」アンジェラはくすりと笑って続けた。「サー・エリオットの場合、もし女性の評判を傷つけかねない事態になったら、次の日曜にはもう教会で結婚の公示をしていただけるよう、お願いしているでしょうね、きっと。礼儀を守ることにかけては本当に厳しい方だから」

アンジェラは、自分の言葉がレッティの胸をぐさりと突きさしたことに気づいていない。

「そうなの？　わたし、もう行かなくちゃ。建物の裏階段を下りてこっそり出ていったほうがよさそうね、使用人たちが仕事を始める前に」

そして、どこかの街角でのたれ死んでしまったほうがいい。

「わかったわ」衝動にかられたのか、アンジェラは両腕を大きく広げた。その反応に一瞬驚き、戸惑いながらも、レッティはぎこちなく体をかがめ、アンジェラを抱きしめた。

「もうこれでわたし、キップのことも、あの手紙のこともすべて忘れて、披露宴のためにあなたが考えてくださったすばらしい案のほうに集中できるわ。ああ、レッティ。きっと、神さまのしわざね。神さまがあなたをおつかわしになったんだわ」アンジェラは声をつまらせながらつぶやいた。「だって、あなたのおかげで、何もかもうまくいったんですもの」

きっと、悪魔のしわざだ。レッティを送りこんできたのは悪魔にちがいない。

それ以外に考えられなかった。なぜ出ていってしまったのか。僕を息苦しくなるほど恋しい気持ちにさせて、二人で熱い一夜を過ごしたのに。素直になれないでいた僕の心の扉を開けて、入りこんできたと思ったのに。レッティは何も言わず、理由を説明する書き置きも残さず、行ってしまった。僕の思考を曇らせ、血をたぎらせ、怒りに火をつける愛の営みの記憶しか残さずに。

エリオットはアンジェラの話を聞くために、どうにか冷静な表情をとりつくろった。家政婦のニコルズ夫人が、さじを使ってスープを飲ませていた。

「で、レディ・アガサはここへ戻ってくると言っていた?」

「いいえ」アンジェラは答えた。「出発するまでのあいだに披露宴の準備をちゃんとととのえておけるよう、急いで仕事を片づけなければならないとおっしゃってました」

「出発するって?」もしアンジェラがもっと耳をすまして聞いていたら、エリオットの声に懸念が混じっているのに気づいていただろう。

アンジェラは口をへの字に曲げた。「ええ。もう一件、披露宴の演出を引きうけているところがあるらしくて。だからこちらの手配がすみしだい、ロンドンに戻られる予定なんです」

「ああ、そうだったのか」エリオットは歯噛みをしながらほほえんだ。「では、私はそろそろ失礼しますよ、ミス・アンジェラ。お父上もおば上も、そのうち来られると思う。いらしたらすぐに部屋にお通しするからね」

「ありがとう」

エリオットは部屋を出る前に軽く一礼し、扉を後ろ手に閉めた。そこで、落ちついた声の調子と高さを保ちながらひとり言を言った。自分の語彙の中のありとあらゆるののしりの言葉が、つぎつぎと口から飛びだした。

元陸軍の将校であるエリオットは、口汚くののしることにかけては超一流だった。

## 26 演じるのに一番つらい役どころは、現実の人生だ。

「パーティが盛況で、マーチ教授もきっとご満足にちがいないわね。皆さんほんとに楽しんでらっしゃるようだもの。見てよ、ミス・アンジェラのおきれいなこと」メリーはグレース・プールにささやきかけた。二人は客間の一番奥にある白い布をかけたテーブルの脇に立っている。

グレース、キャボット、メリーの三人は「ホリーズ」から貸し出されて、マーチ家へ手伝いにきていた。これだけの規模のパーティになるとマーチ家では人手が足りないためだ。ニコルズ夫人は日常の家事にかけては有能だが、大きな催しの調理を仕切るだけの腕はない。それでグレースが料理長として登場したわけだ。ミス・アンジェラの披露宴のケーキを作る役割をレディ・アガサに一任されて以来、グレースは料理長を自認していた。

客たちはみな、ミス・アンジェラのまわりに集まっていたので、グレースとメリーは遠慮なくひそひそ話を交わすことができた。

「あれから一週間近くになるかしら。頭を打ってずっと寝てらしたとは思えないほどお元気そうね」グレースはささやき、テーブルクロスの下から伸びてきた小さな手の動きを見守った。その手は砂糖漬けのブドウに向かってそろそろと探索を始めている。たぶん、ジェプソン家のトミー坊やだろう。

「あんなに幸せそうなミス・アンジェラはここしばらく見たことなかったわ」メリーも認めた。彼女もテーブルの上をはいずりまわる手に気づいていたが、その指がブドウをひと房つまんだのを目撃するや、手の甲をぴしゃりと叩いた。「あんなにくよくよしていたのに、悩みもすっかり吹っきれたようだし」

「でも、レディ・アガサとサー・エリオットのほうがうまくいかなくなって、残念だわ」グレースはつぶやき、パンチボウルの隣におかれた保温器つきの銀皿に、熱々の折りたたみパイを補充した。

メリーは口を引きむすんだ。「いいえ、それはちょっと違うと思うわ。サー・エリオットがレディ・アガサに首ったけなのは、誰が見たって丸わかりじゃないの。サー・エリオットが、誰にも気づかれないように彼女を見てるときの視線の熱いことっていったら。もう、どきどきしちゃう」この前の日曜、教会でレディ・アガサをじっと見つめていたサー・エリオットの表情を思い出して、メリーは顔を赤らめた。あれはどう見ても、教会という神聖な場にふさわしい目つきじゃなかったわ。

「まあ、それはそうなんだけど」グレースはうなずいた。「でも、サー・エリオットがレディ・アガサに会える機会が少なくなってるでしょ。彼女はここ一週間、部屋にこもりっきりで仕事してらっしゃるから。たまに部屋から出てきたと思えば、目は真っ赤だし、顔は真っ青だし。あの調子じゃ、根をつめすぎて病気になっちゃうわよ」

グレースは盆の上から小型ケーキ《プチフール》をひとつつまみあげるとテーブルクロスの端を持ちあげ、テーブルの下に向かって誘うように振ってみせた。小さな手が現れてケーキをひったくったかと思うと、ぱっと消えた。下のほうから押し殺したくすくす笑いが聞こえた。トミー・ジェプソンだ。妹のセーラも一緒らしい。

「そうね、あたしの見るところ」メリーは声を低くし、辛辣な口調で言った。「レディ・アガサはちょっと、サー・エリオットを怖がってるんじゃないかしら」

「怖がってるですって？」グレースが含み笑いをした。「メリー、あんたったら何もわかってないのね。彼女が恋してるのは間違いないわよ。ただ、それで憂鬱になってるだけ。といってもあんなにすてきな女性が、サー・エリオットみたいな男性に求愛されてなぜ憂鬱になるのか、そのへんは私なんかにはまったくわからないけどね」

「もしかしたら、自分より地位が下の男性と結婚するわけにはいかないと、悩んでるとか？」メリーが助け舟を出した。

「地位って、どんな地位よ？」グレースはいらついた声を出した。「なんだかんだいっても、レディ・アガサは働く女性よ。頼まれれば、誰にでも雇われて披露宴の演出をする職業婦人なんだから」

「でもね」メリーは熱くなって言い返した。「なんだかんだいっても、公爵令嬢よ」

「それはもちろんそうよ」グレースはじれったそうに言った。「だけど、公爵令嬢だからって思いあがってなんかいないでしょ。それに、彼女がサー・エリオットに夢中なのは間違いないんだから」

「どうしてわかるの？」そうささやいたのはエグランタインだった。二人に気づかれないうちにすぐそばまで来ていたのだ。その腕に抱えられたランビキンズは、折りたたみパイを物欲しそうに眺めている。

「だって、あんなにやつれてらっしゃるんですもの」メリーが言った。

エグランタインは頭をめぐらせて、部屋の反対側に立っているレディ・アガサを観察した。確かに、やつれている。ここ数日の無理がたたったのか、いつもはつらつとしていた顔は疲れきっている。目の下にはくまができているし、顔色も青白く生気がない。豊かな束髪《シニョン》からおくれ毛がこぼれ落ちている。心なしか痩せて、いくぶん細くなったように見える。

「働きすぎなんだわ」エグランタインはつぶやいた。

「仕事に没頭してらっしゃるから」グレース・プールも認めた。

「夜を徹して取り組んでるんですもの」メリーもうなずいた。

「だからですな、うちのせがれと一緒に過ごす時間がまったくなくなってしまったのは」後ろから静かな声で言ったのはアッティックス・マーチ教授だった。不意をつかれた三人は飛びあがらんばかりに驚いた。

「エグランタイン、あなたがそんなに人使いが荒いとは思ってもみませんでしたよ」

メリーとグレースは、そんなたわごとには反論するのもばからしい、とばかりに無視した。エグランタイン・ビグルスワースほど心優しい人はこの世にいない。そんなことぐらい、リトル・バイドウェルに住む者なら誰もが百も承知だったからだ。

「まあ！」だがエグランタインはくやしそうに言った。「マーチ教授。こんなふうに噂話に花を咲かせていた私たちのこと、はしたないと思われたでしょう。でもね、私たちがエリオットとレディ・アガサの行く末を気にかけているのは、二人が大好きだからなんですよ、おわかりいただきたいわ」

アッティックスはエグランタインの抗議を手で制し、安心させた。「何も申し訳なく思う必要なんぞありませんよ。それに実に興味深い話題ですから、続けていてかまわんのです。わしだって、二人の行く末については関心を持っておりますよ。実はあなた方と同じく、二人を一緒にさせたいという野心を抱いておる。こう告白したところでわしを軽蔑しないでいただきたいものだが」

三人はあっけにとられてアッティックスを見つめた。

老人はうなずいた。「本当ですよ。実はここ数日のあいだ、エリオットの前でレディ・アガサのことを褒めまくって、しまいにはわし自身が彼女と結婚したい気持ちになりかけたぐらいで」

エグランタインはくっくっと笑いだした。

　ところがメリーは首を振った。「いいえ、レディ・アガサは教授がお相手じゃだめなんです。サー・エリオットじゃなきゃ」

「だったら彼女はなぜ、エリオットの愛を受けいれないのかね？」アッティックスは聞こえよがしにつぶやいた。「エリオットは、わしがあまりにレディ・アガサのことばかりべた褒めするものだからうんざりして、とうとう最後には言いおったよ――ちょっと失敬な物言いだが、そのまま伝えたほうが、せがれがどれほど追いつめられているかおわかりいただけるので、お許し願って――『僕がこのくそいまいましい状況をどうすればいいかわかっていたら、もうとっくにどうにかしてるだろうぐらい、お父さんには想像がつかないんですか？　あの女《ひと》ときたら、僕と目を合わせようともしないんだから、どうしようもないでしょう！』だと。こんなぐあいですからね」

「エリオットの言うとおりだわ」エグランタインが沈んだようすで同意した。「レディ・アガサはエリオットを避けてますもの。彼が玄関に着いたとたん、そそくさと奥のほうへ消えてしまう。私たちが彼を昼食に招んで、一緒にいかがと誘っても、忙しいのでと言って二階から下りてこようとしない。今日このパーティへの誘いに応じたのだって、エリオットが治安判事のお仕事の都合で欠席すると、私があらかじめ彼女に伝えておいたからなんですよ」

「しかし、そんな仕事はなかったはずだ」アッティックスが言った。「エリオットなら、ここにおる。玄関そばの広間でアントンと話していますぞ」

「知ってますわ」エグランタインは穏やかな声で答えた。

一同がエグランタインの言葉に隠された意図を悟るのに、一分はゆうにかかった。

「まあ、ミス・エグランタイン……まさかそんな！」グレース・プールは、驚きのあまり息を殺してささやいた。アッティックスは含み笑いをし、メリーは満足げにほほえんだ。

「ほら、いらしたわ」出し抜けにメリーがささやいた。

エリオットが部屋に入ってきた。頭を傾けて眉根を寄せ、アントンの言葉に聞き入っている。エグランタインが見守っていると、エリオットは顔を上げ、レディ・アガサの姿に気づいた。彼は目を細め、じっと見つめている。ほかのものは何も目に入らないらしい。

エグランタインは、今度はレディ・アガサに目を移した。彼女のほうもエリオットが入ってきたのに気づき、一瞬、凍りついたように立ちすくんだ。暗い色の瞳はますます黒々と輝き、唇はわずかに開かれている。その視線は突然、部屋の中をさまよい始めた。扉を全部見まわして、逃げるならどこが一番近いか、距離を測っているかのようだ。

レディ・アガサは後ずさりした。ちょうどそのとき、エリオットが彼女をめざして歩きだした。目をかたときもそらさず、一直線に向かっている。

逃げ場に困ったレディ・アガサは庭へ通じる開いた扉へと急いだ。ところがヴァンス大佐の落とした杖が足元に転がり、行く手をふさがれた。こうなると、杖を拾わざるをえない。レディ・アガサが大佐の節くれだった手に杖を渡しているまに、エリオットはすぐそばまでやってきた。

まるで劇的な場面を予測したかのように、客たちはしんと静まりかえっていた。エグランタインのいる部屋の奥からでも、二人のようすは手にとるようにわかった。ただでさえ青白かったレディ・アガサの頬の血の気がひいていく。身構えるような姿勢をとっている。目尻には不安と緊張がみなぎっている。

それとは対照的に、エリオットは落ちつきはらっていた。レディ・アガサが反射的に差しだした手をとり、黒髪の頭を下げて唇を近づけると、震える指にゆっくりと、丹念に口づけをした。それはリトル・バイドウェルの住民が目撃した中で、もっとも情熱的なキスだった。

二人を見守っていた婦人たちの反応はさまざまだった。大部分が切なげな表情をしていたが、面白がっている人、衝撃を受けた人もいた。しかしその中で一人だけ、気を失いそうになっている女性がいた——レディ・アガサだ。

「食事の時間！」グレースが大声をあげてアッティックスをうながした。

「はあ？」アッティックスは訊いた。

「食事の時間だって、お客さまにお知らせするんです！」グレースは差し迫ったようすで言った。「そうしたら当然、サー・エリオットは腕を差しだすでしょ。レディ・アガサとしては受けいれざるをえなくなります。そうすれば……」

「なるほど！」アッティックスはうなずき、前に進みでて咳払いをした。「えへん、親愛なる皆さま方。お食事の用意がととのいましたので、ぜひこちらへ！」

エリオットは狼のような貪欲さを秘めた笑いを浮かべてレディ・アガサを見おろした。彼女はつんとあごを上げ、挑戦を受けて立とうとしている。エリオットの言葉はエグランタインの耳には届かなかったが、食事に誘っているのは明らかだった。レディ・アガサは少しためらったあと、こめかみに指先を当て、頭を左右に振った。エリオットは体をこわばらせた。そして、レディ・アガサは逃げだした。エリオットは思わず一歩踏みだしてあとを追おうとしたが、ぴたりと立ちどまった。ほとんど無表情になっている。こわばった姿勢だけが、彼の高ぶった感情を表している。

あまりの哀れさにエグランタインの胸は痛んだ。

「どうかなさったの、ミス・エグランタイン？ 何か悪いことでも？」晩餐室へ向かう客たちとともに歩いてきたキャサリン・バンティングが、横に立っていた。

エグランタインは、何を言おうか考えるより先に答えていた。「レディ・アガサに避けられて、エリオットが落胆しているのじゃないかと思って」

「落胆？ エリオットが？ そんなはずありませんわ」キャサリンは自信たっぷりにほほえんで、つけ加えた。「たぶん、自尊心は傷つけられたでしょうね。エリオットは誇りがありすぎるぐらいにある人だから。そうなるのも当然で、なんの不思議もないけれど」

「キャサリン、気をつけたほうがいいですよ。思いやりのない人間と思われたくなかったら、そういう物言いはせんことですな」アッティックスが冷ややかな低い声で言った。息子の苦しみを大したことはないと一蹴したキャサリンに、我慢がならなかったのだ。

キャサリンはアッティックスのほうをさっとふりむいた。きれいな顔に血が上っている。

「思いやりのないのは、わたしじゃないでしょう」

その目はきらきらと光っていた。こりゃ大変だ、今にも泣きだしてしまいそうじゃないか。アッティックスは腕を差しだし、大声で言った。「キャサリン。食事の前に、わしの育てているニオイムラサキの花を見ていただきたいんだが、ご一緒していただけるかな？　ちょっと茎が長く伸びすぎてしまったようでね」

一瞬、躊躇したものの、キャサリンはアッティックスに連れられるままに、庭に続く扉から外に出た。二人だけで話ができる場所だ。「申し訳なかった。今の今まで、あなたの気持ちに気づかずに」アッティックスは詫びた。

キャサリンは、なんのことやらわからないふりはしなかった。そんな虚勢を張るには今さら遅すぎる。「そんなことおっしゃらないで。申し訳ないなんて思う必要ありませんわ。わたし、ポールとの今の生活に満足してるんですから」

キャサリンは、胸のうちをさらけ出すことによって、長年の鬱屈した思いを追いだすことができますようにと願いながら、深呼吸をした。

「エリオットは、親友のポールとわたしが結婚したというのに、味方として支えようという考えをずっと持ちつづけてきたんです。その勇気ある思いやりに感謝しなければいけないんでしょうね。なぜってわたしは、彼にふられた女として世間の人に同情されるなんて耐えられないから。彼をふった女と見られるほうがまだましですもの」アッティックスの表情を見て、キャサリンは短く笑った。「やっぱり、エリオットはお父さまにも打ちあけなかったのね。彼らしいわ」

アッティックスはキャサリンを真剣なまなざしで見つめた。

「といっても、別れのきっかけを作ったのはわたしです。それ以来、エリオットは戦争に行ったせいで人が変わったんだ、だからわたしは彼が愛せなくなってしまったんだと思うことにして、自分を慰めてきました。ところが悲しいことに、事実は反対でした。わたしのほうこそ、彼にとっては愛を感じられない女だったんです」

アッティックスは思いやりのある口調で言った。「エリオットはかつて、あなたを愛していた。それは間違いないよ」

「ええ。でも、愛していてくれたときでさえ、若かったあのころでさえ、本物の愛とは言えなかったわ――憶えてらっしゃるでしょ、エリオットはわたしと一緒にいるとき、情熱をこめて話しているように見えたし、ちょっとしたことに喜びを見いだしているといった感じでしたよね。あれは、あくまで礼儀。態度だけのことだったのよ。愛があったからじゃないんです」

「キャサリン」アッティックスはキャサリンの手を軽く叩こうと腕を伸ばした。が、彼女はその手をふりはらった。

「本当なの。あの人はけっして……夢中にはならなかった。わたしに対する愛のせいで我を忘れることはなかったわ」

エリオットがスーダンへ出発する前、キャサリンは抱かれるつもりで彼のもとへ行った。エリオットの腕の中なら、それまで手に入らなかったもの、彼が持っているはずの情熱に出

会えるだろうと期待して。自分が求めてやまないもの、経験する機会のなかったものを得ら
れる気がして。だがエリオットは受けいれてくれなかった。あなたを大切に思っているから、だめだと言われた。自分は戦争に行く身だ。あなたのこれからの人生を左右してしまうよう
な、そんな危険をおかさせるわけにはいかない、と。
「復員してきたエリオットが、すっかり人が変わったようになっているのを見て、わたしは
ほっとしたの。おわかりになる、アッティックスおじさま?」老人はそれまで、キャサリン
にアッティックスと呼ばれたことはなかった。昔から親しくつき合ってきた間柄で、二人と
もエリオットの人生において重要な位置を占めているのに。
「わかるような気がする」
「わたしが愛していたエリオットは、想像の中の人にすぎなかったのよ。わたし、どうして
も納得できないんです。自分が彼を夢中にさせられなかったのに……」キャサリンは言葉に
つまった。「あの女《ひと》にはそれができるなんて、絶対に許せない」
レディ・アガサのあのはつらつとした笑顔、輝く瞳、気さくな物腰。キャサリンはそれが
憎くてたまらなかったのだろう。
「かと言ってわたし、彼を引きとめておこうともしなかったから」キャサリンはあごをつん
と上げた。「エリオットが戦地から帰ってくるころには、わたしはポールと親しくなってい
たんです。ポールはありったけの情熱をこめて愛してくれました。わたしが以前、エリオッ
トに求めていたような情熱をこめて」

キャサリンは誇らしげなようすでアッティックスを見た。「ポールは、愛を告白してくれたとき、涙を流していたわ。泣いていたんですよ」その口調は挑戦的だった。「エリオットが泣くなんて、想像できます？　何かに対してでも、誰かに対してでも、涙を流すなんてことが彼にはあるかしら？」

アッティックスは黙ったままキャサリンを見つめている。それが答になっていた。キャサリンが胸のうちを吐露したのは間違いだった。ここまで告白すべきではなかったのに。

「せがれは孤独だったんだよ、キャサリン。あいつはずっと探していたんじゃないかな。ポールがあなたを愛しているのと同じぐらいの情熱をこめて、無我夢中で愛せる女《ひと》を、探しつづけていたんだと思う」アッティックスの声は優しかった。

ポール・バンティング。キャサリンは、彼の愛を疑ったことはなかった。いてほしいと思うときにはいつもそばにいてくれた。つねに支えとなり、崇拝し、熱愛してくれた。

「そろそろしおどきじゃないかね。昔あなたを敬愛していた男を解放して、自由にさせてやってもいいんじゃないか」

アッティックスは慎重に言葉を選び、相手の気持ちを尊重して話していた。息子にそっくりだわ。キャサリンは思った。わたしが燃えあがるような愛情を求めていたときも、エリオットはいつもこんな態度で接していた。

エリオットを解放するですって？　わたし、彼の心をとらえたこともないのに。

だがキャサリンには自尊心があった。それに、ポールという大切な伴侶がいた。

レディ・アガサったら、いったい何を考えているの？　それに私ったら、何をやってるんだろう？　エグランタインは、どういうつもりで行動しているのか自分でもよくわからないままに、エリオットのすぐそばまでやってきていた。

もしかしたらエリオットは誰とも話したくなくて、断りを言ってその場を離れるかもしれない、という考えがエグランタインの頭をよぎったが、彼はそれが習い性となっているのか、あくまで礼儀正しい態度を崩さなかった。

エグランタインは微妙な駆け引きはやめて、単刀直入に話すことにした。幼いころからずっと見守ってきたエリオットなのだ。この子が初めて悪さをしたときもちゃんと見つけて、貯蔵庫からリンゴをくすねたおしおきに手の甲をぴしゃりと叩いてやったのだっけ。エグランタインはエリオットを息子同然に愛していた。

「レディ・アガサは披露宴の準備の追い込みで、お仕事に没頭していらっしゃるから、ああなのよ」エグランタインは弁明するように言った。「毎日毎日、電報や、注文した品や、手配したものなど、山のように届くんですから。披露宴では、来賓用の記念品として小さな絹の扇を配るんだけれど、その刺繡や縫製も取りしきってらっしゃるの」

「そんなに仕事があるのでは、疲れはててしまうのも無理はないですね」エリオットはひかえめに同意した。

「ええ、そのとおりよ！」エグランタインは急いでつけ加えた。「どんな花をどこに飾るかも考えていただいたし、座席表も作ってくださったわ。席順を見ると、いかにも当世風なんだけれど、現実をよくわかって考えられた配置なのよ。『ホリーズ』の中で最上の席、つまり結婚式のようすを真正面から見られる位置は、侯爵のご一族と私たち一家のために取っておくべきだって説明してくださって、なるほどと思ったわ」

「あの方が忙しくしていらっしゃるのは十分承知していますよ」

「お父さま主催のせっかくのパーティなんですもの。レディ・アガサがあんなふうに急にお帰りになったのには、よっぽどの理由があったにちがいないわ。緊急の用事ですよ」

「ええ、おっしゃるとおりだと思います」

どうやらうまくいったようね。エグランタインは一人悦に入った。エリオットはもう、さほどせっぱつまった感じには見えない。いつもの非の打ちどころのない礼儀正しさは健在で、エグランタインに笑顔を向けている。スーダンの戦地からの帰還以来ずっとそうであったように、行儀をわきまえた上品な紳士そのものだ。悠然として、落ちついた物腰を保っている。

「すみません、ミス・エグランタイン。ちょっと失礼させていただいてもよろしいでしょうか」エリオットの問いかけに、エグランタインはうなずいた。

客間にはもうほとんど人影がなくなっていた。エリオットは晩餐室でなく、玄関脇の広間に通じる扉のほうに向かった。客間を出ると、扉を静かに閉めた。

突然、何かが割れる大きな音が響きわたり、エグランタインはびくりとした。あわてて広間に通じる戸口に駆けより、扉を開けて見まわしてみると、そこには誰もいない。だが、いつも玄関前のテーブルに飾られていたはずの磁器製の大きな花瓶が、床に落ちてこなごなに割れていた。

まるで誰かがその花瓶を、壁に向かって投げつけたかのように。


一時間後。レッティが「ホリーズ」の書斎で一人、物憂げに絹の扇に刺繍をしながら座っていると、誰かに話しかける小間使いの声が聞こえてきた。相手はエリオットらしい。レッティはさっと立ちあがった。絹の扇が足元に落ちる。ほんのしばらく、恐れと喜びがせめぎあう中で、理性の声が勝った。まさか、エリオットが大切なお客さまをなおざりにしてここまで来るわけがない。そう思いながらレッティは床に落ちた扇を拾おうとかがんだ。

「レッティ」

その声にびくりとして、レッティは体をまっすぐに起こした。拾った扇をお守りのように胸に押しあてる。エリオットは戸口に立っていた。ああ、なんてすてきなの。でもその端整な顔立ちには、険しい雰囲気が漂っている。レッティの表情を読みとろうと、じっと見すえている。どうか見透かされませんように。胸の痛みをうまく押し隠せていますように。レッティは必死だった。

できることなら彼のもとへ駆けよりたかった。腕の中に抱かれたかった。レッティが望むものすべてがそこにあるのだ。身動きせずにいることが、これほど苦痛に感じられたことはなかった。

だが、エリオットの胸に飛びこんでいってどんな喜びが得られようと、それはひとときだけのはかない幸せにすぎない。レッティにはわかっていた。現実の世界が突然消えてなくなるわけではないし、そのうち過去がきっと追いかけてくる。そして、愛する人との抱擁から彼女を引き離すだろう。

レッティがリトル・バイドウェルに長くとどまればとどまるほど、傷は深く、致命的なものになる……二人にとって。

エリオットはまもなく、貴族の称号を得る。勲爵士《ナイト》から男爵になるのだ。彼には守るべき家名があり、信頼と責任にもとづいて盛りたてていくべき地位がある。

「この状態を続けるわけにはいかない」エリオットはうむをいわせぬ口調で言った。「このままでいるなんて、ばかげている」

そのとおり。エリオットとの関係をこのまま続けられるわけがない。レッティは、二人に幸せな結末が訪れる方法はないか、なんとか道が開けないかしらと、毎日そのことばかり考えてきた。だが妙案は思いうかばなかった。舞台で人気のある作品を見れば、身分の低い貧しい少女があらゆる困難を乗り越えて、貴族の美しい若者の心を射とめる話がいくらでも出てくる。でも今自分が直面している状況は、喜歌劇《オペレッタ》ではない。レッティが必死で可能性を探ろうとしているハッピーエンドなど、夢のまた夢だ。

エリオットはゆっくりと用心深く近づいてきた。「レッティ。君が僕に対して特別な感情を抱いていないとは言わせない。なんとも思っていないと言われたって信じないよ」

レッティは否定しなかった。エリオットを拒むこともできなかった。彼は片手を差しのべたが、レッティは首を横に振った。これ以上近づいてこられたら、ようやくつらい別れを決心したのに、元のもくあみだ。

「逃げないでくれ、レッティ。避けられるのは耐えられないんだ。無理強いはしないから。僕のやり方がまずかったことは認める。君のような女性が男性に期待するものには、一定の基準が――」エリオットはふいに言葉を切り、髪を手でかきあげると、顔をそむけた。

「くそっ。君のような女性と言ったけど、僕もばかだな。そんな女《ひと》はこの世に二人といないのに」急に粗野な言葉になって言う。

「自分の中のすべてが、心のままに行動せよと強く命じているのに、規範にのっとった行動なんか、できるわけがあるか？」エリオットは射るような目でレッティを見つめた。

「君は知ってるか？　僕は君を愛するようになってから、自分が発したどんなひと言、どんな視線、どんな触れあいについても、後悔したことは一度もない。君への愛を、二人の愛を確信しているから、君も自分のしたことを後悔していないだろうと、僕は信じる」

エリオットは乾いた笑い声をあげた。「レッティ。君を愛したことで、僕は利己主義の怪物と化した。そしたら、どうだ。間違いを恐れなくなった。自分が重大な過ちをおかしたために、君に愛想をつかされるのではないかと想像することすらできなくなったんだ」その声には、なんとかレッティを説得したいという悲痛な思いがあふれていた。

でもわたしには、説得は必要ない。知っているもの、あなたに愛されているのを。

「あなたに愛想をつかすなんて、絶対にありえないわ」レッティはつぶやいた。が、エリオットには聞こえなかったらしい。数歩離れたところを歩いて、ふたたび髪を手ですくようにしてかきあげ、方向を変えてまた歩きだす。次に口を開いたときには、もう動揺は消えて、深みのある、熱をこめた、明瞭な声で話しだした。

「愛していると確信を持って言い切れるから、これが僕だけの片思いではないとわかるんだ。君の愛があるからこそ、僕は自分の愛が信じられる。レッティ、頼む。僕に求愛するチャンスを与えてくれ。どうして欲しいのか言ってくれたら、そのとおりにする。だけど、背を向けて逃げたりしないでほしいんだ。愛を否定しないでくれ。僕たちを、否定しないでくれ」

ああ、神さま。こんなふうに訴えかけられると、本気で信じこみそうになる。エリオットが古くからのしきたりや爵位や、上流社会の礼儀になどこだわらないんだと、わたしを愛することが彼の人生でもっとも大切なんだと、もう少しで信じてしまいそうになるじゃないの。かすかな希望に、レッティは身震いした。

「だめ、無理よ。勇気がないわ。あなたの知らない……込み入った事情があって……わたし、恥ずかしく思っているの」

エリオットの顔に暗い影が落ち、目つきが鋭くなった。「レッティ。そんな簡単にいくわけがないことぐらい、わかっているさ。悩みがあるのなら、打ちあけてくれ。そしたら僕がかならずなんとかしてやる。恥ずかしく思っていると言うけど、君のしたことで赦せない行いなんか、ひとつもないよ」

レッティはその言葉を信じた。そう、信じられた。あとは告白すればいいだけだ。レッティが片手を差しのべると、エリオットはすぐにかたわらに寄りそった。差しだされた手を包み、自分の唇までもっていって手の甲に口づける。それから手を裏返し、こわばった指を開かせて、手のひらの真ん中に唇を押しつけた。

レッティは心ならずも空いているほうの手を上げ、うつむいたエリオットの頭に触れようとした。黒くつややかな髪。愛撫したかった。だがあとほんの少しのところで、震える指が止まった。

「レッティ」エリオットは彼女の手のひらに唇を当てたままつぶやいた。「お願いだ、僕を信じてくれ」

「信じてるわ。信じたいと思ってる。でもわたし――」

「レディ・アガサ！」戸口の向こうからキャボットの緊迫した声が響いてきた。レッティは戸惑ってあたりを見まわした。キャボットは扉を叩きもせずに開けて戸口に立っている。その顔は恐怖でこわばっている。

エリオットはゆっくりと体を起こした。その張りつめた表情には、彼の顔に似つかわしくない種類の怒りが渦巻いている。ちょうど貴族に謙虚さが似つかわしくないのと同じように。

「どうしたんだ、キャボット？」

「レディ・アガサにお会いしたいという男の方がいらしています」

「男の方？　どなた？」

キャボットの背後に人影が現れた。中背のその男は胸が厚く、たくましく広い肩をしている。部屋に入ってくるときに、しゃれた山高帽を持ちあげて挨拶した。すると豊かな金髪が遅い午後の日ざしを受けて、ギニー金貨のように輝いた。

ついに男はレッティを見つけだした。いかついが目鼻立ちのととのったその顔に、まぎれもない喜びが宿る。

「やあ、可愛いレッティ」ロンドンの下町なまりが抜けきらない話しぶり。「ほら、俺だよ。ほかならぬお前の許婚《いいなずけ》、ニック・スパークルだ」

27　劇場にキャベツを持ちこむ者は、そのうちきっとそれを投げるだろう。

「レッティ、こりゃすごい。最高のお膳立てじゃないか」ニック・スパークルは言った。背中で軽く手を組んだまま、書斎の中を休みなく歩きまわり、調度や蔵書を品定めしている。

レッティはニックから目をそらすことができなかった。悪夢からめざめたときのようだ。息苦しさに襲われた。こめかみの脈動が速く、激しくなる。

エリオットは、ニックが入ってきて数分も経たないうちに部屋を出ていった。その前に一瞬、レッティを見やったその目に、裏切られたことへの衝撃があった。ニックはエリオットの前に進みでると、手をさっと差しだして自己紹介した。エリオットも同じように挨拶を返したが、その顔からは、ついさっきまで見せていた熱い感情の名残はきれいに消えさっていた。まるですべてがレッティの想像の産物であるかのようだった。

エリオットは、二度と彼女を見ようとはしなかった。失礼しますと言って出ていくときでさえも。

レッティの中で、何かが死んでしまった。かけがえのない、かよわく壊れやすいものが消えてなくなった。もう取り返しがつかない。

「今回はうまくやったな、レッティ。道理で、高尚でお上品な感じに見えるようふるまってるわけだ。お前が新たに企てたのがこれか。俺の考えた計画よりよさそうじゃないか」

「どうしてわたしの居所がわかったの？」レッティは抑揚のない声で尋ねた。

「ここにいるサミーじじいがうっかり漏らしちまったのさ」ニックは打ちひしがれて立っているキャボットを手ぶりで示して言った。

「すまない、レッティ」キャボットは言った。「ベンにあてた手紙に君がここにいることを書いたときは、まさかあいつがニックに教えるとは思わなかったんだ」

「いやいやサミー、ベンの野郎を責めちゃいけない。あいつだって自分から進んで教えたわけじゃないんだから。ちょっとばかりつついてやったら、吐いたよ」

キャボットは怒りで顔を真っ赤に染めて、一歩前に踏みだしてかまえた。ニックのととのった顔から穏やかな表情が安物の仮面のようにはがれ落ち、冷酷非情な本性が現れた。

「サミー、俺だったら歯向かおうなんて考えないね。どうせすぐに胃の中のものを吐きちらすはめになるんだから、やめとけ」

「キャボット、この人の言うとおりよ。けがをするだけだから、やめて」レッティは叫び、二人のあいだに割って入った。

ニックは期待するような目でキャボットを眺めた。キャボットが戦う意欲をなくしたらしいのを見てとると、ニックは鼻であしらい、レッティのほうに向きなおった。

「まあまあ、落ちついて」冷やかな笑いを浮かべて言う。「ベンの間抜けには、指一本触れちゃいないって。ただ忠告してやったけどね。お前ももう年だから、舞台からおろされちゃたまらんだろうってね。劇場支配人の耳に俺がちょっとささやいてやれば、お前なんか夕方までには街頭にほうり出されているだろうよ、って言っただけさ」

ニックは腹立たしそうな表情になった。「どう思う、レッティ？　俺があの偏屈者の年寄りを痛めつけたと疑ってるのか？　俺はそんなひどい奴じゃないのにな。それとも何かい、男たるもの、お前の紳士のお友だちみたいに絹のネクタイを締めてなきゃ、優しい気持ちは持てないと思うか？」ふたたび、あざけり笑いを浮かべる。

こんな男とエリオットの話をするつもりはないわ。レッティは顔をそむけたが、ニックにいきなり腕をつかまれ、痛みに顔をしかめた。キャボットの顔にまた緊張が走る。

「大丈夫よ、キャボット」レッティはあわてて言った。「ビグルスワース家の人たちがこっちへ来るといけないから、玄関脇の広間へ行って、見張っていてくれる？　わたし、ニックと話があるから」

キャボットは不満そうだったが、言われたとおりに出ていった。二人きりになると、ニックはインド更紗《チンツ》張りの長いすにドスンと腰を下ろした。格子縞模様のスーツと、くるぶしの高さまである革靴がどうも場違いだ……ちょうど、劇場歌手がこの場の雰囲気に合わないのと同じように。レッティは自嘲的になっていた。

考えていることが顔に出ていたのだろう。ニックのにやにや笑いの口がますます広がった。

「さすが、レッティだ。大切な人の期待を裏切るのはちょっとつらいってわけか」

「ニック、出ていってちょうだい。これは、あなたが考えているような詐欺とは違うのよ。計画してこうなったわけじゃないの。ロンドンの駅で偶然切符を拾って、列車に乗ってここへ来てみたら、町の人たちがみんな――」

「ここにおられる、レディ・アガサだと思ったたっていうんだろう」ニックは口をはさみ、うなずいた。「そう、俺はすべて知ってるのさ。ベンがサミーの書いた手紙を見せてくれたからな」

「キャボット」レッティは低い声で訂正した。「彼の名前はサミュエル・キャボットよ」

「ま、どんな呼び方をしてもかまわないさ。俺や、世の中の大半の人にとっちゃ、あいつは『スパニエル犬顔のサム・サム』だからな。レッティ・ポッツ、お前と同じさ。音楽劇で観客に訴えかける歌手としての顔もあるが、それ以上に、ちょっと違う分野で人に訴えかける詐欺師として大活躍っていう具合に」

レッティは気分が悪くなった。口に出して聞かされると、自分が何者で、どんな人生を歩んできたかをいやというほど思い知らされる。以前の自分にとって信用詐欺といえば、笑顔と目配せを駆使して、金持ちに取り入ることでしかなかった。間違っていることだという認識はなかった。でも今は違う。

金銭の問題ではなかった。ビグルスワース一家のような人たちは、少々たかられて盗まれたところで経済的に困ることはない。問題なのはお金以外の、レッティが以前には意識していなかった盗みだ。彼らの信頼につけこんでその心を盗み、踏みにじることだ。そんなしうちを受けた人は、かならず傷つく。

ニックは頭を振った。「レッティ、今回の仕事はまかせるよ。お前は汚水に落ちこんでも、いつだって薔薇のような香りに包まれて這いあがってくるこつを心得てるものな。今回もちゃんとやってのけているし」

レッティに向かって指を振りながら、ニックは続けた。「だけど、せっかくの幸運にめぐまれたんだから、それを利用しないつもりだなんて言ってくれるなよ。どんな好機も絶対に逃さないで、残らず絞りとる抜け目のないお前のことだから、大丈夫だろうけどな。ということだから、白状しろよ。どんな手口なんだ？」

レッティは嫌悪感のこもった目でニックを見た。今回は、この人の言うことは間違っている。ここの人たちを傷つけるわけにはいかない。絶対に許すものか。

「詐欺じゃないのよ。わたしはここの人たちのお手伝いをして、その見返りにふかふかのベッドを与えられ、おいしい食事をごちそうになっているだけ。仕事が片づいたら出ていくつもり。それは絶対に本当よ、あなたが信用するかどうかはともかくとして」

ニックの笑顔がしぼみ、表情からうぬぼれが消えた。「俺は信用しないね」

ニックは立ちあがると、レッティのそばへ来て、その太い指で彼女のあごを持ちあげた。

「おい、甘く見るなよ。お前はここへ来て、どこかの王女さまみたいな扱いを受けた。みんな優しくていい人ばっかりだ。そうこうするうちにお前は、あんな立派な人たちの感情を傷つけるなんてかわいそうでできないわ、とかなんとか思い始めた。自分の心が広くなったみたいな甘ったるい気持ちになって、さぞかしいい気分だろうよ」

レッティは驚き、ある種の恐れを抱いてニックを見つめた。彼の言葉があまりに的を射ていたからだ。もし、すべて自己欺瞞だったとしたら？　わたしは、もう昔の自分じゃない、変わったんだと自らに言いきかせてきた。でもそれはもしかすると、そう信じても自分はなんの犠牲も払わなくていいから、ほかの人にも迷惑がかからないから、それだけの理由じゃないの？

レッティの目に揺れる心の迷いを見てとったのか、ニックはにやりと笑った。昔から、直観力の鋭さと残忍さの両面をかねそなえていた。だからこそ詐欺師として一流なのだ。

「人間、羽根ぶとんで眠れるときには善人ぶりたくもなるものさ。だけど、それは本当のお前じゃない。レッティ、そろそろ目をさましおどきだぜ」ニックは近づいてくる。「おとぎ話ふうにやらないか？　ほら、王女さまはキスでめざめるもんだろう」

ニックはレッティの肩をつかむと、上体をかがめた。レッティは身じろぎもせず立っていた。ニックの唇が自分の唇に触れたとき、すくみあがってしまいませんようにと祈りながら。今までニックにキスされたことは何度もあったが、今度は気分が悪くなりそうだった。無理強いされているのもそうだが、裏切りであるという気持ちが強かった。それはエリオットに対してだけではない。自分自身に対しての裏切りだった。

ニックは身を引いた。その顔は醜悪にしか見えず、声は野卑だった。「ははあ、そういうわけか。お前、あの黒髪の間抜け紳士とのあいだに何かあるんだな。そうか、気づくべきだったよ。羽根枕とバターケーキを与えられたぐらいで、お前が物の道理を忘れちまうわけがないものな。おい、どうなんだよ？　あいつとは、どこまでいってるんだ？」

「ばかなこと言わないでちょうだい」レッティはこわばった声で言った。ニックは嫉妬深いたちだった。レッティが舞台に立っていたときの崇拝者で特にしつこかった男を叩きのめしたことがあるぐらいなのだ。本気になれば、エリオットに何をするかわかったものではない。

ニックは目を細めた。「なんだ、その顔。何をむかついてるんだよ。俺があいつのことを話すだけであいつの名前が汚れるとでも言いたいのか」

「そんな、ばかげたこと。あの人は勲爵士《ナイト》なのよ」

「だが、お前が公爵令嬢だと思いこんでるんだろう。よかったじゃないか。ふん、あいつがお前に何かする根性があったら、殺してやるからな。おい！　そんな目で見るなよ！　あいつにそこまで惚れてるのか」ニックの明るい緑の目に衝撃が走った。顔の皮膚がまだらに赤くなった。

「くそ！　レッティ、お前、何様だと思ってるんだ。俺みたいな男とはつりあわないと思ってるんだろ？」

「いいえ、ニック」レッティは手を伸ばしてニックの腕をつかんだ。「そんなことはな――」

「黙れ！」つかんだ腕をすごい勢いでふりほどかれて、レッティは後ろによろめいた。ニックは自分のしたことを後悔したかのように手を差しのべた。が、すぐにまた険しい顔に戻り、手を脇に垂らした。

「レッティ。愛してたのに。俺ほど深くお前を愛した男はいないのに」

「ニック――」

「女王さまのように扱ってやったじゃないか。まるで深窓の令嬢みたいに。ベッドに連れこもうともしなかったし、お前が望んでいる以上のことは無理強いしなかった。いつかは結婚するものと信じて疑わなかったからな。そうして俺のものになったら、お前もきっと、結婚まで待ったことをあらためて嬉しく思ってくれるだろうって。それもこれも、レッティ、お前の気持ちを第一に考えていたからだ。お前の望むとおりにしてやろうと思っていたからなんだぞ」

ニックの目のふちが赤くなっていた。「俺は、お前が大切に思っている人をひどい目にあわせたことは一度もなかったじゃないか。お前を説きふせて、ちょっとした詐欺に関わらせようとしたときだってそうだ。無理にでも言うことをきかせようとすればできたんだ。お前の大切な誰かの脚や腕をへし折ればいいだけだから。だが俺は、そうしなかった。なぜって、お前の気持ちを傷つけたくなかったからだよ、レッティ」

ニックはレッティを愛していた。少なくとも彼なりの愛し方で。下宿に火をつけたのも、劇場の支配人を脅してレッティを雇わせなかったのも、レッティのためにしてやっているのだと本気で信じていたのだ。

レッティもまた、ニックと同じように望みのない愛を抱いていたから、彼の心の痛みはよくわかった。

「ニック。本当に、ごめんなさ――」

「言うな！」ニックは激しい口調でさえぎった。「同情なんかしてほしくないね。特に、お高くとまってるどこかのおばかさんにはな。まさかお前、自分の正体がばれて詐欺師だとわかったあとも、あいつが愛してくれると思ってるんじゃないだろうな？」底意地の悪い笑いを浮かべている。

「わかってるわ。そんなことありえないって、わかってるの。でも、それとこれとは関係ないのよ。わたし、あなたの手伝いはできない」

それにはかまわずニックは言った。「よく聞けよ。いい計画があるんだ。お前に一枚かんでもらわなきゃならない。なに、ビグルスワース家の奴らをあと二、三日満足させておいてくれりゃいいのさ。あとは俺にまかせろ」

「もし、わたしが協力しなかったら？」

「お前が協力しなかったら、そうだな、まあ、出ていくしかないな」

レッティは顔を上げた。急に目の前に希望が開けてきたような気がした。「ああ、ニック！」

ニックはレッティの頬を親指でゆっくりとなでた。

「もちろん、サー・エリオットと、ビグルスワース一家にあててちょっとした手紙を書いてからだけどな。『レディ・アガサ』と名乗ってる人物が、ここ五年ばかりどんなことをしてきたか、書きつらねた手紙だよ。ケンジントン通りでの読心術を利用した信用詐欺や、おとり商法、その他もろもろ、詳しく書いてやれば――」

「よくわかったわ、ニック。もうそれ以上並べたてないで」

それまで愛撫していた手が頬をつねった。「ようし。じゃあ、俺の言ったとおり、今までどおりレディ・アガサとしてふるまうんだ。残りの仕事は俺が引きうける。それでいいな?」

レッティは軽蔑をこめてニックを見すえた。

ニックはレッティのあごの下を軽くなでた。「やっぱりな、そうこなくちゃ」

マーチ家のパーティの客は全員、帰ってしまっていた。フランス式の扉を開けると、外の庭はしっとりと暖かな夜の匂いに包まれている。女性に求愛するにはもってこいの雰囲気だった。エリオットが姿を消したとき、アッティックスは息子がまさにそのつもりでレディ・アガサのあとを追っていくのだろうと思っていた。だが、その想像は当たっていなかったのかもしれない。求愛にしては帰りが早すぎる。

エリオットが戻ってきたとメリーに耳打ちされたとき、アッティックスは息子がまたパーティの話の輪に加わるものと思っていた。が、戻ってこない。そこでアッティックスは客を送りだして別れの挨拶をすますと家じゅうを探しまわった。そして、書斎の中を行ったり来たりして歩きまわっている息子を見つけた。背中と肩はぴんと張りつめて、まるで檻に入れられたトラのようだ。

「レディ・アガサは体調がすぐれないようで、残念だったな」アッティックスは用心深く話しかけた。

エリオットは立ちどまった。「ええ」

「いかにも健康そうで、かよわいようには見えないが」

「そうですね」

アッティックスは息子をよく知っていた。エリオットは自分のことはすべて自分で始末をつけられる人間だ。個人的な問題や悩みを打ちあけて、人によけいな負担をかけるようなことは避けてきたし、何ごとも感情をできるだけ抑えて冷静に対処するよう心がけている。そんな息子が、レディ・アガサによって変わりつつある。だが、今や……。

「しかしエグランタインによると、レディ・アガサは今、披露宴の準備にかかりきりで、一心不乱に打ちこんでいるというじゃないか。ここを出る前に準備万端ととのえておけるよう、全力で取り組んでいるらしいね。きっとそれが原因で、体調を崩したんだろうな」

「おっしゃるとおりだと思います」エリオットはつぶやいた。心ここにあらずといった感じで窓から夜の景色を見つめている。

「レディ・アガサのおかげんはどうか、見に行ったのか？」アッティックスは穏やかに訊いた。「大丈夫だといいんだが」

物思いに沈んでいたエリオットは顔を上げ、眉をひそめた。「えっ、今なんておっしゃいました？」

「レディ・アガサはどんなふうだったかと、訊いたんだよ」

「許婚《いいなずけ》と一緒にいました」エリオットの眉間のしわが深くなった。うつろな表情で、声には張りがない。「で、調子がよさそうには見えませんでした」

アッティックスは口をあんぐり開けた。裏切られたような思いが全身を駆けめぐり、身動きできなくなった。婚約しているなんて、レディ・アガサはひと言も言ったことはないし、そう思わせるようなそぶりもいっさい見せなかった。なぜエリオットの愛をもてあそぶようなふるまいをしたのか？　どうしてわざわざ、恋人がいないふりを装ったのだろう？

「なんてことだ、エリオット」アッティックスは愕然として言った。「ちっとも気づかなかった……わしは……なんと言ったらいいかわからん。まさか、あの女《ひと》が婚約していたなどとは、思ってもみなかった」

エリオットは顔を上げ、ゆっくりと言った。「誰だって、この私だって、思いもよらなかったことですよ」

「エリオット」アッティックスが言いかけると、エリオットはすでに椅子から上着を取りあげて立ちさろうとしていた。

「町のほうへ行ってきます。お父さんはもう、お休みになっていてください。私の帰りを待っていただかなくて結構ですから」

「ビグルスワース一家をニックのカモにさせるわけにはいかない。あいつはもう、レディ・アガサの許婚だと宣言してしまったんだから、なおさらだ」キャボットはレッティの部屋の中をせわしなく行ったり来たりした。背中に回して組んだ両手はきつく握りしめすぎて、指の節が白っぽくなっている。

「いったいどんな醜聞になるやら、想像がつくかい？　ビグルスワース一家は世間の笑いものになるんだよ。公爵令嬢の名をかたった流れ者にだまされたうえ、その仲間にもいっぱい食わされて金を盗られたなんて。シェフィールド家が結婚を取りやめにしたって不思議はないぐらいだ」

罪悪感と後悔の念で、手が老婆のように震えていた。レッティは手を握ったり開いたりして震えを止めることに専念しようとした。そうしていれば考えなくてもすむからだ。ニックの企てを防ぐための手だてはもう何もないのだ。

歩きまわっていたキャボットはふいに足を止めた。「ニックは今、一階でビグルスワース一家と一緒にいるんだぜ。あいつが訪ねてきたときの自己紹介は実に弁舌さわやかだった。みんな、驚いていたよ。なぜ君が許婚のことを教えてくれなかったのかって、むっとしているようでもあった」

キャボットは悲しそうなため息をついた。「ニックは、紳士みたいにふるまおうと思えばいくらでもできる奴なんだ。派手な外見の若造だが、本物の紳士と見まごうほど物腰が洗練されているからね。もともと、君が教えたんだものな」

レッティは体の前で手をねじり合わせた。「そうなのよ」

「あいつはこう言ったんだ。アガサと離れて過ごすなんて、もう一日たりとも我慢ができないんです。その気持ちはもちろんおわかりいただけますよね、って。『ところで、この町にはしばらく滞在できるような宿はありますでしょうか？』ときた。まったく、聞いていて身が縮むような思いだったよ。そう、ミス・エグランタインは予想どおりの反応をした。宿なんておっしゃらないで、ぜひ私どもの屋敷にお泊まりくださいな、って」

「まあ、どうしよう」レッティはつぶやき、ベッドの端に腰かけてがくりと体を沈めた。

「かわいそうなエグランタイン」

「そうだ、あんまりだよ」キャボットは認めた。「それに、罪深いことをしたといわんばかりに、うなだれていた」

「罪深い？」レッティはめんくらって訊いた。「どういうこと？　なぜ罪の意識を感じなくちゃいけないの？」

「ああ、レッティ」キャボットはがっくりとして言った。「気づいてなかったのか……そうか、当然だよな。サー・エリオットのことで頭がいっぱいだったろうし、それこそあの人たちのもくろみどおりだったんだから」

「なんのことを言ってるの？」

「ミス・エグランタインとこの家の使用人たちは一致団結して、君とサー・エリオットの仲を取りもとうと、できることはすべてやっていたんだよ」

まあ、なんてことかしら。みんな、とんでもないおばかさんだわ。だけど、なんて心優しい人たちなの。「それであなた、反対しなかったの？」

「どうしようもなかったんだよ」キャボットは弁解した。「だって、二人がお似合いじゃないと反論したって、その理由を説明するわけにはいかないだろう？　それに、みんなの計画がまさか本当に実を結ぶなんて、あの時点では想像もつかなかったしな」

レッティははっとして目を上げた。

「否定しなくてもいいんだよ、レッティ。二人がお互いにどう思っているか、見ていればわかる」キャボットは言った。干渉的な父親の態度が急に消えて、娘を見守る父親の憤慨の表情になっている。キャボットはレッティの横に座った。「いったい何を考えてたんだい、レッティ？」

「何も考えてなかったの」ただ、感情があっただけ。その気持ちはまだ続いている。神よ、お助けください。「で、ミス・エグランタインも関わってたのね？」

「そうだ。ニックが君の『未来の夫』だと名乗ったとき、ミス・エグランタインはひどく落ちこんだようすだった。君の人生によけいな干渉をしようとした自分を責めていたんだな。あの人は普通、他人のことに口出ししたりしない人なんだよ。今回はよっぽどそうしたい気持ちが強かったんだろう」

「そんな話をしてわたしに罪悪感を抱かせようとしてるのなら、もう遅いわ。もうとっくに、申し訳ない気持ちでいっぱいよ」

キャボットは深いため息をついた。「赦してくれ、レッティ。俺も悪かったんだ。だけど、ニックの思いどおりにさせるわけにはいかない。これ以上……いや、なんとしてでも、あの人たちが傷つかないよう守らなくてはいけないんだ！」

レッティはすっくと立ちあがった。「ビグルスワース家のお金を盗みとるようなまねはさせない。絶対に、させてなるものですか」

レッティは、レディ・アガサの私物を入れたかばんを取りあげると、ベッドの上に中身を全部空け、別の服を詰めはじめた。北海を渡る郵便船に乗りこむときにでも着られそうな暖かい服を入れている。

「何をするつもりだ？」キャボットは訊いた。

「サー・エリオットに手紙を書いて、ニック・スパークルがどういう人物か知らせるの」それから、わたしがどんな人間かも。「それから、彼が何をたくらんでいるかも」

「でも、レッティ――」

「明日の朝一番にリトル・バイドウェルの駅へ行くつもり。北行きの旅客列車は朝早くに出るから、それに乗るわ」レッティはブラウスをたたみながら言った。「手紙はあなたに預けるから、サー・エリオットのもとへ届けるのはお昼まで待ってくれるかしら？」

キャボットは眉をひそめた。「ニックのことはどうするんだ？　もしあいつが君に会いたいと言ってきたら？」

「ありえないわ。ニック・スパークルは朝から活動するのが大きらいなの。もしわたしに用事があるとかなんとか言ってきたら、具合が悪くて寝ているといってごまかしておいて。簡単に信じるはずよ」

キャボットはうなずいた。「わかった。それでニックの悪事は防げるとしよう。だけど、この家をめぐる醜聞についてはどうすればいい？　ミス・アンジェラのことは？」

まだ、糸のもつれを解かなければならないことがあったんだわ。レッティはしばらく目を閉じて考えた。頭がずきずき痛んだ。集中するのよ。アンジェラのために、なんとかしなければ。エリオットのことを考えてはいけない。手紙を読んだときどんな表情をするか、どんなに苦々しく嫌悪感を抱くかなんて、想像してはいけない。愛しているなどと告白したことに対して、どんなに後悔するだろう。

「ビグルスワース一家にはこう言っておいてちょうだい。わたしは以前、レディ・アガサのもとで働いていた人間だって。あなたの話なら、きっと信じてくれると思う」口をはさもうとするキャボットを手で制して続ける。「もしレディ・アガサが英国へ帰ってきたとしても、あなたが言っていたように彼女自身の評判のためにも、あの娘は確かに昔うちの助手をしていました、と認めるはずよ。そしてもしレディ・アガサが戻ってこなければ、わたしの話が嘘だと言い立てる人はいないわ。ニックだったらやりかねないって？　でも、ニックと初めて会ったのは五年前のことよ。キャボット、あなたはわたしをもっと昔から知っているでしょ。だからそう言ってわたしを援護してほしいの。それから、これも皆さんに伝えておいて。

わたしは母親を亡くしたあと、悪い仲間とつきあうようになってしまったんだって。披露宴の演出についてなら信用してもらっていいし、シェフィールド家の人たちにわたしの話をしないかぎり、大丈夫だって」

「リトル・バイドウェルに住む誰かが、シェフィールド家にもらさないだろうか？」キャボットはまだ納得していないようだ。

「コットン侯爵の母君が、リトル・バイドウェルの住民とおしゃべりを交わすような仲になると思う？」レッティは一蹴し、かばんの口を閉めた。

「まさか、ありえないでしょ。とにかく結婚式と披露宴を無事に乗り切ればいいの。終わってしまえば大丈夫。のちのちになって、万が一、多少なりとも事実がもれるようなことになっても、せいぜいシェフィールド家の晩餐会が盛りあがる話の種になるぐらいのものよ。醜聞っていうのは裏づけも何もない噂話であってこそ、面白いんだから」

話の種になるのはたぶん、わたしの人生と、わたしの心なんだろう。それが晩餐の席で取りあげられて、魚のコースが終わったとたん話題が変わっても、レッティはいっこうにかまわなかった。

キャボットはレッティを見つめたあと、そっと目をそらした。「君が立てた披露宴の企画は大丈夫なのか？　ビグルスワース一家が心配しなければならないようなことは？」

レッティは顔を赤らめながら穏やかに言った。「準備はほとんどできてるの。食事のほうはグレース・プールが仕出し業者と協力してやってくれることになってるわ。飾りつけに必要なものは全部注文したし、記念品や花飾りも全部、ととのえてある。アンジェラとエグランタイン、そしてあなたには、段取りを伝えてあるし、使用人たちが必要なものをうまく配置してくれるはず。詳細は見取り図に書いておいたから。メリーがいつもわたしの部屋の掃除をしてくれているから、彼女に聞けば請求書や領収書、書簡などをしまってある場所はわかるわ。心配しないで。わたしが発注したロンドンの業者はどれも信頼できるところばかりで、安心して仕事をまかせられる人たちよ」

これから逃げだそうとしている人間の口から出る言葉とは思えないわね、面白い。レッティはほほえんだ。

「大丈夫よ、キャボット。公園を散歩するみたいに簡単ってわけじゃないけど、やってやれないことはないわ」

28　役者を生業《なりわい》とする者は、芝居がいつ終わったかがちゃんとわかるものだ。

重く湿った空気の中、夜明けが忍びよるようにやってきた。八百屋の前に止まった荷馬車を引く馬の背には、凝結した水滴がたまっていた。喫茶店の正面に咲いているシャクヤクの花は露の重みで低く垂れ、店の窓にかかったレースのカーテンもだらりとしていた。レッティは列車の切符を手に、駅舎の外のホームに立っていた。町の中心部まではハムが馬車で連れてきてくれた。三〇分ほど前のことだ。乗る予定の列車が出発するまで、あと一時間ほどある。

町の通りを歩いているのは数人だけだ。みな、湿気を不快に思っているのだろうが、レッティは気にならなかった。空気は水で洗い流されたような匂いがし、活気ある夏の訪れを予感させ、黒く肥沃な大地の香りを運んできた。

空気の匂いをかみしめているうちに、昔の記憶がよみがえってきた。母親と手をつないで田園地帯の小道を散歩したときのことだ。レッティは、母親が働いていたあの屋敷が自分の家なのだと信じていた。だが、レディ・ファロントルーにここはあなたの家じゃないのよ、と言われて期待は裏切られた。実父の子爵にしても同じことだ。娘である自分を認める機会さえあれば愛してくれるのではないかと思っていたら、それもかなわなかった。

劇場が自分の家になった。出演者が家族になった。だがそれも、母親が死んで、義父のアルフが悲しみのあまり働く気力をなくすまでのことだった。レッティは悟った。自分が「家」だと思っていた劇場には、脚を見せるためのタイツをはこうとせず、上流階級の話し方をする娘の居場所はないのだと。それで仕事を探した。歌手として音楽劇に出演しはじめた。歌い方が情緒に欠ける、だから一流にはなれないと評された。

それまでの人生、レッティは不幸な状況でもせいいっぱい生きていた。だが母親が死んで間もない寒い夜、同じ劇に出ていたコーラス仲間の娘の一人がテムズ川に身を投げた。娘は妊娠していた。眠れない夜を過ごしたレッティは、ニック・スパークルと出会い、初めて飲むシャンパンに酔った。

そして心に誓った。わたしは、人生にいいように操られるみじめな生き方はしない。これからは、人生を自分で切り開いていくんだと。

レッティはその信念を支えにして生きてきた。絶対に、やわになってはいけない――なぜなら、世間はそうそう甘くないから。いつもあふれんばかりの笑いを――なぜなら、なんでも冗談にして笑いとばしていれば、悪ふざけが自分の身に返ってくることはないから。自分に手の届かないものは望まない――なぜなら、世の中はそんなものを与えてくれないから。

というより、自分でそう信じていた。

だがレッティは今、荷物を詰めたかばんを持って駅に立ち、また、次の幕が開くのを待っている。けっきょく、根無し草のように旅を続けなくてはならないのか。

しかし、人生はまだレッティを追いつめてはいなかった。

レッティはほほえんだ。わたしはまだ、自分の足で立っている。気力も十分にある。走って逃げられるぐらいには。

足元を見おろすと、ファギンは走るどころか、歩いたり、立ったりするつもりもないようだ。ぐたっとだらしなく座りこみ、物憂げな目でレッティを見あげている。

この犬は一緒に来るのをいやがった。ソーセージで釣っておびき出し、繻子《しゅす》の布をリボン状に編んだひもを首につないで無理やり引っぱってきたのだ。レッティの喉にこみあげてくるものがあった。

ファギンは今まで、首輪をはめられたことがない。何も言わなくても、ちゃんとあとをついてきた。いつも影のようにつきまとった。もしレッティがいなくなれば、一匹で生きていかなければならないからだ。かわいそうなちび犬。この広い世の中で、ファギンが頼れる存在といえばわたし一人だけ。しかも、ほとんどかまってやれない。ファギンは自分の面倒は自分で見てきた。むしろわたしがそれを当然のように思って、甘えていたのだ。

「おいで、ファギン」レッティはおだてるように言った。「これで、冒険がひとつ終わったわね。これからまた別の冒険が待ってるの、わかる？　ノルウェーへ行くのよ。あんた、ニシンの燻製がおいしいと思ってるんだろうけど、サケを食べるまでは言わせないわよ」

ファギンはそっぽを向いて、「ホリーズ」のある方向を見ている。エグランタインのいるところだ。あの女《ひと》なら、ファギンから愛情をもらって当然だなどと思ったりはしないだろう。

「つまりは、一からやりなおすチャンスってわけよ。ね、いいでしょ。これが愉快な人生でなかったら、なんなのよ、って感じよね」

ファギンは立ちあがり、ひもが伸びるかぎりのところまで歩いて止まった。レッティの笑顔がこわばった。

「おはようございます、レディ・アガサ」ジェプソン家の子守の女性がぺこりとお辞儀をし、乳母車を押しながら急いで通りすぎた。中で声をかぎりに泣きわめいている赤ん坊はジェプソン家の末っ子だ。頭上空高く舞うカモメが、物悲しい鳴き声をあげている。駅のホームの下からそろりと現れた猫が、大通りをすごい速さで突っきっていった。ファギンはやるせなさそうにそれを見つめている。

「わかったわ」レッティはつぶやき、ファギンの繻子《しゅす》のリボンを首からはずした。「エグランタインの面倒をちゃんと見てよ、よろしくね。いい？」

ファギンは首をかしげた。ふわふわした毛におおわれた顔は間が抜けているが、目つきはいつものように厳粛で、何を考えているのかわかりにくい。別れを告げるとき、ファギンはレッティの顔をなめなかった。人の手や顔をなめまわしたりするような犬ではないのだ。だが、しっぽを一度だけためらいがちに振ると、犬は通りをトコトコと歩きだした。蹄鉄工《ていてっこう》の荷車をよけながら、わが家と思い定めたところ、エグランタインのもとへ向かう。

レッティは涙を浮かべてファギンを見送った。自分も犬のあとについていけたらどんなにいいだろう。まるで自分の精神だけが肉体から離れていくような感じさえした。でも、戻るわけにはいかない。あそこはわたしのいるべき場所じゃない。わたしはレディ・アガサ・ホワイトではなく、レッティ・ポッツなのだから。頭をよぎったばかりのその考えを鼻であしらい、辛辣な笑いを浴びせようとしたが、できなかった。

レディ・アガサの中のどこまでがレッティ・ポッツで、レッティ・ポッツの中のどこまでがレディ・アガサなのか、それを確かめるすべはたったひとつしかない。ばかばかしい話だった。

レッティは頭上を見あげた。円を描いて飛んでいたカモメの群れが海へ帰るのか、地平線の向こうに消えようとしている。ファギンの姿はもう遠くなり、黒っぽい点にしか見えない。「ホリーズ」へ向かって走っている。「ほら、もっと速く走るのよ、ファギン」レッティはかすれた声でつぶやいた。

列車の切符を固く握りしめ、今まで何十回もそうしてきたように、逃げだすときの感覚が戻ってくるのを待った。逃避行の、めまいのするような興奮。がしゃんと音を立てて閉まろうとする門のすきまをくぐり抜けたり、投げかけられた網をよけたりするときのような感覚だ。だがその感覚は戻ってこなかった。またふたたび、逃げようとしている自分なのに、現実からは逃げも隠れもできないということなのか。ずいぶん前から、崖っぷちまで追いつめられていたのかもしれない。

突然、レッティは悟った。絶対の確信があった。この窮地から抜けだす道は、たったひとつしかない。切符をびりびりと半分に引き裂き、帽子をかぶりなおし、ホームから一歩踏みだした。

レッティ・ポッツ。それが何者であるにせよ、彼女は臆病者ではなかった。


事務員があわてふためいたようすで、レッティをマーチ治安判事の執務室に案内した。

エリオットは、書類や台帳がいっぱいに広げられた机に向かっていた。その向かい側には、町の巡査らしい筋骨たくましい青年が立っている。レッティの姿に気づいたエリオットは、すぐに立ちあがった。巡査は「おはようございます」と口の中でもごもごつぶやき、そろそろ失礼しなければ、と言った。

エリオットはレッティの立っている側まで迎えに出た。気配りを怠らず、いつものように完璧な物腰だ。レッティはエリオットの表情をうかがい、ニックがレッティの許婚《いいなずけ》だと自己紹介したときに感じたはずの胸の痛みや、裏切られた気持ちの名残がないかと探した。その唇には不自然な緊張感があり、目には疲れがあった。

「レディ・アガサ、どうぞおかけください」

「わたし、立っているほうがいいんですの」

「では申し訳ないですが、今から巡査を送っていきますので、帰ってくるまでお待ちいただけますか？　二、三分で戻ります」

「はい、お待ちします」

エリオットは扉を閉めて出ていき、レッティは執務室に一人残された。足を中に進めて室内を見まわす。実用的で、人間味の感じられない部屋だった。調度はあまりぱっとせず、特に快適そうでもない。いくつもある収納棚は色も形もばらばらで、書類が入りきらないようだった。机の上には何通もの書簡が広げて置いてある。

何気なく目を落とすと、驚いたことに、差出人の中には見覚えのある名前がいくつかある。政治家や労働組合の指導者たちからの手紙だった。レッティはわずかに眉をしかめて後ずさりした。エリオットが、ロンドン政界えり抜きの人々のあいだでそんなに知られているなんて、思いもよらなかった。そういえば、父親のアッティックスがそんなことをほのめかしていたような気もするけれど。

執務室の扉が開き、エリオットがふたたび入ってきた。「どうぞ、おかけになって」

レッティは首を振った。これが友人としての訪問であるなどというふりはできなかった。だが女性が座らないのだから、紳士たるエリオットは当然ながら立ったままで話をすることになる。

「では、そのままで。ブラウン君、紅茶をお願いしたいんだが、シュリンプトンまで行ってきてくれるかな？」エリオットは事務員にそう言いつけると、レッティのほうを向いた。

エリオットは初対面のときとまったく同じような印象だった。輝くばかりに白いシャツは見事なまでに糊がきいて、ぱりっとした襟に締めた灰色の絹のネクタイの結び目も非の打ちどころがない。紺青色の上着は広い肩にぴったり合ったつくりで、こんな体格の人に着てもらえるなら仕立屋冥利につきるというものだろう。黒髪もきっちりととのえられて、まさに完璧だった。

ただ、表情だけには変化が見られた。冷やかで、礼儀をわきまえる程度には興味を示していて、用心深かった。二人のあいだの距離を縮めようともしない。目の前にいるのはベッドをともにした愛する女性ではなく、初めて会ったばかりの依頼人であるかのような態度だ。

「何か私にご用でも、レディ・アガサ？」エリオットは訊いた。穏やかな物腰を保とうとつとめているようすがうかがえる口調だった。

「ええ」レッティは深呼吸をして心を落ちつけた。「わたしは、レディ・アガサ・ホワイトじゃありません」

エリオットは眉根を寄せた。レッティは怒りが爆発するのを予想していたのに、何も起こらない。

「わたしの名前は、レッティ・ポッツといいます」レッティは急いで言った。ここでやめたら、続ける勇気がなくなってしまいそうで怖かった。「喜歌劇《オペレッタ》の女優で、歌手です」

やっとのことでエリオットと視線を合わせることができた。身構えているようなその目からは何を考えているかがわかりにくい。「ほとんどの時間は、舞台で女優兼歌手として過ごしています」

エリオットはしばらくのあいだ、レッティをじっと眺めていたが、ついに尋ねた。「舞台に立っていないときは、何をしているんですか？」

レッティはごくりとつばを飲みこんだ。「ニック・スパークルと一緒に仕事をしています」

エリオットは思わず歯をくいしばり、感情をちらりとのぞかせた。「あなたの許婚ですか？」

「違います！」その言葉は、ほとばしるように口をついて出た。「わたし、絶対に……どんなことがあっても……絶対に……」いやだ。そんなひどい女だと思われたくない。

「もし結婚を約束した人があったら、絶対にあなたと愛を交わしたりはしなかったわ！」

エリオットのあごの筋肉がぴくりと動いた。「レッティ――」

「お願い。話を続けさせてください」エリオットとの関係を利用して、自分の過去の過ちを赦してもらおうとは思わなかった。

「ニックとわたしは組んで、人をだましてお金を巻きあげていました。単純に言えばそういうことです。わたしが貴婦人《レディ》の役を演じて、上流階級の人たちをまるめこんで、ニックの考えた悪徳商法に引っかかりやすくするためのお膳立てをする。そのあとニックが登場して、引っかけた相手に法外なお金を払わせる、という具合です」

レッティは、信用詐欺の手口をこれ以上ないほどあからさまに語っていた。おぞましい話だが、むしろそれが彼女の意図だった。

「わかりました」エリオットは言った。「それで、リトル・バイドウェルにおける『詐欺』

はどんなものだったんですか？」

「詐欺ではありませんでした。すべて偶然のなせるわざでした」

エリオットはまるで叩かれたようにびくりと体を引いた。レッティが気づいたときにはもう遅かった。二人の関係も「すべて偶然」だったとほのめかした結果になってしまったのだ。

レッティは悲痛な声で叫んだ。「この町へ来たことが偶然だった、という意味です。ニックはある詐欺の計画を練っていたんですが、わたしはそれに一枚かむのがいやで、協力するのを拒みました。するとニックは裏から手を回して、わたしがロンドンでまともな仕事をもらえないようにしました。それでも協力を断ると、あの人はわたしが住んでいた下宿を焼きはらったんです。そうすれば協力せざるをえないだろうと思ったんでしょうね」

言葉がつぎつぎと転がりでた。それに調子を合わせるかのように心臓の鼓動も速まった。手を固く握りしめているため、指の感覚がなくなりかけていたが、もうやめるつもりはなかった。レッティは床の一点を見つめて話しつづけた。エリオットの顔を見ると、勇気がしぼんでしまうからだ。

「それで逃げだしたんです。駅へ向かいました。でも、火事で何もかも焼けて一文無しになってしまって、切符を買うお金もなくて。ちょうどそこへ一人の女性が現れました。一緒にいたフランス人の男性に説き伏せられて、二人は駆け落ちすることになったんですが、駅を出ていくときに女性が切符を落としました。それで、わたし……」レッティは目を上げた。

「そのチャンスに飛びついたんです」

エリオットはほとんど無表情でレッティを見つめている。

「レディ・アガサになりすますつもりはなかったんです」レッティは真剣に訴えた。「リトル・バイドウェルの駅に着いて列車を降りたら、迎えにきていた人たちが、長年探していた答が見つかったみたいに大騒ぎして。そのときでさえ、そんなつもりはまったくありませんでした。でも、あなたの荷物が届いていますよ、と言われて心が動きました。火事ですべてをなくしてしまって、何も持っていなかったから。それで、レディ・アガサのふりをして荷物を失敬しようと思いつきました。わたし、根性の曲がった人間だから」

エリオットはなぜ黙ってるんだろう？

「そして『ホリーズ』へ向かう馬車に乗ったとき、わたしを信用しないようにって、あなたに警告しておこうとしました。でも、誓って言います。この程度のことでは誰も傷つきやしない、もし傷つくとしても、レディ・アガサ本人ぐらいのものだろう、と思っていました。それにあの荷物は、駆け落ちした彼女にとってはもうどうでもよかったはずだと。でも、わたしには必要なものだ、と思ったんです」

やっとここまで来た。これまでの経緯をどう説明しようかと、エリオットの事務所への道を歩きながらずっと考えてきたのだ。だが、もうほとんど終わりに近づいている。

「そうして、『ホリーズ』へやってきました。ただ、ことは自分が思ったほど簡単にはいきませんでした。アンジェラはあの甘やかされた坊や、キップに脅されているという悩みを抱えていたし、エグランタインは愛する姪が結婚して家を出ていくと考えただけでひどく心を痛めていたし、アントンはアントンで、ビグルスワース家が果たしてシェフィールド家とつりあいがとれるだろうかと心配していました。そして……」

そしてエリオット、あなたがいた。

「執事のキャボットとは知り合いでした。家族が劇場の演芸ショーに出演していたころからの友人です。気がつくと、キャボットに説得されていました。わたしならこの披露宴の演出をうまくやってのけられるだろう、そうすれば誰も傷つかないですむ、と彼は言いました。でも、ニックに居所を知られてしまったんです」そう結んでレッティは話を終え、固く目をつぶった。けっきょくわたしは、臆病者なのよ。

「『誰も傷つかない』、か」エリオットはつぶやいた。声の調子だけでは何を考えているかわからない。

レッティが目を開けると、顔をこわばらせたエリオットがいた。ぎらぎら光る目に苦悩をにじませている。レッティは見ていられなくなり、思わず近寄って手を伸ばしたが、逆に二の腕をつかまれた。エリオットの手が震えている。レッティの体を揺さぶりたいのをこらえているのだろう。

「僕が君を愛していると告白したのは、ベッドに連れこむためだったと思っていたのか？」

エリオットは強い口調で訊いた。

「いいえ」レッティはきっぱりと否定した。「いいえ、そんなこと！」

「どうして『誰も傷つかない』なんて言えるんだ、君を愛させておいて……僕をこんな気持ちにさせておいて、どうして傷つかないでいられると思うんだ?」

レッティの顔が真っ青になった。目は悲しみに打ちひしがれている。

エリオットはなんとか持ちこたえた。だめだ。もっと心が強かったらいいのに。レッティが事務所に入ってきて、治安判事である自分の前で自白するために来たとわかったときから、エリオットは平静でいられなくなり、明瞭にものを考える力を失っていた。最初はレッティの話に半信半疑だったが、しだいに注意深く耳を傾けるようになった。彼女は心から悔いて苦しんでいた。甘んじて罰を受けようとする態度は本物だった。人をだますつもりはなかったのに行きがかり上そうなってしまったのは明らかだった。治安判事としては罪を大目に見るわけにはいかないにしても、同情の余地は十分にあった。その真摯な告白で、エリオットはふたたび、レッティという女性に心を奪われた。

彼女は確かに、レディ・アガサ・ホワイトではない。だがエリオットにとってはどうでもいいことだった。レッティ。なんて勇敢な女性だろう。自分のおかした間違いを正そうと懸命になっている。人というのは、何かしら褒美がもらえるときには簡単に正直になれる。だが、罰を受けるとわかっているのに何もかも正直にさらけだすのは容易ではない。それでもレッティはここへ来た。ひるむことなく自分の過ちを告白した。赦しを乞いにきたのではない。罪ほろぼしをしたいと思っているのだ。

しかし、レッティが「誰も傷つかないと思った」と言ったとき、エリオットの怒りがめらめらと燃えあがった。ニックというあの男がレッティの許婚だと名乗ってから、嫉妬に胸を深くえぐられ、眠れない夜を過ごして、もう限界にきていたのだ。

「赦してくれ」エリオットは張りつめた声で言った。「僕には怒る権利なんか——」

「いいえ、あるわ」レッティは激しい口調で言った。「わたし、考えが足りなかったの。身勝手だったわ。初めての……夜は、自分が愛する人と、自分を愛してくれる人と過ごしたかったの」唇がゆがむ。「少なくとも、わたしがなりすました女性を愛してくれる人と」

そのひと言で、エリオットの中に残っていた怒りが洗い流されるように消えていった。レッティは僕を愛していてくれた。なら、それ以外のことはどうでもいい。レッティの腕をつかんでいたエリオットの手がすべり落ち、彼女の手のひらを上に向ける。彼女の手を握った。

「レッティ……」彼女の手のひらを上に向ける。「レッティ、僕は——」

そのときエリオットは、レッティの手首に焼印のようにくっきりと残った濃い紫色のあざがあるのにぎくりとして、一瞬にして自分が何を言おうとしたのか忘れた。「これ、あいつがやったのか？」

「別にいいの」レッティは体を離そうとした。おびえていた。暴力をふるわれたのは初めてではないにちがいない。

「お願い」レッティはつぶやいた。エリオットに対する恐れが喉元までせりあがってきた。彼の目に燃える光に、首や肩の緊張に、復讐心が宿っているのを感じていた。仕返しなどしたら、エリオットはけがするだけだ。ニックは力自慢で、情け容赦ない男だ。けんかをするときも紳士的な闘い方はしない。どんな手を使ってでも敵を傷つけることだけをめざすのだ。

「いいの。偶然、こうなっただけだから。あの人だって、別にけがさせようと思ってやったわけじゃないのよ」

そのとき、執務室の扉を乱暴に叩く音がした。エリオットはレッティの手を放し、一歩離れた。「どうぞ」

入ってきたのはニック・スパークルだった。中にいるレッティを見て、にこやかな笑顔が一瞬、うす笑いになったが、自信たっぷりの大またで部屋に足を踏みいれた。

「アガサ、君、やっぱりここにいたんだね。ビグルスワース家の御者から聞いたよ、君が今日一日、リトル・バイドウェルで用事があるとかで、大通りのところまで連れていったってね。でもどういう意味か、わからなかったんだよ。ここじゃ、一日じゅうかかるような用事なんかありそうにないからね」

悪意に満ちた目を輝かせながら、ニックはエリオットの立っているほうを見やる。エリオットは冷静にニックを観察している。「それとも、そんなに長くかかるのかな?」

その言い方はあてこすりとしか思えなかった。エリオットの顔が朱に染まった。レッティはすばやく二人のあいだに割りこんだ。そのとき木製の盆を持った事務員が外から戻ってきて、はにかみ笑いを浮かべながら、エリオットの机の上に盆を置いた。

「ほう、紅茶ですか」とニック。「これはまた、ずいぶん打ちとけたもてなし方ですね。アガサ。実に君らしいよ。短いあいだに、こんなに心の通いあう、温かいもてなしをしてくださるお友だちができるなんてね」

「スパークルさん、そういう言い方は不愉快ですね」エリオットが言った。

「おや、そうですか？　自分の花嫁になる女性にそんなに親しくされたら、私だって不愉快ですがね」

レッティはふいに気づき、もう少しで笑いそうになった。ニックはわたしがなぜここにいるか、まったくわかっていないんだわ。

考えてみれば当然だった。ニックは、レッティが彼の詐欺行為について密告するために治安判事の事務所へ来たなどとは夢にも思っていない。そんなことをしたらレッティだって無傷ではすまず、逮捕されるはめになる。だから、レッティがここへやってきたのは密会のためだろうと思いこんでいるにちがいない！

「スパークルさん、ちょっと失礼します」エリオットは言い、事務員を手招きした。「すまないが、蹄鉄工のところまでひとっ走り行ってきてくれないか。ケヴィンに伝言だ。さっき話しておいた去勢馬のことで手伝いが必要になるから、よろしくと伝えてくれ」

若い事務員は目を丸くしたが、ぺこりとお辞儀をすると、急いで執務室を出ていった。

「ここでどんなお楽しみをしようとしていたかなんて話は、あの坊やには聞かれたくないってわけでしょう？」ニックは冷笑した。さっきまでの紳士ぶった態度はもう捨てている。卑劣な男にしか見えない。

「ニック、お願いだからやめて」レッティは懇願した。

その声は、すでにニックにつかみかかろうとしていたエリオットを押しとどめた。いらだたしそうに息をもらすと、エリオットはニックに背を向けて、二人のあいだに障害物が必要だとでもいうように机の向こう側に回った。

「スパークルさん。この女《ひと》と私が何をしようとしていたかなど、あなたの関知するところではありませんよ」

「おや、ずいぶん先進的な考え方をお持ちのようですね」ニックは苦笑いしながら言った。

「もしかするとこういう考えはちょっと古臭いのかもしれませんが、私としては自分の妻になる女性が、ほかの男といちゃついているのを見るのは耐えられませんね」

「それは私も同じですよ。もしその女性が自分と将来を誓いあった仲だとしたらね」エリオットは冷たく言い放った。「でも、この女《ひと》がおっしゃるには、あなたとは婚約中ではないし、結婚の約束は一度もしたことがないそうですね」

それを聞いたニックは、真意をはかりかねるような目をレッティに向けた。「じゃあ彼女は、私たちがどんな仲だと言ったんです？」

外の廊下をどたどたとあわただしく駆ける足音が響いてきた。執務室の扉がさっと開いて、ケヴィン・バーンズ巡査が飛びこんできた。あとに続いて入ってきたのは筋肉隆々の巨漢だ。

「ガースも来てくれたのか？　結構」エリオットはそう言うと、嫌悪感のこもった目でニックを見つめた。

「スパークルさん、今の質問の答ですが、彼女は、二人が信用詐欺の仲間だったと告白しました」エリオットは机の上から一枚の紙を取りあげてみせた。「あなたの容疑については、この電報で確認が取れています」

ニックは驚愕したようだったが、それも一瞬のことだった。詐欺師として裏社会で生き残ってこられたのも、頭の回転が速いからこそだ。くるりと向きを変えると扉に向かって突進しようとしたが、すぐに二人の大男に行く手を阻まれた。一人は警棒を手にしている。

「スパークルさん、詐欺をたくらんだかどであなたを逮捕する」エリオットは言い、次にレッティに目を向けた。本心が読めない、冷静そのもののまなざしだ。「それからレッティ・ポッツ、あなたもだ」

来るべきものが来た。けっきょく、そのためにレッティはここへ来たのだ。しっかりとけじめをつけるため、罪を清算するために。だが、いざそれが現実になると、きりきりと胸が痛み、息苦しくなった。めまいがした。

レッティがエリオットに全神経を集中させているあいだに、ニックは動きだしていた。レッティを人質に取るつもりか、単に罰するつもりか、手を伸ばして飛びかかろうとする。

机の向こう側にいて動きがとれないエリオットは怒鳴った。一番近くにいたバーンズ巡査がニックの腕をわしづかみにし、背中に回して容赦なくねじあげると、あごの下に警棒を突きつけ、後ろにぐいと押しやった。同時にガースがもう片方の腕をとらえて押さえこむ。

ニックはそれほど長くは抵抗しなかった。ばかな男ではない。数で勝る相手に歯向かっても無駄だと判断したのだろう。だがレッティに向けた目は、かぎりない憎しみと恨みに燃えていた。

「この、大ばか者のくそあま！」ニックは歯ぎしりして叫んだ。「よくもやりやがったな、役立たずの尻軽女め！　この男にどんないい思いをさせてもらったんだか知らないが、あとで吠え面かくなよ！」

「スパークルさん、黙りなさい」低く静かな、しかし聞く者を震えあがらせるような声。エリオットがあと一歩のところで爆発しかねない激しい怒りを抑えているのが伝わったのだろう。ニックはレッティをにらみつけ、足元にぺっと唾を吐くと、おとなしくなった。

二人の大男に連れられて執務室を出る前に、ニックはようやく口を開いた。

「これでお前も一巻の終わりだぞ、レッティ。人生、台無しにしたかいがあるといいがね」

「ええ、もちろんあるわ」レッティは答えた。

## 29

悪党は人をだまし、嘘をつき、盗み、犬を蹴っとばす。最後にはどうせ、撃たれることになるからだ。

エリオットは事務員に命じてレッティに付き添わせ、「ホリーズ」まで送っていかせた。追って連絡するまで、ビグルスワース家に頼んでレッティの身柄を預かってもらうつもりだ。審問を招集するのに数日はかかる。できれば審問は避けたかったが、ほかに方法がなかった。レッティ・ポッツは犯意を認める自白をしたのだし、エリオット・マーチは治安判事としての役割を遂行する必要があった。

治安判事の権限でレッティを無罪放免にすることも難しくはなかったが、彼女がそれを望まなかった。エリオットに公平な裁きを期待しているのは明らかだった。口にこそ出さないが、レッティはエリオットが高潔で公明正大な人間であると信じている。その信頼に支えられているからこそ彼が公平な態度を貫けるというのも、考えてみればおかしな話だった。

「奴はどうします？」ケヴィン・バーンズ巡査が、ふだんは予備として空けてある奥の倉庫のほうをあごでしゃくって示した。そこにニック・スパークルを閉じこめてあるのだ。

「ケヴィン、君はロンドンへ行ったことがあるか？」エリオットが訊いた。

「いいえ。ご存知のように、生まれてこのかた、ずっとこの町で暮らしてきましたから」

「じゃあ、そろそろ行く機会があってもいいころだな。駅まで行って、ロンドン行き列車の個室の切符を二枚、買ってきてくれ。今夜発の食堂車つきの列車だ。駅へ行く途中で電報局に寄って、ロンドンのチャペル通り警察署のランコーン警部補あてに、電報を一本打ってほしい。君がニック・スパークル容疑者を連行して、明日の朝八時にセント・パンクラス駅に到着する、という電文で」

誇らしさのあまり、青年巡査の顔が赤く染まった。「すごい。サー・エリオット、本気でおっしゃってるんですか？」

「もちろん。それから、列車の窓や扉用の錠前も買っておいたほうがいいだろうな」

「はい、了解です」バーンズ巡査はカツンとかかとを合わせる音を響かせて姿勢を正すと、執務室を出ていった。行進するような歩き方になっているのがエリオットにはほほえましかった。だがその笑みも、ニック・スパークルを閉じこめた倉庫に目をやったとたん消えうせた。レッティの手首に残ったあざの記憶とともに、鎮めることのできない冷たい怒りがよみがえってきた。

急に、ドスンドスンと大きな音がした。倉庫の扉が激しく叩かれて揺れている。中からくぐもったののしりの言葉が聞こえてくる。

「もう少し静かにしたらどうかな、スパークルさん」エリオットは穏やかな口調で言った。

「おう、そうか？」あざけりをこめた声が返ってきた。「静かにしなかったらどうするんだよ？　また逮捕するのか？」ニックは挑戦するように笑った。あくまで不服従を主張するかのように、扉がまた激しく揺れ、木がバリッと割れる音がした。

　この調子だとこいつ、扉を蹴り破ってしまうな、とエリオットはほくそえみながら思った。だがまさか、壊させるわけにはいかない。治安判事として選挙民に対し、公共の施設を守らねばならない義務を負っているのだ。

　エリオットはかんぬきをはずし、扉を開けた。ニックは頭を低く垂れて、戸口の真ん前に立っていた。あからさまな憎しみに満ちた目でエリオットをにらみつけると、人気《ひとけ》のない廊下に視線をすばやく走らせる。

「腕っぷしの強いあの男はどこへ行った？」ニックは何食わぬ顔で訊いた。

「ちょっと離れたところまで使いに行ってる」エリオットは答えた。

　ニックはうなずいた。表情こそゆったりとしているが、鋭い視線はあちこちをさまよい、自分に有利な点と不利な点をおしはかって状況を見きわめようとしている。エリオットの広い肩幅とそれに比してほっそりした体格、手は大きいが、殴り合いの邪魔になりそうな一分のすきもない服装。悪くない、勝算があるとふんだニックは、勝利をさらに確かなものにしようと思った。それがそもそもの間違いだった。

「俺、部屋の中で座って、いろいろと考えたんだ」ニックは言い、口をぎゅっと結んだ。

「ほう？」

ニックはうなずくと、思いをめぐらすように天井を見あげながら、さりげなくエリオットに近づく。「もしかしてあんたに、助けてもらえるんじゃないかと思ってね。男どうしの話し合いでさ」

エリオットは身動きせずに立っていた。ニックの魂胆は見えすいている。「それで、どうしたら助けられるのかな、スパークルさん？」

「そうだな、ちょっと考えてたんだが」ニックの唇が横に大きく広がり、野卑なにやにや笑いになった。エリオットのほうに身を乗りだす。腕が届く距離まで近づくと、「あの女、よかったか？」と訊いた。

ニックは突進した。が、その動きを予測していたエリオットは脇によけ、ニックの肩に片手をかけて体を回転させ、部屋の中に向かって突きとばした。ニックはよろめいて奥の壁にぶつかった。顔の筋肉をだらりとさせ、信じられないといった表情をしている。

「スパークルさん。あなたのような男は――」エリオットは話しはじめたが、途中で言葉を切った。全身の血が熱く駆けめぐっている。こんな獣みたいな奴がレッティについてあんなことを言うなんて、レッティの手首にあんなあざを残すなんて、我慢できない。エリオットはニックを激しく憎んだ。自分個人の敵として憎み、深く恨んだ。

エリオットはふたたび口を開いた。「あなたのような男は、つねに衝動にしたがって生きている。だから、ほかの男も自分と同じぐらい操りやすいんじゃないかと勘違いしてしまうんだ」

侮辱を受けてニックは一歩踏みだしたが、思いとどまった。「サー・エリオット。呼べばすぐ飛んでくるところに部下の奴らがいるから、安心してそんなこと言ってられるんだぜ。でなけりゃ、衝動ってのがどういうものか、俺がひとつやふたつ、教えてやれるのにな。たとえば、ここを出たらすぐにでも、あの尻軽女を追いつめて叩きのめしてやりたいと感じる。それが衝動ってもんだよ」

エリオットはニックをじっと見すえた。急に落ちつきを取りもどし、頭がさえてきた。

「それこそ勘違いだよ」とつぶやく。

「なんだって？」

エリオットは答えずに、ただほほえんだ。さわやかな笑顔とは言いがたかった。

「バーンズ巡査は駅へ出かけていて、仕事が終わるまで少なくともあと三〇分はかかる。蹄《てい》鉄工《てっこう》のガースは馬小屋に戻った。さて、ニック。この建物には裏口がある。そこから四〇〇メートルほど進むと、ノース・ロードに出る。かなり交通量があって、旅人の行き来が多い道路だ。沿岸地方へ行く者もいれば、北へ上る者も、南へ下る者もいる。合図して馬車を止めて乗せてもらえば、一時間以内にそうとう遠くまで行けるから、誰かに見つかる恐れはまずない」

ニックは目を細めてエリオットを見た。「あんた、何を言いたいんだ？」

「お前と自由とのあいだに立ちはだかるものは、私だけだってことだ」

「で、なぜそんなこと俺に教える？」ニックは訊きながら、脇に垂らした手を反射的に握りしめ、こぶしをつくっていた。

低めを攻めるのがよさそうだ。そう判断したエリオットはニックの腹を狙い、腎臓のあたりに一発ぶちこんだ。そして体重を前に移動し、反撃をかわす構えをとった。

「なぜって、お前が逃げようとするのをとらえて、さしで勝負したかったからさ」エリオットは誠実に答えた。「今までの人生で、こんなに強い望みを抱いたことも珍しいよ」

ニックはにやりと笑い、こぶしを振りあげた。あごに強烈な一撃をまともにくらい、エリオットはがくりと膝をついた。

「喜んで、相手になるぜ」ニックは言った。

## 30 観客だけが唯一、重要な批評家だ。

レッティ・ポッツの罪状について本人と関係者の意見を聞く審問は、ビグルスワース邸の大広間で開かれた。この地域で一番広い部屋だったし、出席者全員を着席で収容できる場所はそこしかなかったからだ。審問がいよいよ始まる。リトル・バイドウェルの住人たちが大勢出そろって、よい席を確保しようとそれぞれ画策し、ざわめいていた。

誰もが、犠牲者であるビグルスワース一家に深く同情していた。この不祥事がミス・アンジェラの婚礼に与える影響は避けがたく、みなが非常に残念に思っていた。サー・エリオットと「あの女《ひと》」との恋愛の成り行きを好意的に見守っていた者たちの悲しみはさらに深かった。

被告人のレッティ・ポッツに同情する者がいないのは明らかだった。アンジェラの将来をもてあそんだばかりか、魅力的な言動と親しみやすい笑顔でもって皆を欺き、だましたのだから。ただ皆が混乱しているのは、親切で優しそうなレッティが、本当にそんな悪い人間なのかどうかという点だった（ここで言う皆とは、一日目からミス・ポッツに疑いを抱いていたキャサリン・バンティングをのぞく）。

大広間の一番奥には、執事のキャボットが繻子《しゅす》のひもで仕切って場所を確保していた。ひもの向こうには架台式のテーブルがしつらえてある。その後ろには背もたれのまっすぐな椅子が一脚。それと対になる椅子はテーブルの前に、斜めの角度に置かれている。ここがレッティの席だ。マーチ治安判事からレッティを裁判にかけるべきか否かを判断するための質問があり、それに答えることになる。部屋の残りの空間は通路をはさんで二つに分けられ、それぞれに椅子がぎっしり並べられている。

サー・エリオット・マーチが二冊の本を小脇に抱えて側面の扉から入ってくると、傍聴人のささやき声が大きくなった。治安判事としての彼の物腰はあいかわらず生真面目で、つややした髪はきっちりととのえられ、服装は非の打ちどころがなかった。ただその顔は一分のすきもないとは言いがたかった。あごには一面、黄色くなった打ち身のあとが広がっており、右目の下の青あざはまだ大きく腫れていた。

ざわついていた室内がしだいに静かになった。ここにいる人々はレッティ・ポッツにいいように利用されただけだ。だがサー・エリオットは、彼女と恋に落ちていた。愛した女性にだまされ、手ひどく裏切られたのだから、相手を罰したいと思うのが当たり前だろう。しかしサー・エリオットの公平な性格をよく知っている傍聴人は、個人的な感情に左右されて審問の結果に影響が出るようなことは絶対にないと信じていた。レッティ・ポッツはきわめて運がいい──それが、リトル・バイドウェルの人々の一致した意見だった。

エリオットは本をテーブルに置いて、うなずいた。エリオットが席につくと、バーンズ巡査は部屋の後方へと急いだ。扉から頭だけを突きだして合図をしている。少しすると扉が開き、エグランタイン・ビグルスワースが入ってきた。いつになく険しい表情だ。あとに続いてレッティ・ポッツが現れた。

リトル・バイドウェルに着いたときと同じ、薄紫色のドレスを着ている。つややかで深みのあるとび色の髪の上には、派手な飾りのついた大きな帽子がのっていて、青ざめた顔との対比でなぜか勇ましく見える。レッティはわき目もふらず、自分の座るべき席だけをまっすぐに見すえて歩いていた。

二階の窓から差しこむまぶしい日ざしがいくすじもの光となって寄木張りの床を照らしている。光の中をレッティが通りすぎると、ここ二、三日の緊張と疲れが顔に出ているのがいやがうえにもわかった。血の気が失せた肌は真っ白で、目の下の青い静脈が透けてみえるほどだ。彼女が足を進めるにつれ、丸められた絨毯が床に広げられるように、静けさが広がっていった。

エグランタインはひもで仕切られた傍聴人側の席の最前列に腰を下ろした。レッティも自分の席に座ったが、そのとき初めてエリオットに目をやって顔のあざに気づいた。

驚いたレッティは椅子から腰を浮かしかけた。言葉にならない悲痛の声がわずかに開かれた唇からもれた。急いでふりかえってエグランタインに目で問いかける。

エグランタインは身を乗り出し、ささやいた。「エリオットとスパークルさんとのあいだに、『接触事故』があったそうなの。慰めになるかどうかわからないけれど、ビーコン先生のお話では、けががひどかったのはスパークルさんのほうらしいわ。駅まで歩けなくて、かつがれて行ったんですって」

最初にエリオットを見たときの衝撃から立ち直り、少し気が楽になったのか、レッティは苦笑いして言った。「エリオットは、わたしがこの町へ来なければニックと知り合わずにすんだんですよ。彼がそんな男に殴られてけがをしたっていうのに、慰めも何もあったものじゃないわ」

「自分のとった行動がどんな結果を招くかなんて、私たちみな、ほとんど予測がつかないものなのよ」エグランタインは優しく言った。

エリオットがうなずいたのを合図に、バーンズ巡査は部屋の中央まで進みでて、全員席につくように大声で指示を出した。エリオットは立ちあがった。

「この審問は、ミス・レッティ・ポッツが犯罪に関わった事実があるか否かを判断するための手続きであります」エリオットが宣言すると、興奮のざわめきが部屋を満たした。

「過去四日間、私は治安判事として、ニコラス・スパークル氏の犯罪活動に関してロンドンの警察当局と連絡を何度も取り合ってきました。スパークル氏は今後、複数の容疑で裁判を受けることになっています」

傍聴席からあれこれ憶測する声があがって、ふたたび室内はざわついた。

「お静かに」エリオットが注意すると、人々は静かになった。

「スパークル氏は再三、ミス・ポッツが氏の犯罪行為を助ける役割を果たしたと申し立てていますが、ロンドン警察は、ミス・ポッツを告発したいという被害者を一人も特定できておらず、ミス・ポッツがスパークル氏の犯罪の共犯者であったことを裏づける証人も見つかっていません」

これを聞いたレッティは立ちあがった。「それはどうでもいいでしょう。わたしがどんなふうに関与したかを自分で述べますから」

エリオットは冷静なまなざしを向けた。「ミス・ポッツ、お座りなさい。ここはロンドンではありませんから、管轄外で起きた事件について審問を行うことは私の権限ではできません。もしあなたがロンドンで指名手配されているのであれば、私の権限であなたの身柄をロンドン当局に引き渡しできますし、そうすることになるでしょう。しかしあなたはロンドン当局に追われているわけではない」

「でも――」レッティは抗議しかけたが、エリオットは手を上げて黙らせた。見知らぬ人のようだった。どこまでも傲然《ごうぜん》として断固たる態度で、逆らえない。レッティはしかたなく腰を下ろした。

「しかしそれは、リトル・バイドウェルで起きた犯罪または犯罪未遂の容疑であなたを裁判にかけることができない、という意味ではありません。もしこの町での犯罪または未遂の証拠が見つかれば、当然ながら裁判に持ちこむことになります」

地主のヒンプルランプが叫んだ。「そうだ、そうだ！」

「さて」エリオットはレッティのほうを向いて言った。「それでは、始めましょう……」

尋問は三〇分たっぷりかかり、レッティはくたくたになった。始まる前はいろいろと推測して、もしやリトル・バイドウェルへ来た最初の動機を軽く扱われたり、レディ・アガサの持ち物を盗もうとした事実を隠されたりはしないかと恐れていたレッティだったが、その心配は無用だった。エリオットはきわめて冷静に、客観的にレッティを導き、下宿の火事からニック・スパークルの登場まで、過去三週間のできごとを詳細に語らせた。

傍聴人は供述にすっかり引きこまれていた。レッティが劇場歌手兼女優であったと聞いて、多くの人が目を丸くした。わけ知り顔でうなずく人もいた。レッティがロンドンを逃げだそうと決心したいきさつを語ったときには、何人もの人が口をきっと結んで聞き入った。

リトル・バイドウェルの人々にどう思われているのか、レッティにははかりかねた。四日前、バーンズ巡査に付き添われて「ホリーズ」へ戻って以来、エグランタイン以外の人とは話していなかったからだ。エグランタインはずっとレッティの味方だった。でも、この供述を聞いたら、彼女だってレッティを見限るだろう。

エリオットが事実関係の要約を述べているあいだ、レッティは熱心に耳を傾ける人々の顔を眺めていた。アンジェラはひどく困惑しているように見える。アントンは当惑を隠そうともしない。その後ろに座っているのはアッティックスで、眉間にしわを寄せて考えこんでいる。ビーコン医師とその妹はそろって半信半疑で、表情までよく似ていた。ジェプソン夫妻はただただ、悲しげな顔をしていた。とっくに眠りこんでいたヴァンス大佐は、穏やかにいびきをかいていた。その隣に座った娘のエリザベスは、不安そうに手をもてあそんでいる。部屋の後ろのほうにはメリーとグレース・プールが立っている。メリーはむかついたようすで、グレースは怒りをあらわにしている。

ヒンプルランプ家の人々でさえも、いつもと違って表情が沈みがちだった。といってもレッティにはその理由がわかっていた。アンジェラが書いた手紙の一件は、審問で取りあげられなかった。ヒンプルランプ家としてはむしろ、明るみに出ないままのほうがありがたいだろう。

「ミス・ポッツを裁判にかけるかどうかを決める前に、何か述べておきたいことや、本人に質問がある方はいますか？」

傍聴人たちのあいだでまたひとしきり、ささやきあう声が起こった。レッティは不安を覚えながら待った。想像していたのとは違う展開になっていた。もうとっくに逮捕されていてもおかしくない、と思っていた。ところが今の自分は「逮捕されていると言えなくもない」状態で、それさえも定かではない。

「はい、プールさん？」エリオットが言った。

家政婦長のグレース・プールは部屋の真ん中の通路を威勢よく歩いていき、テーブルの前で立ちどまってくるりとふりむいた。顔は赤らんでいるが、堂々とした姿だ。

「私の意見を言います。法に厳密にのっとれば、リトル・バイドウェルにいる人の誰にも、犯罪が行われた形跡はないと思います」

「プールさん、厳密に言えばそれは違いますね」エリオットは静かに言った。「本人も認めていますが、ミス・ポッツは、レディ・アガサ・ホワイトの衣服を勝手に着用したばかりか、手直ししました。またこれも本人の弁ですが、果たしてレディ・アガサがそれらの衣服をふたたび着られるかどうかは疑わしいと言っています。ただし」自分がとった記録を見ながら顔をしかめる。「ただし、レディ・アガサが『突如として胸が大きくなり、身長が七、八センチ縮んだのでなければ』の話だが、ということです」

部屋じゅうにくすくす笑いがわき起こった。

しかし、グレースはそんなことではひるまなかった。「サー・エリオット、今さっき言いましたように、リトル・バイドウェルにいる人の誰にも、犯罪が行われたわけではありません。『厳密に言えば』、レディ・アガサは今、ミス・ポッツに対して苦情を申し立てるためにここに出頭していません。レディ・アガサはこの町の住民ではありませんから、私たちとしても彼女の代理で苦情を申し立てるわけにもいきません。それに」グレースは鼻を鳴らした。「もしレディ・アガサがご自分の本来なすべき仕事をしていたら、ビグルスワース一家が彼女に頼んだ披露宴の演出という仕事をちゃんとしていたら、そもそもこの審問を開く必要なんかなかったんじゃありませんか？」

これを聞いて、くすくす笑いがあからさまな笑い声に変わった。後ろの列にいた誰かが「そうだ、もっと言ってやれ、グレース！」と叫んだ。グレースは、不自然なほどまっ黒な髪のつけ根まで真っ赤になったが、顔は喜びに輝いている。

「プールさん、私は法廷であなたのような手ごわい方とやりあうのだけは避けたいですね」エリオットが言った。

「あら、そんなこと起こりっこないわ、私たち女性に投票権が与えられないかぎりは。そうでしょ?」グレースはやり返した。

「困りますよ!」バーンズ巡査が叫んだ。「便乗して参政権をどうのこうの言うのは、ちょっとひかえていただかないと。グレースさん、この場ではだめです。今すぐやめないと、治安妨害で逮捕しますよ」

「そんなの、初めてのことじゃないものね」グレースはにべもなく言い放ち、ふたたび笑いを誘った。

レッティは驚きあきれ、混乱して周囲を見まわした。敵意や裏切られた気持ちを抱いて当然なのに、この人たちはいったいどうしたの? 審問の手続き自体が、軽い娯楽のような様相を帯びてきていた。罪をおかしたわたしに、その償いをさせたいと思うのが筋なのに、どういうことだろう。

当惑し、落ちつきを失ったレッティは顔をしかめた。心の奥底でゆっくりと、温かいものが広がりつつあった。まさか。信じられなかった。怖かった。人間というのは、そうそう簡単に人を赦せるものではないのに。

この四日間、レッティは、刑務所の内部を思いえがいて、それに慣れるようにつとめていた。冷たいすきま風の入る監房。灰色の囚人服。音楽もなく、笑いもない。

　そして、エリオットもいない。

「皆さん、お静かに」エリオットが呼びかけた。「グレース・プールさんのおっしゃることも一理あります。さて、ここにおられる皆さんのうち、レディ・アガサの利益を代弁して、レッティ・ポッツに対する苦情を申し立てたいという方はいますか？」

　エグランタイン・ビグルスワースが咳払いをし、ゆっくりと立ちあがった。生まれつきひかえめではにかみやのこの女性にしては、恐ろしく勇気のいる行為だったろう。笑い声は消え、人々は彼女の話を聞こうと耳をすました。

「大事なのは、ミス・ポッツご本人がすでにレディ・アガサの利益のために行動してきた、ということだと私は思います」

　何人かの人が深くうなずいた。

「レディ・アガサは、プールさんのご指摘のとおり、またミス・ポッツが生き生きと表現したように、私たちを見捨てたんです。ミス・ポッツは、ヴァンス大佐が気のきいた言葉で表現したように、枝にとまる小鳥のごとく、そこへ飛びこんできたんですわ」

　レッティの口元が思わずゆるみ、ほほえみになった。優しいエグランタイン。あんなふうに比喩的表現をごちゃまぜにして使っているのを見ると、絶対に脚本家にはなれそうもないわね。

「ミス・ポッツは、私たちがレディ・アガサにお願いした披露宴の準備作業をすべてこなしてくれました。なのに、その仕事に対して一銭も受けとっていません。ミス・ポッツを裁判にかけるかどうか、治安判事の判断のいかんにかかわらず、私たちは彼女に対して恩義があると思います。それだけではありません、レディ・アガサの分だった報酬は、ミス・ポッツにこそお支払いする義務があります」

レッティは息をのんだ。すぐ後ろで、同じようにはっと息をのんだのはドロシー・ヒンプルランプだった。グレースとメリーは声援を送った。アントンは頬をぷっとふくらまして叫んだ。「よく言った、エグランタイン！」

姪のアンジェラが立ちあがり、エグランタインの腕に自分の腕をからませた。「わたしがミス・ポッツに感じている恩義は、感謝の言葉だけでは表せません」アンジェラが話しはじめると、レッティの後ろでドロシー・ヒンプルランプが不安げにごくりとつばを飲む音が聞こえた。

「ミス・ポッツはわたしの友人として、貴重な助言をしてくれましたし、支援を惜しみませんでした。サー・エリオット、あなたがわけのわからないばかげた犯罪でミス・ポッツを起訴するとおっしゃるなら、わたしは、彼女の弁護のために英国一の弁護士をつけるよう取り計らうつもりです」

エリオットは片方の眉をつり上げて、しばらくアンジェラを見つめていた。「ほかに、ご意見のある方は？」

よりによってそのとき、ヴァンス大佐が居眠りからめざめた。膝にのせてあった杖がカラカラと音を立てて床に落ちると、ばねじかけのようにしゃきっと頭を起こした。まばたきをし、あたりを見まわして、しかめっ面をしている。隣に座っている娘を見るなり、がなりたてた。「なんじゃ、何が起こったんじゃ？　このあいだまでレディ・アガサだったあの娘さんは、どうしたのかね？」

エリザベスは大声で答えた。「何も起こってませんわ、お父さま。今、決めようとしてるところですから」

「決める？　いったいぜんたい、何を決めるっていうんだね？」

「彼女が犯罪者かどうかを、ですよ！」エリザベスは怒鳴り返した。

「ふん、あほらしい。もちろん、犯罪者でなんかあるもんか。あの娘《こ》はわしにイチゴのトライフルをくれたじゃろ？　どこの世界に、こんな老いぼれにケーキをくれたりする犯罪者がいるかね？」心の底からむかついているといった表情で答えるヴァンス大佐に、部屋じゅうの人々が——レッティも含めて——ほほえまずにはいられなかった。

彼らは世界で一番優しく、心の広い人たちだ。だがレッティは、それに甘えて赦してもらうわけにはいかなかった。これだけ悪いことをしたのだから、罰を受ける必要がある。レッティは咳払いをして、話しだそうとした。ところがアッティックス・マーチ教授に先を越された。

「大佐、よくおっしゃいました」アッティックスは苦労しながらやっとのことで立ちあがった。「エリオット、発言してもいいかね？」

エリオットはうなずいた。父親が何を話そうとするのか、じっと見守る。

「どうやら今、我々にはふたつの問題があるようですな」アッティックスが言った。

「第一の問題は、治安判事が起訴に持ちこむに足る犯罪をミス・ポッツがおかしたかどうか。これについては決着したも同然でしょう。告発しようという者は誰もおらんのだし、ミス・ポッツがレディ・アガサの代わりに、ミス・アンジェラの婚礼のために誠心誠意尽くしたことを考えると、告発するのが果たして倫理的に許されるのかといった疑問が出てくる。我々の意見は、告発すべきでない、ということで一致しておるとわしは思う」

同意を表す声があちこちであがり、部屋じゅうが騒然とした。キャサリン・バンティングただ一人が黙りこくっている。

レッティはじっと前を見つめた。皆の心のあまりの寛大さに、めまいがしていた。

「第二の問題は、ちと厄介です。醜聞がからんできますからな」人々は急に静まりかえった。

「あと一カ月と少しすると、ロンドンからたくさんの人たちが、婚礼に参列するためにリトル・バイドウェルへやってきます。この人たちは一週間程度の短い滞在のあと、ふたたび行ってしまうが、そのときアンジェラを連れていくことになる。我々の娘であり、姪であり、友人である大切なこの娘《こ》を」

アンジェラはしとやかに目を伏せた。

「我々は皆、アンジェラの幸せを願っていると、わしは確信しております」

全員がいっせいにうなずいた。美しく愛らしく、思いやりのある娘に対する愛情で、誰もが優しい笑顔になっている。キップ・ヒンプルランプでさえ、少しすねながらも感傷に浸っているように見えた。

「侯爵一家をはじめとするロンドンの人たちが、披露宴の演出を企画した女性の経歴についての噂を耳にしたり、職業や出自などについて漏れ聞くようなことがあれば、アンジェラの婚礼は永遠に、醜聞にまみれてしまいます。それは我々にもわかっている」

人々のあいだで不服そうなつぶやきや、暗然とした表情の目配せが交わされた。まるで、アンジェラの披露宴演出役《ブライダル・プランナー》が女優兼歌手であったことを誰かに漏らすような裏切り者は誰か、今から探そうとしているかのようだ。

「我々は、そんな醜聞になるのを許していいんでしょうか?」アッティックスは皆の反応をじっと待った。

「だめよ!」「絶対にだめだ!」といった声が次々にあがり、おさまるまでにしばらくかかった。

「ということで、もし我々がこの哀れな娘を逮捕して」アッティックスはレッティのほうを手ぶりで示した。「起訴に持ちこみ、治安判事裁判所に送れば、事件の話はかならず外に漏れるでしょう」

聴衆は不安そうな視線を交わした。

「しかし、もしミス・ポッツが起訴されなければ、今回の一連の騒ぎに関する秘密は守れるのではないかとわしは思う」

「もちろん、これについてはちょっとした問題がある」アッティックスは一人一人の顔を見まわしながら重々しく言った。「可能性としては低いが、万が一、誰かがミス・ポッツについて質問してきたら、我々は皆——男も女も、ここにいる者全員が、見解をひとつにして答えねばならん。ミス・ポッツは、レディ・アガサの後援を受けて仕事をしたんだと」

レッティは成り行きを静かに見守った。アンジェラのためには自分が起訴されないほうがいいという理屈はよくわかった。醜聞で屈辱的な目にあわないようアンジェラを守れる見込みがあるのなら、三流の詐欺師を無罪放免する価値はある。それは納得できる。

でも、無理だわ。皆がそんな嘘をつき通すことができるわけがない。

嘘やごまかしについてなら、レッティはこの町の人たちよりずっと多くを知っていた。嘘をつくときは、できるだけ単純なものにしなくてはならないし、関わる人が少なければ少ないほどいい。だがこの部屋には五〇人以上の人がいる。多すぎる。

レッティは立ちあがり、よく通るはっきりとした声で意見を述べた。町全体が嘘をつくという考えが正気の沙汰ではないとの訴えをアッティックスはうやうやしく聞き、彼女がふたたび座るまで待った。

「確かに今のような懸念は、ミス・ポッツの人柄に対する評価を高めるものではあるが——」レッティはうめき声をあげた。わたしが持ってもいない人徳の話なんて、お願いだからやめてほしい。「ただ、彼女は上流社会というものがわかっていない」

あら、その言いようはちょっとあんまりじゃないの！　レッティは思わず立ちあがりかけたが、エリオットの鋭い一瞥を浴びて黙りこんだ。レッティは口の中でぶつぶつつぶやきながらまた椅子に腰を下ろした。

「我々がコットン侯爵の友人や親戚と長々と会話する機会は、ほとんど無きに等しいと言っていいでしょう。もちろん、ポール・バンティング卿と夫人のキャサリンは別だが」アッティックスはバンティング夫妻にうなずいてみせた。

「我々のうち大半は、あの人たちとひと言も交わさない可能性が高い。同席するとしても、婚礼の前後数日間だけ、しかも一度に数分間ずつ、口を閉ざしていればいいことです。そのぐらいなら、みんなで協力してうまくやれるとわしは思うが、どうでしょう」

「もちろん、できますとも！」ポール・バンティングが叫んだ。だがアッティックスは、部屋の中にいる人々のうち、誰がレッティの味方で、誰が敵かをよく知っていた。

「どう思うかね、キャサリン？」アッティックスはキャサリンの目をまっすぐに見て訊いた。

「アンジェラのために、我々みんなで秘密を守れるだろうか？」

キャサリンはわなにかかったウサギのようなものだった。こんなふうに追いつめられれば、どうあがいても逃れられそうにない。こわばった笑みを浮かべていたキャサリンは、きっぱりと答えた。「ええ、もちろん秘密は守れますわ。アンジェラのためなら、わたしたち、どんなことでもできますもの」

ほかの人たちも口々に賛成の意を示し、まもなく部屋にいる全員が決意を固めるまでにいたった。アッティックスはむっつりと黙ったまま座っている息子をふりかえった。

「そういうことです、マーチ治安判事」アッティックスは静かに言った。「さて、ミス・ポッツはどうなりますかな？　逮捕されるのかね？」

エリオットは立ちあがった。その姿を見るレッティの体は震えた。自由の身になるのも怖かったし、ならないのも同じように怖かった。レッティは起立し、エリオットの判断を待った。

「ミス・ポッツ。あなたを起訴しないことにします。あなたは、自由の身です」

# 31　悲劇を喜歌劇に変えようとしてはいけない。

メリーがマーチ家の居間に駆けこんできた。小間使い用の白い帽子は斜めにゆがみ、見ひらいた目は今にも飛びだしそうだ。「ミス・ポッツが！　ロンドン行きの午後の列車に乗るんですって！」

朝食中だったエリオットはすぐさま立ちあがった。

「あたし、ハムにここまで乗せてきてもらったんですけど、サー・エリオット、彼女を思いとどまらせるつもりなら、急いだほうがいいですよ！」

「お父さん、そこの呼び鈴を鳴らしてニコルズ夫人を呼んでくれませんか、メリーに水を一杯、持ってきてもらいたいので」

アッティックスは呼び鈴に手を伸ばしたが、メリーは首を横に振った。「ご親切、ありがとうございます。でもご心配なく、あたしなら、ひと息つけば大丈夫ですから。それより『ホリーズ』へ戻って、ミス・ポッツの準備を遅らせるようにしなくちゃ」

メリーは意味ありげにエリオットをにらんだ。「サー・エリオット、なんでもいいから早く！　あの女《ひと》、例の帽子をかぶってるんですよ！」

実に的確な指示だった。それだけ言うとメリーはくるりときびすを返し、たちまちのうちにいなくなった。

アッティックスは心配そうに息子を見た。エリオットがレッティを愛しているのは間違いないし、レッティも同じようにエリオットを思っているらしい。しかしお互いの感情のおもむくままに行動できるかということになると、話はまったく別だ。

「ミス・ポッツのような女性は、まずいないな」アッティックスは言った。

「お父さんのご意見が聞けて、嬉しいです」エリオットは答えた。

「ああ」アッティックスはうなずく。「つまりお前は、ミス・ポッツについて、今後の彼女の身の振り方について考えているということかな」

「ええ。考えてみました、いろいろと」エリオットは父親をじっと見つめた。「ミス・ポッツは本来なら、刑務所に入れられるべきなのかもしれません」

「まあ、そういう意見の人もいるだろうな」アッティックスは認めた。

「でも、僕はそうは思いません」エリオットは強い口調で言いきった。

「ほう？　わしも同じ意見だが」

「よかった」エリオットはぶっきらぼうに答え、苦笑いのようにも見える表情を父親に向けた。「申し訳ありません」

エリオットの浅黒い顔が、持って生まれた威厳に満ちた表情になった。

「お父さん、僕はレッティを愛しています。今まで、これほど深く女性を愛したことはありません。自分と異なる経歴の女性に惹かれることがいかに危険か、お父さんからご忠告いただく前に言いますが、僕も、それは何度も何度も自分に言いきかせました」

このばか正直な愚か者め。息子がこれと同じせりふをミス・ポッツに言ったりしていませんようにと、アッティックスは祈った。感じやすいミス・ポッツのことだ。きっと——。

「しかしそれは的外れだ」エリオットは言った。「僕がレッティを愛するようになったのは、経歴や出自とは関係ない。彼女の人間性に惹かれたからです」

「どんな人間性の女《ひと》だというんだね？」

エリオットの引きしまった顔が無上の喜びに輝いた。アッティックスは大きく息をつかずにはいられなかった。

「それはもちろん、人にケーキをあげるような女《ひと》ですよ」


レッティは、書類の束をエグランタインの机の上に置いた。披露宴の進行に関する指示を細かく書きとめて、これで万全と言えるぐらいまで準備できたという満足感があった。レッティは壁の時計を見た。ロンドン行きの列車は正午の出発だから、まだ少し余裕がある。それまで部屋を歩きまわったりしながら待つしかなかった。なのにエリオットのことばかり思い出していた。ふりむくとすぐ後ろに彼がいて、耳元でささやいてくれるような気がした。

昨日の審問のあと、エリオットはどこへ行ったんだろう？　何を考えているの？　わたしと愛を交わしたことを後悔しているの？　またいつか会える日が来るだろうか？　貴族院の建物のそばを通ったら、エリオットが出てくるところが見られるかしら？　馬車を拾って、遅い夜の食事に出かけるところを？　女性と一緒に？　本物の貴婦人《レディ》と？

「ミス・ポッツ？」

レッティは驚いてふりむいた。つい物思いにふけってしまって、エグランタインが入ってきたのに気づかなかった。彼女はファギンを腕に抱えている。

「はい、ミス・エグランタイン。なんでしょう？」

エグランタインはファギンを差しだした。「ランビキンズを連れてきてさしあげたの。いろいろとお忙しかったからそちらのほうに気をとられて、もしかして犬のことを忘れてらしたんじゃないかと思って」その生真面目な表情は、大切な犬の世話を忘れるなんて不注意もはなはだしい、とでも言いたげだった。

「本当の名前はファギンって言うんです。といっても、わたしがずっとそう呼んでいたってだけの話ですけどね。どんな名前でもかまわないんですよ、呼んでいるうちにそれなりに反応するようになります。このちび犬、とっても賢い子ですから」レッティは息をついた。

「ところで、ミス・エグランタイン。わたし、この犬のこと忘れてたわけじゃありませんよ。ここに残るって決めたのは犬のほうです」

エグランタインは目を丸くした。

「ファギンは別にわたしの愛玩犬でもなんでもなくて、一緒に旅してきた仲間のようなものなんです。この犬と最後まで行動をともにするとは思っていませんでしたけど、その勘は正しかったみたい」レッティは、信じられないといった表情のエグランタインに向かってほほえんだ。

「だってこの犬は、もう自分の望むものを探す旅に出る必要はないんですよ。自分が愛しているのと同じぐらい、愛してくれる飼い主を見つけたんですもの」

「まあ、ミス・ポッツ――」

「どうぞ、レッティと呼んでくださいな」

「からかってらっしゃるのね。犬が人をそんなに愛するなんて、ありえないわ」

レッティは首を横に振った。「ここ二、三日のあいだにわたしが学んだのは、愛については誰も強制できないってこと。誰が誰を愛すべきか、愛せるかとか、愛のあるべき姿はこうだとか、そんなことを言う権利は誰にもないんです。ただ、愛がある。それでいいんです。ミス・エグランタイン。愛って、存在そのものが尊いのよ」

「本当に、私と一緒でいいのかしら?」エグランタインがいったん差しだした腕をそろそろと引っこめると、ファギンはくつろいで、彼女の薄い胸にすっぽりとおさまった。

「わたしがいいと思うかなんて、どうでもいいの」レッティはわずかにかすれた声で言った。

「だってこの犬が、それが一番いいって思ってるんですもの」

「ありがとう」エグランタインはつぶやいた。その目はきらきらと輝き、ファギンの頭を優しくなでる細い手は震えていた。「本当に、ありがとう」

扉をひかえめに叩く音がして、エグランタインはふりむいたが、胸がいっぱいで声が出ないらしい。代わりにレッティが答えた。「どうぞ、お入りください」

キャボットが扉を開け、後ろに下がって言った。「サー・エリオットがお見えです」

エリオットですって。また会えるとは思っていなかったレッティの胸が、手に負えないほど高鳴りはじめた。

入ってきたエリオットはひときわりりしく見えた。さわやかで男らしく、洗練されている。ただ、かなり急いで来たことをうかがわせるところもあった。シャツの袖口はぴしっとしておらず、ネクタイはわずかに曲がっている——直してあげたい。レッティはそう思った。

レッティの姿を見たエリオットは体を少しこわばらせ、今度はエグランタインに視線を向けた。「ミス・エグランタイン、申し訳ないんですが、ミス・ポッツと二人でお話しさせていただいてもよろしいでしょうか?」上品でなめらかで、耳に心地よく響くその声。レッティの体に戦慄が走った。

エグランタインは答えなかった。ファギンを胸に抱いたまま、黙ってエリオットの前を通りすぎ、静かに扉を閉めて部屋を出ていった。

窓から差しこむ朝の光が、エリオットの髪に混じる青みがかった色を浮かびあがらせた。目尻のしわや、鼻から口にかけての線も深くなったように見える。顔のあざは少し色が薄くなり、青かった部分が黄色っぽく変わっている。

「ニックに殴られたのね。かわいそうに」

「いや、お互いさまだよ。そうとうやりあったからね」エリオットは照れくさそうな、人なつこい笑顔になった。

「反省しなくちゃいけないんだろうけどね。自己表現としてはちょっと子どもっぽすぎたから」苦笑いしている。「だけど、けんかしてすっきりした。大満足だよ」

レッティは笑わずにはいられなかった。エリオットも愉快そうにほほえむ。温かいまなざしになった。

「そんなにひどくやられなかったのね？」

「ああ。ただ、あのろくでなし――いや、くわせ者を男らしいやり方でやっつけて、懲らしめてやったつもりなのに、それを自慢できないのが残念でたまらないよ」

「どうして、自慢できないの？」レッティは楽しそうな口調で訊いた。

エリオットは肩をすくめた。「まだ懲らしめ方が足りないからさ。こんなことを言うと君に乱暴な男だと思われるだろうな」

レッティの笑みが消えた。「いいえ、けっして」

「けっして」というそのひと言で、エリオットは急に二人の関係をめぐる現実に引き戻されたようだった。背中の後ろで手を組み、どこから始めるべきか、何を言うべきか迷っているように見える。そういう優柔不断さとは無縁の人のはずだが、顔をしかめ、レッティにちらりと目をやり、また顔をしかめると、せわしげに部屋の中を歩きまわっている。そして急に立ちどまった。

エリオットの目はレッティの頭に向けられている。

「そんなすてきな帽子は今まで見たことがない。とにかく、べらぼうに魅力的だ」

え？　予期していたのとはまったく違う言葉だった。レッティが戸惑っているのを見て緊張がほぐれたらしく、エリオットはあがめるような目で帽子を見ながら近づいてきた。

「勇敢で、大胆で、それでいながらすごく女らしい」その視線は下がって、レッティの目をとらえた。「まさに、君が持っていそうなたぐいの帽子だ」

なんと答えていいかわからなかった。この人、いったい何を言いたいのかしら。レッティはなすすべもなく、ただ立ちつくすだけだった。エリオットの曲がったネクタイを直してあげたかった。その腕に抱かれたかった。

「メリーから聞いたんだ。お昼の列車でロンドンへ出発するんだってね」

レッティはうなずいた。

「そんなに急いで発たなくてもいいんじゃないか？　つまりその、アンジェラの披露宴に必要な手配をすませるまで君はここにいるんだと思ってたんだが」

「もうすませたのよ。まあ、できるかぎりのことは全部、という意味だけど。装置や家具の配置はすべて図面にして、指示も書いておいたの。仕出し業者とワイン商人はもう仕事にとりかかってるし、臨時の給仕人も雇ったわ。ここの使用人には、それぞれの仕事を割り振って確認させてある」レッティは肩をすくめた。「準備はととのってるわ」

エリオットは納得していないようだった。「でも、披露宴当日に、現場で進行を監督する人が必要じゃないのか？」

エリオットが部屋に入ってきてから初めて、レッティはにっこりと笑った。

「グレース・プールとメリーが監督の役割をつとめてくれるわ」

「なるほど」いかにも不満そうな顔。レッティにはその理由がわかっていた。彼はグレースやメリーのことをわたしみたいによく知らないからだわ。

「大丈夫、きっとうまくいくわ」レッティは断言した。「それにわたし、今朝ロンドンからの電報を受けとったのよ。ニック・スパークルの審問で証言してほしいって」

エリオットは眉根を寄せた。「で、証言するつもり？」

「ええ、もちろん」

「もしニックが釈放されたとしたら、仕返しが心配じゃないか？」眉間のしわはますます深くなり、険悪な表情だ。

まだわたしのことを気にかけてくれているの？

「いいえ、大丈夫よ」レッティは息をはずませて答えた。「つまり、ニックが釈放される見込みはないってこと」

エリオットはさらに近づき、距離を一メートルほどにせばめた。暗く真剣なまなざし。心配しているのは明らかだ。レッティがしたこと、しようとたくらんでいたことにもかかわらず、ひと晩だけ彼の愛を盗んだにもかかわらず、気にかけてくれているのだ。

「でも、もし釈放されたら？」エリオットは言いはった。

レッティはついに我慢ができなくなった。手を伸ばしてネクタイの結び目をいじり、まっすぐにととのえながら言う。「だからこそ、わたしが証言するのよ。ニックを絶対に釈放させないために」

「君が僕と結婚すれば、身の安全は守ってあげられる」

レッティの手がぴたりと止まった。その上にエリオットの手が重ねられ、温かく包まれた。彼の指の節にできた引っかき傷と、手の甲をうっすらとおおう黒っぽい毛が見える。気をつけなくちゃ。心臓の鼓動が速まり、膝から力が抜けたが、レッティは自分をいましめた。こうくるかもしれないと、ある程度は予想がついていた。単に紳士としての礼儀から言っているにすぎないのよ。

二人は愛を交わした。レッティは処女だった。そうなると、レッティが私生児であろうと、犯罪者であろうと、エリオットにとってはどうでもよくなる。彼女との結婚を義務と考え、誠実さのあかしだと思うはずだ。いったん心を決めたら、後悔しているそぶりなどひとつも見せないだろう。そんな未練がましい性格ではない。エリオットはどこまでも紳士なのだから。

「レッティ、お願いだ。僕の妻になってほしい」

しびれたように動けなくなったレッティは、握られた手をやっとのことでふりはらった。

「だめよ、だめ」軽い調子で言おうとするが、うまくいかない。「気をつかっていただく必要はないの、大丈夫。ニックがわたしを傷つけることは絶対にないから。本当よ。相手の弱みにつけこむひどい男だけど、人を殺すような人間じゃないわ。それに、裁判が終わってたとえ釈放になったとしても——といってもそんなことは万にひとつもないだろうけど——いずれにせよ、ロンドンで幅を利《き》かせることは、ほとんどできなくなるはずよ」

後ずさりしたレッティを追うように、エリオットは前に出た。その顔は生真面目でひたむきだ。

「すまない、言い方を間違えた。君を守るために結婚しようというんじゃない。もちろん、守りたいとは思っているよ。でもそれは——」エリオットは急に口をつぐみ、レッティの顔に手を伸ばし、引っかき傷のある指の節で頰をゆっくりとなでた。レッティは思わず目を閉じた。

「愛してるよ、レッティ」

「エリオット」かなえられないあこがれのため息とともに、いとしい名前が口をついて出た。

「本当なんだ。愛してる。ほほえんだ君を最初に見たときから、ずっと好きだった。レッティ、お願いだ。僕を見てくれ」

レッティは目を開けた。エリオットのまごころが見えた。大きな手で片頰を包まれた。

「愛してる、レッティ。君なしでは生きられない」

「どうして愛せるの？」レッティは訊いた。彼の目に宿る優しさを封じこめてしまえる言葉を探し、無理やりしぼり出すように言う。

「わたしのことなんか、知らないくせに。あなたの知ってるのは『レディ・アガサ』でしょ。わたしがでっちあげて演じた、架空の人物にすぎないのよ」

エリオットは首を横に振った。否定のしかたは穏やかだったが、自信に満ちていた。

「僕は、表面的な性格や、肩書や、職業に惚れたわけじゃない。君を愛するようになったのは、君の過去のせいでも、おかげでもない。気性の激しさや情熱に惹かれたんだ。君と一緒にいると、もっと立派な人間になりたくなる。君の瞳に映る自分の姿を見ていると、ああ僕はましな人間になりつつある、と思える。だから好きなんだ。僕の好きなのは、ころころとよく笑う君だ。底抜けに明るくて、心からの笑顔を見せてくれる。僕の好きなのは、あのみっともない雑種犬をまるで王子さまみたいに客間に招きいれる君だ。年老いた軍人にイチゴのトライフルをあげる君だ。レッティ、愛してる」

「だめよ」本当は、彼の言葉を信じたい。だからこそレッティはよけいに強く、きっぱりと拒絶した。

エリオットは同じ階級の女《ひと》を選ぶべきだし、けっきょくそうするだろう。

「ロンドンへ行って男爵になったら、あなたは上品で美しい貴婦人《レディ》に出会うでしょう。誇りを持って人に紹介できる、生まれも育ちも、身分もあなたと同等の女《ひと》に」

「いや」エリオットはおごそかに言った。「そうはならない」

レッティは笑いだした。ごまかしの、醜い笑い声だった。「いいえ、かならずそうなる。時が来ればわかるわ。今はただ、そういう気持ちになれないだけ。キャサリンがポールと結婚したときだってあなた、あきらめたでしょう。同じ町に住んでいて、狭い社会なのに。でもわたしたちの場合はロンドンよ。だだっ広い大都会ですもの。顔を合わせないでいられるから、思い出さなくてすむわ」

エリオットの目は火をくべた炉のようにめらめらと燃えている。

「君はキャサリンとは違う。同じには考えられない。忘れられるわけがないよ。もし君が僕の愛を受けいれてくれなかったら、どんなに広い大都会も狭すぎて耐えられない。この国の全土だって、小さすぎるぐらいだ」

「エリオット――」

「お願いだ、もうやめてくれ」荒々しい口調だった。「僕と結婚できないというのなら、きっぱり断れ。もう言い訳を考える必要はないから」

エリオットの顔が、冷静沈着な仮面でおおわれた。だがそれは、レッティがつけた深い心の傷があらわになったあとのことだった。いけない。愛しているのにその思いが報われないと、彼に思わせてはだめ。それだけは絶対にできない。

「エリオット、愛してるわ」

仮面が消えてなくなった。エリオットの目は激しく燃えさかっていた。

「愛してるなら、結婚してくれ。結婚できないというなら、僕を愛してないと言ってくれ」

「無理よ」

「レッティ、よく聞いてほしい。僕は、礼儀にとらわれた、中途半端な関係は望んでないんだ。毎朝起きてお手本みたいな挨拶をして、毎晩、妻の寝室の戸口でお休みなさいを言うような、そんな関係はいやだ。やたらに礼儀正しいだけの、上品な結婚生活はしたくない」

突然、エリオットはレッティの体をつかんでぐいと引きよせた。その勢いで彼女の髪から銀のピンが何本か落ち、暗赤色の絨毯に飛びちった。ピンは赤ワイン色の空に光る星のようにきらりと輝いた。エリオットの瞳は暗闇で燃える炎のようで、手の感触と同じように官能を呼びさます愛撫の力があった。

「君が欲しいんだ、レッティ、君の存在のすべてが。入浴したばかりで、濡れたままの髪が僕の手首に巻きついて、水滴が僕の胸に垂れているときも。落ちついて堂々としているときも、俗っぽいふるまいで小生意気なときも、けんかしたくてうずうずしているときも、自分のかんしゃくを恥じてきまり悪そうにしているときも。激しく愛し合って体が火照っているときも、まどろんで肌を薔薇色に染めているときも。どんなときの君も欲しいんだ。僕をからかったり、挑発したり、憂鬱になったり、物思いに沈んだり。ありとあらゆる感情の動きと、気分の揺れを感じたい。君のこれからの人生の一年一年を味わいたいんだ。レッティ、いつもそばにいてほしい。僕を励まし、僕と言い争ってほしい。僕を助けてくれ。君に助けの手を差しのべさせてくれ。僕は、君の仲間になりたいし、恋人にもなりたい。恩師でありたいし、教え子でもありたいんだ」

「それであなたが男爵になったら、わたしに頭に飾る宝冠をかぶってもらいたいと思う？」

レッティは息もつかずに訊いた。

「もちろんだよ」エリオットは言った。だがレッティには見えていた。彼の目の中で揺れるかすかなためらいを、瞳をよぎった暗い影を。レッティにはわかっていた。エリオットという人をよく知っていたから。貴族の誇りである宝冠をレッティにかぶらせたくないというわけではない。彼女にあげられる宝冠は現実には存在しない、ということなのだ。

音楽劇場に出演する女優や歌手と結婚するような男性に、女王陛下が男爵の称号を与えるわけがない。

そんなことは前からわかっていた。アッティックスに叙勲の話を聞いたときから知っていた。その瞬間から、レッティの見果てぬ夢がかなえられる見込みはとだえていたのだ。貴族の称号をめぐる問題が解決しないかぎり、出口はない。

レッティは、二人のあいだに立ちはだかるものすべてに、二人の過去だけでなく未来の可能性に真っ向からぶつかり、必死で立ち向かおうとした。問題は、レッティが詐欺に関わった犯罪者で、エリオットが治安判事であるということだけではない。彼がこれから授与されようとしている男爵の称号と、それに伴って得られる貴族院議員の地位に関わる問題なのだ。その地位につけばエリオットは、アッティックスの言ったとおり、「かならず世のため、人のために尽くす」だろう。

もし二人が結婚したら、レッティはエリオットから男爵の地位を取りあげるだけではない。法律家として彼が利益を代弁するであろう、すべての人々の権利をそこなうことになるのだ。悲しいけれど、しかたがない。レッティはエリオットの目を長いこと見つめ、彼の頬に優しく触れた。

「あなたを愛してるわ、エリオット。この町へ来るまでわたし、愛という言葉の意味を知らなかった。でも今は知っているわ。あなたの妻になれるとしたら、それはこの世で一番の喜びよ。でも、なれない」

「どういうことだ、レッティ。なぜだ？」エリオットは声を荒らげた。

「あなたがわたしと結婚したら、女王陛下は絶対にあなたを男爵にしてくださらないわ」

エリオットは否定しなかった。その代わりにレッティの手をとり、指の節に熱烈なキスをした。「僕は三三年間、男爵にならずに生きてきた男だよ。大丈夫、そんな地位がなくたって、これからもやっていけるさ」その声がレッティの肌を愛撫のように優しくくすぐる。

「君なしで生きていけるかいけないか、それはわからないけど、君なしで生きたくないのは間違いない」

レッティはエリオットのなめらかでひんやりした髪にそっと、柔らかく触れた。

「あなただけじゃなくて……結婚できないのは……あなただけのためじゃないのよ」

「じゃあ、誰のためなんだ？」エリオットは頭の位置を正して、レッティをまっすぐに見た。なんとしてでも答えさせずにはおかないという断固としたまなざしだ。

「法律家であるあなたに、権利や利益を代弁してもらう必要のある人たちよ。兵士たちや、子どもたちや、工場で働く女たちや、鉱山で働く男たちのためよ。彼らの正義のために尽くしてちょうだい。司法の世界にはあなたが必要なの」

この人はすでに、愛に溺れてものごとが見えなくなっている。なんとかしてわからせてあげなければ。レッティは黙っていられなかった。

エリオットは握っていた手を放し、一歩後ろに下がった。口の中でののしりの言葉をつぶやいている。「そんな、ひどすぎる。大勢の見知らぬ人々のために、僕たち二人の未来が奪われてもかまわないのか」

しぼり出すようにそう言うエリオットの苦しみがレッティには見えた。良心のうずきに悩まされているのがわかった。

「エリオット、さっき言ってくれたでしょ、君のおかげで立派な人間になれるって。わたしの目を通して自分自身を見るから、そのためにいい人間になれるということね。それはわたしにとっても同じなの。お願い、わたしの中に残されている高潔さを奪わないで。それを奪われたらわたしは、あなたがなってほしいと思うような人間にはなれないし、立派になれる可能性をつぶされてしまうのよ。何千人という人々の沈黙と引きかえに、彼らの犠牲のもとに自分が幸せを手に入れたことを知りながら、わたしが心からの喜びを味わえると思う？あなたと結婚したばかりに自分があなたという人間の価値をそこなったことを知りながら、幸せになれると思う？」

エリオットの表情は絶望にさいなまれ、ゆがんでいた。レッティの投げかけた言葉によって、良心の葛藤にめざめさせられたのだ。

「じゃあレッティ、君との結婚をあきらめたら僕はどうなるんだ？　喜びの代わりに、何を手に入れられる？　今まで君の愛のほかに、どんな喜びや幸せが得られたと思う？　神はそれっぽっちしかくださらないっていうのか？　残りの人生を生きていく糧になるような、ちょっとした夢を見させてもらったんだから、それだけで満足しろってことか？　人生の一時間一時間を、失ってしまったものを思い出しながら過ごせってことなのか？」

そのひと言ひと言にこめられた、胸を突き刺すような激しい痛みと憤り。レッティの目に涙があふれた。

「絶対に信じないぞ！」エリオットはレッティの両腕をつかみ、その体をわずかに揺すった。「何かしら、方法があるはずだ。二人が一緒になれる道はかならずある。このままで終わるなんて、僕には赦せない！」

「わたしに何を言ってほしいの、エリオット？」

「なんでもいい、未来への希望が欲しい。なんとか望みをつなげられるようなことでもいいから、言ってくれ」

希望を抱かせることはできる。それによってわたしはもっと傷つくことになるけれど。だって、何を言ってもどうせただの幻想にすぎないとわかっているから。一方エリオットの場合は、希望さえ抱かせておけば、心の痛みや苦しみもそのうち癒されることだろう。エリオットを完全に拒絶するなんてできない。これ以上、傷つけてはいけない。

「それなら、男爵になって貴族院の議席を確保できてから、わたしを探しにきて。そのときもまだ気持ちが変わらずにいて求婚してくれたら、わたし、あなたの妻になるわ」

エリオットはレッティの顔をまじまじと見つめた。彼女の腕をつかんだ手に力がこもる。

「誓えるか？　僕が貴族院議員になったら結婚するって、本当に約束してくれるか？」

「ええ」

エリオットは急にレッティの体を放すと、後ろに下がった。軍人らしくきりりとして優雅なその動作に、レッティは見とれずにはいられない。エリオットは、まるで命令や判決を受けるかのように厳粛な物腰で、正式な敬礼をした。顔からはいっさいの感情が消えていた。

「その約束、かならず守ってもらうよ」

32　「そして二人はいつまでも幸せに……」は、昼間の公演《マチネ》のときしか実現しない。

ある日、『ロンドン・ヘラルド』紙の社交欄に次のような記事が掲載された。

ミス・アンジェラ・フランセス・ビグルスワースと、コットン侯爵ヒュー・デントン・シェフィールド卿の婚礼がこの土曜、ミス・ビグルスワースの父、アントン・バーソロミュー・ビグルスワース氏所有のノーサンバーランド州リトル・バイドウェルにある屋敷「ホリーズ」で盛大にとりおこなわれた。来賓には、近隣に住む花嫁の友人、知人ばかりでなく、社交界でも著名な人物が名を連ねた。

中略　結婚式に出席した来賓の氏名一覧（三節分）、および披露宴における衣装の詳細な分析（二段分）。

式のあとの披露宴は、「ホワイト婚礼手配サービス」の企画・演出ならではの、華燭の典にふさわしい華やぎだけでなく、ほかでは見られない独特の雰囲気をかもしだした催しとなった。今回の宴は、新奇で活気あふれる企画という点においては特に、通常の披露宴に対する期待をはるかにしのぐ成功といえよう。

教会での結婚式のあと、新郎新婦は見事な装飾をほどこした二人乗りの幌つき馬車で披露宴会場へと向かった。馬車の外装は黒漆で塗られた上に本物のオレンジの花がはめこまれ、それによって真珠貝をはめこんだ漆塗りの紙張子《パピエ・マシェ》を思わせる巧みな効果を出していた。この、可憐な中に生き生きとした生命の息吹を感じさせる東洋風の趣が、これに続く祝宴の気分とたたずまいを決定づける前奏曲となった。

披露宴会場の「ホリーズ」に到着した来賓は、東洋風の服をまとった使用人たちに出迎えられた。女性は着物、男性は絹製のゆったりしたズボンとシャツといういでたちの使用人たちは、無言のままお辞儀をした。演出の一部であるうやうやしい恭順の姿勢は、その夜の宴を通して続けられた。

来賓はホリーズの建物の正面から、ゆるやかな曲線を描く小道へと導かれた。小道には香り高いジャスミンの花がまき散らされ、頭上にしつらえられたいくつものアーチは、咲き乱れる生花と、金魚、ツバメ、蝶などさまざまに趣向を凝らした形の絹製の凧《たこ》で飾られていた。

建物の裏手、ビグルスワース家の広大な敷地の奥のほうは草でおおわれた小高い丘となっており、その頂上には仏塔《パゴダ》の小さな集落が建てられていた。そびえ立つブナノキと花ざかりのナナカマドの木の下には、あざやかな色合いの絹を使った格子縞模様の大型テントがいくつも張られていた。

丘のふもとには絵画のように美しい湖が水をたたえ、鏡のごとく穏やかな水面には小さな平底船《サンパン》が何艘《そう》も浮かべられて、男性の使用人が船頭をつとめて操っていた。異国情緒豊かなその船から響いてくる歌声の主は、大人だが子どもぐらいの背丈しかない六人の歌手たちで、よく知られている叙情的なバラッドをこのうえなく美しい三部合唱で歌った。

大型テントの下に設置された長いテーブルは、気品のあるブルーウィロー柄の磁器と銀製の食器セットでまばゆいばかりにととのえられ、一人一人の席には小さな記念品が用意されていた。男性向けには喫煙用の帽子で、赤い絹地に黒い飾り房がついたもの。女性向けには周囲の田園地帯の風景が見事に描かれた絹製の扇だった。

中略 披露宴で供された多種多様な飲食物について長々と描写した部分。その中で、ホリーズの家政婦長であり、知る人ぞ知る料理の名人、グレース・プール夫人がその傑出した才能を発揮したウェディングケーキについては、一段全部が費やされている。

大型テント内のところどころには、しゃれた小さな陶器のボウルがひかえめにおかれ、その中で焚かれたお香の清らかな香りがあたりに漂って、歌手たちの歌声と同様、優美な雰囲気づくりにひと役かった。また、湖を取り巻く土手にそって、白鳥の群れがえさを探し回る姿も見られた。たそがれどきになると、木々につるされた小さな紙のカンテラがそよ風に吹かれて揺らめき、この東洋風の不思議の国に遊び心のある陰影を与えた。

しかし祝宴はまだ終わったわけではなかった。夜のとばりが下りて闇があたりを包むと、小高い丘をふちどるシャクナゲの木の茂みと松林の奥に装飾用豆電球の明かりがともった。この照明が東洋曲芸団の登場を告げる前触れとなり、団員は驚くべき運動神経と巧みな技で、踊りや宙返りなど、さまざまな曲芸を披露した。そしていよいよ、この宴の幕切れを飾るにふさわしい見ものとして、湖の向こう岸に仕掛けられた花火がつぎつぎと打ちあげられ、夜空を華やかに彩って、鮮烈な印象を残した。

今回の披露宴に出席する幸運に恵まれた人々は口をそろえて、独創性に富んだ魅惑的な演出を絶賛した。これほどの祝宴は、残念ながら今年の社交シーズン中には開かれないだろうというのが、彼らの一致した意見であった。

以上の『ロンドン・ヘラルド』紙の記事が出てからおよそ六カ月後。『ロンドン・センティネル』紙に、喜歌劇《オペレッタ》『ボヘミアン・ガール』に関する批評記事が掲載された（以下抜粋）。

……アーリーン役を演じたミス・レッティ・ポッツの活躍ぶりは、めざましい新発見であったと言えよう。ミス・ポッツは昨年、開幕劇でいくつかの役をこなした歌手兼女優として憶えておられる向きもあるだろうが、喜劇的な間合いのとり方の絶妙さと透き通ったメゾソプラノの美しさで高く評価されながらも、聴衆の心に響く情緒の深みに欠けるという指摘を受けていた。しかしそういった批判的な評価を下すにはいささか時期尚早であったようだ。今回の『ボヘミアン・ガール』でミス・ポッツは、放浪の民に誘拐されたが実は貴族の生まれであったというアーリーンを、観客の心を揺さぶる情熱とまごころをこめて見事に演じきった。

特筆すべきは『大理石の部屋に住んでいたころの夢』における歌唱で、観客は立ちあがって拍手喝采を送りつづけた。この歌曲は感傷的な歌詞で知られる昔からの定番だが、ミス・ポッツはその優美な旋律に繊細な感情表現を吹きこみ、絶妙な節回しで切々と訴えかけ、観客に涙の乾くひまを与えないという、まさに出色のできばえであった。ミス・ポッツの演技に喝采を。ブラボー！

一カ月後、『ロンドン・センティネル』紙の政治欄の最下段に、次のような公告が掲載された。

先にマーチ・オブ・バイドウェル男爵の称号を授与されたエリオット・マーチ卿は当局の召喚状を受け、本日午後に開会予定の議会から貴族院議員として登院することとなった。

レッティは新聞を折りたたみ、使い走りの少年に渡した。「雨の中をお使いご苦労さまだったわね、ヴィニー。これ、わたしの楽屋に持っていってちょうだい。係の女の子がいるはずだから。それからこの新聞、化粧品の上に置かないでね。汚れをつけたりしないで、きれいなままで取っておきたいから。わかった？」

「わかったよ、ミス・ポッツ」少年は言うと、用事をすませてしまおうと急いで立ちさった。レッティは出ていく少年を目で追っていた。その底抜けの明るさがしだいに消えうせていく。いよいよ、その日がやってきたということね。エリオットは今日の午後、貴族院の議員として初登院する。これで世界はいい方向に動きだすんだわ。レッティは舞台袖の幕のすきまから観客席を見わたした。外は嵐が吹き荒れているというのに、今夜も満員の盛況だ。つまり別れたことで、二人にとっていい結果になったわけね。エリオットは男爵になり、わたしはつねに求めてやまなかった劇場歌手としての未来を手に入れた。喜ばなくちゃ。実際、レッティは嬉しかった。

実のところレッティは、エリオットがまた連絡してくるとは期待していなかった。きっといつか迷いからさめて分別を取りもどすだろうと、ずっと思っていた。

そして予想どおり、エリオットは分別を取りもどしたらしい。ただの一度も、どんな形でも連絡を寄こさなかった。公演を観にきたこともない。

それが事実であることをレッティは知っていた。マーチ卿らしき人物が現れたら知らせてくれるように、劇場の支配人に頼んでおいたからだ。それに第一、前途洋々たる政治家としてロンドンでも注目されているエリオット・マーチ卿が来ていたら、著名人の客を引きつけるのに熱心な支配人はもちろんのこと、どんな人だって見過ごすはずがない。そう、エリオットはレッティのもとへは一度も来ていない。ただしほかの場所には姿を現していているらしく、その行動は新聞記事の格好のネタになった。

エリオットはあるとき、裕福な慈善事業家の令嬢と一緒にメイフェアで買い物をしていたという。一般にもよく知られた政治家の未亡人と食事をともにしたこともあるらしい。本格的な歌劇《オペラ》や舞台劇を観にいく機会はあるが、ウエストエンドの場末の劇場に足を運ぶことはない。まるで、偶然レッティに出くわして、気恥ずかしい思いをする危険をおかしたくないと思っているかのように。

実際のところ新聞各社はこぞって、エリオットについて取りあげていた。新進気鋭の政治家マーチ卿に、よっぽど興味があるのか。

興味があって当然よね、と小さく笑いながらレッティは思う。記事にそえられた肖像画はよく描けているとは言えないけれど、そんな絵姿でさえもさっそうとしてすてきだった。

エリオットなら、その笑顔だけで多くの人を魅了してしまうだろう。なのに、笑顔を見せることはあまりないようだった。新聞記事に彼の名前が出るとかならず、冷静、まじめ、厳格、といった性格を表す表現がついてまわった。自分の職務にせよ人生にせよ、どこまでも真剣に受けとめているらしい。

それについては、レッティは残念でならなかった。エリオットのためを思うと惜しい気がした。なぜなら彼はかつて、よく笑っていたからだ——レッティと一緒に。

そんな笑顔を失わなければならないなんて、寂しすぎる。

「あと二分で出番ですよ、ミス・ポッツ」舞台主任がささやいた。『ボヘミアン・ガール』の第一幕の終わりが近づいている。舞台は緊張感漂う見せ場を迎えようとしていた。アーリーンの子ども時代を演じる子役が、放浪の民、ロマ族の男の腕に抱きかかえられ、伯爵である父親の邸宅から連れさられる場面だ。

観客が息をのんだところで、幕引き係がすばやくロープを引いて幕が閉じられた。大勢の作業員が静かに舞台に上がり、次の幕に必要な装置や大道具を設置している。レッティはあちこちほつれた勾玉模様《ペイズリー》のショールを胸の前で引っぱって位置をととのえ、たてがみのように長い髪を振って、肩の上にはらりと垂らした。

舞台中央へ急ぐと、床の上に横たわり、脇腹を下にして丸くなった。第二幕は一二年後という設定で始まる。レッティは目を閉じ、役になりきろうとした。わたしはアーリーン。貴族の生まれながら、幼いころに誘拐された。放浪を続けるロマ族の里子として育ち、皆に愛されている娘だ。悪だくみや、悪事を見て見ぬふりはお手のもの。ただ、昔の裕福な暮らしぶりが記憶の底にかすかに残っている。

幕が開いたしるしに、空気が流れこんできた。観客のささやき声が聞こえる。レッティは動作開始の合図とともに目を開けた。舞台下の脚光《フットライト》がまぶしくて、目がくらむ。まわりはあざやかな色に囲まれている。ロマ族の踊り手が集まっているのだ。

レッティはこの役を、三〇数回は演じているだろう。いやに感傷的で陳腐な役柄であることはよく知っていた。表現が大げさすぎて、甘くてべたべたしていて、お涙ちょうだいのたわごとめいた、古臭い歌詞やせりふばかり。レッティが昔、あからさまにばかにしていた登場人物なのだ。でも、今夜は……今夜はなぜか違う……。

それはたぶん、最後の望みが断たれたから。幸せへの扉がぴしゃりと音を立てて閉まるのを聞いたから。エリオットの成功のあかしを見て、自分が彼をあきらめられるほどに愛していたことをあらためて感じさせられたから。

それはたぶん、第二幕冒頭のアリアの歌詞のせいだ。自分がリトル・バイドウェルで経験したことをそのまま歌っているとしか思えない内容だからだ。夢のような短いひととき、レッティは貴婦人《レディ》として過ごし、一人の紳士を愛することを知った。レッティも『ボヘミアン・ガール』のアーリーンと同じように、夢からさめて現実に戻った——愛はさめていないけれど。

だから今日は、いつもより深く役にのめりこんでしまうのかもしれない。だが理由はどうあれ、レッティは胸が張りさけんばかりの思いをこめて歌った。歌詞のひと言ひと言が痛切な祈りであるかのように、今にも消えようとする希望を暗示するかのように、歌いつづけた。

そんな舞台の上でも、レッティが見た夢の美しさはそのままだった。このうえない喜びにあふれ、思い出すのもつらいはずのエリオットの記憶さえも、レッティの胸をなんともいえない幸福感と……愛で満たした。

レッティは歌いおえた。満場の観客が、しわぶきひとつない沈黙に包まれた。凍りついた時間。一人一人が息を止めている。全員の目が、舞台中央にひざまずく可憐な主人公の姿に釘づけになっている。

突然、バーンという大きな音とともに客席の後ろの扉が開いた。

予期していなかった物音に驚いたレッティは暗がりに目をこらした。真っ暗で何も見えなかったが、好奇心にかられた観客の交わすつぶやき声と、コツコツという音が聞こえた。ブーツのかかとが立てる響きだ。客席のあいだの長い通路を、舞台に向かって近づいてくる。照明装置を通りすぎて舞台の前面にたどりつき、レッティのすぐ下で立ちどまったのは背の高い人物だった。まず片手が舞台の端に現れ、次に床に平たくついた手のひらを支えにして、その人は舞台の上に跳びあがった。

エリオットだった。白いネクタイは斜めに曲がっている。びしょびしょに濡れた黒い髪からは水がしたたっている。上着には雨水がぐっしょり染みこみ、ズボンも湿って黒っぽくなっている。だが、その瞳は黒々としたまつ毛の下で輝いていた。あごは断固とした意思を示すかのように引き結ばれていた。

レッティは啞然としてエリオットを見あげた。彼は一歩、足を踏みだしてレッティに近づいた。観客は固唾をのんで見守っている。

「今日の午後五時、貴族院に初登院して、夜の審議が終わるまで議場にいたんだ」エリオットは言った。「建物の外に出てみたら、馬車が出払っていて、全然つかまらないんだ。待ちきれなくて雨の中を駆けてきた。だから、こんな格好で失礼する」

レッティはごくりとつばを飲みこんだ。

「みっともない姿で来てしまったことを許してくれ」エリオットは荒々しい口調で続ける。

「それから、約束を果たしてくれ」

「約束ですって？」まさか。ありえないわ。舞台の上にいたほかの俳優たちはゆっくりと退場し、舞台中央に残っているのはエリオットとレッティの二人だけになった。

「君は言ったじゃないか、貴族院議員になったら迎えにきてくれって、そしたら僕と結婚するって」

「でも……」これはきっと夢だわ。夢にきまってる。レッティは嬉しさのあまりぼうっとしていた。この人、劇場に来たこともないし、手紙もいっさい寄こさなかったのに。

「あなた、手紙もくれなかったじゃないの」レッティは半ば呆然としてつぶやいた。

エリオットはレッティの両腕をつかんだ。優しく、でもしっかりと――ああ！　まぼろしじゃなかった！　血の通った、力強い筋肉に包まれたエリオットがそこにいる。神さま！　今わたしが触れているこの人は、本物のエリオットなのね。

「勇気がなかった。一度でも君に会ってしまえば、もう二度と離れたくなくなる。君に近づかないでいられる強さや意志など、とうてい持てそうになかった。それに、中途半端な状態のままじゃだめだと思った。君のためだけでなく自分のためにも、できるかぎりのことを成し遂げたあとで、結婚を申し込もうと心に決めた。だから手紙も書かなかったし、劇場へも来なかった。だがそれがどんなにつらく、切なく、苦しかったか！　その苦しみをたった今、君が終わらせてくれる。約束を果たしてくれる。そう信じて、ここへ来たんだ！」

エリオットは声をかぎりに叫んだ。その目は情熱と希望に燃え、レッティが求めていたものすべてを含んで輝いていた。「お願いだ！」

もうこれ以上待つ苦しみに耐えきれなくなったのか、エリオット・マーチ男爵はいきなりレッティを抱きあげた。八〇〇人はいようかという観客の目の前で、喜歌劇《オペレッタ》の期待の新星、レッティ・ポッツを。

「君は、僕と結婚しなくちゃだめだ。絶対に結婚するんだ。僕の大切なレッティ、きれいで、大胆不敵なレッティ」エリオットは宣言した。そして声を低めて、レッティにだけしか聞こえないささやき声で言った。「ほら、早く。こんなにたくさんの人の前で、キスされて恥ずかしい目にあう前に、僕と結婚するって言うんだ」

レッティは顔いっぱいに笑みを浮かべていた。ただただ嬉しく、勝ちほこった気分だった。あまりの幸せにめまいを覚えながら、レッティはエリオットのあごや頬や、喉や唇に、熱いキスの雨を降らせた。

「ええ、結婚するわ」レッティは答えた。「ええ！　わたし、あなたと、結婚します！」

レッティ・ポッツはやはり、愚か者ではなかった。

# 訳者あとがき

駅で拾った一枚の切符。北行きの列車。すべてはそこから始まりました。追いつめられていた彼女は、過去から逃げるために、未来につなげるために、このチャンスをものにしようと飛びついたのです。

コニー・ブロックウェイの邦訳作品第四弾になる本書『純白の似合う季節に』（原題 The Bridal Season）は、ブロックウェイ自身も楽しみながら書いたというお気に入りの一冊。ロマンス小説界の最高峰であるRITA賞（全米ロマンス作家協会賞）の二〇〇二年度ヒストリカル長編部門賞の栄誉に輝いた、愛と笑いと感動あふれる物語です。

時は一九世紀末、ヴィクトリア朝末期の英国。主人公は、ロンドンで喜歌劇《オペレッタ》に出演している劇場歌手兼女優のレッティ・ポッツと、リトル・バイドウェルという小さな町の治安判事をつとめるサー・エリオット・マーチです。

レッティは劇場歌手としてなかなか芽が出ず、いつしかニックという詐欺師の仲間に引き入れられ、貴族を相手にした信用詐欺の片棒をかつぐようになっていました。しだいに悪質になるだましの手口に嫌気がさしたレッティは、あるとき協力を断ります。するとニックは、劇場の支配人たちを脅してレッティを出演できないようにしたうえ、下宿に火をつけて焼き払ってしまいます。

舞台を干され、火事で一文無しになり、逃げだそうと決心したレッティにチャンスを与えてくれたのは、セント・パンクラス駅の待合室で見かけたレディ・アガサなる女性とフランス人の恋人でした。レディ・アガサは恋人の熱意にほだされてその場で駆け落ちを決め、列車に乗るのをやめますが、駅を出るときにいらなくなった切符を落とします。レッティはその切符を拾って、北へ向かう列車に乗りこみます……。

笑いあり涙ありのこの小説をひときわ面白くしているのは、なんといっても主人公のレッティ・ポッツでしょう。自由闊達《かったつ》で大胆で、抜け目がなく、情に流されない世慣れた女。それでいて無邪気な面や、傷つきやすい面も持っています。また、女性らしい見事な曲線美と明るくお茶目な笑顔で、周囲の男性という男性を魅了してしまいます。出会ったその日からレッティを怪しんでいた治安判事サー・エリオットもその点、例外ではありませんでした。謹厳実直で知られ、ふだんは冷静沈着な紳士なのに、レッティを目の前にすると平常心を失ってしまう。その意外性がなんともおかしく、人間味を感じさせます。戦争で負った心の傷がもとで人が変わったようになっていたエリオットですが、レッティのおかげで生来持っていたおおらかな心を取りもどしていきます。

当時の英国で流行していたクロッケーの試合もストーリーに彩りをそえています。レッティと、エリオットの昔の恋人キャサリンのあいだでくりひろげられる壮絶な戦いの描写は、まさに秀逸。思わず吹き出してしまう場面続出です。ここでは女同士の対決とともに、男と女の対決も見ものです。エリオットに代表される男という生き物の特性についてレッティが吐く名せりふには、女性なら共感せずにはいられないでしょう。

また、脇役の人物が生き生きと描かれているのもこの小説の魅力です。エグランタイン・ビグルスワース、家政婦長のグレース・プール、エリオットの父親アッティックスなど、二人の恋を応援する人たちの温かいまなざしにはほのぼのとさせられます。

全編を通じて笑いの絶えない楽しい物語ながら、ほろりとさせられたり、胸がしめつけられたりする場面にも事欠きません。かなわぬ恋の切なさがあり、二人が交わした約束の向こうには夢があります。それゆえに本書は、私たちの心をとらえて離さない、真にロマンティックな物語になっていると言えるでしょう。

二〇〇七年八月

ライムブックス

# 純白の似合う季節に

著 者　コニー・ブロックウェイ
訳 者　数佐尚美《かずさなおみ》

2007年9月20日　初版第一刷発行

発行人　成瀬雅人
発行所　株式会社原書房
〒160-0022東京都新宿区新宿1-25-13
電話・代表03-3354-0685　http://www.harashobo.co.jp
振替・00150-6-151594
ブックデザイン　川島進（スタジオ・ギブ）
印刷所　中央精版印刷株式会社

落丁・乱丁本はお取り替えいたします。
定価は、カバーに表示してあります。
 ISBN978-4-562-04327-9　Printed in Japan